GOLDMANN KLASSIKER
MIT ERLÄUTERUNGEN

F. M. Dostojewskij in der Taschenbuchreihe
Goldmann Klassiker mit Erläuterungen:

Der Idiot. Roman (7514)
Schuld und Sühne. Roman (7531)
Der Spieler. Roman (7533)

F. M. DOSTOJEWSKIJ

DER SPIELER

ROMAN

Mit einem Nachwort, einer Zeittafel
zu Dostojewskij, Anmerkungen
und bibliographischen Hinweisen
von Natalie Reber

GOLDMANN VERLAG

Vollständige Ausgabe des „Spielers“
Aus dem Russischen von Karl Nötzel
Titel des Originals: Igrok

Umschlagbild: Spielsaal in Monte Carlo.
Ölgemälde von Edvard Munch (1892, Ausschnitt).
Kunstsammlungen der Stadt Oslo

Der Goldmann Verlag
ist ein Unternehmen der Verlagsgruppe Bertelsmann

Made in Germany · 3. Auflage · 12/89
Genehmigte Taschenbuchausgabe
Die deutsche Erstausgabe des Romantextes ist bei der
Droemerschen Verlagsanstalt Th. Knaur Nachf., München, erschienen

Umschlagentwurf: Design Team, München
Umschlagfoto: Artothek, Planegg
Satz und Druck: Presse-Druck Augsburg
Verlagsnummer: 7533
Lektorat: Martin Vosseler · Herstellung: Peter Papenbrok/He
ISBN 3-442-07533-5

INHALT

ERSTES KAPITEL

Endlich war ich nach zweiwöchiger Abwesenheit zurückgekehrt. Die Unsrigen verweilten schon drei Tage in Roulettenburg. Ich dachte, man erwarte mich Gott weiß wie sehr, ich hatte mich aber geirrt. Der General sah außerordentlich hochmütig drein, sprach mit mir von oben herab und verwies mich an seine Schwester. Es war klar, daß sie irgendwo Geld aufgetrieben hatten. Es schien mir sogar, als sei dem General mein Anblick etwas peinlich. Marja Philippowna war sehr beschäftigt und sprach mit mir nur leichthin. Das Geld nahm sie indes in Empfang, zählte es und nahm meinen Bericht entgegen. Zum Mittagessen erwartete man Mesentzoff, jenen Franzosen und einen Engländer. So ist es nun einmal: Ist Geld da, so wird sogleich eine Gesellschaft eingeladen. Das ist so Moskauer Art. Als Pauline Alexandrowna mich erblickte, fragte sie, weshalb ich so lange ausgeblieben sei. Bevor ich aber noch antworten konnte, war sie schon fort. Das hatte sie natürlich absichtlich getan. Dabei mußten wir uns aber aussprechen. Vieles hatte sich angesammelt.

Man wies mir ein kleines Zimmerchen im vierten Stockwerk des Hotels an. Man weiß hier, daß ich zur ›Suite‹ des Generals gehöre. Aus allem ersieht man, daß jene es bereits fertiggebracht hatten, sich Ansehen zu geben. Den General hält man hier für einen sehr reichen russischen Magnaten. Noch vor dem Mittagessen gab er mir unter andern Aufträgen zwei Tausendfrankenscheine zum Wechseln. Das tat ich im Büro des Hotels. Jetzt wird man uns wenigstens eine ganze Woche lang für Millionäre halten. Ich wollte mit Mischa und Nadja spazierengehen, als ich aber auf der Treppe war, rief man mich zum General: Ihm war es eingefallen, sich zu erkundigen, wohin ich mit den Kindern gehe. Dieser Mensch kann mir entschieden nicht gerade in die Augen sehen. Er möchte das zwar sehr gerne, ich richte dann aber jedesmal einen so eindringlichen, das heißt so unehrerbietigen Blick auf ihn, daß er ganz verlegen wird. In einer sehr hochtrabenden Rede, eine Phrase an die andere kettend und endlich völlig den Faden verlierend, gab er mir zu verstehen, ich möchte mit den Kindern möglichst weit vom Kasino entfernt im Park spazierengehen. Endlich wurde er ganz böse und fügte ohne weiteres hinzu: »Sonst werden Sie sie am Ende noch ins Kasino zum Roulett führen. Verzeihen Sie mir«, unterbrach er sich, »ich weiß aber, daß Sie noch ziemlich leichtsinnig und wohl imstande sind zu spielen. Auf jeden Fall, wenn ich auch nicht Ihr Mentor bin, ja, und auch gar nicht diese Rolle zu spielen wünsche, habe ich wenigstens das Recht, zu verlangen, daß Sie mich sozusagen nicht bloßstellen ...«

»Ja, ich habe ja gar kein Geld«, antwortete ich ruhig, »um zu verlieren, muß man erst etwas haben.«

»Sogleich werden Sie welches bekommen«, antwortete der General. Er wurde ein wenig rot, wühlte in seiner Schublade, sah in einem Büchelchen nach, und es erwies sich, daß ich noch an hundertzwanzig Rubel von ihm zu empfangen hatte.

»Wie werden wir denn miteinander abrechnen«, begann er, »man muß das in Taler umrechnen. Da, nehmen Sie hundert Taler, das ist eine runde Summe, das andere geht natürlich nicht verloren.«

Ich nahm schweigend das Geld.

»Seien Sie bitte nicht böse über meine Worte, Sie sind so empfindlich ... Wenn ich Ihnen diese Bemerkung machte, so habe ich Sie sozusagen gewarnt, und dazu habe ich natürlich ein gewisses Recht ...«

Als ich vor dem Mittagessen mit den Kindern zurückkehrte, begegnete mir eine ganze Kavalkade. Die Unsrigen machten einen Ausflug nach irgendeiner Ruine. Zwei ausgezeichnete Equipagen und herrliche Pferde! Mademoiselle Blanche saß in der einen mit Marja Philippowna und Pauline; der kleine

Franzose, der Engländer und der General waren zu Pferde. Die Vorübergehenden blieben stehen und sahen sich das an; der Effekt war erreicht. Nur wird es dem General nicht gut bekommen. Ich berechnete, daß mit den viertausend Franken, die ich gebracht hatte, auch wenn man noch das hinzuzählt, was sie offenbar irgendwo aufzubringen vermocht hatten, sie jetzt sieben- oder achttausend Franken haben. Das ist zu wenig für Mademoiselle Blanche.

Mademoiselle Blanche wohnt gleichfalls in unserm Hotel mit ihrer Mutter zusammen. Dort ist auch irgendwo unser kleiner Franzose untergebracht. Die Kellner nennen ihn ›monsieur le comte‹ und die Mutter von Mlle. Blanche wird ›madame la comtesse‹ angeredet. Vielleicht sind sie tatsächlich Graf und Gräfin.

Ich wußte im voraus, daß le comte mich nicht erkennen werde, wenn wir uns beim Mittagessen treffen. Der General dachte natürlich gar nicht daran, uns miteinander bekannt zu machen oder wenigstens mich ihm vorzustellen. Monsieur le comte war aber selber in Rußland gewesen und weiß, daß das gar kein großer Vogel ist, was man »outchitel« nennt. Er kennt mich übrigens sehr gut. Ich muß indes zugeben, ich kam völlig ungeladen zum Mittagessen; der General schien das nur vergessen zu haben, sonst hätte er mich sicher zur table d'hôte geschickt. Ich kam ungeladen, und der General war sichtlich wenig erfreut bei meinem Anblick. Die gute Marja Philippowna wies mir sogleich einen Platz an. Doch das Erscheinen von Mister Astley kam mir zu Hilfe, und unwillkürlich erwies ich mich als ein Mitglied ihrer Gesellschaft.

Diesem seltsamen Engländer war ich zuerst in Preußen im Eisenbahnwagen begegnet, wo wir einander gegenübersaßen, als ich den Unsrigen nachreiste. Dann traf ich bei der Einreise nach Frankreich mit ihm zusammen und schließlich in der Schweiz. Im Laufe von diesen zwei Wochen war das zweimal geschehen – und jetzt begegnete ich ihm auch schon in Roulettenburg. Ich sah niemals im Leben einen Menschen, der schüchterner gewesen wäre. Das ging bis zur Dummheit, und er wußte das natürlich selber, denn er war durchaus nicht dumm. Er ist übrigens sehr lieb und still. Ich veranlaßte ihn schon bei unserer ersten Begegnung in Preußen, aus seiner Schweigsamkeit herauszutreten. Er erklärte mir, er sei diesen Sommer am Nordkap gewesen und hege den großen Wunsch, den Jahrmarkt von Nishnij Nowgorod zu besuchen. Ich weiß nicht, wie er die Bekanntschaft des Generals gemacht hatte; mir scheint, er ist grenzenlos verliebt in Pauline. Als sie eintrat, wurde er feuerrot. Er war sehr froh, daß ich neben ihm saß, und schien mich schon für seinen Busenfreund zu halten.

Bei Tisch führte der Franzose in auffallender Weise das große Wort. Er verhielt sich zu allen von oben herab und tat sehr wichtig. In Moskau hat er, das weiß ich sehr gut, nur Seifenblasen losgelassen. Er sprach furchtbar viel von den Finanzen und von der russischen Politik. Bisweilen wagte der General zu widersprechen – indes bescheiden, einzig und allein so viel, um nicht endgültig die Achtung einzubüßen.

Ich war in seltsamer Stimmung; natürlich hatte ich mir, noch bevor das Mittagessen halb zu Ende war, meine gewöhnliche und ewige Frage vorgelegt: »Weshalb gebe ich mich mit diesem General ab und habe ihn nicht längst schon verlassen?« Bisweilen blickte ich Pauline Alexandrowna an. Sie schien mich aber überhaupt nicht zu bemerken. Schließlich wurde ich böse und beschloß, Grobheiten zu sagen.

Das begann damit, daß ich mich plötzlich, ohne jede Veranlassung, ohne daß man mich gefragt hätte, und mit lauter Stimme in die Unterhaltung anderer einmischte. Vor allem verlangte mich danach, mit dem kleinen Franzosen Streit zu bekommen. Ich wandte mich an den General und äußerte plötzlich ganz laut und deutlich, und mir scheint, indem ich ihn unterbrach: In diesem Sommer sei es für Russen fast ganz unmöglich, an den tables d'hôte in den Hotels teilzunehmen. Der General sah mich erstaunt an.

»Wenn man sich selber achtet«, fuhr ich fort, »fängt man

unbedingt Streit an, und dann muß man sich manche Kopfnuß gefallen lassen. In Paris, am Rhein und sogar in der Schweiz sind stets so viele Polen und mit ihnen sympathisierende Franzosen an der Hoteltafel, daß es ganz unmöglich ist, auch nur ein Wort zu sprechen, wenn man zufällig Russe ist.«

Ich hatte das auf französisch gesagt. Der General sah mich erstaunt an und wußte nicht, ob er böse werden oder sich nur darüber wundern solle, daß ich mich so vergessen habe.

»Demnach hat man Ihnen wohl irgendwo eine Lektion erteilt?« sprach der kleine Franzose von oben herab und verächtlich.

»In Paris bin ich erst mit einem Polen in Streit geraten«, antwortete ich, »und dann mit einem französischen Offizier, der den Polen unterstützte. Alsdann trat schon ein Teil der Franzosen auf meine Seite, als ich ihnen erzählte, wie ich einmal den Wunsch hatte, einem Monsignore in die Kaffeetasse zu spucken.«

»Zu spucken?« fragte der General staunend mit wichtiger Miene, und er sah sich dabei im Kreise um. Der kleine Franzose blickte mich mißtrauisch an.

»Ja, so war es«, antwortete ich. »Da ich zwei Tage lang glaubte, ich müsse vielleicht in unsern Angelegenheiten auf kurze Zeit nach Rom fahren, ging ich in Paris in die Kanzlei der Gesandtschaft des Heiligen Vaters, um mir den Paß visieren zu lassen. Dort empfing mich ein Abbé von ungefähr fünfzig Jahren, trocken und mit eiskalter Miene. Er hörte mich höflich, wenn auch außerordentlich zurückhaltend an und bat mich zu warten. Obgleich ich es eilig hatte, mußte ich mich fügen. Ich setzte mich, nahm die ›Opinion Nationale‹ heraus und begann darin ein furchtbares Geschimpf auf Rußland zu lesen. Währenddessen vernahm ich, wie durch das nebenan liegende Zimmer jemand bei Monsignore eintrat. Ich sah, daß mein Abbé sich verneigte. Ich wiederholte meine Bitte, er bat mich noch trockener zu warten. Ein wenig später trat noch ein Unbekannter ein, indes in Geschäften – das war ein

Österreicher. Man hörte ihn an und führte ihn sogleich nach oben. Das verdroß mich sehr. Ich stand auf, trat zum Abbé und sagte ihm in entschiedenem Tone: Da ja Monsignore empfange, könne er auch meine Angelegenheit in Ordnung bringen. Da wich der Abbé außerordentlich erstaunt von mir zurück. Ihm war es einfach unfaßbar, wie denn ein nichtiger Russe sich mit den Gästen von Monsignore vergleichen könne. Er maß mich von Kopf bis zu den Füßen und rief im allerfrechsten Ton, gleich als freue er sich, daß er mich beleidigen könne: ›Glauben Sie denn wirklich, Monsignore werde Ihretwegen seinen Kaffee stehenlassen?‹ Da schrie ich noch lauter als er: ›So wissen Sie denn, daß ich auf den Kaffee Ihres Monsignore spucke! Wenn Sie mir aber nicht sogleich meinen Paß in Ordnung bringen, werde ich selber zu ihm hinaufgehen!‹

›Wie! Während bei ihm der Kardinal zu Besuch ist!‹ rief der Abbé, wich entsetzt vor mir zurück, stürzte zur Tür, kreuzte die Arme auf der Brust und nahm eine Miene an, als werde er eher sterben, als mich durchlassen.

Da antwortete ich ihm, ich sei ein Häretiker und ein Barbar, ›que je suis hérétique et barbare‹, und daß mir alle diese Erzbischöfe, Kardinäle, Monsignores usw. völlig gleichgültig seien. Mit einem Wort, ich zeigte deutlich, daß ich nicht nachgeben werde. Der Abbé sah mich mit unaussprechlicher Bosheit an, dann riß er mir den Paß aus der Hand und brachte ihn nach oben. Einen Augenblick später war er schon visiert. Das ist er, wollen Sie ihn sehen?« und ich zog meinen Paß heraus und zeigte das römische Visum.

»Sie hätten das gleichwohl . . .«, begann der General.

»Sie rettete, daß Sie sich selber für einen Barbaren und Häretiker bekannten«, bemerkte höhnisch lächelnd der kleine Franzose. »Cela n'était pas si bête.«

»Soll man sich denn wirklich an unsern Russen ein Beispiel nehmen? Sie sitzen hier – wagen nicht zu mucksen, und sind am Ende gar bereit zu leugnen, daß sie Russen seien. In Paris wenigstens, in meinem Hotel, begann man mich bei weitem aufmerksamer zu behandeln, seitdem ich ihnen allen von meinem Streit mit dem Abbé erzählt hatte. Ein dicker polnischer Adliger, der mir an der ganzen Hoteltafel am feindlichsten gesinnt war, trat auf den zweiten Plan. Die Franzosen ertrugen es sogar, als ich ihnen erzählte, ich habe vor zwei Jahren einen Mann gesehen, auf den im Jahre 1812 ein französischer Jäger geschossen hatte – einzig und allein, um sein Gewehr zu entladen. Dieser Mann war damals ein zehnjähriges Kind, und seine Eltern hatten nicht rechtzeitig Moskau verlassen können.«

»Das ist gar nicht möglich«, brauste der kleine Franzose auf. »Ein französischer Soldat wird nicht auf ein Kind schießen!«

»Dabei ist es doch so gewesen«, antwortete ich ihm. »Das erzählte mir ein ehrwürdiger Hauptmann außer Dienst, und ich selbst sah auf seiner Backe die Narbe von der Kugel.«

Der Franzose begann viel und rasch zu sprechen. Der General wollte ihn dabei unterstützen, ich empfahl ihm aber, beispielsweise einige Abschnitte aus den ›Aufzeichnungen‹ des Generals Perowsky zu lesen, der im Jahre 1812 in französischer Gefangenschaft gewesen war. Endlich begann Marja Philippowna ein anderes Gespräch, um von diesem Thema abzulenken. Der General war sehr unzufrieden mit mir, denn der Franzose und ich hatten fast schon einander anzuschreien begonnen. Dafür schien aber Mister Astley mein Streit mit dem Franzosen sehr gefallen zu haben. Als wir uns von der Tafel erhoben, lud er mich ein, mit ihm ein Glas Wein zu trinken. Am Abend gelang es mir endlich, wie ich es auch wollte, mich mit Pauline Alexandrowna eine Viertelstunde zu unterhalten. Das geschah während des Spazierganges. Alle waren in den Park nach dem Kasino gegangen. Pauline saß auf einer Bank bei der Fontäne und hatte Nadenka in ihrer Nähe mit den Kindern spielen lassen. Ich ließ auch Mischa zur Fontäne gehen, und wir blieben endlich allein.

Zunächst sprachen wir natürlich von Geschäften. Pauline

war ganz einfach böse, als ich ihr alles in allem nur etwas über siebenhundert Gulden überreichte. Sie war überzeugt, ich würde ihr aus Paris, wo ich ihre Brillanten versetzt hatte, wenigstens zweitausend Gulden bringen oder vielleicht sogar mehr. »Ich muß um jeden Preis Geld haben«, sprach sie, »und man muß es beschaffen; sonst bin ich ganz einfach verloren.«

Ich begann sie auszufragen, was in meiner Abwesenheit geschehen sei.

»Weiter nichts, als daß aus Petersburg zwei Nachrichten kamen: Erstens, die Großmutter sei sehr krank, und zwei Tage später, sie sei wohl schon gestorben. Das hatte Timofej Petrowitsch berichtet«, fügte Pauline hinzu, »und das ist ein gewissenhafter Mensch. Jetzt erwarten wir in Hinsicht auf letzteres endgültige Nachricht.«

»So sind demnach alle hier in Erwartung?« fragte ich.

»Natürlich, alle ohne Ausnahme, schon ein langes halbes Jahr hoffen sie einzig und allein darauf.«

»Sie gleichfalls?« fragte ich.

»Ich bin ihr überhaupt nicht verwandt, ich bin nur die Stieftochter des Generals. Ich weiß aber sicher, daß sie mich in ihrem Testament bedacht hat.«

»Es scheint mir, Sie werden sehr viel erhalten«, sprach ich bestätigend.

»Ja, sie liebte mich. Aber weshalb scheint es Ihnen so?«

»Erlauben Sie mir die Gegenfrage: Unser Marquis scheint gleichfalls in alle Familienangelegenheiten eingeweiht zu sein?«

»Aber was hat das denn für Sie für ein Interesse?« fragte Pauline, wobei sie mich streng und kalt ansah.

»Sie fragen noch! Wenn ich nicht irre, hat der General bereits bei ihm Geld geliehen.«

»Sie haben das ganz richtig erraten.«

»Nun, wie hätte er denn Geld gegeben, wenn er nichts von dem Großmütterchen gewußt hätte? Haben Sie bemerkt, bei Tisch hat er dreimal, als von der Großmutter die Rede war, sie la baboulenka genannt. Was für intime und freundschaftliche Beziehungen!«

»Ja, Sie haben recht. Sobald er nur erfahren wird, daß auch ich in dem Testament bedacht bin, wird er sogleich um mich anhalten. Das wollten Sie doch bloß hören.«

»Wird er erst dann anhalten? Ich dachte, er habe das längst getan.«

»Sie wissen sehr wohl, daß dem nicht so ist!« sprach Pauline erzürnt. »Wo haben Sie übrigens diesen Engländer getroffen?« fügte sie nach kurzem Schweigen hinzu.

»Das wußte ich, daß Sie mich sogleich nach ihm fragen werden.«

Ich erzählte ihr von meinen früheren Begegnungen mit Mister Astley.

»Er ist schüchtern und leicht empfänglich und natürlich schon in Sie verliebt.«

»Ja, das ist er«, antwortete Pauline.

»Und natürlich ist er zehnmal reicher als der Franzose. Wie denn, besitzt der Franzose tatsächlich etwas? Unterliegt das keinem Zweifel?«

»Nein, durchaus nicht. Er besitzt irgendein château. Das hat mir noch gestern der General versichert. Nun, genügt Ihnen das?«

»Ich an Ihrer Stelle würde unbedingt den Engländer heiraten.«

»Weshalb denn?« fragte Pauline.

»Der Franzose ist hübscher, aber gemeiner, während der Engländer, ganz abgesehen davon, daß er ein anständiger Mensch ist, noch zehnmal reicher ist«, sprach ich scharf.

»Ja, dafür ist aber der Franzose Marquis und auch gescheiter«, antwortete sie mit der ruhigsten Miene.

»Ist das denn auch so?« fuhr ich wie vordem fort.

»Das ist durchaus so!«

Pauline mißfielen meine Fragen sehr, und ich sah, daß sie

mich durch den Ton und die Schroffheit ihrer Antworten erzürnen wollte. Das sagte ich ihr auch sogleich ins Gesicht.

»Jawohl, tatsächlich amüsiert es mich, wenn Sie böse werden. Schon allein dafür, daß ich Ihnen solche Fragen und Vermutungen erlaube, müssen Sie büßen!«

»Ich halte mich tatsächlich für berechtigt, Ihnen jede Frage zu stellen«, antwortete ich ruhig, »und gerade deshalb, weil ich bereit bin, jede beliebige Buße dafür zu tragen, und mir mein Leben jetzt gar nichts mehr wert ist.«

Pauline lachte auf.

»Sie sagten mir das letztemal auf dem Schlangenberg, Sie seien bereit, auf mein erstes Wort hin sich kopfüber herabzustürzen – und das war dort, glaube ich, tausend Fuß hoch. Ich werde auch noch einmal dieses Wort aussprechen, einzig und allein, um zu sehen, wie Sie büßen werden, und seien Sie überzeugt, ich werde nicht schwach werden. Sie sind mir verhaßt – gerade deswegen, weil ich Ihnen so viel erlaubt habe, und noch verhaßter deshalb, weil Sie mir so nötig sind. Solange ich Sie aber nötig habe – muß ich Sie mir warmhalten.«

Sie wollte aufstehen. Ihre Stimme klang gereizt. In der letzten Zeit endigte jede Unterhaltung mit mir damit, daß sie böse und aufgeregt wurde, richtig böse.

»Erlauben Sie mir die Frage: Wer ist eigentlich Mademoiselle Blanche?« sprach ich, da ich die Gelegenheit zu dieser Erkundigung nicht vorübergehen lassen wollte.

»Sie selber wissen, wer Mademoiselle Blanche ist. Seit jener Zeit ist nichts Neues hinzugekommen. Mademoiselle Blanche wird sicherlich Generalin werden – natürlich, wenn sich das Gerücht von dem Tod der Großmutter bestätigt. Denn Mademoiselle Blanche sowohl wie ihre Mutter und ihr entfernter Vetter, der Marquis, wissen alle sehr wohl, daß wir ruiniert sind.«

»Ist aber der General endgültig verliebt?«

»Darum handelt es sich nicht. Hören Sie und verstehen Sie mich wohl: Nehmen Sie diese siebenhundert Gulden und fangen Sie an zu spielen, gewinnen Sie mir möglichst viel beim Roulett; ich brauche jetzt um jeden Preis Geld!«

Nach diesen Worten rief sie Nadenka und ging zum Kasino, wo sie sich unserer ganzen übrigen Gesellschaft anschloß. Ich aber schlug den ersten Seitenweg ein, der sich mir bot, da ich völlig überrascht war und nachdenken mußte. Ihr Befehl, zum Spieltisch zu gehen, traf mich wie ein Schlag auf den Kopf. Und das war seltsam: Ich hätte mir sehr vieles überlegen müssen, und dabei war ich innerlich ganz damit ausgefüllt, meinen Gefühlen für Pauline auf den Grund zu kommen. Freilich, es war mir leichter gewesen in den zwei Wochen meiner Abwesenheit als jetzt, am Tage meiner Rückkehr, wenngleich ich unterwegs wie ein Verrückter von Sehnsucht gequält wurde, mich wie ein Rasender benahm und sie sogar ständig im Traume vor mir sah. Einmal (das war in der Schweiz) war ich im Eisenbahnwagen eingeschlafen und muß wohl im Traume laut mit Pauline gesprochen haben, denn alle Mitreisenden lachten, als ich erwachte. Und jetzt legte ich mir noch einmal die Frage vor: Liebe ich sie denn wirklich? Und wiederum konnte ich mir darauf keine Antwort geben, das heißt, besser gesagt, zum hundertsten Male sagte ich mir, daß ich sie hasse. Ja, sie war mir verhaßt. Es gab Augenblicke (und gerade jedesmal dann, wenn wir eine Unterhaltung zum Abschluß brachten), wo ich mein halbes Leben dafür gegeben hätte, wenn ich sie hätte erdrosseln können! Ich schwöre, wäre es mir jetzt in diesem Augenblick möglich gewesen, ihr ein scharfes Messer in die Brust zu stoßen, so hätte ich das, so scheint es mir, mit Wonne getan. Und dabei schwöre ich wiederum bei allem, was mir heilig ist, hätte sie mir auf dem Schlangenberg, auf einem viel besuchten Aussichtspunkt, tatsächlich gesagt: »Stürzen Sie sich hinunter!«, so hätte ich das sogleich getan und gleichfalls mit Wonne. Ich wußte das. Auf jeden Fall mußte ich mir darüber klar werden. Sie begriff das alles sehr wohl, und ich bin überzeugt, der Gedanke daran, daß ich mir durchaus richtig und der Wirklichkeit entsprechend bewußt bin, daß sie mir völlig unerreichbar ist und daß sich meine Phantasien niemals verwirklichen werden – dieser Gedanke, das glaube ich bestimmt, muß wohl außerordentlichen Reiz für sie haben, wie konnte sie denn sonst, sie, die so vorsichtig und so gescheit ist, sich mit mir auf solche Intimitäten und Offenheiten einlassen? Es scheint mir, sie blickt bis jetzt noch auf mich wie jene Kaiserin im Altertum auf ihren Sklaven, in dessen Anwesenheit sie sich auszukleiden pflegte, da sie ihn nicht für einen Menschen hielt. Ja, oftmals hat sie mich nicht dafür gehalten.

Gleichwohl hatte sie mir aufgetragen, um jeden Preis zu spielen. Ich hatte gar nicht Zeit zu überlegen: wozu und wie bald ich spielen sollte, und was für neue Erwägungen in diesem ewig berechnenden Kopfe aufgestiegen seien. Zudem waren offenbar in diesen zwei Wochen eine Menge neuer Tatsachen hinzugekommen, von denen ich noch keine Ahnung hatte. Das alles mußte man herausbekommen, hinter das alles mußte man kommen, und so rasch wie möglich. Vorderhand hatte ich aber keine Zeit dazu: Ich mußte spielen gehen.

ZWEITES KAPITEL

Ich gestehe, das war mir unangenehm, hatte ich mich auch schon entschlossen zu spielen, so war es doch durchaus nicht meine Absicht gewesen, dies für andere zu tun. Das brachte mich sogar ein wenig aus der Fassung, und ich trat in äußerst verdrießlicher Stimmung in den Spielsaal. Schon auf den ersten Blick erregte dort alles mein Mißfallen. Ich kann jenes Lakaientum in den Feuilletons der ganzen Welt und besonders in den russischen Zeitungen gar nicht ausstehen, wo fast jeden Frühling unsere Feuilletonisten nur von zwei Dingen zu erzählen wissen: Erstens von der außergewöhnlichen Pracht und Herrlichkeit der Spielsäle in den Kurorten am Rhein, und zweitens von den Goldhaufen, die dort auf den Tischen liegen sollen. Man bezahlt sie ja gar nicht dafür – das wird einfach aus selbstlosem Schmeichlertum berichtet. Dabei gibt es in diesen widerlichen Sälen durchaus keine Pracht, und das Geld liegt keineswegs in Haufen auf den Tischen, man sieht es sogar fast gar nicht. Natürlich dann und wann im Verlaufe der Saison tritt plötzlich irgendein wunderlicher Kerl auf, ein Engländer oder irgendein Asiate, ein Türke, wie in diesem Sommer, und verspielt oder gewinnt plötzlich sehr viel; die andern aber spielen auf einzelne Gulden, und im Durchschnitt liegt stets sehr wenig Geld auf dem Tisch.

Als ich den Spielsaal betrat (zum erstenmal in meinem Leben), konnte ich mich einige Zeit gar nicht entschließen zu spielen. Zudem war dort ein großes Gedränge. Wäre ich aber auch allein gewesen, ich glaube, ich wäre eher wieder weggegangen, als daß ich zu spielen begonnen hätte. Ich gestehe, mir pochte das Herz, und ich war nicht kaltblütig. Ich wußte ganz genau, und ich hatte längst schon begriffen, daß ich aus Roulettenburg nicht so davonkommen werde, sondern daß sich hier zweifellos in meinem Schicksal ein radikaler und endgültiger Umschwung vollziehen werde. Das ist Notwendigkeit, und so wird es auch sein. Wie lächerlich es sein mag, daß ich für mich so viel vom Spielen erwartete, noch lächerlicher scheint mir die übliche allgemein anerkannte Anschauung zu sein, es sei dumm und albern, überhaupt etwas vom Spiele zu erwarten. Weshalb soll das Spielen schlechter sein als irgendeine andere Art, Geld zu erwerben? Zum Beispiel der Handel! Eines ist zwar richtig: Von Hunderten gewinnt einer. Aber was geht das mich an?

Auf jeden Fall beschloß ich, mich erst einmal ordentlich umzuschauen und an diesem Abend mit nichts Ernstem zu beginnen. Würde sich selbst an diesem ersten Abend etwas Bedeutendes zutragen, so wäre das doch nur Zufall und mühelos geschehen, und ich hatte nun einmal so beschlossen. Zudem mußte ich erst das Spiel kennenlernen; zwar hatte ich, und dazu noch mit großer Gier, Tausende von Beschreibungen über das Roulettspiel gelesen, ich hatte aber gar nichts von seinem eigentlichen Wesen begriffen, bevor ich es mit eigenen Augen sah.

Zunächst schien mir alles so schmutzig – und zwar in moralischer Hinsicht schmutzig und widerlich. Ich spreche dabei durchaus nicht von jenen gierigen, aufgeregten Gesichtern, die zu Dutzenden, sogar zu Hunderten die Spieltische umgeben. Ich kann durchaus nichts Schmutziges in dem Verlangen erblicken, möglichst rasch und möglichst viel zu gewinnen. Es kam mir stets sehr dumm vor, als ein satter und in gesicherten Verhältnissen lebender Moralist jemandem, der das Spielen damit rechtfertigen wollte: daß man auch kleine Einsätze mache, antwortete – dies sei um so schlimmer, weil sich hier die Habgier auch noch kleinlich erweise. Gleich als sei kleine Geldgier und große Geldgier nicht ein und dasselbe. Der ganze Unterschied liegt doch nur im Verhältnis: Was für Rothschild wenig ist, ist für mich sehr viel. Die Begriffe Gelderwerb und Spielgewinn bleiben aber davon ganz unberührt, da ja die Menschen sowohl am Spieltisch wie überall sonst überhaupt gar nichts anderes tun, als daß sie einer dem andern Geld abnehmen oder abgewinnen. Ob aber überhaupt Gelderwerb und Handelsgewinn gemein sind – das ist eine andere Frage. Hierauf lasse ich mich hier nicht ein. Da ich aber doch selber in hohem Grade von Gewinngier beherrscht war, so kam mir alle diese Habsucht und der ganze damit zusammenhängende Schmutz, wenn Sie wollen, sogar willkommener und vertrauter vor, als ich in den Saal trat. Es ist immer am allerbesten, wenn man einander keine Faxen vormacht, vielmehr offen und ehrlich handelt. Ja, und wozu soll man sich denn auch selber noch betrügen? Man kann gar nichts Unnützeres und Dümmeres tun!

Besonders widerlich berührte es mich aber auf den ersten Blick, daß all dieses Spielergesindel mit einer gewissen Achtung, mit Ernst, ja sogar mit Ehrerbietung auf seine Beschäftigung hinblickt. Das lag auf den Gesichtern derer geschrieben, die sich um die Tische drängten. Deshalb wird hier auch ein so scharfer Unterschied gemacht zwischen dem Spiel, was als »mauvais genre« gilt, und dem Spiel, wie es sich für einen anständigen Menschen ziemt. Es gibt demnach zwei Spiele: Das eine – das Spiel der Gentlemen, das andere – das Spiel der Plebejer (das gierige Spiel jeglichen Gesindels). Hier wird dies streng unterschieden, und dabei – wie gemein ist tatsächlich dieser Unterschied! Ein Gentleman kann zum Beispiel fünf oder zehn Louisdor setzen, selten setzt er mehr, er darf übrigens auch tausend Franken setzen, wenn er sehr reich ist, aber immer nur um des Spieles willen, einzig und allein zu seiner Unterhaltung, eigentlich nur dazu, um den Vorgang des Gewinnens und Verlierens zu beobachten – er darf sich aber durchaus nicht für den Gewinn selber interessieren. Hat er einen Gewinn gemacht, so kann er laut auflachen oder einem von den ihn Umgebenden eine Bemerkung machen, er kann sogar noch einmal setzen, und noch einmal den Satz verdoppeln, aber einzig und allein aus Neugierde, um die Chancen zu beobachten, um Berechnungen anzustellen – aber keineswegs aus plebejischem Verlangen nach Gewinn. Mit einem Wort, auf alle diese Spieltische, ob es sich um Roulett oder um Trente-et-quarante handelt, darf er nicht anders hinblicken, wie als wenn dies einzig und allein zu seinem Vergnügen, um ihn zu unterhalten, eingerichtet worden wäre. Die Fallen und Gewinnberechnungen, auf denen die Bank sich gründet, ja um derentwillen sie überhaupt errichtet wurde, darf er sogar nicht einmal vermuten. Sehr, sehr gut würde es sich sogar ausnehmen, wenn es ihm zum Beispiel so vorkommen würde, als seien alle andern Spieler, alles dieses Gesindel, das um einzelne Gulden zittert – ganz eben solche reichen und vornehmen Leute wie er selber und spielen einzig und allein, um sich zu erheitern und zu zerstreuen. Dieses völlige Nichtsehen der Wirklichkeit, dieser unschuldige Blick auf die Menschen würde natürlich für sehr aristokratisch gelten. Ich sah oftmals, wie Mütter ihre unschuldigen und vornehmen fünfzehn- bis sechzehnjährigen Töchter vorschoben, ihnen einige Geldstücke gaben und sie lehrten, wie man spielen müsse. Ob so ein junges Fräulein gewinnt oder verliert, es wird unbedingt lächeln und sehr zufrieden davongehen. Unser General trat z. B. mit solider und würdevoller Miene zum Tisch. Ein Lakai stürzte herbei, um ihm einen Stuhl anzubieten, er bemerkte ihn aber gar nicht. Sehr gelassen zog er einen Beutel hervor, und ohne sich im geringsten zu beeilen, entnahm er ihm dreihundert Franken in Gold, setzte auf Schwarz und gewann. Er nahm den Gewinn nicht an sich und ließ ihn auf dem Tisch liegen. Wiederum kam Schwarz heraus. Auch diesmal nahm er nicht das Geld, und als zum drittenmal Rot herauskam, hatte er auf einen Schlag zwölfhundert Franken verloren. Er ging lächelnd vom Tisch weg und hatte Charakter bewiesen. Ich bin aber überzeugt, daß ihm dabei übel zumute war, und wäre der Einsatz zweimal oder dreimal größer gewesen, so hätte er nicht mehr an sich halten können und seine Aufregung gezeigt. Übrigens gewann und verlor in meiner Gegenwart ein Franzose gegen dreißigtausend Franken, und er blieb dabei lustig und zeigte keinerlei Erregung. Der wirkliche Gentleman darf sich gar nichts merken lassen, wenn er auch sein ganzes Vermögen verspielt. Das Geld muß derart für niedriger gelten als das Gentlemantum, daß es fast gar nicht lohnt, sich überhaupt um es zu kümmern.

Natürlich ist es äußerst aristokratisch, den ganzen Schmutz alles dieses Gesindels und der ganzen Umgebung überhaupt nicht zu bemerken. Indes ist bisweilen auch das Gegenteil nicht weniger aristokratisch: Dieses ganze Gesindel wohl zu bemerken, das heißt zu betrachten, ja sogar zum Beispiel durch die Lorgnette zu beobachten. Das darf aber nur so aussehen, als halte man diesen ganzen Menschenhaufen und all diesen Schmutz für eine Art Zerstreuung – gleichsam für eine Vorstellung, die zur Unterhaltung des Gentleman gegeben werde. Man kann sogar mitten im Gedränge stehen, man muß nur durchaus in dem Bewußtsein um sich schauen, daß man selber der eigentliche Beobachter ist und schon durchaus nicht zur Menge gehört. Übrigens darf man auch nicht allzu interessiert beobachten: Das würde schon wiederum nicht einem Gentleman geziemen. Denn jedenfalls ist dieses ganze Schauspiel keiner allzu großen Aufmerksamkeit wert. Ja, und es gibt überhaupt wenig Schauspiele, die dessen wert sind in den Augen eines Gentleman. Dabei schien es mir persönlich, als sei dies alles aufmerksamster Beobachtung sogar wert, besonders, wenn man durchaus nicht nur zum Beobachten gekommen ist, sich vielmehr aufrichtig und ehrlich zu diesem Gesindel rechnet. Was indes meine heiligsten sittlichen Überzeugungen anbetrifft, so ist natürlich hier nicht der Platz dazu, mich auf ernsthafte Erörterungen einzulassen. Das sage ich zur Reinhaltung meines Gewissens. Ich möchte dabei indes noch eines bemerken: Die ganze letzte Zeit über war es mir widerlich, an meine Gedanken und Taten irgendeinen moralischen Maßstab anzulegen. Etwas ganz anderes leitete mich ...

Die große Masse spielt tatsächlich in sehr schmutziger Weise. Ich bin sogar durchaus nicht abgeneigt anzunehmen, daß dort, an diesen Tischen, eine ganze Reihe gemeinster Diebstähle vor sich geht. Die Croupiers, die an beiden Enden des Tisches sitzen, auf die Einsätze achten und die Auszahlungen machen, haben furchtbar viel zu tun. Das ist einmal ein Gesindel! Größtenteils sind das Franzosen. Ich mache übrigens hier meine Beobachtungen und Bemerkungen durchaus nicht deshalb, um das Roulettspiel zu beschreiben, ich passe mich dem nur innerlich an, um zu wissen, wie ich mich in Zukunft zu benehmen habe. Ich bemerkte zum Beispiel, daß es durchaus nichts Außergewöhnliches ist, wenn sich hinter dem Rücken des Spielenden plötzlich eine Hand hervorstreckt und sich das nimmt, was man eben gerade gewann. Da erhebt sich ein Streiten, nicht selten Geschrei, und – ich bitte Sie gefälligst zu beweisen, Zeugen ausfindig zu machen, daß das wirklich Ihr Einsatz war!

Am Anfang waren mir das alles böhmische Dörfer. Ich erriet nur und unterschied irgendwie, daß die Einsätze auf die Zahlen, ob gerade oder ungerade, und auf die Farben gemacht wurden. An diesem Abend beschloß ich, von dem Gelde Paulinens hundert Gulden zu riskieren. Der Gedanke, daß ich nicht für mich spiele, brachte mich etwas aus dem Konzept. Das war eine außerordentlich unangenehme Empfindung, und ich wollte sie möglichst rasch loswerden. Es schien mir immer so, daß, wenn ich zuerst für Pauline spielen werde, ich mein eigenes Glück untergrabe. Kann man sich denn gar nicht dem Spieltisch nahen, ohne schon sogleich vom Aberglauben angesteckt zu werden? Ich begann damit, daß ich fünf Friedrichsdor, das heißt fünfzig Gulden, herausnahm und sie auf Gerade setzte. Das Rad drehte sich, es kam dreizehn heraus – ich hatte verspielt. Mit einer ganz krankhaften Empfindung, einzig und allein um mich loszumachen und wegzugehen, setzte ich noch fünf Friedrichsdor auf Rot. Rot kam heraus. Ich setzte alle zehn Friedrichsdor – wiederum kam Rot heraus. Ich erhielt vierzig Friedrichsdor und setzte zwanzig auf die Zwölf der mittleren Reihe, ohne zu wissen, was dabei herauskommt. Man zahlte mir das Dreifache aus. Auf diese Weise hatte ich plötzlich an Stelle von zehn Friedrichsdor achtzig. Mir wurde es derart unerträglich zumute, eine ganz ungewöhnliche und seltsame Empfindung hatte mich erfaßt, daß ich wegzugehen beschloß. Mir schien, ich würde überhaupt nicht so gespielt haben, wenn ich für mich gespielt hätte. Gleichwohl setzte ich alle achtzig Friedrichsdor noch einmal auf Gerade. Diesmal kam vier heraus; ich erhielt noch achtzig Friedrichsdor, nahm diesen ganzen Haufen von hundertsechzig Goldstücken und ging weg, um Pauline Alexandrowna aufzusuchen.

Die Unsrigen gingen immer noch im Park spazieren, und ich konnte sie erst beim Abendessen sprechen. Diesmal war der Franzose abwesend, und der General ging aus sich heraus: Unter anderem hielt er es für nötig, mir wiederum die Bemerkung zu machen, er wünsche mich nicht am Spieltisch zu sehen.

Er war der Ansicht, es kompromittiere ihn sehr, wenn ich einmal zuviel verliere. »Wenn Sie aber auch sogar sehr viel gewinnen würden, auch dann werde ich kompromittiert sein«, fügte er bedeutsam hinzu. »Natürlich habe ich kein Recht, über Sie zu verfügen, Sie müssen indes selber zugeben ...« Seiner Gewohnheit nach sprach er nicht zu Ende. Ich bemerkte sehr trocken, ich besitze sehr wenig Geld, und ich sei demnach gar nicht imstande, allzu auffallend zu verlieren, wenn ich sogar spielen würde. Als ich nach oben in mein Zimmer ging, gelang es mir, Pauline ihren Gewinn zu übergeben, und dabei erklärte ich ihr, ich werde hinfort nicht mehr für sie spielen.

»Weshalb denn?« fragte sie erregt.

»Weil ich für mich selber spielen will«, antwortete ich und sah sie verwundert an, »und das stört.«

»Sind Sie demnach noch immer überzeugt, das Roulett biete Ihnen allein Ausweg und Rettung?« fragte sie höhnisch.

Ich antwortete ihr sehr ernsthaft, dies sei tatsächlich der Fall – was indes meine Gewißheit betreffe, unbedingt zu gewinnen, »so mag das lächerlich sein, ich habe gar nichts dagegen, man soll mich nur in Ruhe lassen«.

Pauline Alexandrowna bestand darauf, daß ich den heutigen Gewinn mit ihr zur Hälfte teilen solle, und wollte mir achtzig Friedrichsdor zurückgeben, indem sie annahm, unter dieser Bedingung werde ich fortfahren, für sie zu spielen. Ich verweigerte die Annahme entschieden und endgültig und erklärte, nicht deshalb sei ich außerstande, für andere zu spielen, weil ich das nicht wolle, vielmehr deshalb, weil ich dann ganz sicher verlieren werde.

»Gleichwohl, wie dumm das auch ist, hoffe auch ich selber fast einzig und allein auf das Roulett«, sprach sie nachdenklich. »Deshalb müssen Sie unbedingt fortfahren zu spielen, auf Halbpart mit mir – und Sie werden das natürlich tun!«

Bei diesen Worten ging sie weg, ohne meine Entgegnung weiter anzuhören.

Trotzdem sprach sie gestern den ganzen Tag über kein einziges Wort mit mir vom Spiel. Ja, und überhaupt vermied sie es gestern, mit mir zu sprechen. Ihre bisherige Art, mit mir zu verkehren, hatte sich nicht geändert. Sie beachtete mich noch ebensowenig, wenn sie mir begegnete, und dabei äußerte sich sogar etwas Verachtung und so etwas wie Haß. Überhaupt wünschte sie gar nicht, ihre Abneigung gegen mich zu verbergen. Das sah ich sehr wohl. Dessenungeachtet verhehlte sie mir keineswegs, daß sie mich zu irgendeinem Zweck nötig habe, und daß sie mich deshalb am Bändel halte. Die Beziehungen zwischen uns beiden wurden ganz seltsam, in vielem mir unverständlich – zumal wenn ich daran dachte, wie stolz und hochmütig sie zu allen andern war. Sie weiß zum Beispiel, daß ich sie wahnsinnig liebe, sie läßt es sogar zu, daß ich von meiner Leidenschaft spreche – und hätte natürlich durch gar nichts anderes in höherem Grade zum Ausdruck bringen können, wie sehr sie mich verachte, als gerade durch diese Erlaubnis, ihr frei und ungehindert von meiner Liebe zu erzählen. »Das heißt demnach, deine Gefühle halte ich für derart nichtig, daß es mir entschieden einerlei ist, wovon du mit mir sprichst und wie du für mich fühlst.« Von ihren eigenen Angelegenheiten hatte sie mit mir auch vordem viel gesprochen, sie war aber niemals völlig aufrichtig zu mir gewesen. Nicht nur das, ihre Mißachtung meiner Person nahm sogar solche Verfeinerungen an: Sie weiß zum Beispiel, daß mir dieser oder jener Umstand in ihrem Leben bekannt ist oder auch nur etwas davon, was sie heftig erregt. Sie wird mir sogar selber von ihren Verhältnissen erzählen, wenn sie mich für ihre Zwecke verwenden will: in der Art eines Sklaven oder als Laufbursche. Sie wird mir indes dann stets genauso viel mitteilen, als ein Mensch wissen muß, der zu Botendiensten verwendet wird, mag mir auch der ganze Zusammenhang der Ereignisse noch unbekannt sein. Und wenn sie auch selber sieht, daß ich mich über ihre Leiden und ihre Unruhe quäle und aufrege, wird sie mich dennoch niemals würdigen, mich durch freundschaftliche Offenheit völlig zu beruhigen, obgleich sie meiner Meinung nach sogar verpflichtet wäre, mit mir offen zu sein, da sie mich ja nicht selten zu Aufträgen verwendet, die nicht nur sehr große Mühe verursachen, sondern sogar mit Gefahr verbunden sind. Ja, aber lohnt es sich denn, sich darum zu kümmern, was ich empfinde, darum, daß ich mich vielleicht dreimal mehr sorge und quäle über ihre Sorgen und Mißerfolge als sie selber!

Schon seit drei Wochen wußte ich, daß sie die Absicht habe zu spielen. Sie hatte mir sogar schon mitgeteilt, ich müsse statt ihrer spielen, weil das für sie selber unziemlich sei. Aus dem Klang ihrer Worte habe ich damals schon erkannt, daß sie hierbei eine ernsthafte Sorge bewege und durchaus nicht das Verlangen, einfach Geld zu gewinnen. Was liegt ihr am Gelde an sich! Da steckt eine Absicht dahinter, da wirken irgendwelche Umstände, die ich erraten kann, die ich bis jetzt aber noch nicht weiß. Natürlich, die erniedrigende Sklaverei, in der sie mich hält, könnte mir die Möglichkeit geben (und tatsächlich bietet sie sich oft), sie ohne weiteres plump auszufragen. Da ich ja in ihren Augen ein Sklave und allzu nichtig bin, kann sie sich gar nicht gekränkt fühlen, wenn ich eine plumpe Neugierde an den Tag lege. Die Sache ist aber die, daß sie mir zwar erlaubt, Fragen zu stellen, sie aber nicht beantwortet. Bisweilen bemerkt sie sie überhaupt gar nicht. So stehen wir zueinander!

Gestern hatte man bei uns viel von einem Telegramm gesprochen, das man schon vor vier Tagen nach Petersburg geschickt und auf das man bis jetzt noch keine Antwort erhalten hatte. Der General war sichtlich aufgeregt und verstört. Natürlich handelt es sich um die Großmutter. Auch der Franzose zeigt Erregung. Zum Beispiel gestern nachmittag hatten sie ein langes, ernsthaftes Gespräch miteinander. Der Franzose spricht mit uns allen in einem außerordentlich hochmütigen und nachlässigen Ton. (Gerade wie es im Sprichwort heißt: Wenn man das Schwein an die Tafel setzt, legt es gleich die Füße auf den Tisch.) Sogar mit Pauline redet er bis zur Grobheit von oben herab. Übrigens nimmt er mit Vergnügen an den Spaziergängen zum Kasino oder an den Kavalkaden und Ausflügen in die Umgebung teil. Längst sind mir gewisse Umstände bekannt, die den Franzosen mit dem General verbinden: In Rußland wollten sie zusammen eine Fabrik gründen; ich weiß nicht, ist ihr Projekt gescheitert oder geht noch immer bei ihnen die Rede hiervon. Außerdem erfuhr ich zufällig einen Teil eines Familiengeheimnisses: Tatsächlich hatte der Franzose im vorigen Jahre dem General aus der Klemme geholfen, indem er ihm dreißigtausend Rubel gab, damit jener bei der Übergabe seines Amtes ein Defizit in der ihm anvertrauten Kasse zu decken vermochte. Natürlich befindet sich der General in seinen Krallen, indes jetzt, gerade eben, spielt die Hauptrolle gleichwohl Mlle. Blanche, und ich bin überzeugt, daß ich mich hierin nicht täusche.

Wer ist eigentlich Mlle. Blanche? Hier bei uns sagt man, sie sei eine angesehene Französin, die ihre Mutter bei sich habe und ein kolossales Vermögen besitze. Auch ist bekannt, daß sie unserm Marquis irgendwie verwandt ist, nur sehr weitläufig, eine Art Cousine oder noch entfernter. Man erzählt, bis zu meiner Reise nach Paris hätten der Franzose und Mlle. Blanche miteinander viel zurückhaltender verkehrt, ihr Umgang sei bei weitem feiner und zartfühlender gewesen. Jetzt indes machen ihre Beziehungen zueinander, Freundschaft und Verwandtschaft, einen etwas gröbern und gewöhnlichern Eindruck. Vielleicht scheinen ihnen unsere Angelegenheiten schon derart schlecht zu stehen, daß sie es gar nicht mehr für nötig halten, sich uns gegenüber allzusehr Zwang aufzuerlegen und sich zu genieren. Noch vorgestern war mir aufgefallen, wie Mister Astley Mlle. Blanche und ihre Mutter betrachtet hatte. Es schien mir, als kenne er sie. Ja, es kam mir sogar vor, als sei auch unser Franzose schon früher Mister Astley begegnet. Übrigens ist Mister Astley derart schüchtern, schamhaft und schweigsam, daß man sich fast auf ihn verlassen kann – »er wird den Schmutz nicht über die Schwelle kommen lassen«. Wenigstens grüßt ihn der Franzose kaum und bemerkt ihn fast gar nicht, er fürchtet ihn demnach nicht. Das ist immerhin noch begreiflich, aber weshalb bemerkt ihn auch Mlle. Blanche fast gar nicht? Um so mehr, als der Marquis sich gestern verschwätzte: Er erwähnte auf einmal inmitten der allgemeinen Unterhaltung, ich weiß nicht aus welchem Anlaß, Mister Astley sei kolossal reich, das wisse er genau. Dann hätte aber doch Mlle. Blanche Mister Astley wohl bemerken müssen! Überhaupt, der General hat seine Sorgen! Begreiflich, was unter solchen Umständen für ihn ein Telegramm mit der Todesbotschaft seiner Tante bedeuten kann!

Wenn es mir auch zweifellos schien, daß Pauline es vermeide, geradezu absichtlich mit mir zu sprechen, so nahm ich auch selber eine kalte und gleichgültige Miene an: Ich dachte immer, sie werde sich gleichwohl schließlich an mich wenden. Dafür wandte ich gestern und heute meine ganze Aufmerksamkeit vornehmlich Mlle. Blanche zu. Der arme General ist endgültig verloren: Sich mit fünfundfünfzig Jahren so leidenschaftlich zu verlieben ist natürlich ein Unglück. Berücksichtigt man zudem auch noch, daß er Witwer ist, daß er Kinder hat, daß sein Gut völlig ruiniert ist, daß er Schulden hat – und schließlich das Weib, in das er sich verliebte! Mlle. Blanche ist wohl hübsch. Ich weiß aber nicht, ob man mich verstehen wird, wenn ich sage, sie habe eines jener Gesichter, vor denen man Angst bekommen kann. Wenigstens ich habe mich stets vor solchen Weibern gefürchtet. Wahrscheinlich ist sie fünfundzwanzig Jahre alt. Sie ist hochgewachsen und hat breite volle Schultern: Hals und Busen sind üppig; sie hat eine dunkelgelbe Hautfarbe, Haare so schwarz wie Tusche und so üppig, daß es für zwei Frisuren ausgereicht hätte. Die Augen sind schwarz, das Weiß darin gelblich, der Blick frech, die Zähne schneeweiß, die Lippen stets gefärbt, sie riecht nach

Moschus. Sie kleidet sich effektvoll, reich, elegant und mit großem Geschmack. Hände und Füße sind von erstaunlicher Schönheit. Ihre Stimme ist ein kräftiger Alt. Bisweilen bricht sie in Lachen aus und zeigt dann alle ihre Zähne, gewöhnlich schweigt sie aber und blickt frech vor sich hin – wenigstens in Anwesenheit von Pauline und Marja Philippowna. (Ein merkwürdiges Gerücht: Marja Philippowna reist nach Rußland.)

Mir scheint, Mlle. Blanche besitzt keine Bildung, vielleicht ist sie nicht einmal gescheit, dafür aber mißtrauisch und schlau. Ich glaube, ihr Leben ist nicht ohne Abenteuer verlaufen. Wenn man schon alles sagen soll, so ist vielleicht der Marquis durchaus nicht mit ihr verwandt und ihre Mutter gar nicht ihre Mutter. Es wird aber erzählt, in Berlin, wo wir mit ihnen zusammentrafen, seien sie und ihre Mutter mit einigen anständigen Menschen bekannt gewesen. Was den Marquis selber anbetrifft, so zweifle ich zwar bis jetzt, daß er wirklich Marquis ist, es unterliegt aber keinem Zweifel, daß er in der guten Gesellschaft verkehrte, sowohl bei uns zum Beispiel in Moskau wie auch irgendwo in Deutschland. Ich weiß nur nicht, was er in Frankreich ist. Man sagt, er besitze ein Schloß. Ich dachte mir, in diesen zwei Wochen werde viel Wasser ins Meer fließen, und trotzdem wußte ich noch nicht genau, ob zwischen dem General und Mlle. Blanche ein entscheidendes Wort gefallen sei. Überhaupt hängt jetzt alles von unserm Vermögen ab, das heißt davon, ob der General ihnen viel Geld aufweisen kann. Würde zum Beispiel die Nachricht kommen, das Großmütterchen sei noch nicht tot, so bin ich überzeugt, Mlle. Blanche wäre sofort verschwunden. Ich wundere mich darüber, und es kommt mir selber lächerlich vor, daß ich ein solcher Klatscher wurde. Oh, wie ist mir das alles zuwider! Mit welcher Wonne würde ich alle und alles im Stich lassen! Aber bin ich denn imstande, Pauline zu verlassen, kann ich denn davon ablassen, um sie herum alles auszuspionieren? Das ist natürlich gemein – aber was geht das mich an?

Auch Mister Astley erregte gestern und heute meine Aufmerksamkeit. Ja, ich bin überzeugt, er ist in Pauline verliebt! Es ist eigenartig und lächerlich, wie viel Ausdruck bisweilen in dem Blick eines schamhaften und krankhaft keuschen Menschen liegen kann, der von Liebe erfaßt ist – und gerade in solchen Augenblicken, wenn dieser Mensch schon lieber in den Boden versinken möchte, als irgend etwas durch Wort und Miene zu verraten. Mister Astley begegnet uns sehr häufig auf unsern Spaziergängen. Er lüftet dann den Hut und geht vorüber, natürlich sterbend vor Verlangen, sich uns anschließen zu dürfen. Wenn man ihn aber dazu auffordert, entschuldigt er sich sogleich und geht nicht darauf ein. An den Erholungsorten beim Kasino, bei der Musik oder vor der Fontäne bleibt er unbedingt in der Nähe unserer Bank stehen, und wo wir auch sein mögen, ob im Park oder im Wald oder auf dem Schlangenberg – man braucht nur die Augen aufzutun, sich umzuschauen, und unbedingt wird man dann irgendwo, auf dem nächsten Fußweg oder aus dem Gebüsch hervor, ein Eckchen von Mister Astley erblicken. Mir scheint, er will mich unter vier Augen sprechen. Heute morgen begegneten wir einander und wechselten zwei Worte. Bisweilen spricht er außerordentlich abgerissen. Bevor er mich noch begrüßte, sagte er: »Aber Mademoiselle Blanche!... Ich habe viele solche Frauen gesehen wie Mademoiselle Blanche!«

Er verstummte und sah mich vielsagend an. Ich weiß nicht, was er damit sagen wollte. Denn auf meine Frage: was das zu bedeuten habe, nickte er nur schlau lächelnd mit dem Kopf und fügte hinzu: »Das ist schon so. – Liebt Mademoiselle Pauline Blumen?«

»Ich weiß das nicht, ich weiß das durchaus nicht«, antwortete ich.

»Wie? Sie wissen auch das nicht?« rief er, aufs höchste erstaunt.

»Nein, gewiß nicht, ich habe das gar nicht bemerkt«, wiederholte ich lachend.

»Hm! Das bringt mich auf einen besonderen Gedanken.«

Dabei nickte er mit dem Kopf und ging weiter. Er hatte übrigens eine vergnügte Miene. Wir sprachen miteinander im übelsten Französisch.

VIERTES KAPITEL

Der heutige Tag war lächerlich, widerlich und albern. Jetzt ist es elf Uhr nachts. Ich sitze in meiner Kammer und rufe mir alles in die Erinnerung. Das begann damit, daß ich am Morgen trotz allem genötigt war, zum Roulett zu gehen, um für Pauline Alexandrowna zu spielen. Ich nahm alle ihre hundertsechzig Friedrichsdor mit, indes unter zwei Bedingungen: Erstens, daß ich nicht auf halbpart spielen, das heißt, wenn ich gewinne, ich gar nichts für mich nehmen werde, und zweitens, daß mir Pauline am Abend erklären soll: wozu sie es eigentlich so nötig hat zu gewinnen, und wieviel Geld sie braucht. Ich kann noch immer nicht annehmen, daß es sich hier für sie einfach um Geld handelt. Offenbar braucht sie Geld, und zwar möglichst rasch, zu einem ganz bestimmten Zweck. Sie versprach, mir das zu erklären, und ich ging weg.

In den Spielsälen war ein furchtbares Gedränge. Wie frech sind diese Menschen, und wie gierig sind sie alle! Ich drückte mich bis zur Mitte durch und stellte mich gerade neben den Croupier. Alsdann begann ich schüchtern zu spielen, indem ich zu zwei oder zu drei Goldstücken setzte. Dabei beobachtete ich aber und machte meine Erfahrungen. Es schien mir, die Berechnung habe eigentlich wenig Wert und durchaus nicht die Bedeutung, die ihr viele Spieler beilegen. Sie sitzen da mit in Rubriken eingeteilten Zettelchen, vermerken die Ergebnisse, zählen, berechnen die Chancen, überlegen, setzen endlich und – verlieren ganz ebenso wie wir gewöhnliche Sterblichen, die ohne Berechnung spielen. Dafür machte ich aber eine Beobachtung, die richtig zu sein scheint: Tatsächlich äußert sich im Verlaufe der zufälligen Chancen zwar nicht ein System, wohl aber so etwas wie eine ganz bestimmte Ordnung – was natürlich sehr seltsam ist. So kommt es zum Beispiel vor, daß nach den zwölf mittleren Ziffern die zwölf letzten kommen; nehmen wir zum Beispiel an, diese zwölf letzten seien zweimal herausgekommen, so trifft es dann die zwölf ersten. Sind aber die zwölf ersten herausgekommen, so kommt die Reihe an die zwölf mittleren: Es trifft dann hintereinander drei- oder viermal die mittleren und geht dann wiederum auf die zwölf letzten über, von hier nach zwei Treffern wiederum auf die zwölf ersten, sie kommen einmal heraus, und dann springt es wiederum für drei Treffer auf die mittleren über, und so geht das fort im Verlaufe von anderthalb oder zwei Stunden: eins, drei und zwei – eins, drei und zwei, das ist sehr merkwürdig. An manchem Tage oder manchem Abend ist es zum Beispiel so, daß auf Rot Schwarz kommt und umgekehrt, fast ohne jede bestimmte Ordnung, jeden Augenblick wechselnd, so daß auf Rot oder Schwarz nie mehr als zwei oder drei Treffer hintereinander folgen. An einem anderen Tage oder an einem anderen Abend wiederholt sich nur Rot – zum Beispiel mehr als zweiundzwanzigmal –, und das geht so unbedingt im Verlaufe einer gewissen Zeit, zum Beispiel eines ganzen Tages. Vieles hiervon hat mir Mister Astley erklärt, der ganze Morgen am Spieltisch zu stehen pflegte, selber aber niemals setzte.

Was mich indes betrifft, so verspielte ich alles bis aufs letzte, und zwar sehr rasch. Ich hatte zwanzig Friedrichsdor auf einmal auf Gerade gesetzt und gewonnen, ich hatte dann wiederum gesetzt und wiederum gewonnen, und auf diese Weise noch zwei- oder dreimal. Ich glaube, ich bekam im Verlaufe von fünf Minuten gegen vierhundert Friedrichsdor in die Hand. Ich hätte dann weggehen sollen. Es überkam mich aber eine ganz seltsame Empfindung: so, als wolle ich das Schicksal herausfordern; es gelüstete mich danach, ihm eine Kopfnuß zu geben, ihm die Zunge auszustrecken. Ich machte den größten Einsatz, der erlaubt war, viertausend Gulden, und verlor. Hierüber aufgebracht, zog ich alles heraus, was ich hatte, setzte es auf dasselbe und verlor wiederum, worauf ich wie betäubt wegging. Ich begriff sogar nicht einmal, was mit mir vorgegangen war, und erzählte Pauline Alexandrowna erst unmittelbar vor dem Mittagessen, daß ich alles verspielt habe. Bis dahin war ich im Park herumgeschweift.

Während des Mittagessens war ich in dem gleichen Zustand der Erregung wie vor drei Tagen. Wiederum speisten der Franzose und Mademoiselle Blanche mit uns. Es erwies sich, daß Mademoiselle Blanche am Morgen im Spielsaal gewesen war und meine Heldentat mit angesehen hatte. Diesmal sprach sie etwas aufmerksamer mit mir. Der Franzose verfuhr offener und fragte mich ganz einfach, ob ich wirklich mein eigenes Geld verspielt habe. Es scheint mir, er hatte Verdacht auf Pauline. Mit einem Wort, da steckt etwas dahinter. Ich log sogleich, indem ich sagte, dies sei mein Geld gewesen.

Der General wunderte sich außerordentlich, woher ich denn so viel Geld hatte. Ich erklärte ihm, ich habe mit zehn Friedrichsdor begonnen, fünf oder sechs Treffer hintereinander und verdoppelt hätten mir gegen fünf- oder sechstausend Gulden eingebracht, und dann hätte ich alles bei zwei Spielen verloren.

Das alles konnte natürlich so sein. Während ich diese Erklärungen abgab, blickte ich zu Pauline, ich konnte ihr aber gar nichts vom Gesicht ablesen. Indes, sie hatte zugelassen, daß ich log, und hatte mir nicht widersprochen. Hieraus schloß ich, daß sie damit einverstanden war, daß ich gelogen und es verheimlicht hatte, für sie gespielt zu haben. Jedenfalls dachte ich: Sie ist mir Aufklärung schuldig und hat vorhin versprochen, mir solche zu geben.

Ich dachte, der General werde mir eine Bemerkung machen, er schwieg aber; dafür las ich ihm vom Gesicht ab, daß er aufgeregt und unruhig sei. Vielleicht war es ihm bei seiner schwierigen Lage einfach peinlich zu vernehmen, daß ein so beträchtlicher Geldhaufen im Verlaufe von einer Stunde von einem so leichtsinnigen Dummkopf wie mir gewonnen und verloren worden sei.

Ich vermute, er hatte gestern abend mit dem Franzosen eine heftige Auseinandersetzung. Sie hatten sich eingeschlossen und lange und lebhaft miteinander gesprochen. Als der Franzose wegging, schien er gereizt zu sein. Heute am frühen Morgen war er dann wieder zum General gekommen – wahrscheinlich, um das gestrige Gespräch fortzusetzen.

Als der Franzose von meinem Gewinn vernahm, sagte er mir giftig und sogar boshaft, man müsse viel vernünftiger sein. Ich weiß nicht, weshalb er hinzufügte, die Russen spielten zwar sehr viel, aber seiner Meinung nach seien sie nicht einmal hierzu fähig.

»Meiner Meinung nach wurde hingegen das Roulett einzig und allein für die Russen erfunden«, sprach ich.

Als der Franzose auf meine Herausforderung nur verächtlich lächelte, bemerkte ich, das Recht sei schon hier auf meiner Seite: Wenn ich von den Russen als geborenen Spielern spreche, so tadle ich sie damit weit eher, als daß ich sie lobe, und demnach könne man mir Glauben schenken.

»Worauf gründen Sie denn diese Anschauung?« fragte der Franzose.

»Darauf, daß der Verlauf der Geschichte dahin führte, daß in dem Katechismus der Tugenden und Würden des zivilisierten Westeuropäers die Fähigkeit, Kapital zu erwerben, fast an erster Stelle steht. Der Russe ist indes nicht nur unfähig, Geld zu verdienen, er verschleudert es sogar nutzlos und geschmacklos. Dessenungeachtet haben natürlich auch wir Russen Geld nötig«, fügte ich hinzu, »und infolgedessen sind wir sehr froh über und sehr empfänglich für solche Mittel wie zum Beispiel das Roulett, wo man auf einmal im Verlaufe von zwei Stunden und ohne die geringste Mühe reich werden kann. Das übt auf uns eine große Verführung aus. Da wir aber auch beim Spielen nachlässig sind und uns nicht anstrengen, so verspielen wir fast stets.«

»Das ist teilweise richtig«, bemerkte selbstzufrieden der Franzose.

»Nein, das ist falsch, und Sie sollten sich schämen, sich so über Ihre Landsleute zu äußern«, bemerkte streng und eindringlich der General.

»Erlauben Sie einmal«, antwortete ich ihm, »man weiß doch wirklich nicht, was widerlicher ist: die russische Geschmacklosigkeit oder die deutsche Art, Geld anzusammeln durch ehrliche Arbeit?«

»Was ist das für ein häßlicher Gedanke!« rief der General aus.

»Wie russisch ist dieser Gedanke!« rief der Franzose aus.

Ich lachte, ich spürte furchtbares Verlangen, beide aufzuziehen.

»Ich für meine Person möchte lieber mein ganzes Leben wie ein Kirgise nomadisieren«, rief ich aus, »als mich dem deutschen Idol zu beugen.«

»Was für einem Idol?« rief der General, und er begann schon ernstlich böse zu werden.

»Der deutschen Art, Reichtümer zu sammeln. Ich bin noch nicht lange hier, aber gleichwohl reizt das, was ich hier bereits sah und anschaute, mein Tatarengemüt. Bei Gott, ich will nicht solche Tugenden! Ich habe gestern schon die Umgegend im Umkreis von zehn Werst durchwandert. Nun, das ist ganz genauso wie in den deutschen Moralbüchern mit Bildern: Da ist überall in jedem Hause ein Hausvater, der furchtbar tugendhaft und ungewöhnlich ehrlich ist. Schon so ehrlich, daß man sich geradezu fürchtet, ihm nahezukommen. Ich kann aber die Menschen nicht ausstehen, die so ehrenhaft sind, daß man Angst haben muß, ihnen zu nahen. Jeder solcher Vater hat eine Familie, und am Abend lesen sie laut belehrende Bücher. Über ihrem Häuschen rauschen Ulmen und Kastanien. Sonnenuntergang, auf dem Dach ein Storch, und alles ist außergewöhnlich poetisch und rührend ... Seien Sie mir nicht böse, General, erlauben Sie mir, das mit Empfindung zu erzählen. Ich selber kann mich sehr wohl erinnern, wie mein verstorbener Vater gleichfalls unter Linden im Gärtchen des Abends mir und meiner Mutter derartige Büchlein vorlas... Ich kann demnach selber hierüber urteilen, wie es sich gehört. Nun, jede solche Familie hier steht in vollster Knechtschaft und Gehorsamkeit bei dem Familienvater. Alle arbeiten wie Stiere, und alle sparen wie Juden. Nehmen wir an, der Vater hat schon so viele Gulden beiseite gelegt und rechnet damit, seinem ältesten Sohn sein Handwerk oder sein Stückchen Land zu übergeben; dafür gibt man der Tochter keine Mitgift, und sie bleibt alte Jungfer. Zu dem gleichen Zweck steckt man den jüngsten Sohn ins Joch oder zu den Soldaten, und das Geld dafür legt man zum Familienvermögen. Das geschieht hier wirklich, ich habe mich erkundigt. Das alles geschieht nur aus Ehrbarkeit, aus allzu großer Ehrbarkeit, und das geht so weit, daß auch der jüngere verkaufte Sohn glaubt, man habe ihn nur aus Ehrbarkeit verkauft. Aber das ist doch schon das Ideal, wenn sich das Opfer selber freut, daß man es zum Opfertisch führt! Was aber weiter? Es folgt daraus, daß auch der Älteste es nicht leichter hat, er hat dort so ein Amalchen, mit dem er sich von Herzen vereinigt, er kann es aber nicht heiraten, weil er noch nicht genug Gulden gesammelt hat. Auch sie warten züchtig und ehrsam und schreiten lächelnd zum Opfertisch. Amalchen sind schon die Wangen eingefallen, sie verblüht. Endlich, nach zwanzig Jahren, hat sich der Wohlstand vermehrt; die Gulden sind auf ehrliche und tugendhafte Weise gespart worden. Der Familienvater segnet den vierzigjährigen ältesten Sohn und das fünfunddreißigjährige Amalchen mit vertrockneter Brust und roter Nase... Hierbei weint er, hält eine Moralpredigt und stirbt. Der älteste Sohn verwandelt sich dann selber in so einen tugendhaften Familienvater, und dieselbe Geschichte fängt von neuem an. Nach fünfzig oder siebzig Jahren hat der Enkel des ersten Hausvaters tatsächlich schon ein beträchtliches Kapital beisammen und übergibt es seinem Sohn, der dem seinigen, dieser wieder dem seinigen, und nach fünf oder sechs Generationen kommt ein Baron Rothschild heraus oder Hoppe und Kompagnie, oder der Teufel weiß wer. Nun, ist das nicht ein erhabener Anblick? Hundert- oder zweihundertjährige von einem dem andern vererbte Arbeit, Geduld, Vernunft, Ehrlichkeit, Charakter, Festigkeit, Berechnung und der Storch auf dem Dach! Was brauchen Sie denn noch? Höher hinaus geht es schon nicht, und von diesem Gesichtspunkt aus beginnen jene selber die ganze Welt zu beurteilen und die Schuldigen, das heißt diejenigen, die sich auch nur im geringsten von ihnen unterscheiden, sogleich zu richten. Nun, die Sache ist aber die: Ich will schon lieber auf russische Weise bummeln oder durch das Roulett reich werden. Ich brauche das Geld für mich selber, ich halte mich aber keineswegs mit Haut und Haar für ein unerläßliches Anhängsel an das Kapital. Ich weiß, daß ich furchtbare Dummheiten sprach, das ist mir aber einerlei. So sind nun mal meine Überzeugungen.«

»Ich weiß nicht, ob in dem, was Sie da sagen, viel Richtiges ist«, bemerkte nachdenklich der General, »das aber weiß ich gewiß, daß Sie sich unerträglich aufzuspielen beginnen, wenn man Ihnen nur ein klein wenig sich zu vergessen erlaubt...«

Seiner Gewohnheit nach sprach er nicht zu Ende. Das tat er niemals, wenn er sich über irgend etwas äußerte, was nur ein wenig über das gewöhnliche Alltagsgeschwätz hinausging. Der Franzose hörte unaufmerksam zu, wenn er auch ein bißchen große Augen machte. Er verstand fast gar nichts von dem, was ich gesagt hatte. Paulinens Miene war hochmütig und gleichgültig. Es schien, sie vernahm überhaupt gar nichts von dem, was diesmal bei Tisch gesprochen wurde. Nicht nur, was ich sagte.

Sie war in ungewöhnlich nachdenklicher Stimmung, sobald wir uns aber vom Tisch erhoben hatten, befahl sie mir, sie auf ihrem Spaziergang zu begleiten. Wir nahmen die Kinder mit und gingen zur Fontäne in den Park.

Da ich ganz besonders erregt war, platzte ich dumm und plump mit der Frage heraus, weshalb denn unser Franzose, de Grieux, der Marquis, sie jetzt niemals mehr begleite, wenn sie ausgehe, ja sogar ganze Tage lang mit ihr kein Wort spreche.

»Deshalb, weil er ein Schuft ist«, lautete die überraschende Antwort.

Noch niemals hatte ich von ihr ein solches Urteil über de Grieux vernommen, und ich schwieg, da ich ihre Erregung noch zu verschlimmern fürchtete.

»Haben Sie aber bemerkt, daß er heute auch mit dem General nicht in Eintracht ist?«

»Sie möchten nur wissen, was los ist«, antwortete sie kalt und gereizt. »Sie wissen, daß der General über und über an ihn verschuldet ist, sein ganzes Gut gehört jenem, und wenn die Großmutter nicht stirbt, wird der Franzose alles, worauf er Geld geliehen hat, in Besitz nehmen.«

»So ist es denn wirklich wahr, daß alles versetzt ist? Ich hörte das, ich wußte aber nicht, daß entschieden alles verpfändet wurde.«

»Was denn sonst?«

»Demnach muß er auch Mademoiselle Blanche Lebewohl sagen«, bemerkte ich. »Niemals wird sie Generalin sein. Wissen Sie was: Mir scheint, der General hat sich derartig verliebt, daß er sich noch erschießen wird, wenn Mademoiselle Blanche ihm den Laufpaß gibt. In seinem Alter ist es gefährlich, sich so zu verlieben.«

»Auch mir scheint, es werde ihm etwas zustoßen«, bemerkte nachdenklich Pauline Alexandrowna.

»Aber wie großartig ist das«, rief ich, »gröber konnte man gar nicht zeigen, daß sie nur des Geldes wegen heiraten wollte! Hier wurde nicht einmal der äußere Anstand gewahrt, man geniert sich schon gar nicht mehr! Erstaunlich! Was indes die Großmutter anbetrifft, so kann man sich doch gar nichts Komischeres und Schmutzigeres vorstellen, als ein Telegramm nach dem anderen abzuschicken mit der Frage, ob sie endlich gestorben sei! Wie? Was sagen Sie denn dazu, Pauline Alexandrowna?«

»Das alles ist Unsinn«, unterbrach sie mich mit Widerwillen. »Bei dem allen wundere ich mich nur, weshalb Sie in so lustiger Stimmung sind. Worüber freuen Sie sich eigentlich? Etwa darüber, daß Sie mein Geld verspielt haben?«

»Weshalb haben Sie es mir denn zum Verspielen gegeben? Ich habe Ihnen doch gleich gesagt, ich könne nicht für andere spielen, am allerwenigsten für Sie! Ich gehorche allen Ihren Befehlen, aber das Ergebnis hängt nicht von mir ab. Ich habe Sie ja gewarnt, daß nichts herauskommen werde. Sagen Sie mir, sind Sie sehr betrübt darüber, daß Sie so viel Geld verloren haben? Wozu brauchen Sie denn eigentlich so viel?«

»Wozu diese Fragen?«

»Sie haben mir ja selber versprochen, mich hierüber aufzuklären ... Hören Sie: Ich habe die feste Überzeugung, daß, wenn ich für mich selber zu spielen beginne (ich besitze zwölf Friedrichsdor), ich gewinnen werde. Dann können Sie sich so viel nehmen als Sie nötig haben.«

Sie setzte eine verächtliche Miene auf.

»Zürnen Sie mir nicht«, fuhr ich fort, »daß ich Ihnen einen solchen Vorschlag mache. Ich bin von dem Bewußtsein durchdrungen, daß ich für Sie, das heißt in Ihren Augen, derart eine Null bin, daß Sie sogar Geld von mir annehmen können. Geschenke von mir können Ihnen ja gar nicht kränkend sein. Zudem habe ich auch Ihr Geld verspielt.«

Sie sah mich rasch an, und da sie bemerkte, daß ich gereizt und sarkastisch redete, lenkte sie wiederum das Gespräch ab.

»Meine Verhältnisse können Sie gar nicht interessieren. Wenn Sie es wissen wollen: Ich habe ganz einfach Schulden. Ich habe Geld geliehen und möchte es zurückgeben. Ich hatte den wahnsinnigen und merkwürdigen Gedanken, ich werde hier am Spieltisch unbedingt gewinnen. Wie ich auf diesen Gedanken kam, weiß ich selber nicht, ich war aber fest davon überzeugt. Wer weiß, vielleicht geschah das deshalb, weil mir gar nichts anderes mehr übrigblieb.«

»Oder deshalb, weil Sie schon allzusehr gewinnen müssen. Das ist genauso, wie wenn sich ein Ertrinkender an einen Strohhalm klammert. Sie müssen doch zugeben, wäre er nicht am Ertrinken, so würde er den Strohhalm nicht für einen Baumstamm halten.«

Pauline wunderte sich. »Wie denn«, fragte sie, »rechnen Sie denn selber auf das gleiche? Erst vor zwei Wochen haben Sie mir lang und breit auseinandergesetzt, Sie seien durchaus überzeugt, hier am Spieltisch zu gewinnen, und Sie baten mich, ich solle Sie deshalb nicht für verrückt halten. Haben Sie damals gescherzt? Ich entsinne mich aber, Sie sprachen das derart ernsthaft, daß man es nicht für einen Scherz halten konnte.«

»Das ist richtig«, antwortete ich nachdenklich, »bis jetzt noch bin ich durchaus überzeugt, daß ich gewinnen werde. Ich will Ihnen sogar gestehen, daß Sie mich auf die Frage brachten, weshalb mich eigentlich mein heutiger alberner und törichter Spielverlust nicht im geringsten in dieser Überzeugung erschütterte. Ich bin immer noch ganz sicher, daß ich sogleich gewinnen werde, wenn ich nur eben für mich selber zu spielen beginne.«

»Weshalb sind Sie denn eigentlich so fest davon überzeugt?«

»Wenn Sie wollen – ich weiß es nicht. Ich weiß nur, daß ich gewinnen muß, daß mir weiter auch gar nichts übrigbleibt. Nun, vielleicht scheint es mir gerade deswegen auch, daß ich unbedingt gewinnen werde.«

»Demnach haben auch Sie das schon allzu nötig, wenn Sie so fanatisch daran glauben!«

»Ich wette, Sie zweifeln, daß ich imstande bin, ein ernsthaftes Verlangen zu empfinden?«

»Das ist mir ganz einerlei«, antwortete Pauline leise und gleichgültig. »Wenn Sie wollen – ja, ich zweifle, daß Sie etwas im Ernste quälen kann. Sie sind imstande zu leiden, das ist aber nicht im Ernste. Sie sind ein unordentlicher und unsteter Mensch. Wozu brauchen Sie Geld? An allen den Gründen, die Sie mir damals vorbrachten, fand ich gar nichts Ernsthaftes.«

»Sie sagten soeben«, unterbrach ich sie, »Sie müßten eine Schuld zurückzahlen. Das ist demnach eine schöne Schuld! Handelt es sich etwa um den Franzosen?«

»Was für Fragen! Sie sind heute besonders frech. Sind Sie vielleicht betrunken?«

»Sie wissen, daß ich mir alles zu sagen und zu fragen erlaube, bisweilen schon sehr aufrichtig. Ich wiederhole, ich bin Ihr Sklave, vor Sklaven geniert man sich nicht, und ein Sklave kann einen gar nicht beleidigen.«

»Das ist alles Unsinn! Auch kann ich diese Ihre ›Sklaventheorie‹ gar nicht ausstehen!«

»Bemerken Sie doch: Ich spreche gar nicht deshalb von meinem Sklaventum, weil ich etwa wünschte, Ihr Sklave zu sein, vielmehr ganz einfach wie von einer Tatsache, die durchaus nicht von mir abhängig ist.«

»Sagen Sie mir doch ganz offen: Wozu brauchen Sie Geld?«

»Aber wozu brauchen Sie das zu wissen?«

»Wie Sie wollen«, antwortete sie und hob stolz den Kopf.

»Die Sklaventheorie können Sie nicht ausstehen, dabei verlangen Sie aber sklavische Unterwürfigkeit: ›Man soll antworten und nicht räsonieren!‹ Meinetwegen. Sie fragen, wozu ich Geld brauche? Wie denn das? Geld ist doch alles!«

»Ich verstehe, man braucht aber doch nicht bei dem Wunsche nach Geld gleich in solche Verrücktheit zu verfallen! Das grenzt ja bei Ihnen an Raserei, an Fanatismus. Da steckt irgend etwas dahinter, irgendein besonderes Ziel. Sprechen Sie ohne Ausflüchte, ich will das so.«

Es schien, als wolle sie böse werden, und ich war erfreut, daß sie mich mit einem solchen Eifer ausfragte. »Natürlich steckt da ein Ziel dahinter«, sprach ich, »ich kann aber nicht sagen, was für eines. Nichts anderes, als daß ich, wenn ich reich bin, auch für Sie ein anderer Mensch sein werde und nicht mehr ein Sklave.«

»Wie? Wie werden Sie das denn erreichen?«

»Wie ich das erreichen werde? Sie verstehen sogar nicht einmal, wie ich es erreichen kann, daß Sie auf mich anders hinschauen als auf einen Sklaven! Nun, gerade dies soll aufhören: dieses Staunen und Sichwundern!«

»Sie sagten mir, diese Sklaverei sei Ihre Lust. Das habe ich auch selber geglaubt.«

»Das haben Sie geglaubt!« rief ich mit seltsamer Begeisterung. »Ach, wie gut steht Ihnen eine solche Naivität! Nun ja, ja, Ihr Sklave zu sein ist mir Genuß. Es liegt doch, es liegt doch wirklich eine Lust in der letzten Stufe der Erniedrigung und Nichtigkeit!« fuhr ich fort zu phantasieren. »Der Teufel weiß, vielleicht bereitet einem auch die Knute Lust, wenn sie einem über den Rücken fährt und das Fleisch zerfetzt ... Vielleicht möchte ich aber auch andere Genüsse erleben. Vorhin hat mir der General in Ihrer Gegenwart bei Tisch eine Strafrede gehalten um die siebenhundert Rubel im Jahr, die ich vielleicht nicht einmal mehr von ihm bekommen werde. Wenn der Marquis de Grieux mich ansieht, zieht er die Brauen hoch, und dabei bemerkt er mich gar nicht. Aber vielleicht empfinde ich meinerseits ein leidenschaftliches Verlangen danach, den Marquis de Grieux in Ihrer Gegenwart an der Nase zu packen!«

»So spricht nur ein Gelbschnabel. In jeder Lage kann man sich so halten, daß einem mit Achtung begegnet wird. Kommt es dabei zum Kampfe, so erniedrigt er nicht, er erhebt vielmehr.«

»Das steht schon in der Fibel! Sie nehmen vielleicht nur an, ich könnte mich gar nicht so benehmen, daß man mir Achtung erweise. Das heißt, ich sei sogar vielleicht ein anständiger Mensch, ich könne mich nur nicht so stellen, daß man mich entsprechend behandelt. Sie verstehen, daß es so etwas gibt? Ja, alle Russen sind so, und wissen Sie weshalb? Wir Russen sind allzu reich und vielseitig begabt, als daß wir sogleich die uns angemessene Form finden könnten. Hier handelt es sich aber gerade um die Form. Größtenteils sind wir Russen so reich begabt, daß schon Genialität dazu gehören würde, um die uns angemessene Form zu finden. Nun, aber diese Genialität haben wir meistenteils nicht, denn die kommt überhaupt sehr selten vor. Nur bei den Franzosen und vielleicht noch bei einigen andern Europäern hat sich die Form derart ausgebildet, daß man mit außerordentlicher Würde dreinschauen kann, wenn man dabei auch der unwürdigste Mensch ist. Deshalb halten jene auch die Form so hoch. Der Franzose erträgt eine wirkliche Beleidigung, eine herzhafte Beleidigung, ohne mit der Wimper zu zucken, aber eine Kopfnuß läßt er sich um keinen Preis gefallen, weil das eben gegen die hergebrachte und durch die Tradition geheiligte Form des Anstandes verstößt. Deshalb sind auch unsere Damen so versessen auf die Franzosen, weil sie gute Formen haben. Meiner Ansicht nach haben sie übrigens gar keine Formen, und der Franzose ist weiter gar nichts als ein Hahn, le coq gaulois. Ich kann das übrigens nicht verstehen, weil ich kein Weib bin. Vielleicht haben auch die Hähne ihre Vorzüge. Ja, und überhaupt habe ich Unsinn gesprochen, Sie haben mich aber gar nicht unterbrochen. Das tun Sie am häufigsten, wenn ich mit Ihnen spreche und ich Ihnen alles, alles, alles sagen möchte. Ich verliere dann jede Form. Ich stimme sogar Ihnen darin bei, daß ich nicht nur keine Formen, vielmehr auch gar keine Vorzüge besitze. Das erkläre ich Ihnen hiermit. Ich bemühe mich übrigens auch durchaus nicht um irgendwelche Vorzüge. Jetzt ist alles in mir zum Stillstand gekommen. Sie selber wissen, weshalb. Mir ist kein einziger menschlicher Gedanke im Kopf geblieben. Schon längst weiß ich nicht mehr, was auf der Welt vorgeht, in Rußland oder hier. Ich bin zum Beispiel durch Dresden gekommen, und mir ist nicht die geringste Vorstellung von dieser Stadt geblieben. Sie selber wissen, was mich verschlungen hat. Da ich ja keinerlei Hoffnung habe und in Ihren Augen eine Null bin, so sage ich geradeheraus: Nur Sie sehe ich überall, alles andere ist mir gleichgültig. Wofür und wie ich Sie liebe, das weiß ich nicht. Wissen Sie denn, daß Sie vielleicht gar nicht einmal hübsch sind? Stellen Sie sich einmal vor: Ich weiß nicht einmal, ob Sie ein hübsches oder kein hübsches Gesicht haben! Ihr Herz ist zweifellos häßlich – sehr wahrscheinlich ist auch Ihr Geist unnobel.«

»Vielleicht rechnen Sie auch gerade deshalb darauf, mich durch Geld zu gewinnen«, sprach sie, »weil Sie nicht an meine Vornehmheit glauben?«

»Wann habe ich denn darauf gerechnet, Sie durch Geld zu erkaufen?« rief ich aus.

»Sie sind aus dem Konzept gekommen und haben den Faden verloren. Wenn Sie aber auch nicht mich selber zu erkaufen hofften, so wollen Sie doch meine Achtung durch Geld erringen.«

»Nein, das ist durchaus nicht so. Ich sagte Ihnen bereits, daß es mir schwerfällt, mich auszusprechen. Sie drücken mich nieder. Seien Sie nicht böse über mein Geschwätz. Sie wissen sehr wohl, weshalb man mir nicht zürnen darf: Ich bin einfach verrückt. Es ist übrigens ganz einerlei, wenn Sie auch böse werden. Ich brauche mich da oben in meiner Kammer nur an das Rauschen Ihres Kleides zu entsinnen und es mir vorzustellen, und dann möchte ich mir in die Hände beißen. Und weshalb zürnen Sie mir eigentlich? Deshalb, weil ich mich Sklave nenne? Nutzen Sie doch, nutzen Sie doch mein Sklaventum, ziehen Sie doch Vorteile daraus! Wissen Sie denn, daß ich Sie noch einmal töten werde? Aber nicht deshalb, weil ich aufhören werde, Sie zu lieben, oder weil ich von Eifersucht gefoltert werde, vielmehr ganz einfach deshalb werde ich Sie töten, weil es mich bisweilen drängt, Sie zu vernichten. Sie lachen ...«

»Ich lache durchaus nicht«, sprach sie wütend. »Ich befehle Ihnen zu schweigen!«

Sie hielt inne, sie keuchte vor Wut. Bei Gott, ich weiß gar nicht, ob sie hübsch war. Ich liebte aber stets sie anzuschauen, wenn sie so vor mir stand, und deshalb machte es mir Freude, immer wieder ihren Zorn zu reizen. Das hatte sie vielleicht bemerkt und war mir wohl deshalb böse. Ich sagte ihr das.

»Was für ein Schmutz!« rief sie mit Widerwillen.

»Das ist mir einerlei«, fuhr ich fort. »Wissen Sie auch, daß es für uns gefährlich ist, zusammen auszugehen? Schon-oftmals drängte es mich unwiderstehlich, Sie zu schlagen, zu verstümmeln, zu erdrosseln. Und Sie glauben wohl, es werde nicht dazu kommen? Sie werden mich noch in Raserei versetzen! Meinen Sie, ich fürchte mich vor einem Skandal oder vor Ihrem Zorn? Ja, was kann mir denn daran liegen? Ich liebe Sie hoffnungslos und weiß, daß ich Sie hiernach noch tausendmal mehr lieben werde. Werde ich Sie aber einmal töten, dann werde ich natürlich auch mich ums Leben bringen müssen. Nun, ich werde mich dann möglichst lange nicht töten, um diesen unerträglichen Schmerz über Ihren Tod ganz auszukosten. Wissen Sie auch noch etwas Unwahrscheinliches: Ich liebe Sie jeden Tag mehr, und das ist fast unmöglich. Und bei dem allen soll ich nicht Fatalist sein? Entsinnen Sie sich: Vorgestern auf dem Schlangenberg flüsterte ich Ihnen, von Ihnen herausgefordert, zu: ›Sagen Sie ein Wort, und ich springe in diesen Abgrund!‹ Hätten Sie dieses Wort ausgesprochen, so wäre ich hinabgesprungen. Glauben Sie wirklich nicht, daß ich das getan hätte?«

»Was für ein dummes Geschwätz!« rief sie aus.

»Es ist mir völlig einerlei, ob das dumm oder gescheit ist!« entgegnete ich. »Ich weiß, in Ihrer Gegenwart muß ich immer sprechen und sprechen, und das tue ich auch. Alle Selbstliebe verliere ich, wenn Sie dabei sind, und das ist mir einerlei.«

»Wozu hätte ich Sie denn veranlassen sollen, vom Schlangenberg herabzuspringen?« sprach sie trocken und ganz besonders kränkend. »Das wäre doch ganz nutzlos für mich gewesen!«

»Großartig«, rief ich aus, »Sie haben absichtlich dieses prächtige Wort ›nutzlos‹ gesagt, um mich zu vernichten. Ich durchschaue Sie vollkommen. Nutzlos, sagen Sie? Aber jedes Vergnügen hat doch einen Zweck, und eine wilde, unbegrenzte Macht auszuüben – sei es auch über eine Fliege –, das ist doch auch eine Art Genuß. Der Mensch ist von Haus aus despotisch und liebt zu quälen. Sie lieben das furchtbar!«

Ich entsinne mich, sie sah mich ganz auffallend durchdringend an. Mein Gesicht muß wohl damals alle meine sinnlosen und albernen Empfindungen zum Ausdruck gebracht haben. Ich erinnere mich jetzt, daß wir damals fast Wort für Wort so miteinander sprachen, wie ich es hier niederschreibe. Meine Augen waren blutunterlaufen. Auf meinen Lippen stand Schaum. Was aber den Schlangenberg anbetrifft, so schwöre ich bei meiner Ehre, sogar heute noch: Hätte sie mir damals befohlen, mich hinunterzustürzen, ich hätte es getan! Hätte sie das auch nur zum Scherz gesagt oder aus Verachtung, indem sie auf mich spie – ich wäre damals hinabgesprungen!

»Nein, weshalb denn, ich glaube Ihnen schon«, sprach sie, indes so, wie sie allein bisweilen sprechen kann: mit solcher Verachtung und Heimtücke, mit solchem Hochmut, daß ich sie bei Gott in diesem Augenblick hätte töten können!

Sie riskierte viel. Ich hatte die Wahrheit gesagt, als ich sie darauf aufmerksam machte.

»Sind Sie kein Feigling?« fragte sie mich plötzlich.

»Ich weiß nicht, vielleicht bin ich es. Ich weiß nicht ... ich habe darüber schon längst nicht mehr nachgedacht.«

»Wenn ich Ihnen sagte: Töten Sie diesen Menschen, würden Sie das tun?«

»Wen denn?«

»Wen ich will.«

»Den Franzosen?«

»Fragen Sie nicht, antworten Sie! Wen ich Ihnen bezeichnen werde. Ich will wissen, ob Sie das eben im Ernst sagten.«

Sie erwartete derart ernst und ungeduldig meine Antwort, daß mir das ganz seltsam vorkam.

»Ja, so sagen Sie mir doch endlich, was hier eigentlich vorgeht?« schrie ich. »Wie denn, fürchten Sie mich etwa? Ich sehe doch selber alle Unordnungen hier. Sie sind die Stieftochter eines ruinierten und verrückten Menschen, den die Leidenschaft zu diesem Teufel von Blanche erfaßt hat. Ferner, da ist dieser Franzose, mit seinem geheimnisvollen Einfluß auf Sie; und da stellen Sie mir jetzt so ernsthaft ... eine solche Frage! Ich muß doch wenigstens wissen, sonst werde ich hier noch verrückt und stelle irgend etwas an. Oder kostet es Sie Überwindung, mich Ihrer Aufrichtigkeit zu würdigen? Ja, können Sie sich denn vor mir genieren?«

»Hierüber spreche ich überhaupt nicht mit Ihnen. Ich stellte Ihnen eine Frage und erwarte jetzt die Antwort.«

»Natürlich werde ich töten«, rief ich, »wenn Sie mir zu morden befehlen! Aber können Sie denn, ja, werden Sie das denn befehlen?«

»Sie glauben wohl, ich werde Sie schonen? Ich werde das befehlen und selber aus dem Spiele bleiben. Werden Sie das ertragen können? Aber nein doch, wie könnten Sie das! Sie werden vielleicht auf meinen Befehl auch den Mord begehen, dann aber werden Sie kommen, um mich zu töten, deswegen, weil ich gewagt habe, Ihnen das aufzutragen.«

Diese Worte trafen mich wie ein Schlag vor den Kopf. Natürlich, auch damals noch glaubte ich, diese Frage sei halb im Scherz gestellt worden, das sei eine Herausforderung, aber gleichwohl hatte sie zu ernsthaft gesprochen. Und dabei war ich doch erschüttert, daß sie sich so geäußert hatte, daß sie ein solches Recht über mich geltend machte, daß sie bereit war, eine solche Macht über mich auszuüben, und einfach sagte:

›Geh du ins Verderben, während ich beiseite bleibe!‹ In diesen Worten war etwas derartig Zynisches und Offenes, daß dies meiner Ansicht nach schon jedes Maß überstieg. Wie blickt sie demnach auf mich hin? Das geht schon über die Grenzen der Sklaverei und Nichtigkeit. Einen Menschen, auf den man so hinblickt, den erhebt man schon zu sich selber. Aber wie albern, wie unmöglich auch unser ganzes Gespräch war, das Herz bebte mir nur so.

Plötzlich lachte sie auf. Wir saßen auf einer Bank, vor uns spielten die Kinder, und uns gegenüber war der Platz, wo die Equipagen anhielten und das Publikum ausstieg, um in die Allee vor dem Kasino zu gehen.

»Sehen Sie diese dicke Baronin?« rief sie. »Das ist die Baronin Wurmerhelm. Sie ist erst vor drei Tagen angekommen. Sehen Sie ihren Mann, jenen langen hageren Preußen, mit dem Stock in der Hand. Entsinnen Sie sich, wie er uns vorgestern musterte? Gehen Sie sofort, treten Sie auf die Baronin zu, nehmen Sie Ihren Hut ab, und sagen Sie etwas auf französisch.«

»Wozu?«

»Sie haben geschworen, Sie wären vom Schlangenberg herabgesprungen, Sie schwören mir, Sie seien bereit, jeden zu töten, auf den ich hinweise. Statt aller dieser Morde und Tragödien will ich einfach lachen. Gehen Sie ohne Widerrede. Ich will sehen, wie der Baron Sie mit dem Stock schlagen wird.«

»Sie fordern mich nur heraus! Sie glauben, ich werde das nicht tun?«

»Ja, ich fordere Sie heraus, gehen Sie, ich will das so!«

»Nun gut, ich gehe, wenn das auch eine wüste Phantasie ist. Nur eines: Daß der General nur keine Unannehmlichkeiten bekommt, und durch ihn Sie selber! Bei Gott, ich verlange keine Schonung für mich, nur für Sie, nun – und für den General. Und was ist denn das für ein Einfall, man soll hingehen und eine Frau beleidigen.«

»Nein, Sie sind nur ein Schwätzer, das sehe ich«, sprach sie verächtlich. »Ihnen ist nur vorhin das Blut zu Kopf gestiegen, vielleicht übrigens bloß deshalb, weil Sie während des Mittagessens viel Wein getrunken haben. Begreife ich denn nicht selber, daß dies dumm und gemein ist und daß sich der General ärgern wird? Ich will doch ganz einfach lachen. Das will ich aber und damit genug! Und wie werden Sie eine Frau beleidigen? Schon vordem wird man Sie mit dem Stock schlagen!«

Ich drehte mich um und ging schweigend, um ihren Auftrag auszuführen. Natürlich war das dumm. Natürlich hatte ich nicht verstanden, mich herauszuziehen, als ich mich aber der Baronin zu nähern begann, entsinne ich mich, daß mich selber etwas dabei reizte. Gerade die Bubenhaftigkeit der Sache reizte mich. Ich war übrigens auch furchtbar aufgeregt, wie betrunken.

SECHSTES KAPITEL

Jetzt sind schon zwei Tage seit jenem dummen Vorfall verflossen. Und was für Schreien, Toben, Lärm, Gerede! Und was für Wirrwarr, Unordnung, Dummheit und Gemeinheit – und das alles habe ich verursacht! Übrigens ist es bisweilen auch lächerlich, wenigstens kommt es mir so vor. Ich kann mir keine Rechenschaft ablegen, was mit mir geworden ist. Befinde ich mich tatsächlich in einem überreizten Zustand, oder bin ich ganz einfach vom Wege abgeglitten und treibe nun Unfug, bis man mich einsperrt? Bisweilen scheint es mir, ich sei gestört. Und dann kommt es mir wieder so vor, als sei ich noch nahe der Kindheit, eben erst von der Schulbank herunter und verübe ganz einfach rohe Bubenstreiche.

An dem allen ist Pauline schuld! Vielleicht würde es gar nicht zu den Bubenstreichen gekommen sein, wenn sie nicht wäre. Wer weiß, vielleicht tue ich das alles aus Verzweiflung (mag übrigens dieser Gedanke noch so dumm sein). Ich verstehe nicht, ich verstehe gar nicht, was an ihr Schönes ist! Schön ist sie zwar wirklich; so scheint es mir wenigstens. Sie verdreht ja auch anderen den Kopf. Sie ist groß und gut gewachsen, nur sehr schlank. Mir scheint, man kann aus ihr einen Knoten schlingen oder sie zusammenlegen. Ihre Fußspur ist schmal und lang – qualvoll. Gerade eben qualvoll. Ihre Haare haben einen rötlichen Schimmer, ihre Augen sind richtige Katzenaugen, aber wie stolz und hochmütig kann sie blicken! Vor vier Monaten, als ich eben erst in den Dienst getreten war, sprach sie eines Abends im Saale lang und lebhaft mit de Grieux. Und sie blickte ihn dabei so an ..., daß ich später, als ich in mein Zimmer gekommen war, um mich schlafen zu legen, mir vorstellte, sie habe ihm eine Ohrfeige gegeben. Das sei soeben geschehen, und jetzt stehe sie vor ihm und schaue ihn an ... An jenem Abend habe ich mich auch in sie verliebt.

Übrigens zur Sache. – Ich ging den Fußweg zur Allee, blieb mitten in ihr stehen und erwartete den Baron und die Baronin. Als sie noch fünf Schritte von mir entfernt waren, nahm ich meinen Hut und verneigte mich.

Ich entsinne mich, die Baronin hatte ein seidenes Kleid an von unermeßlichem Umfang, von hellgrauer Farbe, mit Volants, mit einer Krinoline und einer Schleppe. Sie war von kleiner Gestalt und außergewöhnlich dick. Sie hatte ein sehr starkes hängendes Doppelkinn, so daß man ihren Hals gar nicht sah. Ihr Gesicht war braunrot. Die Augen klein, böse und frech. Sie geht so daher, als erweise sie allen damit eine Ehre. Der Baron ist hager und groß. Sein Gesicht ist, wie gewöhnlich bei den Deutschen, schief und zeigt tausend kleine Falten. Er trägt eine Brille und ist etwa fünfundvierzig Jahre alt. Seine Beine beginnen fast an der Brust; das beweist Rasse. Stolz ist er wie ein Pfau, ein wenig ungeschickt. Etwas Hammelhaftes liegt in seinem Gesichtsausdruck, das in seiner Art den Tiefsinn vertritt.

Das alles blitzte mir in drei Sekunden auf.

Meine Verbeugung, und daß ich dabei den Hut in der Hand hielt, erregte anfangs kaum ihre Aufmerksamkeit. Der Baron verzog nur leicht die Brauen, die Baronin segelte nur so gerade auf mich zu.

»Madame la baronne«, sprach ich laut und deutlich, jedes Wort für sich, »j'ai l'honneur d'être votre esclave.«

Dann verneigte ich mich wieder, setzte den Hut auf und ging am Baron vorüber, wobei ich ihm höflich das Gesicht zuwandte und lächelte.

Den Hut abzunehmen hatte sie mir befohlen, die Verbeugung aber und alles andere bubenhafte Benehmen tat ich schon ganz von selber. Der Teufel weiß, was mich dazu antrieb! Ich flog gleichsam vom Berg hinab.

»Gehen Sie!« rief oder besser gesagt krächzte der Baron, indem er sich mir zornig und erstaunt zuwandte. Ich drehte mich um und blieb in ehrerbietiger Erwartung stehen, wobei ich ihn immer noch ansah und lächelte. Offenbar wußte er nicht, was er davon halten sollte, und verzog die Brauen bis aufs äußerste. Sein Gesicht wurde immer finsterer. Auch die Baronin wandte sich mir zu und sah mich wütend und staunend an. Die Vorübergehenden begannen aufmerksam zu werden. Einige blieben sogar stehen.

»Gehen Sie!« schnarrte der Baron noch einmal so stark und doppelt so zornig.

»Jawohl!« sprach ich langsam und sah ihm immer noch gerade ins Gesicht.

»Sind Sie rasend?« rief er, wobei er mit dem Stock herumfuchtelte und bereits ein wenig ängstlich zu werden begann. Vielleicht verwirrte ihn meine Kleidung. Ich war sehr anständig, sogar fein gekleidet, wie jemand, der durchaus zur besten Gesellschaft gehört.

»Jawo–o–ohl!« rief ich aus aller Kraft, wobei ich das »o« so zog, wie das die Berliner tun, die jeden Augenblick in die Unterhaltung »jawohl« einfließen lassen und hierbei den Buchstaben »o« mehr oder weniger ziehen, um die verschiedenen Färbungen ihrer Gedanken und Empfindungen zum Ausdruck zu bringen.

Der Baron und die Baronin drehten sich rasch weg und liefen fast erschrocken von mir weg. Von dem Publikum machten einige Bemerkungen, andere sahen mich erstaunt an. Ich kann mich übrigens nicht genau daran erinnern.

Ich machte kehrt und ging ganz ruhig zu Pauline Alexandrowna. Ich war aber noch etwa hundert Schritte von ihrer Bank entfernt, als ich sah, daß sie aufstand und mit den Kindern nach dem Hotel ging. Ich holte sie bei der Eingangstür ein.

»Ich habe das ausgeführt ... diese Dummheit«, sprach ich, als ich sie erreicht hatte.

»Nun, wie denn! Löffeln Sie jetzt den Brei aus«, antwortete sie. Sie sah mich dabei nicht einmal an und stieg die Treppe hinauf.

Diesen ganzen Abend verbrachte ich im Park. Durch ihn und dann durch einen Wald kam ich sogar in ein anderes Fürstentum. In einem kleinen Wirtshaus aß ich Rühreier und trank Wein. Für dieses idyllische Vergnügen nahm man mir ganze anderthalb Taler ab.

Erst um elf Uhr kehrte ich nach Hause zurück. Sogleich wurde ich zum General gerufen.

Die Unsrigen haben im Hotel zwei Nummern inne. Sie bewohnen vier Zimmer. Das erste, ein großer Raum, ist der Salon, darin steht ein Flügel. Nebenan, gleichfalls ein großes Zimmer, ist das Kabinett des Generals. Hier erwartete er mich stehend inmitten des Zimmers in außerordentlich hoheitsvoller Haltung. De Grieux saß lässig ausgestreckt auf dem Diwan.

»Mein Herr, gestatten Sie die Frage: Was haben Sie da angerichtet?« begann der General zu mir gewandt.

»Ich möchte, General, Sie würden gleich zur Sache kommen«, sprach ich, »Sie meinen wahrscheinlich meine heutige Begegnung mit einem Deutschen?«

»Mit einem Deutschen? Dieser Deutsche ist Baron Wurmerhelm und eine angesehene Persönlichkeit. Sie haben ihm und der Baronin Grobheiten gesagt.«

»Keineswegs.«

»Sie haben sie erschreckt, mein Herr!« rief der General.

»Durchaus nicht! Schon in Berlin fiel es mir auf die Nerven, daß man unaufhörlich zu jedem Wort ›jawohl‹ zufügte, und dieses Wort dehnen sie in widerlicher Weise. Als ich jenem in der Allee begegnete, kam mir plötzlich, ich weiß selber nicht weshalb, dieses ›jawohl!‹ in den Sinn, nun, und das wirkte aufreizend auf mich... Zudem ist mir die Baronin jetzt schon dreimal begegnet, und sie pflegte dabei gerade auf mich zuzugehen, als sei ich ein Wurm, den man zertreten könne. Gestehen Sie, auch ich kann Selbstachtung hegen. Ich nahm meinen Hut ab und sagte höflich (ich versichere Sie, es war höflich): ›Madame, j'ai l'honneur d'être votre esclave.‹ Dann drehte sich der Baron um und sagte: ›Gehen Sie!‹ – und da trieb es mich plötzlich dazu, gleichfalls zu rufen: ›Jawohl!‹ Das rief ich zweimal: das erstemal mit gewöhnlicher Stimme, das zweitemal aber gedehnt und aus voller Kraft. Das ist alles.«

Ich gestehe, ich war mit dieser im höchsten Grade bubenhaften Erklärung sehr zufrieden. Ich fühlte das größte Verlangen, diese ganze Geschichte möglichst dumm hinzustellen.

Und ich fand daran immer mehr Geschmack.

»Sie machen sich wohl über mich lustig!« rief der General. Er wandte sich dem Franzosen zu und setzte ihm auf französisch auseinander, daß ich es entschieden auf einen Skandal absehe. De Grieux lächelte verächtlich und zuckte die Achseln.

»Oh, weisen Sie diesen Gedanken von sich, das ist keineswegs der Fall!« rief ich dem General zu. »Natürlich war mein Benehmen alles eher als schön, das gestehe ich Ihnen mit der letzten Aufrichtigkeit. Man kann es einen dummen und unanständigen Schulbubenstreich nennen, aber auch nichts weiter. Und wissen Sie, General, ich bedaure das im höchsten Maße. Da ist aber noch ein Umstand, der mich in meinen eigenen Augen fast sogar der Reue enthebt. In der letzten Zeit, seit zwei, sogar drei Wochen, fühle ich mich unwohl, krank, nervös, gereizt, launisch, und in gewissen Fällen verliere ich sogar völlig die Herrschaft über mich selber. Ich gestehe Ihnen, ich wünsche bisweilen, mich plötzlich an den Marquis de Grieux zu wenden und ... ich will dies übrigens lieber nicht aussprechen, vielleicht könnte es ihn kränken. Mit einem Worte, das sind Anzeichen einer Krankheit. Ich weiß nicht, ob die Baronin Wurmerhelm diesen Umstand berücksichtigen wird, wenn ich sie um Entschuldigung bitten werde (denn ich bin fest dazu entschlossen). Ich vermute freilich, sie wird das nicht tun, um so mehr, als es mir wohl bekannt ist, daß man in der letzten Zeit hiermit Mißbrauch treibt: Die Advokaten suchen heute sehr oft die von ihnen zu verteidigenden Verbrecher damit zu entschuldigen, daß jene im Augenblick der Tat gar nicht bei Sinnen gewesen seien, und daß dies auf einer ganz bestimmten Krankheit beruhe. ›Er hat jemanden durchgeprügelt‹, so soll das heißen, ›und kann sich an gar nichts mehr entsinnen.‹ Und stellen Sie sich vor, die Heilkunde stimmt ihnen bei – sie behauptet tatsächlich, es gebe eine solche Krankheit, eine solche zeitweilige Störung, bei der der Mensch fast gar kein oder nur ein halbes oder ein Viertel Bewußtsein habe. Der Baron und die Baronin sind Leute alten Schlages, zudem ist er preußischer Junker und Gutsbesitzer. Ihnen wird demnach dieser Fortschritt in der juristisch-medizinischen Welt noch unbekannt sein, und deshalb werden sie meine Erklärung gar nicht annehmen. Wie denken Sie, General?«

»Genug, mein Herr!« sprach der General mit scharfer Stimme und mit beherrschtem Unwillen. »Genug! Ich habe die Absicht, mich ein für allemal von Ihren Bubenstreichen zu befreien. Sie werden der Baronin und dem Baron keine Entschuldigung darbringen. Jede Beziehung zu Ihnen, selbst wenn sie einzig und allein in Ihrer Bitte um Verzeihung bestände, würde für jene allzu erniedrigend sein. Als der Baron erfahren hatte, daß Sie zu meinem Hause gehören, sprach er sich mit mir am Kasino aus, und ich kann Ihnen sagen, es hätte wenig gefehlt, und er hätte von mir Genugtuung verlangt.

Begreifen Sie denn, mein Herr, in welche Lage Sie mich versetzt haben! Ich, ich war genötigt, den Baron um Entschuldigung zu bitten, und gab ihm mein Wort, daß Sie sogleich, noch heute, aufhören werden, zu meinem Hause zu gehören.«

»Erlauben Sie, erlauben Sie, General, hat er selber unbedingt verlangt, daß ich nicht mehr zu Ihrem Hause gehören soll, wie Sie sich auszudrücken geruhten?«

»Nein; ich habe mich aber für verpflichtet gehalten, ihm diese Genugtuung zu geben, und der Baron hat sich natürlich damit begnügt. Wir trennen uns, mein Herr! Sie haben von mir nach der vorliegenden Rechnung noch diese vier Friedrichsdor und drei Gulden zu erhalten. Hier ist das Geld, und hier ist auch die Abrechnung; Sie können sie durchsehen. Leben Sie wohl! Von jetzt an sind wir Fremde. Außer Sorgen und Unannehmlichkeiten habe ich nichts von Ihnen gehabt. Ich werde sogleich den Kellner rufen und ihm erklären, daß ich von morgen an für Ihre Ausgaben im Hotel nicht mehr aufkomme. Ich habe die Ehre, mich Ihnen zu empfehlen.«

Ich nahm das Geld und den Zettel, auf dem mit Bleistift die Abrechnung stand, verneigte mich vor dem General und sprach sehr ernsthaft zu ihm:

»General, so kann die Angelegenheit nicht endigen. Ich bedaure, daß Ihnen der Baron Unannehmlichkeiten machte, indes – verzeihen Sie mir – daran sind Sie selber schuld. Wie kommen Sie denn dazu, dem Baron gegenüber die Verantwortung für mich zu übernehmen? Was soll es denn bedeuten, wenn Sie sagen, ich gehöre zu Ihrem Hause? Ich bin ganz einfach Hauslehrer bei Ihnen und weiter gar nichts. Ich bin weder Ihr leiblicher Sohn, noch sind Sie mein Vormund, und deshalb können Sie gar nicht die Verantwortung für meine Taten tragen. Ich bin selber eine dem Gesetz nach verantwortliche Person. Ich bin fünfundzwanzig Jahre alt, Kandidat der Universität, ich bin Adliger und Ihnen durchaus ein Fremder. Nur meine grenzenlose Achtung vor Ihren Vorzügen hält mich davon ab, von Ihnen jetzt gleich Genugtuung und weitere Erklärungen darüber zu verlangen, daß Sie sich das Recht herausgenommen haben, für mich die Verantwortung zu tragen.«

Der General war derart verblüfft, daß er die Arme ausbreitete, sich plötzlich zu dem Franzosen wandte und ihm mit eiligen Worten mitteilte, daß ich ihn fast zum Duell gefordert habe. Der Franzose brach in lautes Lachen aus.

»Ich bin indes durchaus nicht geneigt, dem Baron das durchgehen zu lassen«, fuhr ich durchaus kaltblütig fort, ohne mich im geringsten um das Gelächter des Herrn de Grieux zu kümmern, »da Sie aber, General, sich bereit gefunden haben, die Beschwerde des Barons anzuhören und auf seine Seite zu treten, und Sie dadurch sich selber zum Mitwirkenden in dieser ganzen Angelegenheit machten, so habe ich die Ehre, Sie davon zu benachrichtigen, daß ich nicht später als morgen früh von dem Baron in meinem eigenen Namen eine förmliche Erklärung darüber verlangen werde, aus welchen Gründen er sich über mich hinweg an eine andere Person wandte – gleich als wäre ich nicht fähig und nicht würdig, ihm selber für mich Genugtuung zu gewähren.«

Was ich vorausgeahnt hatte, traf auch ein. Als der General diese neue Dummheit von mir vernommen hatte, bekam er es sehr mit der Angst zu tun.

»So haben Sie wirklich die Absicht, diese verfluchte Sache noch weiterzuführen?« rief er aus. »Aber bedenken Sie doch, was Sie mir antun, o mein Gott! Wagen Sie das nicht, mein Herr, lassen Sie das nur bleiben, oder ich schwöre Ihnen . . . ! Auch hier gibt es Behörden, und ich . . . ich . . . mit einem Wort, bei meinem Range . . . Und gleichfalls der Baron . . . mit einem Wort, man wird Sie festnehmen und Sie durch die Polizei von hier ausweisen, damit Sie nicht mehr Spektakel machen. Verstehen Sie das?« Wenn er auch vor Wut kochte, so hatte er gleichwohl furchtbar Angst.

»General«, begann ich mit einer ihm unerträglichen Ruhe, »man kann mich nicht früher wegen des Skandalmachens festnehmen, als ich wirklich Skandal mache. Ich habe meine Auseinandersetzung mit dem Baron noch durchaus nicht begonnen, und Sie wissen noch gar nicht, in welcher Art und auf welcher Grundlage ich hierzu schreiten will. Ich möchte nur die für mich beleidigende Annahme aufklären, als befinde ich mich unter Vormundschaft von irgend jemand, der die Macht habe, über mich zu verfügen. Ganz umsonst haben Sie sich so aufgeregt und beunruhigt!«

»Um Gottes willen, um Gottes willen, Alexei Iwanowitsch, geben Sie doch diese sinnlose Absicht auf!« murmelte der General, indem er plötzlich aus einem zornigen in einen bittenden Ton verfiel und mich sogar an den Händen faßte. »Nun, bedenken Sie doch, was wird denn dabei herauskommen? Wiederum Unannehmlichkeiten! Sie müssen doch zugeben, daß ich mich hier auf eine ganz besondere Weise halten muß, besonders jetzt! Besonders jetzt! ... Oh, Sie kennen gar nicht, Sie kennen gar nicht alle meine Verhältnisse! ... Wenn wir von hier wegreisen, bin ich bereit, Sie wiederum in meine Dienste zu nehmen, ich habe das doch jetzt nur so getan, nun, mit einem Wort – Sie begreifen doch meine Gründe!« schrie er verzweifelt. »Alexei Iwanowitsch, Alexei Iwanowitsch ... !«

Während ich mich zurückzog, bat ich ihn noch einmal inständig, sich zu beruhigen. Ich versprach ihm, daß alles gut und anständig verlaufen werde, und beeilte mich fortzugehen.

Bisweilen sind die Russen im Ausland allzu feige und haben eine schreckliche Angst davor, was man sagen, wie man sie ansehen und ob dieses oder jenes auch anständig erscheinen werde. Mit einem Wort: sie halten sich so, als steckten sie in einem Korsett, besonders diejenigen, die auf Ansehen Anspruch erheben. Am liebsten ist ihnen eine schon geheiligte, ein für allemal feststehende Form, der sie sich sklavisch fügen – in den Gasthäusern, auf der Promenade, in Versammlungen, in der Eisenbahn. Der General hatte sich aber versprochen, daß außerdem noch gewisse, ganz besondere Umstände für ihn vorlagen, daß er sich, wie er sagte, »ganz besonders halten müsse«. Deshalb war er auch plötzlich so ängstlich geworden und hatte seinen Ton mir gegenüber geändert. Ich merkte mir das ein für allemal. Natürlich konnte er sich auch aus Dummheit morgen an irgendwelche Behörden wenden, so daß ich tatsächlich Veranlassung hatte, vorsichtig zu sein.

Ich hatte übrigens durchaus nicht die Absicht gehabt, den General zu erzürnen; ich wollte jetzt vielmehr Pauline Ärger bereiten. Sie war mit mir so grausam umgegangen und hatte mich selber auf einen so dummen Weg gestoßen, daß ich große Lust hatte, sie dahin zu bringen, daß sie mich selber bitten müsse haltzumachen. Mein bubenhaftes Betragen konnte natürlich auch sie bloßstellen. Außerdem kamen einige andere Empfindungen und Wünsche in mir auf: Wenn ich zum Beispiel vor ihr freiwillig zu nichts werde, so bedeutet das natürlich durchaus nicht, daß ich vor den Leuten wie ein begossener Pudel dastehe und daß mich der Baron »mit dem Stock schlagen« dürfe. Ich wollte mich über sie alle lustig machen und selber als forscher Kerl dastehen, mochten sie nur die Augen aufreißen. Sie wird noch den Skandal fürchten und mich zurückrufen. Tut sie das aber auch nicht, so muß sie gleichwohl einsehen, daß ich kein Hasenfuß bin.

(Eine erstaunliche Nachricht: Ich habe soeben von unserer Kinderfrau, der ich auf der Treppe begegnete, vernommen: Marja Philippowna habe sich heute ganz allein mit dem Abendzug nach Karlsbad zu ihrer Kusine begeben. Was soll das bedeuten? Die Kinderwärterin sagt, jene habe längst schon diese Absicht gehabt, aber weshalb hatte niemand davon gewußt? Die Wärterin verschwatzte sich und erzählte, Marja Philippowna habe vorgestern eine heftige Auseinandersetzung mit dem General gehabt. Da handelt es sich wahrscheinlich um Mademoiselle Blanche. Ja, bei uns kommt es irgendwie zur Entscheidung.)

SIEBENTES KAPITEL

Am nächsten Morgen rief ich den Kellner und erklärte, man müsse mir jetzt eine besondere Rechnung schreiben. Mein Zimmer war nicht so teuer, daß ich mich darüber hätte sehr erschrecken und das Hotel ganz verlassen müssen. Ich besaß sechzehn Friedrichsdor, aber dort ... dort ... winkte mir vielleicht der Reichtum! Seltsam, ich habe noch nichts gewonnen, ich handle, denke und fühle aber so, als wäre ich schon reich, und ich kann mich mir selber gar nicht anders vorstellen.

Ich hatte die Absicht, ungeachtet der frühen Stunde, mich sogleich ins Hotel d'Angleterre, das ganz nah von uns lag, zu Mister Astley zu begeben, als plötzlich de Grieux bei mir eintrat. Das hatte sich noch niemals ereignet, und außerdem waren in der letzten Zeit meine Beziehungen zu diesem Herrn äußerst gespannt, und wir waren einander entfremdet. Er verbarg mir durchaus nicht, daß er mich gering achtete, er gab sich sogar Mühe, das nicht zu verbergen, ich aber – ich hatte meine ganz besonderen Gründe, ihn nicht zu lieben. Mit einem Worte: Ich haßte ihn. Sein Besuch setzte mich in Staunen. Ich merkte sofort, daß sich da irgend etwas Besonderes zugetragen hatte.

Er trat mit sehr liebenswürdiger Miene ein und machte mir ein Kompliment in Hinsicht auf mein Zimmer. Da er sah, daß ich den Hut in der Hand hielt, erkundigte er sich, ob ich wirklich so früh spazieren gehe. Als ich ihm aber sagte, ich wollte Mister Astley in einer Angelegenheit aufsuchen, ward er ganz nachdenklich und nahm eine außerordentlich besorgte Miene an.

De Grieux war wie alle Franzosen, das heißt lustig und liebenswürdig, wenn das nötig und vorteilhaft ist, aber unerträglich langweilig, wenn sich keine Notwendigkeit mehr bietet, lustig und liebenswürdig zu sein. Der Franzose ist selten von Hause aus liebenswürdig, er ist das vielmehr stets wie auf Befehl, aus Berechnung. Scheint es ihm zum Beispiel notwendig, Phantasie, Originalität und ein nicht alltägliches Wesen zur Schau zu tragen, so kommt das alles äußerst dumm und unnatürlich heraus, und es handelt sich nur um im voraus ausgeklügelte und längst schon banale Formen. Seiner Natur nach besteht der Franzose aus der kleinbürgerlichsten, kleinlichsten, alltäglichsten Positivität – mit einem Wort, er ist das langweiligste Geschöpf auf der Welt. Meiner Ansicht nach lassen sich nur Neulinge und besonders russische Mädchen von den Franzosen imponieren. Jeden anständigen Menschen widert aber diese auffallende Banalität der ein für allemal feststehenden Formen der Liebenswürdigkeit, Ungezwungenheit und Lustigkeit an.

»Ich komme zu Ihnen in einer Angelegenheit«, begann er außerordentlich ungezwungen, übrigens höflich. »Und ich verheimliche Ihnen nicht, daß ich als Bote oder besser gesagt als Vermittler des Generals vor Ihnen stehe. Da ich sehr schlecht Russisch verstehe, habe ich gestern fast nichts verstanden. Der General hat es mir aber bis in alle Einzelheiten nachträglich wiedererzählt, und ich gestehe ...«

»Hören Sie, Monsieur de Grieux«, unterbrach ich ihn. »Sie haben sich also auch in dieser Sache zum Vermittler gemacht. Ich bin natürlich nur ›un outchitel‹, und ich erhob niemals den Anspruch auf die Ehre, ein naher Freund dieses Hauses zu sein oder in irgendwelchen besonders intimen Beziehungen zu ihm zu stehen – und deshalb kenne ich auch nicht alle seine Verhältnisse. Erklären Sie mir aber: Gehören Sie jetzt schon wirklich zu den Mitgliedern dieser Familie? Denn Sie nehmen schließlich an allem derart teil, Sie sind unbedingt sogleich schon in allem Vermittler ...«

Meine Frage mißfiel ihm. Sie war ihm zu durchsichtig, und er wollte sich nicht verplappern.

»Mich verbinden mit dem General teilweise geschäftliche Angelegenheiten, teilweise gewisse besondere Umstände«, sprach er trocken. »Der General sandte mich, um Sie zu bitten, Ihre gestrigen Absichten aufzugeben. Alles, was Sie sich da ausdachten, ist natürlich sehr gescheit, er bat mich aber, Ihnen ganz besonders klarzumachen, daß Ihnen das durchaus nicht gelingen werde. Nicht nur das – der Baron wird Sie gar nicht empfangen, und schließlich stehen ihm ja auf jeden Fall alle Mittel zur Hand, um sich allen weiteren Unannehmlichkeiten von Ihrer Seite zu entziehen. Das müssen Sie selber zugeben. Wozu wollen Sie dann noch die Sache weiter verfolgen, sagen Sie mir das doch bitte! Der General verspricht Ihnen, Sie ganz bestimmt, sobald es nur die Umstände gestatten, wiederum in sein Haus aufzunehmen und Ihnen die ganze Zeit über Ihr Gehalt, vos appointements, anzurechnen. Das ist doch wohl ziemlich vorteilhaft, nicht wahr?«

Ich entgegnete ihm darauf ganz ruhig, er irre sich etwas. Vielleicht werde man mich durchaus nicht beim Baron davonjagen, vielmehr anhören, und ich bat ihn einzugestehen, daß er wahrscheinlich auch nur dazu gekommen sei, um herauszubekommen, wie ich mich eigentlich an die Sache machen werde.

»O mein Gott, wenn dem General so viel daran liegt, wird es ihm natürlich angenehm sein, zu erfahren, was Sie tun und wie Sie verfahren werden! Das ist doch so natürlich.«

Ich begann ihm meine Erklärungen zu geben, und er hörte mir zu, in lässiger Haltung, den Kopf ein wenig mir zu und zur Seite geneigt und mit einem ganz offenen, absichtlich ironischen Ausdruck. Überhaupt benahm er sich sehr von oben herab. Ich gab mir die größte Mühe, mich so zu stellen, als sei es mir durchaus ernst mit dieser ganzen Angelegenheit. Ich erklärte ihm, daß der Baron sich mit seiner Beschwerde über mich an den General gewandt habe, gleich als sei ich dessen Diener, daß er mich erstens einmal um meine Stelle gebracht und zweitens behandelt habe wie jemanden, der gar nicht imstande sei, für sich selber die Verantwortung zu tragen, und mit dem es sich also gar nicht zu sprechen lohne. Natürlich fühle ich mich mit Recht beleidigt, da ich indes den Unterschied im Alter, in der gesellschaftlichen Stellung usw. usw. (ich konnte mich hierbei kaum des Lachens erwehren) sehr wohl begreife, so wolle ich nicht noch einen neuen Leichtsinn begehen, das heißt, ohne weiteres von dem Baron Genugtuung fordern oder sogar ihm solche meinerseits nur anbieten. Dessenungeachtet halte ich mich durchaus für berechtigt, ihm und besonders der Baronin meine Entschuldigungen vorzubringen, um so mehr, als ich mich tatsächlich in der letzten Zeit unwohl, verstört und sozusagen in einem phantastischen Zustand befinde usw. usw. Indes habe der Baron selber dadurch, daß er sich gestern in für mich beleidigender Weise an den General gewandt und darauf bestanden habe, daß jener mich entlassen solle, mich in eine solche Lage versetzt, daß ich jetzt schon nicht mehr ihm und der Baronin meine Entschuldigungen vorbringen kann, weil sonst er, die Baronin und alle Welt zweifellos glauben würden, ich entschuldige mich nur aus Furcht und um meine Stelle wiederzubekommen. Aus dem allen folge, daß ich mich nunmehr gezwungen sehe, den Baron zu bitten, er möchte sich zuerst vor mir entschuldigen, sei es auch in den allermaßvollsten Ausdrücken – er möchte zum Beispiel sagen, er habe mich durchaus nicht beleidigen wollen. Werde dies der Baron tun, dann seien mir die Hände schon nicht mehr gebunden, und ich werde in voller Aufrichtigkeit meine Entschuldigungen vorbringen. »Mit einem Wort«, schloß ich, »ich bitte nur, daß der Baron mir die Hände löst.«

»Pfui! Was für eine Kleinkrämerei, und wie ist das ausgetüftelt! Und weshalb wollen Sie sich eigentlich entschuldigen? Nun, geben Sie zu, monsieur ... monsieur ..., daß Sie das alles absichtlich tun, um dem General Verdruß zu bereiten ... Aber vielleicht haben Sie auch noch ganz besondere Absichten ... mon cher monsieur ... Pardon, j'ai oublié votre nom, monsieur Alexis? ... N'est ce pas?«

»Aber erlauben Sie einmal, mon cher marquis, was geht das Sie eigentlich an?«

»Mais le général ...«

»Aber was hat denn der General dabei zu tun? Er sagte mir gestern so etwas, als müsse er sich jetzt auf eine ganz bestimmte Weise verhalten ... Und er regte sich so auf ... Aber ich habe gar nichts davon verstanden.«

»Da ist auch, da besteht gerade auch ein besonderer Umstand«, sprach de Grieux mit bittender Stimme, aus der immer mehr Verdruß herausklang. »Kennen Sie Mademoiselle de Cominges ... ?«

»Das heißt, Mademoiselle Blanche?«

»Nun ja, Mademoiselle Blanche de Cominges ... et madame sa mère ... Sie müssen doch selber zugeben, der General ... mit einem Wort, der General ist verliebt, und sogar ... Vielleicht wird sogar hier die Hochzeit stattfinden. Bedenken Sie doch, daß unter solchen Umständen solche Skandale und Geschichten ...«

»Ich sehe hier weder Skandale noch Geschichten, die irgendwelche Beziehungen zu der Hochzeit haben.«

»Aber le baron est si irascible, un caractère prussien, vous savez, enfin il fera une querelle d'Allemand.«

»So macht er ihn doch mir, aber nicht Ihnen, denn ich gehöre doch schon nicht mehr zum Hause ... (Ich stellte mich absichtlich möglichst dumm an.) Aber erlauben Sie einmal, demnach ist es schon beschlossen, daß Mademoiselle Blanche den General heiratet? Warum zögert man denn eigentlich noch? Ich wollte sagen, warum verheimlicht man das sogar uns, die wir zum Hause gehören?«

»Das kann ich Ihnen nicht ... übrigens, das ist noch nicht völlig ... indes ... Sie wissen, man erwartet Nachrichten aus Rußland. Der General muß seine Angelegenheiten in Ordnung bringen ...«

»Ach so! La baboulenka!«

De Grieux sah mich haßerfüllt an. »Mit einem Wort«, sprach er rasch, »ich rechne durchaus auf Ihre angeborene Liebenswürdigkeit, auf Ihren Verstand, auf Ihren Takt ... Sie werden das natürlich für diese Familie tun, in der Sie wie ein Verwandter aufgenommen und geliebt und geachtet wurden ...«

»Erlauben Sie einmal, man hat mich doch davongejagt! Sie bestätigen soeben, dies sei nur zum Schein geschehen, aber geben Sie zu, wenn man Ihnen sagt: ›Ich will dich natürlich gar nicht bei den Ohren ziehen, aber zum Schein erlaube mir das doch zu tun ... !‹, so ist das doch fast ganz das gleiche!«

»Wenn dem so ist, wenn keinerlei Bitten auf Sie Eindruck machen«, begann er streng und hochmütig, »so erlauben Sie mir, Ihnen zu versichern, daß man Maßnahmen treffen wird. Hier gibt es eine Obrigkeit, man wird Sie noch heute ausweisen – que diable! Un blanc-bec comme vous will eine solche Persönlichkeit wie den Baron zum Duell fordern! Und Sie glauben auch noch, man werde Sie in Ruhe lassen? Seien Sie doch versichert, daß hier niemand vor Ihnen Angst hat! Wenn ich Sie bat, so tat ich das eher persönlich, weil Sie den General beunruhigten. Aber glauben Sie denn wirklich, daß der Baron nicht ganz einfach seinen Lakaien befehlen wird, Sie herauszujagen?«

»Ich werde doch nicht selber gehen«, antwortete ich völlig ruhig, »Sie irren sich, Monsieur de Grieux, alles wird bei weitem anständiger verlaufen, als Sie glauben. Ich begebe mich soeben zu Mister Astley und werde ihn bitten, mein Vermittler, mit einem Wort, mein ›Sekond‹ zu sein. Dieser Mensch liebt mich und wird mir sicherlich keine Absage geben. Er wird zum Baron gehen, und ihn wird der Baron empfangen. Bin ich auch selber nur ›un outchitel‹, und hält man mich irgendwie für subaltern, nun, mit einem Wort, bin ich auch schutzlos, so ist doch Mister Astley der Neffe eines Lords, eines wirklichen Lords, das wissen alle, des Lords Pebrok, und dieser Lord ist hier. Sie können mir glauben, der Baron wird Mister Astley höflich anhören, würde er das aber nicht tun, so wird Mister Astley das für eine persönliche Beleidigung halten (Sie wissen doch, wie hartnäckig die Engländer sind), und er wird zum Baron von sich aus einen Freund schicken, und er hat gute Freunde. Sie können demnach annehmen, daß die Sache durchaus nicht so ablaufen wird, wie Sie vermuten.«

Der Franzose bekam es entschieden mit der Angst zu tun. Tatsächlich sah das alles so aus, als sei es wahr, und demnach hatte es den Anschein, als habe ich tatsächlich die Macht dazu, eine ganze Geschichte einzufädeln.

»Aber ich bitte Sie doch«, begann er mit ganz flehender Stimme, »lassen Sie das doch alles bleiben! Das ist gerade so, als sei es Ihnen angenehm, daß da eine ganze Geschichte herauskommt. Sie brauchen gar keine Genugtuung, Sie wollen nur den Skandal! Ich sagte schon, daß dies alles unterhaltend und sogar gescheit sein wird – was Sie vielleicht auch erreichen, aber mit einem Wort«, schloß er, da er sah, daß ich aufstand und meinen Hut nahm, »ich bin gekommen, um Ihnen diese zwei Worte von einer Person zu überbringen – lesen Sie, ich habe den Auftrag, auf Antwort zu warten.«

Bei diesen Worten nahm er ein kleines zusammengefaltetes und mit einer Oblate geschlossenes Zettelchen heraus.

Darauf stand von Paulines Hand geschrieben: »Es scheint mir, Sie haben die Absicht, diese Geschichte weiter fortzuführen. Sie ärgerten sich und beginnen dumme Bubenstreiche zu machen. Es liegen aber hier besondere Umstände vor, und ich werde sie Ihnen später vielleicht einmal erklären. Bitte, hören Sie jetzt damit auf, und beruhigen Sie sich. Was sind das alles für Dummheiten! Ich habe Sie nötig, und Sie selber versprachen mir, folgsam zu sein. Gedenken Sie des Schlangenbergs. Ich bitte Sie, und wenn nötig, befehle ich Ihnen, gehorsam zu sein. Ihre P.P.S. Wenn Sie mir wegen des gestrigen Vorfalls böse sind, so verzeihen Sie mir.«

Es drehte sich mir alles vor Augen, als ich diese Zeilen las. Meine Lippen erblaßten, und ich begann zu zittern. Der verfluchte Franzose nahm eine gemacht bescheidene Haltung an und wandte sich von mir ab, als wolle er meine Verlegenheit gar nicht bemerken. Hätte er mich doch lieber ausgelacht!

»Gut«, antwortete ich, »sagen Sie, Mademoiselle könne ruhig sein. Gestatten Sie mir übrigens noch eine Frage«, fügte ich mit scharfer Stimme hinzu, »weshalb haben Sie mir eigentlich diesen Zettel erst jetzt übergeben? Es scheint mir, statt über Nichtigkeiten zu sprechen, hätten Sie hiermit anfangen sollen ... Wenn Sie überhaupt mit diesem Auftrag zu mir kamen.«

»Oh, ich wollte ... Überhaupt ist das alles so seltsam, daß Sie schon meine Ungeduld entschuldigen müssen. Ich ganz persönlich wollte möglichst rasch erfahren und von Ihnen selber, was Sie beabsichtigen. Ich weiß übrigens gar nicht, was in diesem Briefchen steht, und dachte, ich werde immer noch Zeit haben, es Ihnen zu übergeben.«

»Ich verstehe, Ihnen war ganz einfach befohlen, diesen Zettel nur im äußersten Fall abzugeben, und das zu unterlassen, wenn es Ihnen gelinge, die Sache so beizulegen. Ist dem so? Sprechen Sie doch ganz offen, Monsieur de Grieux!«

»Peut-être«, sprach er, wobei er den Ausdruck ganz besonderer Zurückhaltung annahm und mich eigenartig anblickte.

Ich nahm meinen Hut, er nickte mir zu und ging fort. Es schien mir, auf seinen Lippen war ein höhnisches Lächeln. Ja, wie hätte das auch anders sein können?

»Wir werden noch mit dir abrechnen, Französlein, wir werden uns noch miteinander messen!« murmelte ich, während ich die Treppe hinabstieg. Ich konnte noch gar keinen vernünftigen Gedanken fassen, gleich als habe ich einen Schlag vor den Kopf bekommen. Die frische Luft brachte mich wieder zu Besinnung.

Zwei Minuten später, als ich eben erst klar denken konnte, kamen mir in aller Schärfe zwei Gedanken: Erstens – daß wegen solcher Nichtigkeiten, wegen einiger schulbubenhafter, unwahrscheinlicher Drohungen, die gestern ein dummer Junge so obenhin aussprach, sich ein solcher allgemeiner Alarm erhob! Und zweitens der Gedanke: Was gleichwohl dieser Franzose für einen Einfluß auf Pauline ausübt! Er braucht nur ein Wort auszusprechen – und sie tut alles, was er nötig hat, sie schreibt mir einen Zettel und bittet mich sogar. Freilich, ihre Beziehungen waren mir immer ein Rätsel, ganz von Anfang an, schon seit der Zeit, als ich sie zu bemerken begonnen hatte. Gleichwohl hatte ich in diesen letzten Tagen einen ausgesprochenen Widerwillen und sogar eine Verachtung gegen ihn an ihr wahrgenommen, während er sie nicht einmal mehr ansah, sogar ganz einfach unhöflich mit ihr war. Das war mir aufgefallen. Pauline selber hatte mir von diesem Widerwillen erzählt; es entschlüpften ihr schon außerordentlich bedeutsame Bekenntnisse ... Das bedeutet demnach, er beherrscht sie einfach. Sie ist irgendwie in seinen Ketten ...

ACHTES KAPITEL

Auf der Promenade, wie man hier sagt, das heißt in der Kastanienallee, begegnete ich meinem Engländer.

»Oh, oh!« begann er. »Sie wollten zu mir und ich zu Ihnen. So haben Sie sich schon von den Ihrigen getrennt?«

»Sagen Sie mir erstens, woher wissen Sie das alles«, fragte ich ihn erstaunt, »ist das wirklich schon allgemein bekannt?«

»O nein, durchaus nicht; ja, und es lohnt auch nicht, daß es bekannt wäre. Niemand spricht davon.«

»Woher wissen Sie es dann?«

»Ich weiß es, das heißt, ich erfuhr es zufällig. Wohin werden Sie sich jetzt begeben? Ich liebe Sie, und deshalb wollte ich Sie sprechen.«

»Sie sind ein vortrefflicher Mensch, Mister Astley«, sprach ich. (Es war mir übrigens furchtbar interessant, zu erfahren, woher er es wisse.) »Da ich noch nicht Kaffee getrunken habe, und Sie wahrscheinlich nur einen schlechten Kaffee, so wollen wir in das Café beim Kasino gehen. Dort wollen wir rauchen, und ich werde Ihnen alles erzählen und ... auch Sie werden mir berichten ...«

Das Café lag hundert Schritte entfernt. Wir nahmen Platz, man brachte uns Kaffee, ich zündete eine Zigarette an, Mister Astley rauchte nicht und sah mich erwartungsvoll an.

»Ich ziehe nirgendhin, ich werde hier bleiben«, begann ich.

»Das wußte ich im voraus«, bemerkte Mister Astley.

Als ich auf dem Wege zu ihm war, hatte ich durchaus nicht die Absicht, ihm von meiner Liebe zu Pauline zu erzählen. Im Gegenteil, ich wollte absichtlich davon schweigen. Alle diese Tage hindurch hatte ich mit ihm hierüber fast kein Wort gesprochen. Zudem war er auch sehr schüchtern. Schon beim erstenmal hatte ich bemerkt, daß Pauline einen außerordentlichen Eindruck auf ihn gemacht hatte. Er erwähnte sie aber niemals im Gespräch. Doch seltsam, als er eben erst Platz genommen hatte und seine farblosen Augen auf mich richtete, überkam mich plötzlich, ich weiß selber nicht weshalb, eine große Lust, ihm alles zu erzählen, das heißt von meiner ganzen Liebe in allen ihren Wandlungen. Ich sprach eine volle halbe Stunde, und es war mir außerordentlich angenehm, dies alles zum erstenmal laut zu sagen! Da ich bemerkt hatte, daß er bei einigen besonders leidenschaftlichen Stellen verlegen wurde, verstärkte ich absichtlich die Leidenschaftlichkeit meiner Erzählung. Eines nur tut mir leid: vielleicht habe ich eines oder das andere von dem Franzosen gesagt, was überflüssig war...

Mister Astley saß mir gegenüber und hörte mir zu, ohne sich zu rühren. Er sprach kein Wort, er gab keinen Laut von sich und blickte mir nur immer gerade in die Augen. Als ich aber von dem Franzosen begann, unterbrach er mich plötzlich, indem er mich streng fragte, ob ich das Recht habe, diesen nicht zur Sache gehörigen Umstand zu berühren. Mister Astley stellte stets sehr sonderbare Fragen.

»Sie haben recht: Ich fürchte, mir fehlt die Berechtigung«, antwortete ich.

»Können Sie mir nichts Genaues von diesem Marquis und Miss Pauline sagen – außer Ihren Vermutungen?«

Wiederum wunderte ich mich über eine so kategorische Frage von seiten eines so schüchternen Menschen wie Mister

Astley. »Nein, ich weiß nichts Bestimmtes«, antwortete ich, »natürlich weiß ich gar nichts.«

»Wenn dem so ist, so haben Sie schlecht gehandelt, nicht nur dadurch, daß Sie mit mir hierüber sprachen, vielmehr sogar auch schon dadurch, daß Sie solche Vermutungen hegten.«

»Gut, gut! Ich gestehe das ein, jetzt handelt es sich aber nicht darum«, unterbrach ich ihn etwas erstaunt. Ich hatte ihm gerade unsere gestrige Geschichte in allen Einzelheiten erzählt, jenen Ausfall Paulinens, mein Abenteuer mit dem Baron, meine Entlassung, die auffallende Angst des Generals, und schließlich hatte ich ihm ausführlich von dem heutigen Besuch de Grieux' berichtet mit allen Feinheiten, dabei hatte ich ihm auch das Zettelchen gezeigt.

»Was schließen Sie aus dem allen?« fragte ich. »Ich ging gerade deshalb zu Ihnen, um Ihre Meinung zu erfahren, was aber mich selber anbetrifft, so scheint mir, ich hätte dieses Französchen gern getötet, und vielleicht werde ich das auch tun.«

»Auch ich«, sprach Mister Astley. »Was indes Miss Pauline anbetrifft ... so wissen Sie doch, daß man auch zu verhaßten Menschen in Beziehungen tritt, wenn das die Notwendigkeit erfordert. Da können Zusammenhänge sein, die uns unbekannt sind und von außerhalb dieser Sache liegenden Umständen abhängen. Ich glaube, Sie können sich beruhigen – natürlich nicht ganz. Was aber ihr gestriges Vorgehen anbetrifft, so ist es natürlich seltsam – nicht deshalb, weil sie Sie loswerden wollte und Sie dem Stock des Barons aussetzte (ich weiß eigentlich gar nicht, weshalb er ihn nicht in Tätigkeit setzte, da er ihn doch in Händen hielt), vielmehr deshalb, weil ein solches Vorgehen für eine so ... für eine so ausgezeichnete Miss – unziemlich war. Natürlich konnte sie nicht erraten, daß Sie ihren lächerlichen Auftrag wörtlich ausführen würden ...«

»Wissen Sie, was?« rief ich plötzlich, wobei ich Mister Astley eindringlich anblickte, »mir kommt es so vor, als hätten Sie bereits von dem allen gehört, und wissen Sie von wem? – Von Miss Pauline selber!«

Mister Astley sah mich erstaunt an.

»Ihre Augen funkeln, und ich lese Mißtrauen in ihnen«, sprach er, nachdem er sogleich wieder seine frühere ruhige Haltung angenommen hatte. »Sie haben aber nicht das geringste Recht, Ihre Vermutungen zu äußern. Ich kann Ihnen dieses Recht nicht zugestehen und verweigere jede Antwort auf Ihre Frage!«

»Nun genug! Das ist gar nicht nötig!« rief ich seltsam erregt, und ich begriff gar nicht, wie mir ein solcher Gedanke in den Kopf kommen konnte! Wann, wo, auf welche Weise hätte Pauline Mister Astley zu ihrem Vertrauten machen können? In der letzten Zeit hatte ich übrigens Mister Astley etwas aus den Augen verloren, und Pauline war mir stets ein Rätsel – derart, daß, als ich zum Beispiel jetzt eben die ganze Geschichte meiner Liebe Mister Astley zu erzählen begann, ich plötzlich, während ich noch erzählte, geradezu betroffen war dadurch, daß ich fast gar nichts Genaues und Bestimmtes über meine Beziehungen zu ihr sagen konnte. Im Gegenteil, alles war phantastisch, seltsam, ohne rechte Grundlage, und sogar ganz ungereimt.

»Nun gut, gut! Ich bin ganz herausgekommen und kann mir über vieles jetzt noch nicht klar werden«, antwortete ich etwas verwirrt. »Sie sind übrigens ein guter Mensch. Jetzt zu etwas anderem, und ich bitte nicht um Ihren Rat, vielmehr nur um Ihre Meinung.«

Ich schwieg ein wenig und begann dann: »Weshalb, glauben Sie wohl, hat der General solche Angst bekommen? Weshalb hat man denn aus meinem so dummen Bubenstreich eine so große Geschichte gemacht? Eine solche Geschichte, daß sogar de Grieux selber es für nötig hielt, sich einzumischen (und das tut er nur in den äußersten Fällen), daß er mich aufsuchte (was sagen Sie dazu!), mich bat, mich anflehte – er, de Grieux, mich! Bemerken Sie zudem, er kam um neun Uhr, sogar noch etwas früher, und schon hatte er einen Zettel von Miss Pauline in Händen. Da fragt man sich doch: Wann wurde das geschrieben? Vielleicht hat man Miss Pauline deshalb aus dem Schlaf geweckt? Außerdem ersehe ich daraus, daß Miss Pauline seine Sklavin ist (sie bittet ja sogar mich um Verzeihung!), – außerdem – was hat sie eigentlich mit dem allen zu schaffen? Weshalb interessiert sie sich so dafür? Weshalb haben alle solche Furcht bekommen vor irgendeinem Baron? Und was ist denn eigentlich dabei, daß der General Mademoiselle Blanche de Cominges heiratet? Jene sagen, er müsse sich infolge dieses Umstandes ›ganz besonders‹ halten – aber das ist doch schon allzu besonders, das müssen Sie doch zugeben! Wie denken Sie darüber? Ich lese Ihnen an den Augen ab, daß Sie auch hier mehr wissen als ich!«

Mister Astley lächelte und nickte mit dem Kopf. »Tatsächlich weiß ich hierüber, scheint mir, bei weitem mehr als Sie«, sprach er. »Diese ganze Sache geht einzig und allein Mademoiselle Blanche an, und ich bin überzeugt, daß dies durchaus stimmt.«

»Nun, wer ist denn eigentlich Mademoiselle Blanche?« rief ich ungeduldig (es überkam mich plötzlich die Hoffnung, ich werde jetzt irgend etwas von Mademoiselle Pauline erfahren).

»Mir scheint, Mademoiselle Blanche ist im gegenwärtigen Augenblick ganz besonders daran interessiert, auf jede Weise eine Begegnung mit dem Baron und der Baronin zu vermeiden – um so mehr, wenn diese Begegnung einen unangenehmen oder, noch schlimmer, skandalösen Charakter trägt.«

»Nun, und was weiter?«

»Mademoiselle Blanche war schon vor zwei Jahren während der Saison hier in Roulettenburg. Auch ich war damals hier. Mademoiselle Blanche hieß damals nicht Mademoiselle de Cominges! Auch war ihre Mutter, Madame veuve Cominges, damals noch nicht vorhanden. Wenigstens war von ihr nicht die Rede. De Grieux – de Grieux – war gleichfalls noch nicht da. Ich bin tief überzeugt, daß beide gar nicht miteinander verwandt sind, ja sogar ihre Bekanntschaft erst neueren Datums ist. Marquis ist de Grieux gleichfalls erst seit sehr kurzem geworden – auch hiervon bin ich überzeugt, aus einem ganz bestimmten Grund. Ja, man kann annehmen, daß er sich auch erst seit kurzem de Grieux zu nennen begann. Ich kenne hier jemanden, der ihn noch unter einem andern Namen kannte.«

»Aber er hat doch tatsächlich einen anständigen Bekanntenkreis.«

»Oh, das kann sehr wohl sein. Sogar Mademoiselle Blanche kann einen solchen Bekanntenkreis haben. Vor zwei Jahren ward Mademoiselle Blanche, auf die Beschwerde dieser selben Baronin, von der hiesigen Polizei aufgefordert, die Stadt zu verlassen, und sie tat das auch.«

»Wie denn das?«

»Sie war hierher gekommen – erst mit einem Italiener, einem Fürsten mit einem historischen Namen, etwa in der Art wie Barberini oder so ähnlich. Dieser Mensch war über und über mit Ringen und Brillanten beladen, die nicht einmal falsch waren. Sie hatten eine großartige Equipage. Mademoiselle Blanche spielte Trente-et-quarante erst mit Erfolg, dann begann das Glück sie sehr im Stich zu lassen. Darauf entsinne ich mich gut. Ich erinnere mich, an einem Abend verspielte sie eine sehr große Summe. Am allerschlimmsten war es aber, daß un beau matin ihr Fürst, unbekannt wohin, abgereist war; auch die Pferde und die Equipage waren verschwunden, kurz alles. Die Hotelrechnung war aber sehr hoch. Mademoiselle Selma (aus einer Barberini verwandelte sie sich plötzlich in eine Mademoiselle Selma) war in tiefster Verzweiflung. Sie heulte und kreischte durch das ganze Hotel und zerriß sich vor Wut ihr Kleid. In dem selben Hotel wohnte aber ein polnischer Graf (alle reisenden Polen sind Grafen), und Mademoiselle Selma, die ihre Kleider zerrissen und sich wie ein Kätzchen mit ihren schönen, in Parfüms gewaschenen Händen das Gesicht zerkratzt hatte, machte auf ihn einen gewissen Eindruck. Sie hatten eine Unterredung miteinander, und zum

Mittagessen war sie bereits getröstet. Am Abend erschien er Arm in Arm mit ihr im Kasino. Ihrer Gewohnheit nach lachte Mademoiselle Selma sehr laut, und ihr Benehmen war noch etwas ungenierter. Sie gehörte von nun an zu jenen Roulett spielenden Damen, die, wenn sie zum Spieltisch hintreten, aus aller Kraft die dort sitzenden Spieler mit der Schulter zurückstoßen, um sich Platz zu machen. Das gilt bei diesen Damen hier für besonders schick. Sie haben solche natürlich gesehen!«

»O ja.«

»Es lohnt kaum, darauf achtzugeben. Zum Verdruß des anständigen Publikums werden wenigstens diejenigen von ihnen nicht alle, die jeden Tag am Spieltisch Tausendfrankenscheine wechseln. Sobald sie übrigens aufhören, solche Scheine zu wechseln, ersucht man sie sofort, sich zu entfernen. Mademoiselle Selma hatte noch solche Scheine zu wechseln; sie spielte aber immer unglücklicher. Merken Sie übrigens, daß diese Damen fast stets sehr glücklich spielen; sie haben eine erstaunliche Selbstbeherrschung. Meine Geschichte ist damit zu Ende. Eines schönen Tages verduftete der Graf ganz ebenso wie der Fürst. Mademoiselle Selma erschien am Abend schon allein beim Spieltisch. Diesmal war niemand gekommen, um ihr den Arm anzubieten. In zwei Tagen hatte sie endgültig alles verspielt. Als sie die letzten Louisdors gesetzt und verloren hatte, schaute sie sich um und erblickte neben sich den Baron Wurmerhelm, der sie sehr aufmerksam und mit tiefem Unwillen betrachtete. Mademoiselle Selma bemerkte aber nicht seinen Unwillen, sie wandte sich mit einem gewissen Lächeln an den Baron und bat ihn, für sie zehn Louisdor auf Rot zu setzen. Infolgedessen erhielt sie auf die Beschwerde der Baronin die Aufforderung, sich nicht mehr im Kasino zu zeigen. Wenn Sie sich darüber wundern, daß mir alle diese kleinen und durchaus unanständigen Einzelheiten bekannt sind, so kommt das daher, weil ich das alles ausführlich von Mister Feeder gehört habe, einem meiner Verwandten, der noch am gleichen Abend Mademoiselle Selma in seinem eigenen Wagen aus Roulettenburg nach Spa entführte. Bedenken Sie jetzt: Mademoiselle Blanche will Generalin werden, wahrscheinlich deshalb, um nicht mehr wie vor zwei Jahren solche Aufforderungen von der Polizei zu erhalten. Jetzt spielt sie schon nicht mehr; aber nur deshalb, weil sie jetzt allem Anschein nach ein Kapital besitzt, das sie hiesigen Spielern auf Prozente ausleiht. Das ist bei weitem vorteilhafter. Ich vermute sogar, daß ihr auch der unglückliche General Geld schuldet. Vielleicht auch de Grieux. Vielleicht macht aber auch de Grieux mit ihr Kompagniegeschäft. Sie müssen zugeben, daß sie wenigstens bis zu ihrer Hochzeit wünschen muß, in keiner Weise die Aufmerksamkeit der Baronin und des Barons zu erregen. Mit einem Wort: In ihrer Lage kann sie alles eher brauchen als einen Skandal. Sie stehen aber in Verbindungen mit dem Hause jener, und Ihre Handlungen konnten um so mehr Aufsehen erregen, als sie jeden Tag am Arme des Generals vor dem Publikum erscheint oder in Gesellschaft von Miss Pauline. Verstehen Sie jetzt?«

»Nein, ich verstehe es nicht!« schrie ich und schlug dabei aus aller Kraft auf den Tisch, so daß der Kellner ganz erschrocken herbeilief.

»Sagen Sie mir, Mister Astley«, sprach ich außer mir, »wenn Sie bereits diese ganze Geschichte kannten und Sie demnach auswendig wissen, wer eigentlich Mademoiselle Blanche de Cominges ist – weshalb haben Sie dann nicht wenigstens mich gewarnt – oder den General selber oder schließlich vor allem, vor allem Miss Pauline, die sich hier im Kasino vor dem Publikum Arm in Arm mit Mademoiselle Blanche zeigte? Kann man denn so etwas?«

»Sie zu warnen hatte ich keine Veranlassung, weil Sie gar nichts tun konnten!« antwortete ruhig Mister Astley. »Aber übrigens, wovor denn warnen? Der General weiß vielleicht von Mademoiselle Blanche noch mehr als ich, und gleichwohl geht er mit ihr und Miss Pauline spazieren. Der General – ist ein unglücklicher Mensch. Ich sah gestern, wie Mademoiselle

Blanche auf einem schönen Pferde mit Monsieur de Grieux und jenem kleinen russischen Fürsten dahergaloppierte, der General aber auf einem Fuchs ihnen nachtrabte. Noch am Morgen hatte er gesagt, er habe Fußschmerzen, er saß aber sehr gut zu Pferde. Und gerade in diesem selben Augenblick blitzte es mir plötzlich durch den Kopf, daß dies ein völlig verlorener Mensch sei. Zudem geht mich dies alles nichts an, und ich habe erst unlängst die Ehre gehabt, Miss Pauline kennenzulernen. Aber übrigens, ich sagte bereits, daß ich Ihnen das Recht nicht zugestehen kann, gewisse Fragen zu stellen, ungeachtet dessen, daß ich Sie aufrichtig liebe.«

»Genug«, sprach ich, indem ich aufstand. »Jetzt ist es mir klar wie der Tag, daß auch Miss Pauline alles über Mademoiselle Blanche weiß, daß sie sich aber nicht von ihrem Franzosen trennen kann und sich nur deshalb dazu hergibt, mit Mademoiselle Blanche spazierenzugehen. Glauben Sie mir, niemandes anderer Einfluß hätte sie zwingen können, sich mit Mademoiselle Blanche zu zeigen und mich in jenem Briefchen anzuflehen, den Baron in Ruhe zu lassen. Gerade hier muß jener Einfluß liegen, vor dem sich alles beugt. Aber dabei hat sie mich doch auf den Baron gehetzt! Der Teufel hol' es! Da findet man sich gar nicht mehr aus!«

»Sie vergessen erstens, daß diese Mademoiselle de Cominges die Braut des Generals ist, und zweitens, daß Miss Pauline, die Stieftochter des Generals, einen kleinen Bruder und eine kleine Schwester hat, die wirklichen Kinder des Generals, die dieser verrückte Mensch schon völlig ihrem Schicksal überlassen und, wie mir scheint, auch beraubt hat.«

»Ja, ja! Das ist so! Die Kinder zu verlassen – bedeutet, sie schon völlig verloren zu geben, zu bleiben – bedeutet hingegen, die Interessen der Kinder zu schützen und vielleicht sogar einzelne Fetzen von dem Gut zu retten. Ja, ja, das alles ist richtig! Aber gleichwohl, gleichwohl! Oh, ich verstehe, weshalb sich alle so für die Baboulenka interessieren!«

»Für wen?« fragte Mister Astley.

»Für jene alte Hexe in Moskau, die nicht sterben will, und von deren Tod sie dort die telegrafische Nachricht erwarten.«

»Nun ja, natürlich, das ganze Interesse hat sich in ihr vereinigt. Alles liegt jetzt an der Erbschaft! Wird sie erklärt, so heiratet der General. Auch Miss Pauline werden die Hände frei, aber de Grieux . . .« – »Nun, aber de Grieux?«

»De Grieux erhält sein Geld zurück; darauf wartet er hier nur.«

»Nur? Sie glauben, daß er nur darauf wartet?«

»Weiter weiß ich wenigstens nichts«, antwortete Mister Astley und verfiel in hartnäckiges Schweigen.

»Aber ich weiß es, ich weiß es!« wiederholte ich wütend. »Auch er erwartet die Erbschaft, weil Pauline dann eine Mitgift bekommt, und wenn sie das Geld haben wird – wird sie sich ihm sogleich an den Hals stürzen. Alle Weiber sind so! Auch die allerstolzesten – erweisen sich als gemeinste Sklavinnen! Pauline versteht nur leidenschaftlich zu lieben und weiter gar nichts! Das denke ich von ihr! Schauen Sie sie doch nur einmal an, besonders wenn sie in Gedanken versunken dasitzt: da ist etwas – Vorausbestimmtes, Verurteiltes, Verfluchtes! Sie ist fähig zu allen Greueln des Lebens und der Leidenschaft . . . sie . . . sie . . . Aber wer ruft mich denn da?« rief ich plötzlich aus. »Wer schreit denn da?« Ich hörte auf russisch rufen: »Alexei Iwanowitsch!« Eine Frauenstimme: »Hören Sie, hören Sie!«

Währenddessen waren wir an unser Hotel herangekommen. Längst schon hatten wir, fast ohne es zu bemerken, das Café verlassen.

»Ich hörte eine Frauenstimme rufen, ich weiß aber nicht, wen man ruft, das ist russisch; jetzt sehe ich, von woher das kommt«, und Mister Astley wies mit dem Finger. »Das ruft diese Frau da, die auf einem Rollstuhl sitzt und die soeben von so vielen Lakaien die Freitreppe hinaufgetragen wurde. Hinter ihr her bringt man Koffer, demnach ist eben erst der Zug angekommen.«

»Weshalb ruft sie mich denn? Wiederum ruft sie. Sehen Sie, sie winkt uns.«

»Das sehe ich«, sprach Mister Astley.

»Alexei Iwanowitsch! Alexei Iwanowitsch! Ach, mein Gott, was ist das für ein Tölpel!« erklangen verzweifelte Schreie von der Freitreppe des Hotels.

Wir liefen fast. Ich betrat den Vorplatz und ... ich ließ die Arme vor Staunen sinken und blieb wie versteinert stehen.

NEUNTES KAPITEL

Auf dem oberen Platz der Freitreppe des Hotels thronte – die Großmutter. Man hatte sie im Rollstuhl die Stufen hinaufgetragen, und es umgaben sie Diener, Dienerinnen und das zahlreiche, ehrerbietige Hotelpersonal, in Gegenwart des Oberkellners. Er war in höchsteigener Person herausgekommen, um den hohen Gast zu begrüßen, der mit solchem Aufsehen erregenden Lärm eingetroffen war, mit eigener Bedienung und mit so vielen Kasten und Koffern! Ja, das war sie selber, die gefürchtete, reiche, fünfundsiebzigjährige Antonida Wassiljewna Tarasiewitschewa, Gutsbesitzerin und Moskauer Gnädige, la baboulenka, derentwegen man soviel Depeschen abgeschickt und empfangen hatte, die gestorben und doch nicht tot war, und jetzt plötzlich selber, in höchsteigener Person, zu uns kam, so wie einem der Schnee auf den Kopf fällt. Ja, sie war gekommen! Wenn sie auch gelähmt war und wie immer, alle diese letzten fünf Jahre hindurch, im Sessel getragen wurde, so war sie doch ihrer Gewohnheit nach munter, keck, mutwillig; sie saß in gerader Haltung da, schrie laut und befehlerisch alle an und schalt alle – nun, ganz genau so, wie ich sie zweimal zu sehen die Ehre hatte, seit ich in das Haus des Generals als Lehrer eintrat. Es versteht sich von selber, daß ich vor Staunen wie eine Bildsäule vor ihr stand. Sie hatte mich schon auf hundert Schritte mit ihren Luchsaugen erkannt, als man sie im Sessel trug, und mich bei meinem Namen und Vatersnamen gerufen, die sie niemals zu vergessen pflegte. »Und diese da hatte man im Sarge zu sehen erwartet, begraben und eine Erbschaft hinterlassend«, flog es mir durch den Kopf. »Ja, sie wird noch uns alle und das ganze Hotel überleben! Aber mein Gott, was wird jetzt aus den Unsrigen werden, wie wird es jetzt dem General gehen! Sie wird ja das ganze Hotel auf den Kopf stellen!«

»Nun, was stehst du denn da und glotzest mich an!« fuhr die Alte fort mich anzuschreien. »Verstehst du dich denn gar nicht zu verneigen und mich zu begrüßen, wie denn? Oder bist du stolz geworden und willst das nicht? Oder hast du mich vielleicht nicht erkannt? Hörst du, Potapytsch«, wandte sie sich an einen weißhaarigen Alten in Frack und weißer Krawatte und mit einer rosafarbenen Glatze, ihren Haushofmeister, der sie auf der Reise begleitete, »hörst du, er erkennt mich nicht! Man hat mich bereits begraben! Man hat eine Depesche nach der anderen geschickt: ob ich tot sei oder noch nicht! Ich weiß ja alles! Aber jetzt siehst du: Ich bin frisch und gesund!«

»Erlauben Sie einmal, Antonida Wassiljewna, weshalb sollte ich Ihnen denn Böses wünschen?« antwortete ich lustig, als ich meine Fassung wiedergewonnen hatte. »Ich war nur erstaunt... ja, wie sollte man das nicht sein, so unerwartet...«

»Aber was ist denn da zum Staunen? Ich habe mich hingesetzt und bin gefahren. Im Eisenbahnwagen ist es ruhig, man wird nicht gerüttelt. Bist du spazieren gewesen?«

»Ja, ich bin zum Kasino gegangen.«

»Hier ist es schön«, sprach die Großmutter, indem sie umherblickte, »es ist warm und überall reiches Wachstum. Das liebe ich! Sind die Unsrigen zu Hause? Der General?«

»Oh, zu dieser Zeit sind wahrscheinlich noch alle zu Hause.«

»Aber haben jene auch hier den Tag eingeteilt, und alle diese Zeremonien? Sie geben den Ton an. Ich hörte, sie halten sogar eine Equipage, les seigneurs russes! Erst haben sie alles durchgebracht, und dann ins Ausland! Ist auch Praskowja bei ihnen?«

»Auch Pauline Alexandrowna ist hier.«

»Auch das Französchen? Nun, ich werde alles selber sehen. Alexei Iwanowitsch, zeig mir den Weg gerade zu ihnen. Geht es dir denn gut hier?«

»So leidlich, Antonida Wassiljewna.«

»Du aber, Potapytsch, sage diesem Tölpel, dem Kellner, man möchte mir eine bequeme, schöne Wohnung anweisen, doch nicht hoch; dahin soll man auch gleich meine Sachen bringen. Was brauchen sie mich denn alle zu tragen, was drängen sie sich denn herbei? Ach, die Sklaven! Wer ist denn da mit dir?« wandte sie sich wiederum an mich.

»Das ist Mister Astley«, antwortete ich.

»Was ist das für ein Mister Astley?«

»Mein guter Bekannter, der umherreist. Er kennt auch den General.«

»Ein Engländer. Deshalb starrt er mich auch so an und tut den Mund nicht auf. Übrigens liebe ich die Engländer. Nun, schleppt mich nach oben, gerade in ihre Wohnung. Wo wohnen sie dort?«

Man hob die Großmutter auf, ich ging voraus die breite Hoteltreppe hinauf. Unser Zug war sehr effektvoll. Alle, die uns begegneten, blieben stehen und glotzten uns an. Unser Hotel gilt als das allerbeste, teuerste und aristokratischste am ganzen Ort. Auf der Treppe und im Korridor begegnet man stets großartigen Damen und vornehmen Engländern. Viele erkundigten sich beim Oberkellner, der seinerseits ganz überrascht war. Natürlich hat er allen, die ihn fragten, geantwortet, dies sei eine vornehme Ausländerin, une russe, une comtesse, grande dame, und sie werde die gleiche Wohnung beziehen, die vor einer Woche la grande duchesse de N. innegehabt hatte. Das gebieterische und imponierende Aussehen der Großmutter, während sie im Rollstuhl getragen wurde, machte dabei den größten Eindruck. Wenn sie jemandem begegnete, maß sie ihn sogleich mit einem neugierigen Blick und fragte mich laut nach ihm aus. Die Großmutter war von mächtigem Wuchs, und obgleich sie sich nicht von ihrem Rollstuhl erhob, ahnte man, wenn man sie sah, daß sie sehr groß sein müsse. Ihren Rücken hielt sie gerade wie ein Brett und lehnte sich nicht an. Ihren großen weißhaarigen Kopf, der große und scharfe Gesichtszüge aufwies, trug sie im Nacken; ihr Blick war sogar hochmütig und herausfordernd, und dabei sah man gleich, daß an ihren Mienen und Bewegungen gar nichts Gemachtes war. Ungeachtet ihrer fünfundsiebzig Jahre war ihr Gesicht ziemlich frisch, und sie hatte nicht einmal alle Zähne verloren. Sie trug ein schwarzes Seidenkleid und ein weißes Häubchen.

»Sie interessiert mich aufs äußerste«, flüsterte mir Mister Astley zu, der neben mir die Treppe hinaufstieg.

»Von den Telegrammen weiß sie«, dachte ich, »auch de Grieux ist ihr bekannt, nur von Mademoiselle Blanche scheint sie noch wenig zu wissen.« Das teilte ich auch gleich Mister Astley mit.

Was bin ich doch für ein schlechter Mensch! Kaum war mein erstes Staunen vorüber, da freute ich mich schon furchtbar auf den Donnerschlag, den wir sogleich beim General hervorrufen würden. Das belebte mich ganz, und ich ging äußerst lustig voraus.

Die Unsrigen wohnten im dritten Stockwerk; ich ließ uns nicht anmelden und klopfte nicht einmal an die Türe, ich öffnete sie ganz einfach sperrweit, und man trug die Großmutter im Triumph hinein. Wie absichtlich hatten sich alle im Kabinett des Generals versammelt. Es war zwölf Uhr, und man schien eine Ausfahrt verabredet zu haben – die einen wollten fahren, die anderen reiten, die ganze Gesellschaft zusammen; außerdem waren noch eingeladene Bekannte dort. Außer dem General, Pauline, den Kindern und ihrer Wärterin befanden sich dort: de Grieux, Mademoiselle Blanche, wiederum im Reitkleid, ihre Mutter, Madame veuve Cominges, der kleine

Fürst und noch ein angereister deutscher Gelehrter, den ich zum ersten Male bei ihm sah. Den Rollstuhl mit der Großmutter ließ man inmitten des Zimmers, drei Schritte vom General, nieder. Mein Gott, niemals werde ich diesen Eindruck vergessen! Vor unserem Eintritt hatte der General gerade etwas erzählt, und de Grieux hatte ihm Zwischenbemerkungen gemacht. Man muß bemerken, daß Mademoiselle Blanche und de Grieux schon seit zwei Tagen aus irgendwelchem Grunde dem kleinen Fürsten sehr den Hof machten – à la barbe du pauvre général, und die ganze Gesellschaft war, wenn auch vielleicht nur künstlich, in der allerheitersten und lustig familiären Stimmung. Als der General die Großmutter erblickte, wurde er plötzlich starr, sperrte den Mund auf, und das Wort blieb ihm im Hals stecken. Er glotzte sie an, als habe ihn der Blick des Basilisken gebannt. Auch die Großmutter sah ihn schweigend und unbeweglich an – aber was war das für ein triumphierender, herausfordernder und spöttischer Blick! So blickten sie einander geschlagene zehn Sekunden an, während ringsum tiefes Schweigen herrschte. De Grieux war anfangs ganz starr, bald aber hatte sein Gesicht wieder den gewöhnlichen sorglosen Ausdruck. Mademoiselle Blanche zog die Brauen zusammen, öffnete den Mund und sah wild die Großmutter an. Der Fürst und der Gelehrte blickten mit tiefem Staunen auf das ganze Bild. In Paulines Gesicht malten sich fassungslose Ratlosigkeit und Verwunderung, und dann wurde sie plötzlich bleich wie Leinwand. Einen Augenblick später strömte ihr das Blut ins Gesicht und rötete ihre Wangen.

Ja, das war eine Katastrophe für alle. Ich tat nichts anderes, als daß ich meine Blicke von der Großmutter auf alle Anwesenden und wieder zurückschweifen ließ. Mister Astley stand wie gewöhnlich still und bescheiden beiseite.

»Nun, da bin ich! Statt des Telegramms!« entlud sich endlich die Großmutter, das Schweigen brechend. »Wie, ihr habt mich wohl nicht erwartet?«

»Antonida Wassiljewna ... Tantchen ... Aber auf welche Weise denn ...«, murmelte der unglückliche General.

Hätte die Großmutter noch einige Augenblicke geschwiegen, so hätte ihn vielleicht der Schlag getroffen.

»Wie, auf welche Weise? Ich habe mich hingesetzt und bin gefahren. Wozu hat man denn die Eisenbahn? Ihr alle habt aber geglaubt, ich hätte schon die Beine von mir gestreckt und euch die Erbschaft hinterlassen? Ich weiß ja sehr wohl, daß du von hier jene Depeschen geschickt hast. Was hat das ihn wohl gekostet, denke ich. Das ist nicht billig von hier aus! Ich aber nehme die Beine auf den Rücken und komme hierher. Ist das jener Franzose? Monsieur de Grieux, scheint es?«

»Oui, madame«, ergriff de Grieux das Wort, »et croyez, je suis si enchanté ... votre santé ... c'est un miracle ... vous voir ici ... une surprise charmante ...«

»Ja, ja, charmante, ich kenne dich, du Gaukler, ja, ich glaube dir nicht so viel!« Und sie zeigte ihm ihren kleinen Finger. »Wer ist denn das?« fuhr sie fort, indem sie auf Mademoiselle Blanche hinwies. Die effektvolle Französin in ihrem Reitkleid, die Gerte in der Hand, hatte offenbar Eindruck auf sie gemacht. »Ist sie von hier?«

»Das ist Mademoiselle Blanche de Cominges, und das hier ist ihre Mutter, Madame de Cominges, sie wohnen hier im Hotel«, erklärte ich.

»Ist die Tochter verheiratet?« fuhr die Großmutter ohne weiteres zu fragen fort.

»Mademoiselle de Cominges ist unverheiratet«, antwortete ich möglichst ehrerbietig und absichtlich mit halber Stimme.

»Ist sie lustig?«

Ich verstand die Frage nicht gleich.

»Ist es nicht langweilig mit ihr? Versteht sie russisch? Hier, de Grieux hat es bei uns in Moskau fertiggebracht, unsere Sprache zu sprechen, vom Fünften ins Zehnte.«

Ich erklärte ihr, Mademoiselle de Cominges sei niemals in Rußland gewesen.

»Bonjour!« sprach die Großmutter, indem sie sich ganz unvermittelt an Mademoiselle Blanche wandte.

»Bonjour, madame«, antwortete Mademoiselle Blanche mit einer formellen und höflichen Verbeugung, wobei sie indes unter dem Schein außergewöhnlicher Bescheidenheit und Höflichkeit sich bestrebte, durch den Ausdruck ihres Gesichtes und ihrer Gestalt ihr außerordentliches Staunen über eine so seltsame Frage und Behandlung kundzugeben.

»Oh, sie hat die Augen gesenkt, sie ziert sich und macht Faxen; man sieht gleich, was das für ein Vogel ist; das ist eine Schauspielerin! Ich bin unten im Hotel abgestiegen«, wandte sie sich plötzlich an den General. »Ich werde deine Nachbarin sein, freust du dich darüber oder nicht?«

»Oh, Tante, glauben Sie, daß ich aufrichtig ... Vergnügen empfinde«, ergriff der General das Wort. Er war schon fast wieder zu sich gekommen, und da er gegebenen Falles es wohl verstand, sich geziemend, gewichtig und mit dem Anspruch auf einen gewissen Effekt auszudrücken, so begann er auch jetzt sich auszulassen. »Wir waren so beunruhigt und erschüttert durch die Nachricht von Ihrer Krankheit ... wir erhielten so hoffnungslose Telegramme, und so plötzlich ...«

»Nun, da lügst du; du lügst!« unterbrach ihn sogleich die Großmutter.

»Aber auf welche Weise«, unterbrach sie gleichfalls möglichst rasch und mit erhöhter Stimme der General, der sich alle Mühe gab, dieses ›du lügst‹ nicht zu bemerken, »auf welche Weise haben Sie sich gleichwohl zu einer solchen Reise entschlossen? Sie müssen selber zugeben, daß bei Ihren Jahren und bei Ihrer Gesundheit ... wenigstens das alles so unerwartet ist, daß man unser Staunen verstehen kann. Ich bin aber so froh ... und wir alle«, er begann gerührt und entzückt zu lächeln, »werden uns aus aller Kraft bemühen, Ihnen die Saison hier aufs angenehmste zu gestalten ...«

»Nun genug, das ist leeres Geschwätz; du hast deiner Gewohnheit nach viele Worte gemacht. Ich verstehe schon selber meine Zeit zuzubringen. Übrigens sage ich mich nicht von euch los. Ich bin nicht nachtragend. Du fragst, auf welche Weise? Ja, was ist denn Erstaunliches dabei? Auf die einfachste Weise. Und weshalb staunen jene denn alle? Guten Tag, Praskowja. Was machst du eigentlich hier?«

»Guten Tag, Großmutter«, sprach Pauline, indem sie näher trat. »Seit wann sind Sie unterwegs?«

»Nun, sieh mal an, die da hat die gescheiteste Frage von allen gestellt. Die anderen haben nur ach! und oh! gesagt. Ja, siehst du, ich lag und lag, man kurierte mich und kurierte mich, da jagte ich die Ärzte fort und ließ den Küster der Nikolaikirche kommen. Er hatte von ganz derselben Krankheit ein Weib durch einen Heuaufguß geheilt. Nun, er half auch mir; am dritten Tag brach ich in Schweiß aus und konnte aufstehen. Darauf versammelten sich meine Deutschen, setzten ihre Brillen auf und begannen zu salbadern. ›Wenn Sie jetzt‹, sprachen sie, ›ins Ausland ins Bad fahren und eine Kur machen, dann werden diese Stockungen ganz vergehen.‹ Weshalb denn nicht? denke ich. Die Dur-Saschigins jammerten: ›Wie sollen Sie denn dahin fahren!‹ Nun, seht mal an! An einem Tag machte ich alle meine Vorbereitungen, und am vergangenen Freitag nahm ich mein Mädchen, Potapytsch und den Lakai Fjedor (ja, diesen Fjedor habe ich von Berlin aus wieder nach Hause gejagt, denn ich sehe, daß er gar nicht nötig war, ich wäre auch mutterseelenallein angekommen). Ich nehme einen Wagen für mich, Träger gibt es aber auf allen Stationen, und sie tragen einen für zwanzig Kopeken, wohin man will. – Sieh mal an, was ihr für eine Wohnung innehabt!« fuhr sie fort, indem sie sich umblickte. »Wo hast du denn das Geld dafür her, Väterchen? Bei dir ist doch alles verpfändet. Was schuldest du allein diesem Französlein hier! Ich weiß ja alles, ich weiß alles!«

»Ich, Tantchen . . .«, begann der General, der ganz verlegen geworden war, »ich wundere mich, Tantchen . . . Es scheint, ich kann auch ohne fremde Kontrolle . . . Zudem überschreiten meine Ausgaben durchaus nicht meine Mittel, und wir sind hier ...«

»Das willst du mir weismachen! Erzähle mir das! Deinen Kindern hast du wahrscheinlich das Letzte abgenommen, du Vormund!«

»Hiernach, nach solchen Worten ...«, begann der General unwillig, »ich weiß schon nicht ...«

»Da weißt du schon nicht! Wahrscheinlich gehst du gar nicht vom Roulett weg. Hast du alles durchgebracht?«

Der General war so verblüfft, daß er fast erstickt wäre durch den Andrang seiner erregten Gefühle.

»Beim Roulett! Ich? Bei meinem Rang... Ich? Besinnen Sie sich doch, Tantchen, Sie sind wohl noch immer krank ...«

»Du lügst, du lügst, wahrscheinlich kann man dich nicht vom Spieltisch wegreißen, immer lügst du. Ich will mir noch heute ansehen, was das für ein Ding ist, dieses Roulett. Du, Praskowja, erzähle mir, was es hier zum Anschauen gibt. Ja, und Alexei Iwanowitsch wird es mir zeigen, doch du, Potapytsch, schreibe alle Orte auf, wohin man hier fährt. Was gibt es hier zu sehen?« wandte sie sich plötzlich wiederum an Pauline.

»Hier in der Nähe sind die Ruinen eines Schlosses, dann der Schlangenberg.«

»Was ist das: der Schlangenberg? Wohl ein Wald?«

»Nein, nicht ein Wald, das ist ein Berg, und dort ist ein Aussichtspunkt ...«

»Was bedeutet das?«

»Die allerhöchste Stelle des Berges, eine umzäunte Stelle. Von dort ist ein unvergleichlicher Blick.«

»Schleppt man auch Sessel auf den Berg? Kann man das oder nicht?«

»Oh, man kann Träger finden«, antwortete ich.

In diesem Augenblick ging die Wärterin Fedosja zur Großmutter, um sie zu begrüßen, und führte ihr die Generalskinder zu.

»Nun, man braucht sich nicht zu küssen! Ich liebe nicht, Kinder zu küssen, alle Kinder sind Rotznasen. Nun, wie gefällt es dir, Fedosja?«

»Hier ist es sehr, sehr schön, Mütterchen Antonida Wassiljewna«, antwortete Fedosja. »Wie ist es Ihnen denn ergangen, Mütterchen, wir haben uns schon so um Sie gegrämt.«

»Ich weiß, du bist eine einfache Seele. Wer ist denn das? Sind das alles Gäste?« wandte sie sich wiederum an Pauline. »Wer ist dieses unansehnliche Männchen mit der Brille?«

»Fürst Nilsky, Großmutter«, flüsterte ihr Pauline zu.

»So, ein Russe? Ach, ich dachte, er werde das nicht verstehen? Vielleicht hat er es nicht gehört! Mister Astley habe ich schon gesehen. Ja, da ist er wiederum«, die Großmutter hatte ihn erblickt. »Guten Tag«, wandte sie sich plötzlich an ihn. – Mister Astley machte ihr eine stumme Verbeugung.

»Nun, was werden Sie mir Schönes sagen? Sagen Sie etwas! Übersetze ihm das, Pauline.«

Pauline tat das.

»Ich sage, daß ich Sie mit großem Vergnügen sehe und mich freue, daß Sie bei guter Gesundheit sind«, antwortete Mister Astley ernst, aber außerordentlich bereitwillig. Man übersetzte das der Großmutter, und offenbar gefiel es ihr.

»Was verstehen doch die Engländer stets für gute Antworten zu geben«, bemerkte sie. »Ich habe aus irgendeinem Grunde stets die Engländer geliebt. Man kann sie gar nicht vergleichen mit den Französchen! Besuchen Sie mich«, wandte sie sich wiederum an Mister Astley. »Ich will Sie übrigens nicht viel belästigen. Übersetze ihm das und sage ihm, daß ich hier unten – hier unten – hören Sie, unten, unten«, sagte sie zu Mister Astley, indem sie mit dem Finger nach unten deutete.

Mister Astley freute sich sehr über diese Einladung.

Die Großmutter betrachtete Pauline aufmerksam und mit zufriedener Miene vom Kopf bis zu den Füßen.

»Ich würde dich lieben, Praskowja«, sprach sie plötzlich. »Du bist ein prächtiges Mädchen, besser als sie alle, ja, und einen Charakter hast du – o weh! Nun ja, auch ich habe Charakter. Dreh dich einmal um, sind das keine falschen Haare?«

»Nein, Großmutter, meine eigenen.«

»Siehst du, ich liebe auch nicht die jetzige dumme Mode, du bist sehr schön. Wäre ich ein Kavalier, so hätte ich mich in dich verliebt. Weshalb heiratest du eigentlich nicht? – Es ist indes Zeit für mich. Ich habe Lust zu einem Spaziergang, ich habe doch die ganze Zeit im Eisenbahnwagen gesessen ... Nun, wie denn, bist du mir noch immer böse?« wandte sie sich an den General.

»Hören Sie doch auf, Tante!« antwortete der sofort erfreut. »Ich verstehe bei Ihren Jahren ...«

»Mais, madame, cela sera un plaisir . . .«, mischte sich de Grieux zu.

»Ich will mir hier alles ansehen. Du überläßt mir doch Alexei Iwanowitsch?« fragte die Großmutter wiederum den General.

»Oh, soviel Sie wollen, aber auch ich selber und Pauline, Monsieur de Grieux ... wir alle, alle werden es für ein Vergnügen halten, Sie zu begleiten.«

»Mais, madame, cela sera un plaisir . . .«, mischte sich de Grieux mit bezauberndem Lächeln ein.

»Ja, ja, plaisir! Du kommst mir lächerlich vor, Väterchen. Geld werde ich dir übrigens nicht geben«, sprach sie plötzlich zum General. »Nun, jetzt in meine Wohnung: Man muß sie sich anschauen, und dann machen wir uns auf den Weg nach allen diesen Orten. Nun, so hebt mich auf.«

Man hob die Großmutter wieder auf, und alle begaben sich in einem Haufen hinter dem Tragsessel her die Treppe hinunter. Der General schritt so dahin, als habe er einen Schlag vor den Kopf erhalten. De Grieux schien über etwas nachzudenken. Mademoiselle Blanche wollte erst oben bleiben, dann aber beschloß sie aus irgendeinem Grund, sich den anderen anzuschließen. Ihr folgte sogleich der Fürst, und oben in der

Wohnung des Generals blieben nur der Deutsche und Madame veuve Cominges zurück.

ZEHNTES KAPITEL

In den Kurorten – ja, und es scheint, auch im ganzen übrigen Europa – richten sich die Verwalter und Oberkellner in den Hotels, wenn sie den Gästen Wohnungen anweisen, nicht so sehr nach ihren Forderungen und Wünschen, als nach ihrer eigenen persönlichen Beurteilung dieser Gäste, und man muß zugeben, sie täuschen sich nur selten. Der Großmutter aber hatte man, ich weiß nicht weshalb, eine so reiche Wohnung angewiesen, daß das schon übertrieben war: vier großartig eingerichtete Zimmer mit Bad, Bedientenräumen, einem besonderen Zimmer für die Kammerzofe und so weiter und so weiter. Tatsächlich hatte in diesen Zimmern vor einer Woche irgendeine Großherzogin gewohnt, was man natürlich sogleich den neuen Gästen mitteilte, um dieser Wohnung einen noch größeren Wert zu verleihen. Die Großmutter trug man oder besser gesagt schob man durch alle Zimmer, und sie musterte sie streng und aufmerksam. Der Oberkellner, ein schon bejahrter Mann mit einer Glatze, begleitete sie ehrerbietig bei dieser ersten Musterung.

Ich weiß nicht, wofür sie alle die Großmutter hielten, wohl für eine außerordentlich vornehme und vor allem sehr reiche Persönlichkeit. Man trug sogleich ins Buch ein: Madame la Générale princesse de Tarassevitcheva, obgleich die Großmutter niemals Fürstin gewesen war. Ihre eigene Dienerschaft, das besondere Abteil im Eisenbahnwagen, die Fülle unnötiger Handkoffer, Koffer und Kasten, welche die Großmutter mit sich gebracht hatte, dienten offenbar diesem Ansehen zur Grundlage. Aber der Tragsessel, die scharfe Stimme der Großmutter, ihre ungewöhnlichen Fragen, die sie mit der allerungeniertesten und keinerlei Entgegnung duldenden Miene tat, mit einem Wort, das ganze Wesen der Großmutter – offen, geradeheraus und gebieterisch – verschafften ihr allgemeine Ehrerbietung. Bei der Musterung der Zimmer ließ die Großmutter bisweilen ihren Sessel halten, deutete auf irgendein Stück des Mobiliars und wandte sich mit unerwarteten Fragen an den ehrerbietig lächelnden, aber bereits furchtsam werdenden Oberkellner. Die Großmutter bediente sich dabei der französischen Sprache, die sie übrigens ziemlich schlecht sprach, so daß ich gewöhnlich übersetzen mußte. Die Antworten des Oberkellners mißfielen ihr größtenteils und schienen ihr unbefriedigend. Ja, und sie fragte auch immer wieder nach gar nicht zur Sache Gehörendem, vielmehr Gott weiß nach was. So ließ sie zum Beispiel plötzlich vor einem Bild halten – einer ziemlich schlechten Kopie eines bekannten Originals, das einen Gegenstand aus der Mythologie darstellte. »Wessen Bild ist das?«

Der Oberkellner erklärte, das stelle wahrscheinlich irgendeine Gräfin dar.

»Wie, weißt du das denn nicht? Du wohnst hier und weißt es nicht. Warum ist es hier? Weshalb sind die Augen schief?«

Auf alle diese Fragen vermochte der Oberkellner keine befriedigende Antwort zu geben, und er wurde sogar verlegen.

»Das ist einmal ein Tölpel«, sprach die Großmutter auf russisch.

Man trug sie weiter. Die gleiche Geschichte wiederholte sich mit einer sächsischen Porzellanfigur, welche die Großmutter lange anschaute und dann wegzutragen befahl. Man weiß nicht weshalb. Schließlich fragte sie den Oberkellner aus, was die Teppiche im Schlafzimmer kosten, wo man sie anfertige? Der Oberkellner versprach, sich zu erkundigen.

»Das sind einmal Esel!« brummte die Großmutter und wandte ihre ganze Aufmerksamkeit dem Bett zu.

»Was ist das für ein üppiger Baldachin! Macht ihn auf!« Man tat das.

»Noch mehr, noch mehr! Macht alles auf. Nehmt die Kissen ab, die Kissenbezüge, und hebt auch das Federbett auf.«

Man drehte alles um. Die Großmutter betrachtete alles aufmerksam. »Gut, daß keine Wanzen da sind. Nehmt alle Wäsche herunter! Bezieht mit meiner Wäsche und legt meine Kissen hin. Übrigens ist das alles viel zu üppig. Was soll ich, eine alte Frau, mit solcher Wohnung machen? Mir allein ist es langweilig. Alexei Iwanowitsch, besuche mich häufiger, wenn du mit deinem Unterricht fertig bist.«

»Seit gestern bin ich nicht mehr in den Diensten des Generals«, antwortete ich, »und ich lebe ganz für mich im Hotel.«

»Weshalb denn das?«

»Dieser Tage kam ein angesehener deutscher Baron mit seiner Gemahlin aus Berlin hierher. Ich redete ihn gestern auf der Promenade auf deutsch an, ohne mich der Berliner Aussprache zu bedienen.«

»Nun, was ist denn dabei?«

»Er hielt das für eine Frechheit und beklagte sich beim General. Der General aber entließ mich noch gestern aus seinen Diensten.«

»Nun, wie denn, hast du etwa den Baron beschimpft? Hättest du das auch getan, so hätte auch das nichts zu sagen!«

»O nein, im Gegenteil, der Baron erhob gegen mich seinen Stock.«

»Und du, Geiferer, hast erlaubt, daß man mit deinem Lehrer so umgeht!« wandte sie sich plötzlich an den General. »Ja, und du hast ihn auch noch von der Stelle gejagt! Ihr seid Schlafmützen, alle seid ihr Schlafmützen, wie ich sehe!«

»Seien Sie unbesorgt, Tantchen«, antwortete der General in einem etwas hochmütig familiären Tone, »ich verstehe selber meine Angelegenheiten zu führen. Zudem hat Ihnen Alexei Iwanowitsch die Sache nicht ganz richtig wiedererzählt.«

»Aber wie hast du denn das hingenommen?« wandte sie sich an mich.

»Ich wollte den Baron zum Zweikampf fordern«, antwortete ich möglichst bescheiden und ruhig, »aber der General widersetzte sich dem.«

»Weshalb hast du das getan?« wandte sich die Großmutter wiederum an den General. »Du aber, Väterchen, mach, daß du wegkommst, komme, wenn man dich ruft«, wandte sie sich an den Oberkellner, »du brauchst nicht mit offenem Munde dazustehen. Nicht ausstehen kann ich diese Nürnberger Fratze!« Jener verneigte sich und ging weg, ohne natürlich das Kompliment der Großmutter verstanden zu haben.

»Erlauben Sie einmal, Tantchen, darf man denn zum Duell fordern?« antwortete mit spöttischem Lächeln der General.

»Weshalb denn nicht? Die Männer sind alle Hähne, sie hätten sich nur schlagen sollen. Ihr seid alle Schlafmützen, das sehe ich. Ihr versteht nicht, eurem Vaterland Ehre zu machen. Nun, hebt mich auf! Potapytsch, sieh zu, daß stets zwei Träger bereit sind. Nimm sie an und mache den Preis mit ihnen aus. Mehr als zwei sind nicht nötig. Man braucht mich nur auf der Treppe zu tragen, auf dem ebenen Wege aber, auf der Straße, kann man mich rollen, so sage es ihnen auch. Ja, bezahle ihnen auch im voraus, dann werden sie sich ehrerbietiger benehmen. Du selber wirst immer bei mir sein. Du aber, Alexei Iwanowitsch, zeig mir diesen Baron auf der Promenade: was das ein ›von-Baron‹ ist, ich möchte ihn mir wenigstens anschauen. Nun, wo ist denn dieses Roulett?«

Ich erklärte ihr, daß sich die Rouletts in den Sälen des Kasinos befinden. Darauf folgten die weiteren Fragen: Sind es ihrer viele? Spielt man viel? Spielt man den ganzen Tag? Wie ist das eigentlich eingerichtet? Ich antwortete ihr schließlich, am allerbesten sei es, das mit eigenen Augen anzusehen, zu beschreiben sei das ziemlich schwer.

»Nun, so soll man mich geradenwegs dahin bringen! Geh du voraus, Alexei Iwanowitsch!«

»So wollen Sie wirklich, Tantchen, sich sogar nicht einmal erst von der Fahrt erholen?« fragte besorgt der General. Er schien ein wenig betroffen zu sein, ja, und alle andern gleichfalls, sie begannen sich Blicke zuzuwerfen. Offenbar war es ihm etwas peinlich, sogar genierlich, die Großmutter in das Kasino zu begleiten, wo sie wahrscheinlich irgendwelche Sonderlichkeiten loslassen würde, und ganz öffentlich; dabei hatten jene sich selber erboten, sie zu begleiten.

»Was brauche ich mich denn auszuruhen? Ich bin gar nicht müde. Ohnedies habe ich fünf Tage sitzend zugebracht. Darauf wollen wir uns dann ansehen, was es hier für heilkräftige Quellen und Brunnen gibt, und wo sie sich befinden. Später aber ... wie war das doch, wovon hast du da gesprochen, Praskowja – von einem Aussichtspunkt?«

»Ja, Tante.«

»Nun, wenn das ein Aussichtspunkt ist, so ist das eben ein Aussichtspunkt. Was gibt es hier aber noch?«

»Hier gibt es mancherlei zu sehen, Großmutter«, sprach Pauline zögernd.

»Nun, du weißt ja selber nichts! Marfa, auch du wirst mit mir gehen«, sprach sie zu ihrer Kammerjungfer.

»Aber weshalb soll sie denn mitkommen, Tantchen«, mischte sich plötzlich der General ein, »das geht doch schließlich gar nicht. Auch den Potapytsch wird man wahrscheinlich kaum in den Saal lassen.«

»Unsinn! Weil das ein Dienstbote ist, soll man sich nicht um ihn kümmern! Das ist doch auch ein lebendiger Mensch! Schon eine ganze Woche treiben wir uns auf der Eisenbahn herum, da möchte sie doch auch etwas sehen. Mit wem soll sie denn sonst gehen außer mit mir. Allein wagt sie ja gar nicht ihre Nase auf die Straße herauszustrecken.«

»Aber Großmutter ...«

»Ja, du schämst dich wohl, mit mir zu gehen? So bleibe doch zu Hause. Man verlangt gar nicht nach dir. Sieh mal an, was für ein General! Ich bin doch auch selber Generalin. Ja, tatsächlich, weshalb zieht sich denn eine solche Schleppe hinter mir her? Ich werde mit Alexei Iwanowitsch alles ansehen ...«

Doch de Grieux bestand entschieden darauf, daß alle mitgehen sollten, und er ließ die liebenswürdigsten Phrasen los: was es für ein Vergnügen sei, sie zu begleiten usw. Alle setzten sich in Bewegung.

»Elle est tombée en enfance«, sagte de Grieux abermals zum General, »seule, elle fera des bêtises ...« Weiter konnte ich nichts verstehen. Er machte aber offenbar seine Berechnungen, und vielleicht hegte er sogar von neuem Hoffnung.

Bis zum Kasino war es etwa eine halbe Werst. Unser Weg führte durch die Kastanienallee bis zu den Anlagen, an denen vorüber man unmittelbar in das Kasino gelangte. Der General hatte sich ein wenig beruhigt, weil unser Zug, obgleich er ziemlich ungewöhnlich war, sich dennoch würdig und anständig ausnahm. Ja, und an sich lag gar nichts Erstaunliches in der Tatsache, daß an einem Kurort ein kranker, schwacher, gelähmter Mensch erscheint. Offenbar hatte aber der General Angst vor dem Kasino. Wozu wird denn ein kranker, gelähmter Mensch, ja und dazu noch eine alte Frau, den Spielsaal betreten? Pauline und Mademoiselle Blanche schritten zu beiden Seiten des Rollstuhls. Mademoiselle Blanche lachte, war in bescheidener Weise heiter und scherzte sogar äußerst liebenswürdig mit der Großmutter, so daß diese sie schließlich lobte. Pauline an ihrer andern Seite mußte unaufhörlich auf die zahllosen Fragen der alten Frau antworten, in der Art wie: Wer ist da vorübergegangen? Wer ist die da in dem Wagen? Ist die Stadt groß? Ist der Garten groß? Was sind das für Bäume? Was sind das für Berge? Gibt es dort auch Adler? Was ist das für ein lächerliches Dach? Mister Astley ging neben mir und flüsterte mir zu, er erwarte viel von diesem Morgen. Potapytsch und Marfa gingen unmittelbar hinter dem Rollstuhl – Potapytsch in seinem Frack und mit weißer Halsbinde, doch mit einer Mütze auf dem Kopf, Marfa hingegen, ein vierzigjähriges, rotwangiges Mädchen, dessen Haare indes schon grau zu werden begannen, in einem Häubchen, in einem Zitzkleid und mit bockledernen Stiefeln. Die Großmutter wandte sich sehr häufig nach beiden um und sprach mit ihnen. De Grieux führte irgendwelche Reden mit entschlossener Miene. Vielleicht machte er dem General Mut, offenbar gab er ihm Ratschläge. Indes hatte die Großmutter schon vorhin den verhängnisvollen Satz gesprochen: »Geld werde ich nicht geben!« Vielleicht kam dieser Ausspruch de Grieux nicht ganz ernsthaft vor, der General hingegen kannte sein Tantchen. Ich sah sehr wohl, daß de Grieux und Mademoiselle Blanche Blicke wechselten. – Den Fürsten und den Deutschen erblickte ich ganz am Ende der Allee; sie waren zurückgeblieben und schienen einen andern Weg vorzuhaben.

In das Kasino zogen wir im Triumph ein. Der Portier und die Lakaien erwiesen uns die gleiche Ehrerbietung wie das Hotelpersonal. Gleichwohl sahen sie etwas erstaunt aus. Die Großmutter befahl, sie zuerst durch alle Säle zu fahren, einzelnes lobte sie, zu anderem verhielt sie sich völlig gleichgültig; nach allem fragte sie. Schließlich waren wir bei den Spielsälen angelangt. Der Lakai, der vor der geschlossenen Tür Schildwache hielt, war so verblüfft, daß er beide Türflügel sperrweit aufriß.

Der Eintritt der Großmutter in den Spielsaal rief eine starke Wirkung im Publikum hervor. Um die Roulett-Spieltische und am andern Ende des Saales, wo sich der Tisch für Trente-et-quarante befand, drängten sich vielleicht hundertfünfzig oder zweihundert Spieler in mehreren Reihen. Diejenigen, welche sich bis ganz an den Tisch durchzuschlängeln vermocht hatten, verharrten wie gewöhnlich fest an ihren Plätzen und traten sie erst dann ab, wenn sie alles verspielt hatten; denn es ist natürlich nicht erlaubt, als bloßer Zuschauer dort zu stehen und den Platz eines Spielers zwecklos einzunehmen. Es stehen zwar Stühle um den Tisch herum, doch nur wenige von den Spielern setzen sich, besonders wenn starker Andrang des Publikums herrscht – denn stehend kann man sich enger aneinander schließen und demnach Platz gewinnen, auch ist es so bequemer, die Einsätze zu machen. Eine zweite und eine dritte Reihe drängen sich hinter der ersten und warten, bis die Reihe an sie kommt. Aber bisweilen streckt sich auch durch die erste Reihe eine Hand hindurch, um einen Einsatz zu machen. Das gelingt sogar geschickten Leuten von der dritten Reihe aus. Deshalb vergehen aber auch keine zehn oder sogar fünf Minuten, ohne daß an irgendeinem Ende des Tisches wegen strittiger Einsätze ein Skandal entsteht. Die Kasinopolizei arbeitet übrigens ziemlich gut. Natürlich kann man das Gedränge nicht vermeiden. Im Gegenteil, man freut sich, wenn das Publikum in Massen herbeiströmt, weil das vorteilhaft ist; aber die acht Croupiers, die um den Tisch herum sitzen, geben mit Luchsaugen auf die Einsätze acht: Sie zahlen ja auch aus, und bei Streitigkeiten haben sie zu entscheiden. Nur in äußersten Fällen rufen sie die Polizei, und dann ist die Sache in einem Augenblick erledigt. Polizisten in Zivilkleidung befinden sich dort im Saale, mitten unter den Zuschauern, so daß man sie gar nicht erkennen kann. Sie geben vornehmlich acht auf die Diebe und Hochstapler, deren es am Spieltisch besonders viele gibt, weil hier die Ausübung dieses Gewerbes außergewöhnlich erleichtert ist. Überall sonst muß man ja aus der Tasche stehlen oder Schlösser erbrechen, und das nimmt, wenn man Mißerfolg hat, ein sehr böses Ende. Hier aber braucht man ganz einfach an den Spieltisch heranzutreten, zu spielen zu beginnen und plötzlich vor aller Augen einen fremden Gewinn zu nehmen und in die eigene Tasche zu stecken. Kommt es dabei zu einem Streit, dann erklärt der Schwindler ganz offen, er habe diesen Einsatz gemacht. Wenn er sich hierbei geschickt benimmt und die Zeugen ihrer Sache nicht sicher sind, gelingt es dem Dieb sehr oft, sich das Geld anzueignen, natürlich wenn die Summe nicht sehr bedeutend ist. In letzterem Fall wurde sie zweifellos schon vordem von den Croupiers oder den andern Spielern bemerkt. Ist aber die Summe nicht so bedeutend, so verzichtet ihr wirklicher Besitzer sogar bisweilen auf weiteres Streiten und geht einfach weg, da er den Skandal fürchtet. Ertappt man indes einen Dieb, dann führt man ihn sogleich mit Skandal hinaus.

Das alles beobachtete die Großmutter von ferne mit gespannter Aufmerksamkeit. Sie freute sich darüber, wenn man die Diebe herausführte. Für Trente-et-quarante interessierte sie sich wenig. Besser gefiel ihr das Roulett, und daß da die Kugel herumläuft. Schließlich wünschte die alte Frau sich das Spiel aus der Nähe anzusehen. Ich weiß nicht, wie das kam, aber die Lakaien und einige andere geschäftige Agenten (hauptsächlich Polen, die alles verspielt hatten und jetzt den glücklichen Spielern und allen Ausländern ihre Dienste aufdrängten) fanden sogleich einen Platz für die Großmutter, ungeachtet allen Gedränges, gerade in der Mitte des Tisches, neben dem Hauptcroupier – und dahin rollte man auch ihren Sessel. Viele von den Anwesenden, die selber nicht spielten und nur dem Spiel anderer zuschauten (hauptsächlich Engländer mit ihren Familien), drängten sich sofort zu diesem Tisch, um über die Spieler hinweg die Großmutter zu beobachten. Viele Lorgnetten wandten sich ihr zu. Die Croupiers wurden aufmerksam: Ein so ungewöhnlicher Spieler schien tatsächlich etwas Außerordentliches zu versprechen. Daß eine gelähmte fünfundsiebzigjährige Frau zu spielen wünschte, geschah natürlich nicht alle Tage. Auch ich drängte mich bis an den Tisch heran und blieb neben der Großmutter stehen. Potapytsch und Marfa waren ganz fern auf der Seite geblieben unter der Masse. Der General, Pauline, de Grieux und Mademoiselle Blanche verharrten gleichfalls unter den Zuschauern.

Die Großmutter sah anfangs nur den Spielern zu. Sie stellte mir halb flüsternd kurze unvermittelte Fragen: Wer ist das? Wer ist diese da? Besonderen Eindruck machte auf sie ein noch sehr junger Mensch am Tischende, der ein sehr hohes Spiel spielte, Tausende setzte und gewann, wie man ringsherum einander zuraunte: schon gegen vierzigtausend Franken, die in einem Haufen in Gold und in Scheinen vor ihm lagen. Er war bleich, seine Augen funkelten, seine Hände zitterten. Er setzte schon ohne jede Berechnung so viel Geld, als gerade seine Hand faßte, und dabei gewann er in einem fort und raffte in einem fort neues Geld zusammen. Diener drängten sich um ihn und brachten ihm einen Sessel herbei, sie machten um ihn herum Platz, damit er sich rühren könne, das alles in Erwartung eines reichen Trinkgeldes. Bisweilen geben ihnen glückliche Spieler von ihrem Gewinn, ohne zu zählen, was sie gerade mit der Hand fassen – nur aus Freude. Neben dem jungen Mann hatte schon ein kleiner Pole Platz genommen, der sich gar nicht ruhig verhalten konnte und ihm ehrerbietig unaufhörlich ins Ohr flüsterte, wahrscheinlich sagte er ihm, wie er setzen solle, erteilte er Ratschläge und korrigierte das Spiel – natürlich gleichfalls in Erwartung eines Trinkgeldes! Der Spieler beachtete ihn fast gar nicht, setzte aufs Geratewohl und raffte nur immer das gewonnene Geld zusammen. Offenbar hatte er jede Selbstbeherrschung verloren.

Die Großmutter sah ihm einige Minuten zu. »Sage ihm doch«, flüsterte sie mir plötzlich unruhig ins Ohr, indem sie mich anstieß, »sage ihm, er soll aufhören, er soll rasch das Geld nehmen und weggehen. Er wird verlieren, er wird sogleich alles verlieren!« flüsterte sie fast keuchend vor Erregung. »Wo ist denn Potapytsch? Potapytsch soll zu ihm gehen! Ja, sage es ihm, sage es ihm doch«, und sie stieß mich an, »ja, wo ist denn eigentlich Potapytsch? Sortez, sortez!« begann sie selber dem jungen Mann zuzuschreien. Ich beugte mich zu ihr und flüsterte ihr zu, es sei hier entschieden verboten, laut zu rufen, ja sogar auch nur etwas lauter zu sprechen, weil das im Berechnen stört, sonst werde man uns sogleich hinausweisen.

»Ach, was für ein Jammer! Dieser Mensch ist verloren! Demnach will er das selber ... Ich kann ihm gar nicht mehr zusehen, alles dreht sich mir im Leibe. Ach, was für ein Esel!« Und die Großmutter wandte sich rasch zur anderen Seite.

Dort zur Linken an der anderen Tischhälfte fiel unter den übrigen Spielern eine junge Dame auf, neben der ein Zwerg saß.

Wer dieser Zwerg war, weiß ich nicht: vielleicht ein Verwandter, vielleicht hatte sie ihn so mitgenommen, um des Effektes willen. Dieses Fräulein hatte ich auch schon vordem bemerkt. Sie kam jeden Tag um ein Uhr mittags und ging punkt zwei Uhr weg. Sie spielte täglich eine Stunde. Man kannte sie schon und brachte ihr sogleich einen Stuhl. Sie nahm einige Goldstücke und einige Tausendfrankenscheine aus ihrer Tasche und begann still und kaltblütig ihre Einsätze zu machen, wobei sie Berechnungen anstellte, auf einem Zettel Zahlen notierte und sich bemühte, das System ausfindig zu machen, nach dem im gegebenen Augenblick die Chancen eintraten. Sie machte beträchtliche Einsätze. Sie gewann jeden Tag ein-, zwei- und, wenn es hoch kam, dreitausend Francs – nicht mehr, und wenn sie dies gewonnen hatte, ging sie sogleich weg. Die Großmutter schaute ihr lange zu. »Nun, diese wird nicht verlieren! Siehst du, diese wird nicht verlieren. Was ist das für eine Person? Weißt du das nicht? Wer ist das eigentlich?«

»Wohl eine Französin, von jenen«, flüsterte ich ihr zu.

»Ja, man erkennt den Vogel am Flug. Man sieht, daß sie scharfe Krallen hat. Jetzt erkläre mir, was jede Umdrehung bedeutet und wie man setzen muß.«

Ich erklärte der Großmutter so gut wie möglich, was diese zahlreichen Kombinationen der Einsätze bedeuten, rouge et noir, pair et impair, manque et passe, und endlich die verschiedenen Abstufungen im System der Zahlen. Die Großmutter hörte mir aufmerksam zu, wiederholte einzelnes, fragte mich nach manchem zweimal und gab sich Mühe, es zu behalten. Für jedes System von Einsätzen konnte man sogleich schon auf Beispiele hinweisen, so daß das Erlernen und Behalten sehr leicht und rasch vor sich ging. Die Großmutter war sehr zufrieden. »Aber was bedeutet denn das ›Zéro‹? Siehst du, dieser Croupier mit dem Krauskopf, der Hauptcroupier, schrie soeben: ›Zéro!‹ Und weshalb hat er alles zusammengerafft, was auf dem Tisch lag? Einen solchen Haufen, alles nahm er sich! Was bedeutet dann das?«

»Zéro, Großmutter, bedeutet den Gewinn der Bank. Trifft die Kugel auf Zéro, so gehört alles, was gesetzt wurde, einerlei, wieviel es ist, der Bank. Zwar gibt es noch ein Quittspiel, aber dafür zahlt die Bank nichts aus.«

»Sieh mal an! Aber bekomme ich denn gar nichts?«

»Nein, Großmutter, nur wenn Sie vordem auf Zéro setzten und Zéro herauskommt, so zahlt man Ihnen das Fünfunddreißigfache aus.«

»Wie, das Fünfunddreißigfache, und geschieht das häufig? Weshalb setzen denn die Dummköpfe nicht darauf?«

»Es sind sechsunddreißig Chancen gegen eine, Großmutter.«

»Was für ein Unsinn! Potapytsch, Potapytsch! Warte, auch ich habe Geld – da ist es!« Sie holte eine volle Börse aus der Tasche und entnahm ihr einen Friedrichsdor. »Hier hast du, setze sogleich auf Zéro!«

»Großmutter, Zéro ist doch eben erst herausgekommen«, sprach ich, »demnach wird es lange nicht mehr herauskommen. Sie werden viel verlieren, warten Sie wenigstens noch etwas.«

»Du lügst! Setze nur!«

»Wie Sie wünschen, das wird aber vielleicht bis zum Abend gar nicht mehr herauskommen. Sie werden bis an Tausend verlieren, das ist schon vorgekommen.«

»Unsinn! Unsinn! Wenn man den Wolf fürchtet, soll man nicht in den Wald gehen. Wie? Verloren? Setze noch einmal.«

Auch der zweite Friedrichsdor war verloren. Ich setzte den dritten. Die Großmutter konnte kaum noch ruhig sitzen bleiben. Mit funkelnden Augen blickte sie unverwandt auf die Kugel, wie sie über die Scharten des drehenden Rades sprang. Auch der dritte Friedrichsdor war hin. Die Großmutter geriet außer sich, sie vermochte sich gar nicht still zu halten und schlug sogar mit der Faust auf den Tisch, als der Croupier ausrief: »Trente-six«, statt des erwarteten Zéro.

»Da soll doch gleich!« rief die Großmutter zornig. »Ja, wird denn bald dieses verfluchte Zérochen herauskommen! Ich will nicht leben bleiben, wenn nicht Zéro herauskommt, solange ich hier bin! Das tut dieses verfluchte krausköpfige Croupierchen absichtlich! Bei ihm wird niemals Zéro herauskommen. Alexei Iwanowitsch, setze noch zwei Goldstücke auf einmal! Wenn man so viel verliert, dann hat man auch gar nichts davon, wenn endlich Zéro herauskommt!«

»Großmutter!«

»Setze, setze nur! Das ist doch nicht dein Geld!«

Ich setzte zwei Friedrichsdor. Lange flog die Kugel über das Rad hin. Endlich begann sie über die Scharten zu springen. Die Großmutter hielt den Atem an und drückte mir die Hand, und plötzlich: bautz!

»Zéro!« rief der Croupier.

»Siehst du, siehst du!« rief die Großmutter und wandte sich mir rasch zu, ganz strahlend vor Freude. »Ich habe es dir doch gesagt! Gott selber hat mir den Gedanken gegeben, zwei Goldstücke zu setzen! Wieviel werde ich jetzt bekommen? Warum zahlt man denn nicht aus? Potapytsch, Marfa, wo sind sie denn? Wohin sind denn alle Unsrigen gegangen? Potapytsch, Potapytsch!«

»Großmutter, später«, flüsterte ich ihr zu, »Potapytsch steht bei der Tür, man läßt ihn nicht hierher. Sehen Sie, Großmutter, man gibt Ihnen das Geld, nehmen Sie es in Empfang.«
Man warf der Großmutter eine in blaues Papier eingesiegelte schwere Rolle von fünfzig Friedrichsdor zu und zählte ihr noch zwanzig weitere so hin. Das alles schob ich mit der Schaufel der Großmutter zu.

»Faites le jeu, messieurs! Faites le jeu, messieurs! Rien ne va plus?« rief der Croupier, indem er aufforderte, Einsätze zu machen, und sich anschickte, das Roulett zu drehen.

»Mein Gott! Wir haben uns verspätet! Sogleich wird man drehen! Setze doch, setze doch!« rief mir die Großmutter geschäftig zu. »Ja, so zögere doch nicht! Rasch!« Sie geriet ganz außer sich und stieß mich aus aller Kraft an.

»Ja, worauf soll ich denn setzen, Großmutter?«

»Auf Zéro, auf Zéro! Setze wieder auf Zéro! Setze möglichst viel! Wieviel haben wir im ganzen? Siebzig Friedrichsdor? Was soll man sie aufheben, setze zwanzig Friedrichsdor auf einmal.«

»Besinnen Sie sich doch, Großmutter! Zéro kommt bisweilen zweihundertmal nacheinander nicht heraus! Ich versichere Sie, Sie werden all Ihr Geld verlieren!«

»Du lügst, du lügst! Setze nur! Schwätz doch nicht soviel! Ich weiß schon, was ich tue«, und die Großmutter bebte sogar vor Eifer.

»Dem Reglement nach darf man nicht mehr als zwölf Friedrichsdor auf Zéro setzen, Großmutter! Nun sehen Sie, ich habe diesen Einsatz gemacht.«

»Wie, ist denn das nicht erlaubt? Sagst du auch die Wahrheit? Monsieur! Monsieur!« und sie stieß den Croupier an, der gleich neben ihr zur Linken saß und schon das Rad drehen wollte. »Combien zéro? Douze, douze?«

Ich erklärte ihm rasch die Frage auf französisch.

»Oui, madame«, bestätigte höflich der Croupier, »ganz ebenso wie man dem Reglement nach nicht mehr als viertausend Gulden auf einmal setzen darf«, fügte er zur Erklärung hinzu.

»Nun, da ist nichts zu machen, setze zwölf.«

»Le jeu est fait!« rief der Croupier. Das Rad drehte sich, und Dreißig kam heraus. Wir hatten verspielt.

»Noch einmal! Noch einmal! Noch einmal! Setz noch einmal!« rief die Großmutter. Ich widersprach ihr schon nicht mehr und setzte achselzuckend noch zwölf Friedrichsdor. Das Rad drehte sich lange. Die Großmutter bebte nur so, während sie seinem Lauf mit den Augen folgte. »Glaubt sie denn wirklich, wiederum auf Zéro zu gewinnen?« dachte ich und sah sie erstaunt an. In ihrem Gesicht malte sich die feste Überzeugung, sie werde gewinnen, offenbar erwartete sie unbedingt, daß man sogleich Zéro ausrufen werde. Die Kugel sprang ins Quadrat.

»Zéro!« rief der Croupier.

»Siehst du!!!« wandte sich die Großmutter an mich, außer sich vor Triumph.

Ich selber war ein geborener Spieler, das fühlte ich in demselben Augenblick. Hände und Füße zitterten mir, es hämmerte mir im Kopfe. Natürlich war es ein seltener Zufall, daß auf etwa zehn Spiele dreimal Zéro herauskam; indes war nichts besonders Erstaunliches dabei. Noch vorgestern war vor meinen Augen dreimal hintereinander Zéro herausgekommen, und dabei hatte der eine der Spieler, der eifrig auf einem Zettel alle Treffer niederschrieb, mit lauter Stimme bemerkt, daß am Tage vorher im Verlaufe des ganzen Tages nur ein einziges Mal Zéro herausgekommen war.

Da die Großmutter den allergrößten Gewinn gemacht hatte, zahlte man ihr ganz besonders aufmerksam und ehrerbietig aus. Sie hatte genau vierhundertzwanzig Friedrichsdor zu erhalten, das heißt viertausend Gulden und zwanzig Friedrichsdor. Diese letzteren zahlte man in Gold aus, alles andere in Banknoten.

Diesmal rief die Großmutter nicht mehr Potapytsch herbei; sie hatte andere Dinge im Kopfe. Sie stieß mich sogar nicht und zitterte nicht. Wenn man sich so ausdrücken kann, bebte sie innerlich. Sie war ganz in einen Gedanken vertieft, dahinaus wollte sie: »Alexei Iwanowitsch! Er sagte, auf einmal könne man nur viertausend Gulden setzen! Da nimm, alle diese viertausend auf Rot«, entschied die Großmutter.

Es wäre nutzlos gewesen, zu widersprechen. Das Rad drehte sich.

»Rouge!« rief der Croupier.

Wiederum ein Gewinn von viertausend Gulden, im ganzen demnach achttausend.

»Gib mir vier hierher, und die anderen vier setze wiederum auf Rot!« kommandierte die Alte.

Wiederum setzte ich viertausend.

»Rouge!« rief von neuem der Croupier.

»Demnach zwölftausend! Gib sie alle her. Das Gold lege

hierhin in den Beutel, und die Scheine stecke in die Tasche. Genug! Nach Hause! Rollt den Stuhl weg!«

ELFTES KAPITEL

Man rollte den Sessel zur Tür, die sich am anderen Ende des Saales befand. Die Großmutter strahlte. Die Unsrigen drängten sich alle um sie und beglückwünschten sie. Wie seltsam auch das Benehmen der Großmutter gewesen war, ihr Triumph hatte wieder vieles gutgemacht, und der General hegte schon keine Furcht mehr, sich vor dem Publikum bloßzustellen durch seine verwandtschaftlichen Beziehungen zu dieser sonderbaren alten Frau. Mit herablassendem und familiär freundlichem Lächeln, gleich als spreche er zu einem Kinde, beglückwünschte er die Großmutter. Er war übrigens ebenso verblüfft wie alle anderen Zuschauer. Ringsherum sprach man nur von der Großmutter und deutete mit Fingern auf sie. Viele traten näher, um sie besser zu sehen. Etwas abseits sprach Mister Astley über sie mit zwei Engländern seiner Bekanntschaft. Einige majestätische Damen betrachteten die alte Frau mit hoheitsvollem Staunen, als handle es sich um ein Wundertier ... De Grieux konnte sich nicht genugtun mit Glückwünschen und Lächeln.

»Quelle victoire!« sprach er.

»Mais, madame, c'était du feu!« fügte Mademoiselle Blanche mit gewinnendem Lächeln hinzu.

»Ja, da habe ich mich drangemacht und auf einmal zwölftausend Gulden gewonnen! Wie denn zwölftausend, und das Gold! Mit dem Gold zusammen macht das fast dreizehntausend. Wieviel ist das nach unserem Gelde? Das wird wohl sechstausend sein?«

Ich erklärte ihr, dies sei sogar mehr als siebentausend, und nach dem jetzigen Kurs werde das am Ende gar achttausend ausmachen.

»Das ist wohl ein Spaß – achttausend! Ihr Schlafmützen sitzt aber hier und tut gar nichts! Potapytsch, Marfa, habt ihr gesehen?«

»Mütterchen, ja, wie haben Sie das nur fertiggebracht? Achttausend Rubel!« rief Marfa schmeichelnd.

»Da habt ihr! Fünf Goldstücke jedem, da!«

Potapytsch und Marfa küßten ihr gleich die Hand.

»Auch jedem der Träger soll man einen Friedrichsdor geben. Gib jedem ein Goldstück, Alexei Iwanowitsch. Was verneigt sich denn der Lakai da, und der andere gleichfalls? Gratulieren sie? Gib auch ihnen jedem einen Friedrichsdor.«

»Madame la princesse ... un pauvre expatrié ... malheur continuel ... les princes russes sont si généreux«, sprach ein Mann mit Schnurrbart, in abgetragenem Rock und bunter Weste, der die Mütze in der Hand hielt und mit unterwürfigem Lächeln an den Rollstuhl herangetreten war.

»Gib ihm auch einen Friedrichsdor ... Nein, gib ihm zwei! Nun genug, sonst nimmt es gar kein Ende. Hebt mich auf und tragt mich fort. Praskowja«, wandte sie sich an Pauline Alexandrowna, »ich werde dir morgen Stoff zu einem Kleide kaufen, auch jener da, Mademoiselle ... wie heißt sie doch – Mademoiselle Blanche, auch ihr will ich Stoff zu einem Kleide kaufen. Übersetze es ihr, Praskowja!«

»Merci, Madame«, sprach Mademoiselle Blanche mit einer anmutigen Verbeugung, wobei sie indes ihren Mund zu einem spöttischen Lächeln verzog und de Grieux und den General ansah. Letzterer wurde ganz verlegen und war sehr froh, als wir endlich auf die Allee gekommen waren.

»Fedosja, die Fedosja da, wie wird sie sich jetzt wundern«, sprach die Großmutter, wobei sie die Kinderwärterin des Generals meinte. »Auch ihr muß man Stoff für ein Kleid schenken. Alexei Iwanowitsch, Alexei Iwanowitsch, gib diesem Armen!«

Ein verlumpter Kerl mit gebeugtem Rücken ging vorbei und schaute uns an.

»Ja, das ist vielleicht gar kein Bettler, vielmehr ein Strolch, Großmutter.«

»Gib ihm nur! Gib ihm nur! Gib ihm einen Gulden!«

Ich trat auf ihn zu und gab ihm das Geld. Er sah mich mit einem staunenden Blick wild an und nahm schweigend den Gulden. Er roch nach Schnaps.

»Hast du noch gar nicht dein Glück versucht, Alexei Iwanowitsch?«

»Nein, Großmutter.«

»Dabei haben dir aber die Augen gefunkelt, das habe ich wohl gesehen.«

»Ich werde auch noch mein Glück versuchen, Großmutter, unbedingt, aber später.«

»Setze gleich auf Zéro! Du wirst schon sehen! Wieviel Geld hast du denn?«

»Im ganzen nur zwanzig Friedrichsdor, Großmutter.«

»Das ist wenig. Wenn du willst, will ich dir fünfzig Friedrichsdor leihen. Da, nimm diese Geldrolle. Du aber, Väterchen, erwarte gleichwohl nichts von mir, dir werde ich gar nichts geben!« wandte sie sich plötzlich an den General.

Der fuhr ganz zusammen, sagte aber kein Wort. De Grieux verzog sein Gesicht. »Que diable, c'est une terrible vieille!« flüsterte er, kaum die Lippen bewegend, dem General zu.

»Ein Bettler, ein Bettler, wiederum ein Bettler!« rief die Großmutter. »Gib auch dem da einen Gulden.«

Diesmal war das ein grauhaariger Alter, mit einem Stelzfuß und in einem langschößigen blauen Rock. Er trug einen Stock in der Hand und sah aus wie ein Soldat. Als ich ihm den Gulden hinreichte, trat er einen Schritt zurück und blickte mich drohend an. »Was ist's, zum Teufel?« rief er und fügte noch ein Dutzend Schimpfworte hinzu.

»Nun, du Dummkopf«, rief die Großmutter und wehrte mit der Hand ab. »Führt mich weiter! Ich bin ganz hungrig geworden! Jetzt wollen wir gleich zu Mittag essen, dann will ich mich ein wenig ausstrecken, und dann gehen wir wiederum dahin.«

»Sie wollen wiederum spielen, Großmutter?« rief ich aus.

»Ja, was glaubst du denn? Weil ihr hier sitzt und versauert, deshalb soll ich wohl nur euch anschauen!«

»Mais, madame«, sprach de Grieux näher tretend, »les chances peuvent tourner, une seule mauvaise chance, et vous perdrez tout ... surtout avec votre jeu ... c'était terrible!«

»Vous perdrez absolument«, zwitscherte Mademoiselle Blanche.

»Ja, was geht das denn euch an? Ich verspiele doch nicht euer Geld – vielmehr meines! Aber wo ist denn dieser Mister Astley?« fragte sie mich.

»Er ist im Kasino geblieben, Großmutter.«

»Schade, das ist ein so guter Mensch!«

Als die Großmutter nach Hause kam und ihr auf der Treppe der Oberkellner begegnete, rief sie ihn heran und prahlte mit ihrem Gewinn. Alsdann ließ sie Fedosja rufen, schenkte ihr drei Friedrichsdor und befahl, das Mittagessen aufzutragen. Während sie es zu sich nahm, sagten ihr Fedosja und Marfa lauter Schmeicheleien.

»Ich sehe auf Sie, Mütterchen«, plapperte Marfa nur so, »und sage zu Potapytsch, was will denn da eigentlich unser Mütterchen anfangen, auf dem Tisch liegt aber Geld, so viel Geld, mein Gott! In meinem ganzen Leben habe ich nicht so viel Geld beisammen gesehen. Aber ringsherum sind Herrschaften. Alle diese Herrschaften sitzen da. Von wo sind nur, spreche ich, Potapytsch, alle diese Herrschaften hierhergekommen? Möge ihr die Gottesmutter selber helfen, denke ich für mich. Ich bete für Sie, Mütterchen, und mein Herz stockt mir nur so. Ich zittre, am ganzen Körper zittre ich. Gib ihr Glück, Herr! denke ich, und da hatte Ihnen Gott Glück geschenkt! Bis jetzt noch, Mütterchen, zittre ich nur so, sehen Sie, ich zittre jetzt noch am ganzen Körper!«

»Alexei Iwanowitsch, halte dich nachmittags um vier Uhr

bereit, wir wollen dahin gehen. Jetzt aber, vorderhand, leb wohl, ja, und vergiß nicht, mir so ein Ärztchen zu rufen, man muß doch wohl auch von dem Wasser trinken, sonst werde ich das am Ende gar vergessen!«

Als ich die Großmutter verließ, war ich wie betäubt. Ich bemühte mich, mir darüber klarzuwerden, was jetzt aus allen Unsrigen wird, und welchen Umschwung jetzt ihre Angelegenheiten nehmen werden. Ich sah deutlich, daß jene (vor allem der General) noch gar nicht zu sich gekommen waren, ja sich noch nicht einmal von der ersten Überraschung erholt hatten. Die Tatsache, daß statt des von Stunde zu Stunde erwarteten Telegramms von dem Tod der Großmutter (und demnach auch von der Erbschaft) die Großmutter selber gekommen war, hatte derart das ganze System ihrer Pläne und bereits getroffenen Entscheidungen über den Haufen geworfen, daß sie ganz ratlos waren und in Erwartung der weiteren Heldentaten der Großmutter am Roulett wie erstarrt verharrten. Und dabei war diese zweite Tatsache fast noch wichtiger als die erste. Denn, obgleich die Großmutter bereits zweimal erklärt hatte, sie werde dem General kein Geld geben, kann man doch gar nicht wissen – darf man doch gleichwohl nicht jede Hoffnung verlieren. Das hatte auch de Grieux durchaus nicht getan, der dabei in alle Angelegenheiten des Generals mitverwickelt war. Ich bin überzeugt, auch Mademoiselle Blanche, die gleichfalls hieran sehr interessiert war (das wäre auch noch besser: Sie wollte doch Generalin werden und eine beträchtliche Erbschaft machen), hatte nicht alle Hoffnung verloren und würde alle Künste der Koketterie bei der Großmutter spielen lassen, im Gegensatz zu der unbegreiflichen stolzen Pauline, die es gar nicht verstand, sich bei irgend jemand einzuschmeicheln. Jetzt aber, jetzt, nachdem die Großmutter solche Heldentaten am Roulett vollführt hatte, jetzt, nachdem die Persönlichkeit der Großmutter sich allen schon derartig deutlich und charakteristisch offenbart hatte (die widerspenstige herrische Alte est tombée en enfance), jetzt ist am Ende alles verloren. – Sie freut sich ja wie ein Kind, daß sie Erfolg gehabt hatte, und wird jetzt, wie das in solchen Fällen stets zu sein pflegt, alles bis aufs letzte verspielen. Mein Gott, dachte ich (und Gott verzeih' mir, ich lachte dabei schadenfroh), mein Gott, jeder Friedrichsdor, den vorhin die Alte setzte, gab dem General einen Stich ins Herz, versetzte de Grieux in Wut und brachte Mademoiselle de Cominges einfach in Raserei, da man ihr doch gleichsam den vollen Löffel vom Munde nahm. Und dabei noch eine Tatsache: Sogar nachdem die Großmutter den Gewinn gemacht hatte, als sie in ihrer Freude allen Geld austeilte und jeden Vorbeigehenden für einen Bettler hielt, sogar da noch war es ihr dem General gegenüber entschlüpft: ›Dir werde ich aber gleichwohl nichts geben!‹ Das bedeutet doch, sie hat sich auf diesen Gedanken versteift, sie hat sich wohl das Wort darauf gegeben! Das ist gefährlich! Das ist gefährlich!

Das alles ging mir durch den Kopf, als ich die Großmutter verlassen hatte und die Haupttreppe hinaufstieg bis in das oberste Stockwerk, wo meine Kammer lag. Das alles nahm mich stark in Anspruch. Natürlich hatte ich auch vordem erraten können, was die Hauptfäden seien, welche die vor mir handelnden Personen miteinander verbanden, aber gleichwohl kannte ich noch nicht endgültig alle Mittel und Geheimnisse dieses Spiels. Pauline war niemals völlig aufrichtig mit mir gewesen. War es auch vorgekommen, daß sie mir gelegentlich und wie wider ihren Willen ihr Herz öffnete, so hatte ich doch bemerkt, daß sie häufig, ja fast stets nach solchen Augenblikken der Aufrichtigkeit entweder alles, was sie gesagt hatte, nachträglich lächerlich machte, oder es durcheinander zu bringen und allem absichtlich ein fälschliches Aussehen zu geben bestrebt war. Oh, sie verheimlichte noch viel! Auf jeden Fall ahnte ich, daß das Finale dieses ganzen angespannten und geheimnisvollen Zustandes nahte. Noch ein Schlag – und alles wird zu Ende sein und sich enthüllen. Über meinen Anteil – ich war doch gleichfalls an allem interessiert – ließ ich mir fast gar keine grauen Haare wachsen. Mein Zustand war indes seltsam: Nur zwanzig Friedrichsdor in der Tasche, dabei befinde ich mich weit von der Heimat, in einem fremden Land, habe meine Stelle verloren, keinerlei Mittel zum Leben, keine Aussichten, keine Pläne – und das alles ist mir gleichgültig! Wäre nicht der Gedanke an Pauline gewesen, so hätte ich mich ganz einfach diesem komischen Interesse an der bevorstehenden Lösung völlig hingegeben und dabei aus vollem Halse gelacht. Aber Pauline machte mir Sorgen: Ihr Schicksal stand vor der Entscheidung, das fühlte ich. Und dabei kann ich schwören, daß mich ihr Schicksal eigentlich gar nicht beunruhigte. Mich trieb lediglich das Verlangen, hinter ihre Geheimnisse zu kommen; ich hegte den leidenschaftlichen Wunsch, sie möchte zu mir kommen und sprechen: ›Ich liebe dich ja!‹ Wenn aber nicht, wenn dies Wahnsinn ist und sinnlos, dann ... nun, was soll ich dann noch wünschen? Weiß ich denn, was ich wünsche? Ich bin doch selber wie ein Verlorener: Ich möchte nur bei ihr sein, in ihrem Licht, in ihrem Glanz, auf ewig, auf immer, mein ganzes Leben hindurch! Weiter weiß ich gar nichts! Und kann ich sie denn wirklich verlassen?

Im dritten Stockwerk, wo die Zimmer der Unsrigen lagen, war es mir, als hätte ich einen Stoß erhalten. Ich drehte mich um und sah, wie zwanzig Schritte vor mir oder noch weiter Pauline aus einer Tür trat. Sie schien auf mich gewartet und nach mir ausgeschaut zu haben: Sie winkte mich sogleich zu sich heran.

»Pauline Alexandrowna ...«

»Still!« sagte sie.

»Stellen Sie sich einmal vor«, flüsterte ich, »es war mir eben ganz so, als habe mich irgendwer in die Seite gestoßen, ich blicke mich um – da sind Sie es! Das ist ja, als gehe ein elektrischer Strom von Ihnen aus!«

»Nehmen Sie diesen Brief«, sprach Pauline mit besorgter und finsterer Miene (offenbar hatte sie gar nicht gehört, was ich gesagt hatte), »und übergeben Sie ihn persönlich Mister

Astley, sofort! So bald wie möglich, ich bitte Sie darum. Antwort ist nicht nötig. Er selber ...« Sie sprach nicht zu Ende.

»Mister Astley?« fragte ich noch einmal erstaunt.

Pauline war aber schon in der Tür verschwunden.

»Aha, so stehen sie in Korrespondenz miteinander!« – Natürlich machte ich mich sogleich auf den Weg zu Mister Astley, ich suchte ihn erst in seinem Hotel, wo ich ihn nicht fand, dann im Kasino, wo ich durch alle Säle lief, und schließlich, als ich verdrießlich, fast verzweifelt nach Hause zurückkehrte, begegnete ich ihm zufällig zu Pferde inmitten einer Kavalkade von Engländern und Engländerinnen. Ich winkte ihn heran, er hielt sein Pferd an, und ich übergab ihm den Brief. Wir konnten nicht einmal Blicke miteinander wechseln. Ich vermute aber, Mister Astley hat absichtlich sein Pferd so rasch wieder in Bewegung gesetzt.

Quälte mich Eifersucht? Jedenfalls war ich in niedergeschlagener Stimmung. Ich wollte nicht einmal darüber nachdenken, worüber sie einen Briefwechsel führen. So ist er also ihr Vertrauter! »Ihr Freund, ihr Freund«, dachte ich, das ist klar (wann hat er es nur fertiggebracht, das zu werden?), aber ist auch Liebe dabei? Natürlich nein, sagte mir die Überlegung. Indes Vernunft allein reicht in solchen Fällen nicht aus. Auf jeden Fall mußte ich mir auch noch darüber klar werden. Die Angelegenheit verwickelte sich in peinlicher Weise.

Kaum war ich im Hotel angelangt, als der Portier und der Oberkellner, der zu diesem Zweck besonders herauskam, mir mitteilten, man verlange nach mir, man suche mich, man habe schon dreimal geschickt, sich zu erkundigen, wo ich sei – man bitte mich, ich möchte sofort in das Kabinett des Generals kommen. Ich war in verdrießlichster Stimmung. Im Zimmer des Generals fand ich außer ihm selber de Grieux und Mademoiselle Blanche, letztere allein, ohne ihre Mutter. Diese war entschieden nur eine untergeschobene Person, die lediglich zur Dekoration verwandt wurde; kam es aber wirklich zum Handeln, so besorgte das Mademoiselle Blanche selber. Ja, und jene hätte wohl auch kaum etwas gewußt von den Angelegenheiten ihrer sogenannten Tochter.

Es fand dort übrigens ein heftiges Gespräch statt, und die Tür zum Kabinett war sogar verschlossen – was vordem niemals der Fall gewesen war. Als ich mich der Tür näherte, vernahm ich laute Stimmen – das freche und giftige Räsonieren de Grieux', das dreiste, höhnende und wütende Kreischen von Blanche und die jämmerliche Stimme des Generals, der sich offenbar wegen irgend etwas rechtfertigte. Bei meinem Erscheinen schienen sich alle zusammenzunehmen und ihre Mienen zu beherrschen. De Grieux ordnete sich die Haare und verzog sein eben noch so böses Gesicht zu einem Lächeln – zu jenem üblen, offiziell höflichen, französischen Lächeln, das ich so hasse. Der General, der ganz niedergeschlagen war und in sich verloren dastand, nahm eine gerade Haltung an, aber ganz mechanisch. Einzig und allein Mademoiselle Blanche wies noch den früheren wütenden Gesichtsausdruck auf. Sie war nur verstummt und richtete in ungeduldiger Erwartung ihren Blick auf mich. Ich bemerkte bei dieser Gelegenheit, daß bis dahin ihr Benehmen zu mir unglaublich nachlässig gewesen war; sie hatte nicht einmal meinen Gruß erwidert – mich ganz einfach gar nicht bemerkt.

»Alexei Iwanowitsch«, begann der General in zärtlich vorwurfsvollem Ton, »gestatten Sie, Ihnen zu bemerken, daß es seltsam, im höchsten Grade seltsam ist ... mit einem Wort, Ihr Benehmen in Hinsicht auf mich und meine Familie ... mit einem Wort, im höchsten Grade seltsam ...«

»Eh! ce n'est pas ça«, unterbrach ihn mit Verdruß und Verachtung de Grieux. (Entschieden kommandierte er alle!) »Mon cher monsieur, notre général se trompe«, indem er einen solchen Ton annahm (ich führe seine Rede russisch an), »er wollte Ihnen sagen ... das heißt, Sie warnen, oder besser gesagt, Sie eindringlich bitten, Sie möchten ihn nicht zugrunde richten – nun ja, nicht zugrunde richten! Ich bestehe gerade auf diesem Ausdruck ...«

»Aber wodurch denn, wodurch denn?« unterbrach ich ihn.

»Erlauben Sie, Sie machten den Führer (oder wie soll man das nennen?) dieser Alten, de cette pauvre terrible vieille«, de Grieux kam selber nicht vom Fleck, »aber sie wird ja verspielen, sie wird alles bis aufs letzte verspielen. Sie sahen doch selber mit eigenen Augen, wie sie spielt! Wird sie zu verlieren beginnen, so wird sie schon nicht eher den Spieltisch verlassen, aus Eigensinn, aus Bosheit, bis sie alles verspielt hat, und sie wird alles verspielen, denn in solchen Fällen gewinnt man niemals mehr das Verlorene zurück, und dann ... dann ...«

»Und dann«, griff der General das Wort auf, »dann werden Sie die ganze Familie zugrunde richten! Ich und meine Familie, wir sind ihre Erben, sie hat keine nähere Verwandtschaft. Ich will Ihnen offen sagen: Meine Verhältnisse sind zerrüttet, aufs äußerste zerrüttet. Sie selber wissen das teilweise ... Wenn sie eine beträchtliche Summe verliert, oder sogar am Ende ihr ganzes Vermögen verspielt (o mein Gott!), was wird dann aus ihnen, aus meinen Kindern! (Der General warf de Grieux einen Blick zu.) Aus mir! (Er blickte auf Mademoiselle Blanche, die sich verächtlich von ihm abgewandt hatte.) Alexei Iwanowitsch, retten Sie, retten Sie uns!«

»Ja, so sagen Sie mir doch, General, wodurch kann ich denn das ... Was für eine Bedeutung kommt denn mir hierbei zu?«

»Weigern Sie sich, mit ihr zu gehen, weigern Sie sich, lassen Sie sie im Stich! ...«

»Dann wird sich ein anderer finden!« rief ich.

»Ce n'est pas ça, ce n'est pas ça«, unterbrach ihn wiederum de Grieux, »que diable! Nein, lassen Sie sie nicht im Stich, aber raten Sie ihr wenigstens ab, reden Sie ihr zu, bringen Sie sie auf etwas anderes ... Mit einem Wort, lassen Sie nicht zu, daß sie allzuviel verspielt, lenken Sie sie irgendwie ab.«

»Ja, wie werde ich das denn machen? Würden Sie das vielleicht selber übernehmen, Monsieur de Grieux?« fügte ich mit der harmlosesten Miene hinzu.

Da bemerkte ich, daß Mademoiselle Blanche de Grieux

rasch einen flammenden, fragenden Blick zuwarf. In de Grieux' Gesicht blitzte etwas ganz Besonderes auf, etwas Aufrichtiges, was er gar nicht zurückhalten konnte. »Das ist es ja gerade, daß sie mich jetzt nicht dazu annehmen wird«, rief er, indem er mit der Hand herumfuchtelte. »Wenn wohl ... später ...« Er warf rasch Mademoiselle Blanche einen bedeutsamen Blick zu.

»Oh, mon cher Alexis, soyez si bon«, mit diesen Worten trat Mademoiselle Blanche selber, bezaubernd lächelnd, auf mich zu, faßte mich an beiden Händen und drückte sie fest. Der Teufel hol' es! Dieses Teufelsgesicht konnte sich in einem Augenblick verwandeln. In diesem Moment hatte sie einen so flehenden, so lieben, kindlich lächelnden und sogar neckischen Ausdruck. Als sie den Satz beendigt hatte, zwinkerte sie mir listig zu, ohne daß die andern es merken sollten: Wollte sie mich mit einem Male einfangen? Das war gar nicht schlecht gemacht – nur zu plump, furchtbar plump.

Nach ihr kam auch der General auf mich zugesprungen – ganz wörtlich genommen. »Verzeihen Sie mir, Alexei Iwanowitsch, daß ich vorhin so mit Ihnen zu sprechen begann, aber ich wollte durchaus nicht das sagen ... Ich bitte Sie, ich flehe Sie an, ich verneige mich auf russische Art vor Ihnen bis zum Gürtel, Sie allein – Sie allein können uns retten! Ich und Mademoiselle de Cominges flehen Sie an – Sie verstehen, Sie verstehen doch?« flehte er mich an, indem er mit den Augen auf Mademoiselle Blanche hinwies. Er konnte einem wirklich sehr leid tun.

In diesem Augenblick erklangen drei leise und ehrerbietige Schläge an der Tür; man öffnete – der Etagendiener hatte geklopft, und einige Schritte hinter ihm stand Potapytsch. Sie waren von der Großmutter geschickt worden. Sie hatte verlangt, man solle mich sofort ausfindig machen und zu ihr bringen. »Sie ist böse«, bemerkte Potapytsch.

»Aber es ist doch erst halb vier.«

»Sie konnte gar nicht einschlafen, sie legte sich immer von

einer Seite auf die andere, dann stand sie plötzlich auf, verlangte den Rollstuhl, und daß man Sie rufen solle. Jetzt ist sie schon auf der Freitreppe ...«

»Quelle mégère!« rief de Grieux.

Tatsächlich fand ich die Großmutter schon auf der Freitreppe, außer sich vor Ungeduld darüber, daß ich noch nicht da sei. Sie hatte nicht bis vier Uhr warten können. »Nun, hebt mich auf!« rief sie, und wir begaben uns wiederum zum Spielhaus.

ZWÖLFTES KAPITEL

Die Großmutter war in ungeduldiger und gereizter Stimmung; es war deutlich, daß das Roulett ihr nicht aus dem Kopf gekommen war. Für nichts anderes hatte sie Sinn, und sie war überhaupt äußerst zerstreut. So fragte sie zum Beispiel nach gar nichts mehr unterwegs, wie sie das doch vorhin getan hatte. Als eine sehr elegante Equipage an uns vorbeiflog, hob sie die Hand und schien fragen zu wollen: Wer ist das? Wer sind die Leute? – Aber sie hatte wohl gar nicht meine Antwort gehört: Sie war in sich gekehrt und machte dabei immer wieder ungeduldige Körperbewegungen und unvermittelte Ausfälle. Als ich ihr, schon nahe dem Kasino, den Baron und die Baronin Wurmerhelm von ferne zeigte, schaute sie zerstreut hin und sagte ganz gleichgültig: »Ah!« Und dann wandte sie sich plötzlich an Potapytsch und Marfa, die hinter ihr gingen, und fuhr sie an: »Nun, weshalb habt ihr euch denn mir angehängt? Ich kann euch doch nicht jedesmal mitnehmen! Geht nach Hause! Du genügst mir völlig«, fügte sie, an mich gewandt, hinzu, nachdem jene sich eiligst verneigt und kehrtgemacht hatten.

Im Kasino erwartete man schon die Großmutter. Sogleich räumte man ihr den gleichen Platz ein neben dem Croupier. Mir scheint, diese Croupiers, die sich stets so bescheiden halten und sich für einfache Beamte geben, denen es fast völlig gleichgültig ist, ob die Bank gewinnt oder verliert – sind durchaus nicht so gleichgültig in Hinsicht auf die Verluste der Bank und haben schon ihre Verhaltensmaßregeln, um die Spieler heranzuziehen und das Interesse der Verwaltung möglichst zu wahren – dafür bekommen sie zweifellos Preise und Belohnungen. Jedenfalls blickten sie bereits auf die Großmutter wie auf ihr Opfer. Hierauf trat denn auch das ein, was man vermutet hatte. Und das ging so zu:

Die Großmutter stürzte sich sofort auf Zéro und befahl mir, sogleich zwölf Friedrichsdor zu setzen. Ich tat das einmal, zweimal, dreimal – Zéro kam nicht heraus.

»Setze nur, setze nur!« Und die Großmutter stieß mich vor Ungeduld. Ich gehorchte.

»Wievielmal haben wir verloren?« fragte sie schließlich, vor Ungeduld mit den Zähnen knirschend.

»Ich habe schon zwölfmal gesetzt, Großmutter. Wir haben hundertvierundvierzig Friedrichsdor verloren. Ich sage Ihnen, Großmutter, bis zum Abend werden Sie am Ende gar ...«

»Schweig!« unterbrach mich die Großmutter. »Setze auf Zéro und setze zugleich auch auf Rot tausend Gulden. Da hast du den Schein.«

Rot kam heraus, Zéro verlor wiederum. Wir gewannen tausend Gulden zurück.

»Siehst du, siehst du!« flüsterte die Großmutter, »wir haben fast alles zurückgewonnen, was wir verloren hatten. Setze wiederum auf Zéro, noch zehnmal wollen wir setzen und dann aufhören.«

Aber schon beim fünften Mal wurde es der Großmutter langweilig. »Zum Teufel mit diesem Dreckzérochen! Da, setze alle viertausend Gulden auf Rot«, befahl sie.

»Großmutter! Das wird zu viel sein! Wenn aber Rot nicht herauskommt?« flehte ich sie an. Aber die Großmutter hätte mich fast verhauen. (Sie hat mich übrigens so gestoßen, daß das fast, kann man sagen, schon Prügel waren.) Da war nichts zu machen. Ich setzte alle am Morgen gewonnenen viertausend Gulden auf Rot. Das Rad drehte sich. Die Großmutter saß ruhig und stolz aufgerichtet da, ohne im geringsten zu zweifeln, daß sie gewinnen werde.

»Zéro«, rief der Croupier.

Anfangs hatte die Großmutter nicht verstanden, als sie aber sah, daß der Croupier ihre viertausend Gulden an sich nahm mit allem andern, was auf dem Tisch lag, und als sie erfuhr, Zéro sei herausgekommen, das so lange auf sich hatte warten lassen, und auf das wir fast zweihundert Friedrichsdor gesetzt hatten – und gerade wie absichtlich, nachdem die Großmutter eben erst geschimpft und es aufgegeben hatte, darauf zu setzen –, da seufzte sie so, daß man es durch den ganzen Saal hören mußte, und rang die Hände. Ringsherum begann man sogar zu lachen.

»Mein Gott! Da ist das verfluchte Zéro herausgekommen!« brüllte die Großmutter los. »Grade das, dieses verdammte! Daran bist du schuld! An allem bist du schuld!« fiel sie wütend über mich her und stieß mich. »Du hast mir abgeraten!«

»Großmutter! Ich habe Ihnen das Richtige gesagt, wie kann ich die Verantwortung tragen für alle Glücksfälle?«

»Ich werde dir die Glücksfälle geben!« flüsterte sie mir drohend zu, »mach, daß du fortkommst!«

»Leben Sie wohl, Großmutter«, ich machte kehrt und wollte weggehen.

»Alexei Iwanowitsch, Alexei Iwanowitsch, bleib hier! Wohin gehst du? Nun, was denn, was denn? Sieh mal an, wie er böse wird! Der Schafskopf! Nun, so bleib doch, bleib doch noch, sei nicht böse, ich bin selber eine Dumme! Nun, so sage doch ... nun, was soll man jetzt machen?«

»Großmutter, ich übernehme es nicht mehr, Ihnen Ratschläge zu geben, denn Sie werden mir nachher Vorwürfe machen. Spielen Sie selber, befehlen Sie, so werde ich Einsätze machen.«

»Nun gut, nun gut! Setze noch viertausend Gulden auf Rot!

Da ist die Brieftasche, nimm.« Sie zog ihre Brieftasche heraus und gab sie mir. »Nun, nimm doch, da sind zwanzigtausend Rubel in barem Geld.«

»Großmutter«, flüsterte ich, »so ein Haufen ...«

»Ich will nicht am Leben bleiben – wenn ich nicht alles zurückgewinne ... setze!«

Wir setzten und verloren.

»Setze, setze alle acht!«

»Das geht nicht, Großmutter, der höchste Einsatz ist viertausend!«

»Nun, setze vier!«

Diesmal gewannen wir. Die Großmutter bekam neuen Mut. »Siehst du, siehst du!« und sie stieß mich an. »Setze wiederum vier!«

Wir setzten und verloren! Darauf noch einmal und noch einmal.

»Großmutter, alle zwölftausend sind hin«, meldete ich.

»Das sehe ich«, murmelte sie in der Ruhe der Verzweiflung, wenn man sich so ausdrücken darf. »Ich sehe das, Väterchen, ich sehe das«, murmelte sie, indem sie in Gedanken verloren unbeweglich vor sich hinschaute, »ach! Ich will nicht am Leben bleiben, setze noch viertausend Gulden!«

»Es ist gar kein Geld mehr da, Großmutter; hier in der Brieftasche sind unsere fünfprozentigen Papiere und noch irgendwelche Anweisungen, aber kein Bargeld.«

»Und im Beutel?«

»Ist nur Kleingeld geblieben, Großmutter!«

»Gibt es hier Wechselbuden? Man sagte mir, man könne hier alle unsere Papiere wechseln«, fragte mich die Großmutter entschlossen.

»Soviel Sie wollen! Wieviel Sie aber dabei verlieren werden ... darüber kann sogar ein Jude in Entsetzen geraten!«

»Unsinn! Ich gewinne das zurück, bringe mich hin! Man soll diese Tölpel rufen!«

Ich rollte ihren Stuhl vom Tische fort, die Träger kamen, und wir verließen das Kasino.

»Rasch, rasch, rasch!« kommandierte die Großmutter. »Zeige den Weg, Alexei Iwanowitsch, ja, und nimm den kürzesten ... Ist es weit?«

»Zwei Schritte, Großmutter.«

Als wir aber bei den Anlagen in die Allee einbogen, begegnete uns unsere ganze Gesellschaft: der General, de Grieux, Mademoiselle Blanche und ihre Mutter. Pauline Alexandrowna war nicht dabei, auch Mister Astley fehlte.

»Nun, nun, nun! Man soll nicht halten!« rief die Großmutter. »Nun, was wollt ihr denn? Ich habe keine Zeit für euch!«

Ich ging hinter ihr. De Grieux kam auf mich zugesprungen.

»Alles, was sie heute morgen gewonnen hatte, hat sie verspielt und auch noch zwölftausend Gulden eigenes Geld angebracht. Jetzt wollen wir fünfprozentige Papiere wechseln«, flüsterte ich ihm eilig zu.

De Grieux stampfte mit dem Fuß auf und lief eilig zum General, um ihm das mitzuteilen. Wir rollten die Großmutter ruhig weiter.

»Halten Sie, halten Sie!« flüsterte mir der General außer sich zu.

»Versuchen Sie es doch, sie anzuhalten«, flüsterte ich ihm zu.

»Tantchen!« sprach der General und trat auf sie zu. »Tantchen ... Wir wollen ... wir wollen sogleich ...« – die Stimme bebte und versagte ihm. »... Pferde nehmen und aus der Stadt hinausfahren ... Eine entzückende Aussicht ... jener Aussichtspunkt ... Wir wollten Sie gerade auffordern mitzukommen!«

»Hol' dich der Teufel mitsamt deiner Aussicht!« wehrte ihn die Großmutter gereizt ab.

»Dort ist ein Dorf ... dort werden wir Tee trinken ...«, fuhr der General schon voller Verzweiflung fort.

»Nous boirons du lait, sur l'herbe fraîche«, fügte de Grieux mit der Wut eines Tieres hinzu.

Du lait, de l'herbe fraîche – das ist das Idealste, was ein Pariser Bourgeois sich von einer Idylle vorstellen kann. Hierin besteht bekanntlich sein ganzer Begriff von ›nature et vérité‹!

»Nun der Teufel mit dir und deiner Milch! Sauf sie selber; ich bekomme Bauchweh davon. Ja, und was setzt ihr mir eigentlich zu!« rief die Großmutter. »Ich sage doch, ich habe keine Zeit!«

»Wir sind da, Großmutter!« rief ich. »Hier!«

Wir waren an dem Hause angekommen, wo sich das Bankkontor befand. Ich ging hinein, um zu wechseln. Die Großmutter blieb beim Eingang. De Grieux, der General und Blanche standen etwas abseits und wußten nicht, was sie tun sollten. Die Großmutter blickte wütend auf sie hin, und sie gingen dann in der Richtung nach dem Kasino fort.

Man schlug mir einen so furchtbaren Wechselkurs vor, daß ich mich nicht entschließen konnte und zur Großmutter zurückkehrte, um ihre Entscheidung zu erbitten.

»Ach, die Räuber!« schrie sie und rang die Hände. »Nun, das hat nichts zu sagen, wechsle nur«, rief sie entschlossen. »Halt! Ruf mir den Bankier heraus!«

»Doch höchstens einen von den Angestellten?«

»Nun gut, einen Angestellten, einerlei. Ach, die Räuber!«

Ein Angestellter war sofort bereit, herauszukommen, als er erfahren hatte, daß ihn eine alte kranke Gräfin, die gelähmt sei, zu sich bitte. Die Großmutter warf ihm lange Zeit wütend und mit lauter Stimme vor, das sei Betrug, und begann mit ihm zu handeln, wobei sie sich bald des Russischen, bald des Französischen und bald des Deutschen bediente, und ich dabei den Dolmetsch spielen mußte. Der ernste Angestellte sah uns beide an und schüttelte schweigend den Kopf. Für die Großmutter bewies er sogar schon allzu große Neugier, und das grenzte bereits an Unhöflichkeit. Endlich fing er an zu lachen.

»Nun, mach, daß du fortkommst«, rief die Großmutter.

»Ersticke an meinem Geld! Wechsle bei ihm, Alexei Iwanowitsch, ich habe nur keine Zeit, sonst würde ich zu einem andern gehen ...«

»Der Angestellte sagt, die andern würden noch weniger geben.«

Ich kann mich nicht genau an die damalige Abrechnung erinnern, sie war aber schrecklich. Ich hatte an zwölftausend Gulden eingewechselt, in Gold und in Scheinen, nahm die Noten und brachte alles der Großmutter heraus.

»Nun, nun, nun! Man braucht gar nicht zu zählen«, wehrte sie ab, »nur rasch, rasch, rasch!«

»Niemals werde ich auf das verfluchte Zéro setzen und auch nicht auf Rot«, murmelte sie, als wir uns dem Bahnhof näherten.

Diesmal bemühte ich mich aus aller Kraft, sie zu überreden, möglichst wenig zu setzen, indem ich ihr versicherte, daß – wenn die Chancen sich ändern – noch immer Zeit sein werde, auch einen großen Einsatz zu machen. Sie war aber so ungeduldig, daß, obgleich sie erst ihre Zustimmung gegeben hatte, gar keine Möglichkeit bestand, sie während des Spiels zurückzuhalten, sobald sie Gewinne von zehn oder zwanzig Friedrichsdor zu machen begonnen hatte.

»Nun, siehst du! Nun, siehst du!«, und dabei stieß sie mich an. »Nun, wir haben doch gewonnen! Hätten wir viertausend statt zehn gesetzt, so hätten wir viertausend gewonnen, aber was ist denn das jetzt! An dem allen bist du schuld, nur du!«

Und wie sehr mich auch der Ärger packte, wenn ich sah, wie sie spielte, so hatte ich schließlich doch beschlossen, meinen Mund zu halten und weiter gar keine Ratschläge mehr zu geben.

Plötzlich sprang de Grieux herbei. Sie waren alle drei in der Nähe. Ich hatte bereits bemerkt, daß Mademoiselle Blanche mit ihrer Mutter etwas abseits stand und dem kleinen Fürsten den Hof machte. Der General war offenbar in Ungnade, fast verabschiedet. Blanche wollte ihn nicht einmal mehr ansehen, obgleich er sich mit aller Kraft um sie bemühte. Der arme General! Er wurde bald rot, bald blaß, er zitterte und gab sogar schon gar nicht mehr acht auf das Spiel der Großmutter. Blanche und der kleine Fürst gingen schließlich hinaus. Der General lief ihnen nach.

»Madame, madame«, flüsterte mit honigsüßer Stimme de Grieux der Großmutter zu, nachdem er sich ganz bis zu ihr durchgedrängt hatte. »Madame, so setzt man nicht ... nein, nein, das ist unmöglich ...«, radebrechte er auf russisch. »Nein!«

»Aber wie denn? Nun so zeige es mir doch!« wandte sich die Großmutter an ihn.

De Grieux begann rasch französisch zu sprechen, Ratschläge zu erteilen, er wurde ganz geschäftig, sagte, man müsse die Chancen abwarten, er begann irgendwelche Zahlen zusammenzuzählen ... Die Großmutter verstand gar nichts. Jeden Augenblick wandte er sich an mich, ich solle es ihr übersetzen. De Grieux deutete mit dem Finger auf den Tisch und wollte ihr etwas zeigen. Schließlich erfaßte er einen Bleistift und begann auf einem Zettel Berechnungen anzustellen.

Endlich verlor die Großmutter die Geduld. »Weg mit dir, weg mit dir! Immer redest du Unsinn! ›Madame, madame‹, aber selber hat er gar keine Ahnung. Fort mit dir!«

»Mais, madame«, zwitscherte de Grieux, und er begann von neuem Erklärungen zu machen und Anweisungen zu geben. Es war ihm sehr nahegegangen.

»Nun, setze doch einmal so, wie er angibt«, befahl mir die Großmutter, »wir wollen einmal sehen: Vielleicht kommt wirklich etwas dabei heraus.«

De Grieux wollte sie nur von großen Einsätzen abbringen; er schlug ihr vor, auf Zahlen zu setzen, auf einzelne und auf ganze Gruppen. Auf seine Anweisung hin setzte ich je einen Friedrichsdor der Reihe nach auf die ersten zwölf ungeraden Ziffern und je fünf Friedrichsdor auf die Zahlengruppen von zwölf bis achtzehn und von achtzehn bis vierundzwanzig. Im ganzen hatten wir sechzehn Friedrichsdor gesetzt.

Das Rad drehte sich.

»Zéro!« schrie der Croupier.

Wir hatten verloren.

»So ein Dummkopf!« rief die Großmutter, indem sie sich an de Grieux wandte. »Was bist du für ein widerlicher kleiner Franzose! Er will einem auch noch Ratschläge geben, das Ungetüm! Mach, daß du fortkommst, fort mit dir! Er hat keine Ahnung und mischt sich noch ein!«

Furchtbar beleidigt zuckte de Grieux die Achseln, warf der Großmutter einen verächtlichen Blick zu und ging weg. Er schämte sich bereits selber, daß er sich eingemischt hatte, er hatte schon allzu große Ungeduld an den Tag gelegt!

Wie wir uns auch Mühe gaben, nach einer Stunde hatten wir alles verspielt.

»Nach Hause!« rief die Großmutter.

Bis wir in die Allee einbogen, hatte sie kein Wort gesagt. Als wir uns bereits dem Hotel näherten, entrangen sich ihr Ausrufe: »Was bin ich für ein Dummkopf! Was bin ich für ein Schafskopf! Ach, du alter, alter Schafskopf!«

Kaum waren wir in die Wohnung gekommen, da rief die Großmutter: »Bringt mir Tee! Und dann soll man sogleich einpacken, wir fahren!«

»Wohin geruhen Sie denn zu fahren, Mütterchen?« begann Marfa.

»Was geht das dich an! Schuster, bleib bei deinen Leisten! Potapytsch, pack alles ein, das ganze Gepäck. Wir fahren nach Moskau zurück. Fünfzehntausend Rubel habe ich durchgebracht!«

»Fünfzehntausend Rubel, Mütterchen, o mein Gott!« rief Potapytsch aus, und er rang verzweifelt die Hände, wahrscheinlich in der Annahme, ihr damit gefällig zu sein.

»Nun, nun, Dummkopf! Er beginnt auch noch zu jammern! Schweige! Einpacken! Rasch die Rechnung, rasch!«

»Der nächste Zug geht um halb zehn, Großmutter«, meldete ich, um sie zur Besinnung zu bringen.

»Wieviel Uhr ist es denn jetzt?«

»Halb acht.«

»Ach, wie verdrießlich! Nun, einerlei! Alexei Iwanowitsch, ich habe keine Kopeke Geld, da hast du noch zwei Billette, laufe dahin und wechsle auch sie. Sonst habe ich kein Geld zur Fahrt.«

Ich machte mich auf den Weg. Als ich nach einer halben Stunde ins Hotel zurückkehrte, fand ich alle Unsrigen bei der Großmutter. Die Nachricht, daß die Alte nach Moskau zurückfahre, schien jene noch mehr betroffen zu haben als der Spielverlust der Großmutter. Hiermit war ihr Vermögen zwar gerettet, aber was wird jetzt aus dem General? Wer wird de Grieux auszahlen? Mademoiselle Blanche wird natürlich nicht warten, bis die Großmutter stirbt, und wahrscheinlich jetzt gleich schon mit dem kleinen Fürsten oder mit jemand anderem durchgehen. Alle standen vor der Großmutter, trösteten sie und suchten sie von ihrem Vorhaben abzubringen. Pauline war wiederum nicht anwesend.

Die Großmutter schrie alle wütend an. »Laßt mich in Ruhe, ihr Teufel! Was geht das Sie an? Was setzt mir denn dieser Ziegenbart da zu?« schrie sie de Grieux an. »Was willst du hier noch, du Blutegel?« wandte sie sich an Mademoiselle Blanche. »Was drehst du dich denn hier herum?«

»Diantre«, flüsterte Mademoiselle Blanche. Ihre Augen funkelten böse, plötzlich aber brach sie in Lachen aus und ging hinaus.

»Elle vivra cent ans!« rief sie dem General schon auf der Schwelle zu.

»Ah, also du rechnest auf meinen Tod?« brüllte die Alte den General an. »Fort mit ihm! Jage sie alle hinaus, Alexei Iwanowitsch! Was geht das euch an? Ich habe mein Eigentum durchgebracht, aber nicht eures.«

Der General zuckte die Achseln, ließ den Kopf hängen und ging hinaus. De Grieux folgte ihm.

»Man soll Praskowja rufen«, befahl die Großmutter Marfa.

Fünf Minuten später kehrte Marfa mit Pauline zurück. Letztere hatte die ganze Zeit über mit den Kindern in ihrem Zimmer gesessen, und wie es scheint, hatte sie absichtlich beschlossen, an diesem Tage nicht auszugehen. Ihr Gesicht war ernst, traurig und besorgt. »Praskowja«, begann die Großmutter, »ist es wahr, was ich vorhin zufällig erfuhr: Dieser Dummkopf, dein Stiefvater, will diese einfältige, kokette Französin heiraten – das ist wohl eine Schauspielerin oder noch etwas Schlechteres? Sprich, ist das wahr?«

»Bestimmtes weiß ich nicht hierüber, Großmutter«, antwortete Pauline. »Indes nach den Worten von Mademoiselle Blanche selber, die es nicht für nötig hält, das zu verheimlichen, schließe ich ...«

»Genug!« unterbrach sie energisch die Großmutter. »Ich verstehe alles! Ich war stets der Meinung, daß er dazu fähig ist, und hielt ihn immer für den nichtigsten und leichtsinnigsten Menschen. Es ist ihm in den Kopf gestiegen, daß er General ist (er hat diesen Rang bekommen, als er als Oberst den Dienst verließ), und jetzt macht er sich wichtig. Ich weiß alles, wie ihr ein Telegramm nach dem anderen nach Moskau schicktet – ›wird wohl bald das alte Weib alle viere von sich strekken?‹ Ihr habt die Erbschaft erwartet. Ohne Geld wird ihn diese gemeine Dirne, wie heißt sie doch – de Cominges, etwa so? – nicht einmal zu ihrem Diener nehmen, ja, und dazu hat er auch noch ein falsches Gebiß. Man sagt, sie habe selbst einen Haufen Geld, sie leihe es auf Prozente aus, sie habe es auf gutem Wege erworben. Dir, Praskowja, mache ich keinen Vorwurf. Du hast die Telegramme nicht abgeschickt. An das Vergangene will ich auch nicht erinnern. Ich weiß, daß du einen schlechten Charakter hast – eine Wespe bist du! Wenn du stichst, so schwillt es an. Ja, es ist mir leid um dich, denn die verstorbene Katharina, deine Mutter, habe ich geliebt. Nun, willst du? Laß hier alles im Stich und komm mit mir! Du weißt sowieso nicht, wo du bleiben sollst. Ja, und es schickt sich auch nicht für dich, mit jenen dort zusammenzusein. Warte!« rief die Großmutter, als Pauline sich anschickte zu antworten. »Ich bin noch nicht zu Ende. Ich verlange von dir gar nichts, mein Haus in Moskau ist, das weißt du selber, ein Palast. Du kannst ein ganzes Stockwerk bewohnen und brauchst mich ganze Wochen lang nicht zu besuchen, wenn dir mein Charakter nicht paßt! Nun, willst du oder nicht?«

»Erlauben Sie zuerst die Frage: Wollen Sie wirklich sofort abreisen?«

»Ich spaße wohl, Mütterchen? Ich habe es einmal gesagt, und ich werde es tun. Ich habe heute fünfzehntausend Rubel auf eurem verfluchten Roulett durchgebracht. Vor fünf Jahren gab ich das Versprechen, auf meinem Gut bei Moskau die Holzkirche durch eine steinerne zu ersetzen, aber statt dessen habe ich mein Geld hier verschwendet. Jetzt, Mütterchen, reise ich dahin, um die Kirche zu bauen.«

»Aber die Wasserkur, Großmutter? Sie sind doch hierher gekommen, um eine Brunnenkur zu machen?«

»Bleibe mir mit deinem Wasser! Reize mich nicht, Praskowja! Tust du das absichtlich? Ich frage doch: Wirst du mit mir kommen oder nicht?«

»Ich bin Ihnen sehr, sehr dankbar, Großmutter«, begann Pauline mit Empfindung, »für die Unterkunft, die Sie mir vorschlagen. Meine Lage haben Sie fast erraten. Ich bin Ihnen so verpflichtet, daß, glauben Sie mir, ich vielleicht sogar bald zu Ihnen kommen werde; augenblicklich aber gibt es Gründe ... wichtige Gründe ... und ich kann mich sofort, noch in diesem Augenblick, nicht entscheiden. Wenn Sie wenigstens zwei Wochen bleiben würden ...«

»Das heißt, du willst nicht?«

»Das heißt, ich kann nicht. Zudem kann ich auf jeden Fall auch nicht meinen Bruder und meine Schwester im Stich lassen, da ja ... da ja ... da es ja tatsächlich so kommen kann, daß sie wie Verstoßene zurückbleiben, so ... wenn Sie mich mit den Kindern nehmen, Großmutter, dann werde ich natürlich zu Ihnen ziehen, und glauben Sie mir, so werde ich wissen, Ihnen meine Dankbarkeit zu beweisen!« fügte sie feurig hinzu. »Ohne die Kinder kann ich aber nicht, Großmutter.«

»Nun, jammere nicht!« (Pauline dachte gar nicht daran zu jammern, ja, und sie hatte auch noch niemals geweint.) »Auch für die Küchlein wird sich Platz finden, groß ist das Hühnernest. Zudem müssen sie bald in die Schule gehen. Nun, so kommst du jetzt nicht mit! Nun, Praskowja, siehe zu! Ich wollte dein Bestes, ich weiß ja, weshalb du nicht gehen willst. Alles weiß ich, Praskowja. Dieser kleine Franzose wird dich nicht zum Guten führen!«

Pauline wurde rot. Ich fuhr nur so zusammen. (Alle wissen das! Ich allein weiß demnach gar nichts!)

»Nun, nun, verzieh nicht dein Gesicht, ich werde mich nicht weiter darüber auslassen. Sieh nur zu, daß nichts Schlechtes dabei herauskommt, verstehst du? Du bist ein gescheites Mädchen. Es würde mir leid um dich sein. Nun genug, ich hätte euch alle lieber nicht gesehen! Geh, leb wohl!«

»Großmutter, ich werde Sie noch an die Bahn bringen«, sagte Pauline.

»Nicht nötig! Störe mich nicht! Ja, und ihr alle seid mir langweilig geworden.«

Pauline wollte der Großmutter die Hand küssen, sie zog sie aber zurück und küßte Pauline auf die Wange.

Als sie an mir vorüberging, warf sie mir einen raschen Blick zu und wandte sogleich wieder die Augen weg. »Leb auch du wohl, Alexei Iwanowitsch, es bleibt nur noch eine Stunde bis zum Zuge. Ja, und ich glaube, du bist auch müde geworden mit mir. Hier, nimm dir diese fünfzig Goldstücke!«

»Ich danke ergebenst, Großmutter, es ist mir peinlich ...«

»Wie? Wie?« rief die Großmutter, doch derart energisch und drohend, daß ich keine Widerrede wagte und das Geld annahm.

»Wenn du in Moskau ohne Stelle herumläufst – so komme zu mir: Ich werde dich schon jemandem empfehlen, jetzt mach, daß du wegkommst!«

Ich ging in mein Zimmer und legte mich aufs Bett. Ich lag wohl eine halbe Stunde so ausgestreckt, die Hände im Nacken. Die Katastrophe war schon hereingebrochen; Grund genug, um nachzudenken. Ich beschloß, mich morgen endgültig mit Pauline auszusprechen. Wie!? Der kleine Franzose! So ist es demnach richtig! Aber was konnte dort eigentlich vorliegen? Pauline und de Grieux! Mein Gott, was für eine Zusammenstellung!

Das alles war einfach unwahrscheinlich. Ich sprang plötzlich, außer mir, auf, um sogleich Mister Astley aufzusuchen und ihn um jeden Preis zu zwingen, mir Rede zu stehen. Natürlich weiß er auch hier mehr als ich. Mister Astley? Das ist auch noch ein Rätsel für mich!

Plötzlich klopfte es aber an meiner Türe. Ich sehe nach – Potapytsch!

»Väterchen, Alexei Iwanowitsch, die Gnädige ruft nach Ihnen!«

»Was soll denn das? Fährt sie denn weg? Bis zum Zug sind noch zwanzig Minuten.«

»Die Gnädige ist unruhig, Väterchen, sie kann kaum still sitzen. ›Rasch, rasch!‹ – Das heißt, Sie sollen rasch kommen, Väterchen. Um Christi willen, zögern Sie nicht.«

Ich lief sogleich hinunter. Man hatte die Großmutter auf den Hausflur hinausgebracht. In ihren Händen trug sie ihre Brieftasche. »Alexei Iwanowitsch, geh voraus, wir wollen gehen ...!«

»Wohin, Großmutter?«

»Ich will nicht am Leben bleiben, wenn ich nicht alles zurückgewinne! Nun marsch, ohne Widerrede! Dort geht doch das Spiel bis Mitternacht?«

Ich war starr – dann dachte ich ein wenig nach und faßte

sogleich meinen Entschluß. »Wie Sie wollen, Antonida Wassiljewna, ich gehe nicht mit Ihnen!«

»Weshalb denn das? Was soll denn das noch? Ihr habt wohl alle Tollkraut gegessen!«

»Wie Sie wollen, ich würde mir sonst nachher Vorwürfe machen, und das will ich nicht. Ich will weder Zeuge noch Mitwirkender sein! Ersparen Sie mir das, Antonida Wassiljewna. Da haben Sie Ihre fünfzig Friedrichsdor zurück! Leben Sie wohl!« Und ich legte die Rolle mit den Friedrichsdors auf das kleine Tischchen, das neben dem Rollstuhl der Großmutter stand, verneigte mich und ging weg.

»Was für ein Unsinn!« rief mir die Großmutter nach. »Ja, so bleibe zu Hause, ich werde schon allein den Weg finden! Potapytsch, geh du mit mir! Nun, hebt mich auf und tragt mich!«

Mister Astley traf ich nicht und kehrte nach Hause zurück. Schon spät, nach Mitternacht, erfuhr ich von Potapytsch, womit der Tag für die Großmutter geendigt hatte. Sie hatte alles verspielt, was ich vorhin eingewechselt hatte, das heißt, nach unserm Gelde noch zehntausend Rubel. Jener selbe Pole hatte sich an sie herangemacht, dem sie am Morgen zwei Friedrichsdor geschenkt hatte. Er leitete die ganze Zeit über ihr Spiel. Anfangs, bevor dieser Pole kam, hatte sie Potapytsch gezwungen, die Einsätze zu machen, ihn aber bald weggejagt. Da war denn der Pole herangesprungen. Wie absichtlich verstand er Russisch und schwätzte sogar in einem Gemisch von drei Sprachen mit ihr, so daß sie sich irgendwie verständigen konnten. Die Großmutter schimpfte ihn unbarmherzig die ganze Zeit über aus, obgleich er furchtbar vor ihr kroch, »aber man kann ihn gar nicht mit Ihnen vergleichen, Alexei Iwanowitsch«, erzählte Potapytsch. »Mit Ihnen ging sie um wie mit einem Herrn, jener aber – das habe ich mit eigenen Augen gesehen, Gott möge mich strafen, wenn ich nicht die Wahrheit sage – stahl ihr das Geld sogar vom Tisch. Sie erwischte ihn selber zweimal dabei und schalt ihn schon so, mit allen möglichen

Worten, Väterchen. Sie hat ihn sogar einmal an den Haaren gezaust, das ist wahr, ich lüge nicht, so daß man ringsherum gelacht hat. Alles hat sie verspielt, Väterchen, alles, was sie hatte, alles, was Sie ihr eingewechselt hatten. Wir brachten sie, das Mütterchen, hierher zurück – sie bat nur um Wasser, bekreuzigte sich und legte sich schlafen. Sie muß wohl sehr erschöpft gewesen sein, sogleich schlief sie ein. Möge ihr Gott engelhafte Träume schicken! Ach, wie ist mir dieses Ausland zuwider!« schloß Potapytsch. »Ich sagte gleich, das werde nicht zum Guten führen. Wenn wir nur bald nach unserm Moskau zurückkehren! Und was fehlt uns denn eigentlich dort? Wir haben einen Garten, solche Blumen, wie man sie hier gar nicht kennt, es duftet, die Äpfel reifen, Platz in Fülle – nein: Man mußte ins Ausland fahren! Ach, ach, ach . . . !«

DREIZEHNTES KAPITEL

Fast ein ganzer Monat ist vergangen, seit ich diese Aufzeichnungen zum letztenmal aufschlug, die ich unter dem Einfluß von zwar regellosen, aber heftigen Eindrücken begonnen hatte. Die Katastrophe, deren Nahen ich damals vorausgeahnt hatte, war tatsächlich eingetreten, aber hundertmal jäher und unerwarteter, als ich vermutet hatte. Das alles war ganz seltsam, widerlich und sogar tragisch, wenigstens was mich selber anbetrifft. Ich hatte einige Erlebnisse – die ich fast wunderbar nennen muß; so kommen sie mir wenigstens bis jetzt noch vor, wenn man auch bei anderer Einstellung und besonders in Hinsicht auf den Strudel, in dem ich mich damals drehte, sie höchstens als nicht ganz alltäglich bezeichnen kann. Am meisten aber wundere ich mich darüber, wie ich mich selber zu allen diesen Ereignissen verhielt. Bis jetzt noch kann ich mich nicht verstehen! Und das alles flog an mir vorüber wie ein Traum – sogar meine Leidenschaft, und die war doch heftig und aufrichtig, aber . . . wo ist sie jetzt geblieben? Freilich, bisweilen blitzt es mir durch den Kopf: ›War ich nicht damals verrückt, und saß ich nicht die ganze Zeit irgendwo in einem Irrenhaus, ja, und vielleicht bin ich auch jetzt noch dort – so daß mir dies alles nur so schien und noch bis jetzt nur scheint ...‹

Ich ordnete meine Bogen und las sie durch. (Wer weiß, vielleicht deshalb, um mich zu überzeugen, ob ich sie nicht in einem Irrenhaus geschrieben habe?) Jetzt bin ich mutterseelenallein. Der Herbst naht, die Blätter werden gelb. Ich sitze immer noch in diesem traurigen Städtchen (oh, wie traurig sind diese deutschen Städtchen!), und statt zu überlegen, was ich jetzt anfangen soll, lebe ich ganz unter dem Eindruck der Empfindungen, die mich noch vor so kurzem durchwühlt hatten, unter dem Eindruck frischer Erinnerungen, unter dem Eindruck jenes ganzen Wirbelwindes, der damals auch mich ergriffen und dann wieder irgendwo ausgeworfen hatte. Mir scheint es immer noch bisweilen so, als drehe ich mich in diesem Wirbel, und als werde jeden Augenblick dieser Sturm von neuem losbrechen, mich im Vorbeirasen mit seinem Flügel erfassen, und ich werde wiederum der Ordnung und dem Gefühl des Maßes entgleiten und mich drehen und drehen ...

Vielleicht werde ich auch einmal damit aufhören, wenn ich mir eine möglichst genaue Abrechnung gebe von alledem, was ich in diesem Monat erlebt habe. Wiederum zieht es mich zur Feder, ja, und bisweilen weiß ich auch gar nicht, was ich am Abend anfangen soll. Seltsam, um nur irgendeine Beschäftigung zu haben, nehme ich aus der hiesigen miserablen Leihbibliothek Romane von Paul de Kock (in deutscher Übersetzung!), die ich dabei gar nicht ausstehen kann, und während ich sie lese – wundere ich mich über mich selber: Das ist ganz so, als fürchte ich, durch ein ernstes Buch oder durch eine ernste Beschäftigung den Zauber des eben erst Erlebten zu zerstören: So, als sei mir dieser häßliche Traum und alle die Eindrücke, die mir von ihm zurückblieben, schon so teuer, daß ich mich sogar fürchte, ihm mit irgend etwas Neuem zu nahen, aus Angst, er könne in Rauch auffliegen! Ist mir denn das alles so teuer? Ja, natürlich, es ist mir teuer; vielleicht werde ich mich noch nach vierzig Jahren daran erinnern ...

Ich greife also zur Feder. Übrigens kann man das alles jetzt teilweise auch kürzer erzählen: Die Eindrücke sind schon gar nicht mehr die gleichen ...

Um zunächst mit der Großmutter zu endigen: Am nächsten Tag verspielte sie endgültig alles. Es konnte auch gar nicht anders kommen; wer von solchen Leuten wie sie einmal auf diesen Weg verfällt, der gleitet – wie im Schlitten von einem Schneeberg – immer rascher und rascher hinab. Sie spielte den ganzen Tag, bis acht Uhr abends; ich war nicht dabei, ich weiß nur, was man mir erzählte.

Potapytsch wich den ganzen Tag im Spielsaal nicht von ihrer Seite. Die Polen, die das Spiel der Großmutter leiteten, wechselten an diesem Tage mehrere Male. Das begann damit, daß sie den gestrigen Polen, den sie an den Haaren gezogen hatte, davonjagte und einen andern nahm, der sich indes als fast noch schlechter erwies. Nachdem sie auch ihn weggejagt hatte, nahm sie den ersten wieder, der sich die ganze Zeit seiner Verbannung über bei ihrem Stuhl herumgedrückt und jeden Augenblick seinen Kopf hervorgestreckt hatte. Schließlich war sie völlig in Verzweiflung geraten. Der zweite weggejagte Pole wollte gleichfalls um keinen Preis weggehen, einer placierte sich zu ihrer Rechten, der andere zu ihrer Linken. Die ganze Zeit über stritten sie und schimpften sie einander wegen der Einsätze und des Verlaufs des Spieles; der eine nannte den andern ›Strolch‹, und sie warfen sich noch andere polnische Liebenswürdigkeiten an den Kopf; dann versöhnten sie sich wieder, hielten gar keine Ordnung im Geld und trafen ganz sinnlose Maßnahmen. Nachdem sie sich gezankt hatten, setzte ein jeder für sich, einer zum Beispiel auf Rot, der andere gleichzeitig auf Schwarz. Das endete damit, daß sie die Großmutter ganz aus dem Häuschen brachten und so verwirrten, daß sie sich schließlich – fast mit Tränen – an den ältesten der Croupiers wandte mit der Bitte, er möchte jene wegjagen. Das geschah auch sogleich, ungeachtet ihrer Schreie und Proteste: Sie schrien durcheinander und wollten beweisen, die Großmutter sei ihnen noch schuldig, sie habe sie irgendwie betrogen und sei mit ihnen unehrlich und niederträchtig verfahren. Der unglückliche Potapytsch erzählte mir das alles unter Tränen noch am gleichen Abend nach dem Spielverlust und klagte, jene hätten sich die Taschen mit Geld vollgepfropft, er habe selber gesehen, wie sie schamlos gestohlen und sich jeden Augenblick etwas in die Tasche gesteckt hatten. Der eine bettelte zum Beispiel die Großmutter für seine Mühe um fünf Friedrichsdor an und setzte sie sogleich als Einsatz neben das, was die Großmutter setzte. Die Großmutter gewinnt, jener schreit aber, sein Einsatz habe gewonnen und derjenige der Großmutter verloren... Als man sie weggejagt hatte, trat Potapytsch hervor und zeigte an, daß jene sich die Taschen mit Gold vollgestopft hätten. Die Großmutter bat sofort den Croupier, seine Verfügungen zu treffen, und wie sehr auch beide Polen schrien (wie zwei Hähne, die man festhält) – die Polizei erschien – und ihre Taschen wurden zum Vorteil der Großmutter geleert. Bevor die Großmutter alles verspielt hatte, genoß sie diesen ganzen Tag über bei den Croupiers und der ganzen Spielhausbehörde offenbar großes Ansehen. Allmählich verbreitete sich ihr Ruf in der ganzen Stadt. Alle Kurgäste aller Nationen, die gewöhnlichen und die angesehenen, strömten herbei, um ›une vieille comtesse russe tombée en enfance‹ zu betrachten, die schon ›einige Millionen‹ verspielt habe.

Die Großmutter hatte aber sehr, sehr wenig damit gewonnen, daß man sie von den zwei Polen befreit hatte. An ihrer Stelle bot sogleich ein dritter Pole seine Dienste an, der schon rein russisch sprach, wie ein Gentleman gekleidet war (wenn er auch etwas einem Lakaien ähnlich war), einen gewaltigen Schnurrbart trug und wie ein Ehrenmann auftrat. Auch er ›küßte der Gnädigen die Füße‹, auch er ›legte sich der Gnädigen zu Füßen‹, zu allen andern benahm er sich aber hochmütig und verfuhr despotisch – mit einem Wort, er stellte sich von vornherein so, als sei er nicht der Diener, vielmehr der Herr der Großmutter. Jeden Augenblick, bei jedem Spiel wandte er sich an sie und schwur mit furchtbaren Schwüren, er sei selber ›ein ehrenhafter‹ Herr und werde von der Großmutter keine Kopeke nehmen. Diese Schwüre wiederholte er so häufig, daß sie es endgültig mit der Angst zu tun bekam. Da aber dieser Herr tatsächlich anfangs ihr Spiel etwas verbesserte und sogar zu gewinnen begann, konnte die Großmutter auch schon selber nicht von ihm ablassen. Eine Stunde später waren jene beiden früheren Polen, die man aus dem Kasino herausgeführt hatte, wieder hinter dem Stuhl der Großmutter und boten wiederum ihre Dienste an, sei es auch als Sesselträger. Potapytsch schwur, der ehrenhafte Herr habe mit jenen Blicke gewechselt und ihnen sogar bisweilen etwas in die Hand gedrückt. Da die Großmutter nicht zu Mittag aß und ihren Stuhl fast nicht verließ, war tatsächlich Verwendung für einen von den Polen: Er lief in den Speisesaal nebenan und brachte ihr eine Tasse Fleischbrühe und danach auch Tee. Übrigens liefen beide dahin. Gegen Ende des Tages, als es schon völlig klar war, daß die Alte ihre letzte Banknote verspielen werde, standen hinter ihrem Sessel bereits sechs Polen, von denen man vordem nichts gehört und nichts gesehen hatte. Als aber die Großmutter ihr letztes Geld verspielte, hörten sie alle gar nicht mehr auf sie, sie bemerkten sie sogar gar nicht mehr, sie drängten sich vielmehr an ihr vorüber an den Tisch, nahmen selber das Geld, trafen selber Anordnungen und setzten, stritten und schrien, wobei sie mit dem ›ehrenhaften Herrn‹ äußerst familiär verkehrten. Er selber aber hatte sogar fast die Anwesenheit der Großmutter vergessen. Sogar dann noch, als die Großmutter, nachdem sie alles verspielt hatte, am Abend um acht Uhr ins Hotel zurückkehrte – auch da konnten sich drei oder vier Polen nicht entschließen, sie in Ruhe zu lassen: Sie liefen neben ihrem Rollstuhl her, schrien aus Leibeskräften und versicherten, die Großmutter habe sie irgendwie betrogen und müsse ihnen etwas zurückgeben. So gingen sie bis zum Hotel mit, von wo man sie endlich mit Püffen verjagte.

Nach der Berechnung von Potapytsch hatte die Großmutter an diesem Tag gegen neunzigtausend Rubel verspielt – abgesehen von dem Gelde, das sie am Tage vorher verloren hatte. Alle ihre Papiere – fünfprozentige innere Anleihe, alle Aktien, die sie bei sich hatte, hatte sie der Reihe nach eingewechselt. Ich wunderte mich, wie sie diese ganzen sieben oder acht Stunden auf dem Sessel sitzend ausgehalten hatte, fast ohne einen Augenblick den Tisch zu verlassen. Potapytsch erzählte mir aber, sie habe dreimal tatsächlich starke Gewinne zu machen begonnen; da habe sie neue Hoffnung geschöpft, und sie sei schon nicht mehr zu bewegen gewesen, wegzugehen. Jeder Spieler weiß übrigens, daß der Mensch es fertigbringt, fast vierundzwanzig Stunden auf einem Platz bei den Karten zu sitzen, ohne nach rechts oder nach links zu schauen.

Währenddessen hatten sich an diesem ganzen Tage in unserem Hotel gleichfalls sehr entscheidende Dinge zugetragen. Noch am Morgen gegen elf Uhr, als die Großmutter noch zu Hause war, entschlossen sich die Unsrigen, das heißt, der General und de Grieux, noch zu einem letzten Schritt. Als sie erfahren hatten, die Großmutter denke gar nicht daran, wegzufahren, sie wolle vielmehr wiederum zum Kasino gehen, kamen sie zu ihr in ihrem Gesamtbestand (außer Pauline), um mit ihr endgültig und sogar ›offen‹ zu sprechen. Da dem General vor Angst der Atem stockte und er vor Furcht bebte in Anbetracht der für ihn furchtbaren Folgen, übertrieb er sogar die Sache. Nachdem er eine halbe Stunde lang geflucht und gebeten und sogar ganz offen alles eingestanden hatte, das heißt, alle seine Schulden und sogar seine Leidenschaft für Mademoiselle Blanche (er hatte sich völlig verloren), nahm er plötzlich einen drohenden Ton an und begann sogar die Großmutter anzuschreien und mit dem Fuß zu stampfen, er rief, sie mache ihrer Familie Schande, in der ganzen Stadt spreche man über sie, und schließlich... schließlich: »Sie machen dem russischen Namen Schande, meine Gnädigste!« schrie der General. »Und dafür gibt es auch noch die Polizei!« Endlich jagte ihn die Großmutter tatsächlich mit dem Stock davon. Der General und de Grieux hatten noch an diesem Morgen eine oder zwei Beratungen über die Frage: ob man nicht tatsächlich irgendwie die Polizei in Bewegung setzen könne. Man könne doch geltend machen, die unglückliche, aber ehrbare Alte sei vor Altersschwäche verrückt geworden, sie verspiele das letzte Geld usw. Mit einem Wort, ob man nicht irgendwie eine Vormundschaft oder ein Spielverbot für sie erwirken könne... De Grieux zuckte aber nur die Achseln und lachte dem General, der schon sinnlos schwätzte und im Zimmer auf und ab lief, einfach ins Gesicht. Schließlich gab de Grieux die Sache auf und verschwand. Am Abend erfuhr man, er habe das Hotel ganz verlassen, nachdem er vorher eine äußerst lebhafte und geheimnisvolle Unterredung mit Mademoiselle Blanche gehabt habe. Was indes letztere anbetrifft, so hatte sie schon gleich am Morgen endgültige Maßnahmen getroffen: Sie hatte dem General den Laufpaß gegeben und ließ ihn sogar nicht mehr vor ihre Augen. Als der General ihr zum Kasino nachgelaufen kam und ihr am Arme des kleinen Fürsten begegnete, erkannte ihn weder sie noch Madame veuve Cominges. Auch der kleine Fürst erwiderte nicht seinen Gruß. Diesen ganzen Tag hindurch prüfte und bearbeitete Mademoiselle Blanche den Fürsten, er möchte sich endlich endgültig erklären. Doch o weh! Sie hatte sich grausam getäuscht in ihren Hoffnungen auf den Fürsten! Diese kleine Katastrophe ereignete sich noch an demselben Abend: Plötzlich erwies es sich, daß der Fürst arm war wie eine Kirchenmaus und sogar seinerseits noch darauf gerechnet hatte, von ihr gegen einen Wechsel Geld zu erhalten, um Roulett zu spielen. Blanche jagte ihn unwillig weg und schloß sich in ihrem Zimmer ein.

Am Morgen des gleichen Tages war ich zu Mister Astley gegangen, oder besser gesagt, ich hatte den ganzen Morgen nach ihm gesucht und ihn nirgends finden können. Er war weder zu Hause, noch im Kasino, noch im Park. Auch hatte er an diesem Tag nicht in seinem Hotel zu Mittag gegessen. Schon nach vier Uhr sah ich plötzlich, wie er vom Bahnhof in sein Hotel ging. Er war in Eile und schien sehr besorgt zu sein, obgleich es schwer war, ihm irgend etwas davon am Gesicht abzulesen. Er streckte mir freudig die Hand entgegen, mit seinem üblichen Ausruf: »Ah!« Er blieb aber nicht stehen, setzte vielmehr seinen Weg ziemlich rasch fort. Ich folgte ihm, doch er verstand es, mir solche Antworten zu geben, daß ich es gar nicht fertigbrachte, ihm irgendwelche Fragen zu stellen. Zudem war es mir aus irgendeinem Grunde sehr peinlich, von Pauline zu beginnen; er selber aber fragte mit keiner Silbe nach ihr. Ich erzählte ihm von der Großmutter; er hörte aufmerksam und ernst zu und zuckte die Achseln.

»Sie wird alles verspielen«, bemerkte ich.

»O ja«, antwortete er, »als sie vorhin, während ich abreiste, dahin eilte, wußte ich schon ganz genau, daß sie verspielen werde. Wenn ich Zeit habe, werde ich dahin gehen, um zuzuschauen, denn das ist interessant.«

»Wo sind Sie denn gewesen?« rief ich und wunderte mich, daß ich ihn noch gar nicht danach gefragt hatte.

»Ich war in Frankfurt.«

»In Geschäften?«

»Ja, in Geschäften.«

Was hätte ich ihn noch weiter fragen sollen? Ich ging übrigens immer noch neben ihm her, er bog aber plötzlich nach dem am Wege liegenden Hotel »Des quatre saisons« ein, nickte mir zu und verschwand. Auf meinem Heimweg kam mir allmählich zum Bewußtsein, daß ich auch zwei Stunden mit ihm hätte sprechen können, ohne irgend etwas zu erfahren, weil... ich ihn nach gar nichts zu fragen hatte! Ja, das ist wirklich so! Ich vermochte jetzt auf keine Weise meine Frage zu formulieren!

Diesen ganzen Tag über hatte Pauline damit zugebracht, daß sie entweder mit den Kindern und der Kinderfrau in dem Park spazierenging oder zu Hause saß. Den General mied sie schon längst und sprach fast gar nicht mehr mit ihm, wenigstens über nichts Ernstes mehr. Das hatte ich schon längst bemerkt. Da ich aber die Lage des Generals kannte, dachte ich, er könne nicht umhin, mit ihr wichtige Auseinandersetzungen in Familienangelegenheiten zu haben. Als ich nach meiner Unterredung mit Mister Astley ins Hotel zurückkehrte und Pauline mit den Kindern begegnete, hatte ihr Gesicht trotzdem einen so ruhigen Ausdruck, als seien alle diese Stürme in ihrer Familie allein an ihr wirkungslos vorübergegangen. Meinen Gruß erwiderte sie mit einem Kopfnicken. Ich war ganz böse, als ich mein Zimmer betrat.

Selbstverständlich hatte ich es seit jenem Vorfall mit den Wurmerhelms vermieden, mit ihr zu sprechen. Kein einziges Mal mehr war ich mit ihr zusammengetroffen. Hiermit tat ich mir teilweise Gewalt an und spielte mich auf. Je mehr Zeit verlief, um so mehr wirklichen Unwillen empfand ich. Liebte sie mich auch nicht im geringsten, so ging es gleichwohl, scheint mir, nicht an, derartig meine Empfindungen mit Füßen zu treten und mit solcher Verachtung meine Geständnisse entgegenzunehmen. Sie weiß doch, daß ich sie aufrichtig liebe! Sie hat doch selber zugelassen, sie hat mir doch erlaubt, so mit ihr zu sprechen! Freilich, das begann auf etwas seltsame Weise. Vor einiger Zeit – das ist schon lange her, etwa zwei Monate – glaubte ich zu bemerken, sie wünsche mich zu ihrem Freunde, zu ihrem Vertrauten zu machen, und sie versuche dies sogar bereits ein wenig. Aber aus irgendwelchem Grunde kamen wir dabei nicht vorwärts, und statt dessen bildeten sich diese seltsamen Beziehungen heraus. Deshalb begann ich auch, so mit ihr zu sprechen. Wenn ihr aber meine Liebe unangenehm ist, weshalb verbietet sie mir nicht ganz einfach solche Reden?

Das tut sie aber nicht; bisweilen fordert sie mich geradezu heraus, und das ... natürlich um mich zu verhöhnen. Ich weiß ganz bestimmt, ich habe das mit Sicherheit erfahren – es war ihr angenehm, mich anzuhören und mich schmerzhaft zu erregen, um mich dann plötzlich durch einen Ausfall höchster Verachtung und Nichtachtung vor den Kopf zu stoßen. Sie weiß ja, daß ich ohne sie gar nicht leben kann. Seit jener Geschichte mit dem Baron sind erst drei Tage vergangen, und schon wird mir diese ›Trennung‹ unerträglich! Als ich ihr heute beim Bahnhof begegnete, schlug mir das Herz so heftig, daß ich ganz blaß wurde. Aber auch sie kommt nicht ohne mich aus! Ich bin ihr nötig – und wirklich, wirklich nur als der Spaßmacher Balakireff?

Sie hat ein Geheimnis, das ist klar! Was sie mit der Großmutter gesprochen hatte, war mir ein Dolchstoß ins Herz gewesen. Ich hatte sie ja tausendmal gebeten, mit mir ganz aufrichtig zu sein, und sie weiß doch, daß ich tatsächlich bereit bin, mein Haupt für sie niederzulegen. Sie hat aber fast stets mit Verachtung hierauf geantwortet, oder statt des Opfers meines Lebens, das ich ihr vorgeschlagen hatte, verlangte sie von mir solche Streiche wie damals mit dem Baron! Ist das denn nicht empörend? Beruht für sie wirklich die ganze Welt in diesem Franzosen? Aber Mister Astley? Doch hier wurde die Sache schon völlig unbegreiflich, und dabei – mein Gott, wie ich mich quälte!

Als ich nach Hause kam, griff ich in einem Wutanfall zur Feder und kritzelte folgendes: »Pauline Alexandrowna, ich sehe deutlich, daß die Lösung gekommen ist, die natürlich auch mich hineinzieht. Zum letzten Male frage ich Sie: Brauchen Sie mein Haupt oder nicht? Wenn ich Ihnen zu irgend etwas nötig sein werde – so verfügen Sie über mich, vorderhand bleibe ich in meinem Zimmer, wenigstens den größten Teil der Zeit, und werde nirgends hingehen. Brauchen Sie mich – so schreiben Sie mir, oder lassen Sie mich rufen.«

Ich versiegelte diesen Zettel und übergab ihn dem Etagendiener mit dem Auftrag, ihn persönlich zu übergeben. Ich erwartete keine Antwort, doch nach drei Minuten kehrte der

Diener zurück und meldete, man habe befohlen, mich zu grüßen.

Nach sechs Uhr rief man mich zum General.

Er war in seinem Kabinett, zum Ausgehen angekleidet. Hut und Stock lagen auf dem Diwan. Als ich eintrat, schien es mir, als habe er inmitten des Zimmers gestanden, breitbeinig, den Kopf gesenkt und laut mit sich selber sprechend. Als er mich aber nur eben erblickte, stürzte er auf mich zu, fast mit einem Aufschrei, so daß ich unwillkürlich zurückwich und davonlaufen wollte. Er ergriff mich aber an beiden Händen und zog mich zum Diwan. Er setzte sich dort nieder, wies mir einen Sessel ihm gegenüber an, und ohne meine Hände loszulassen, mit bebenden Lippen, mit Tränen, die ihm plötzlich in den Augen standen, und mit flehender Stimme murmelte er: »Alexei Iwanowitsch, retten Sie mich, retten Sie mich, schonen Sie mich!«

Lange Zeit hindurch konnte ich gar nichts verstehen; er sprach ohne Unterlaß und wiederholte stets: »Schonen Sie mich, schonen Sie mich!« Endlich erriet ich, daß er von mir etwas in der Art eines Rates erwartete, oder besser gesagt: Von allen verlassen, in Gram und Aufregung entsann er sich plötzlich meiner und hatte mich rufen lassen, nur um sein Herz auszuschütten.

Er war verstört, wenigstens im höchsten Grade verwirrt. Er faltete die Hände und war bereit, vor mir auf die Knie zu stürzen und mich anzuflehen, daß ich – (was glauben Sie wohl?) –, daß ich sogleich zu Mademoiselle Blanche gehen und sie bitten und bereden solle, zu ihm zurückzukehren und ihn zu heiraten.

»Bedenken Sie doch, General«, rief ich aus, »Mademoiselle Blanche hat mich vielleicht bis jetzt gar nicht bemerkt! Was kann ich denn dabei tun?«

Es war aber ganz vergeblich, ihm zu widersprechen, er verstand gar nicht, was man mit ihm redete. Dann begann er auch von der Großmutter zu sprechen, nur furchtbar zusammenhanglos. Er war immer noch der Ansicht, man müsse sich an die Polizei wenden. »Bei uns, bei uns«, begann er plötzlich, kochend vor Unwillen, »mit einem Wort bei uns, in einem wohleingerichteten Staatswesen, wo es noch eine Obrigkeit gibt, hätte man über solche alten Frauen sofort eine Vormundschaft verhängt! Ja, mein Herr, so ist es«, fuhr er fort, wobei er plötzlich in einen scheltenden Ton verfiel, vom Platz aufsprang und im Zimmer auf und ab lief. »Sie haben das noch nicht gewußt, mein Herr«, wandte er sich an eine vorgestellte Persönlichkeit in der Ecke des Zimmers. »So werden Sie es denn jetzt erfahren ... Jawohl ... Bei uns versteht man schon, solche alten Weiber gefügig zu machen, ja, das versteht man ... Der Teufel hol' es!«

Und er stürzte wiederum zum Diwan, aber schon eine Minute später begann er mir fast schluchzend und keuchend zu erzählen, Mademoiselle Blanche wolle ihn deshalb nicht heiraten, weil statt des Telegramms die Großmutter selber gekommen war, und daß es jetzt schon klar sei, daß er keine Erbschaft erhalte. Ihm schien, ich wisse noch gar nichts davon. Ich wollte von de Grieux sprechen, er wehrte aber ab: »Er ist weggefahren, mein ganzes Besitztum ist ihm verpfändet, ich bin arm wie eine Kirchenmaus! Das Geld, das Sie brachten ... dies Geld – ich weiß schon nicht, wieviel davon übrigblieb, mir scheint siebenhundert Franken, das ist aber auch alles! Was aber weiter wird – weiß ich nicht, ich weiß das nicht ...«

»Wie werden Sie denn Ihre Hotelrechnung bezahlen?« rief ich erschrocken. »Und was dann weiter ... ?«

Er sah mich in Gedanken verloren an, er schien aber gar nichts begriffen zu haben, und vielleicht hatte er mich gar nicht verstanden. Ich wollte von Pauline Alexandrowna anfangen und von den Kindern, er sagte aber nur rasch: »Ja, ja!« und begann sogleich wieder von dem Fürsten zu sprechen, davon, daß jetzt Blanche mit ihm verreisen werde, »... und dann ... und dann – was soll ich dann machen, Alexei Iwanowitsch?« wandte er sich plötzlich an mich. »Ich schwöre es bei Gott!

Was soll ich denn machen! Was soll ich denn machen – sagen Sie mir doch, das ist doch Undankbarkeit! Das ist doch Undankbarkeit?« Dann vergoß er ganze Ströme von Tränen.

Was konnte man mit einem solchen Menschen machen? Auch ihn allein zu lassen war gefährlich: Es konnte ihm am Ende gar etwas zustoßen. Schließlich machte ich mich irgendwie von ihm frei, sagte aber der Kinderwärterin an, sie möchte möglichst oft nach ihm sehen, und außerdem sprach ich mit dem Etagendiener, der ein sehr aufgeweckter Bursche war. Er versprach mir, seinerseits achtzugeben.

Kaum hatte ich den General verlassen, als Potapytsch bei mir eintrat und mich zur Großmutter rief. Es war acht Uhr, und sie war eben erst vom Kasino zurückgekehrt, nachdem sie alles bis aufs letzte verspielt hatte. Ich begab mich zu ihr. Die alte Frau saß ganz erschöpft und offenbar krank im Sessel. Marfa zwang sie fast mit Gewalt, eine Tasse Tee zu trinken. Die Stimme und der Ton der Großmutter waren jetzt ganz anders.

»Seien Sie gegrüßt, Väterchen Alexei Iwanowitsch«, sprach sie und neigte langsam und gewichtig den Kopf, »verzeihen Sie mir, daß ich Sie noch einmal beunruhige, verzeihen Sie das einem alten Menschen. Ich habe, du mein Vater, alles dort gelassen, fast hunderttausend Rubel. Du hast recht getan, daß du gestern nicht mit mir gingst. Jetzt bin ich ohne Geld, ich habe keinen Groschen. Ich will keinen Augenblick mehr zögern, um halb zehn Uhr fahre ich. Ich habe zu deinem Engländer geschickt, Astley heißt er wohl, und will ihn um dreitausend Franken auf eine Woche bitten. Überzeuge du ihn, daß er nicht irgend etwas denkt und mir einen Korb gibt. Ich bin noch ziemlich reich, Väterchen. Ich besitze drei Güter und zwei Häuser. Ja, und auch Geld wird sich noch finden, nicht alles habe ich mitgenommen. Ich sage das deshalb, damit er nicht irgendwelche Zweifel bekommt ... Ah, da ist er auch! Man sieht gleich den anständigen Menschen!«

Mister Astley war auf den ersten Ruf der Großmutter herbeigeeilt. Ohne zu zögern und ohne viele Worte zu machen, zahlte er ihr sofort dreitausend Franken aus gegen einen Wechsel, den die Großmutter gleich unterzeichnete. Hierauf verneigte er sich und ging eilends davon.

»Jetzt gehe auch du, Alexei Iwanowitsch. Es bleibt nur noch wenig mehr als eine Stunde – ich will mich etwas hinlegen, die Knochen tun mir weh. Sei mir alten Dummen nicht böse. Jetzt werde ich schon nicht mehr jungen Leuten Leichtsinn vorwerfen, ja, und ich habe auch gar kein Recht, euren unglücklichen General da zu schelten. Geld werde ich ihm gleichwohl nicht geben, wie er will, deshalb – weil er meiner Ansicht nach schon ganz dumm geworden ist, wenn auch ich alter Schafskopf nicht gescheiter bin als er. Es ist wirklich so, Gott läßt auch dem Alter den Stolz nicht durchgehen und straft es dafür. Nun leb wohl! Marfuscha, heb mich auf!«

Trotzdem wollte ich die Großmutter zur Bahn begleiten. Außerdem war es mir so, als stehe mir irgend etwas bevor, es schien mir immer, als werde jetzt gleich irgend etwas eintreten. Ich konnte gar nicht ruhig auf meinem Zimmer bleiben. Ich ging auf den Korridor, für einen Augenblick verließ ich sogar das Hotel, um in der Allee herumzuschweifen. Mein Brief an sie war deutlich und klar, und die heutige Katastrophe – war natürlich schon endgültig. Im Hotel vernahm ich, de Grieux sei abgereist. Schließlich dachte ich, wenn sie mich auch nicht zum Freund haben will, so wird sie mich vielleicht als Diener nicht verschmähen. Ich bin ihr ja notwendig, wenigstens zu Botengängen. Ja, es wird schon so kommen, es kann gar nicht anders sein!

Zum Abgang des Zuges lief ich zur Bahn und half der Großmutter einsteigen. Sie und ihre Leute nahmen alle zusammen in einem besonderen Familienabteil Platz. »Ich danke dir, Väterchen, für deine selbstlose Teilnahme«, sagte sie beim Abschied, »und erinnere Praskowja an das, wovon ich gestern mit ihr sprach – ich werde sie erwarten.«

Ich ging heim. Als ich an den Zimmern des Generals vorbeikam, begegnete ich der Wärterin und erkundigte mich nach ihm. »Es ist gar nichts, Väterchen«, antwortete sie verdrossen. Trotzdem trat ich ein, ich blieb aber auf der Schwelle des Kabinetts ganz erstaunt stehen: Mademoiselle Blanche und der General lachten über irgend etwas um die Wette. La veuve Cominges saß gleichfalls dort auf dem Sofa. Der General war offenbar wahnsinnig vor Freude, er schwätzte allen möglichen Unsinn und lachte dazu unaufhörlich nervös, wobei sich sein Gesicht in unzählige Falten legte und seine Augen ganz verschwanden. Später erfuhr ich von Blanche selber, es sei ihr, nachdem sie den Fürsten weggejagt und erfahren habe, daß der General weine, plötzlich in den Kopf gekommen, ihn zu trösten, und sie sei auf einen Augenblick bei ihm eingetreten. Der arme General wußte aber gar nicht, daß zu dieser Zeit sein Schicksal schon entschieden war und daß Blanche schon einzupacken begonnen hatte, um morgen mit dem ersten Frühzug nach Paris zu eilen.

Als ich auf der Schwelle des Kabinetts stand, beschloß ich, gar nicht einzutreten, und ging unbemerkt davon. Eben hatte ich die Türe zu meinem Zimmer geöffnet, da bemerkte ich plötzlich im Halbdunkel eine Gestalt, die auf einem Stuhle in der Ecke beim Fenster saß. Sie stand nicht auf, als ich eintrat. Rasch trat ich näher, blickte hin und – der Atem stockte mir: Es war Pauline!

VIERZEHNTES KAPITEL

Ich schrie nur so auf.

»Was denn? Wie denn?« sagte sie seltsam. Sie war bleich und ihr Blick finster.

»Sie fragen noch? Sie? Hier, bei mir!«

»Wenn ich einmal komme, so tue ich das auch schon ganz! Das ist so meine Art. Sie werden das sogleich sehen. Zünden Sie eine Kerze an.«

Ich tat das. Sie stand auf, trat zu dem Tisch und legte einen entsiegelten Brief vor mich. »Lesen Sie«, befahl sie.

»Das ist – die Handschrift von de Grieux!« rief ich und griff nach dem Brief. Mir zitterten die Hände, und die Zeilen tanzten mir vor den Augen. Den Wortlaut des Briefes habe ich vergessen, ich gebe ihn im folgenden wenigsten dem Sinne nach wieder.

»Mademoiselle«, schrieb de Grieux, »ungünstige Verhältnisse zwingen mich, sofort abzureisen. Sie haben natürlich selber gemerkt, daß ich absichtlich eine endgültige Aussprache mit Ihnen vermied, bevor sich alle Verhältnisse geklärt hätten. Die Ankunft Ihrer alten Verwandten (de la vieille dame) und ihr albernes Betragen machten allen meinen Zweifeln ein Ende. Meine eigenen zerrütteten Verhältnisse verbieten es mir endgültig, mich weiterhin gewissen süßen Hoffnungen hinzugeben, die ich mir einige Zeit hindurch zu hegen erlaubt habe. Ich bedaure das Vergangene, hoffe aber, daß Sie in meinem Betragen nichts sehen werden, das unwürdig wäre eines gentilhomme und Ehrenmannes (gentilhomme et honnête homme). Da ich fast all mein Geld einbüßte, indem ich es Ihrem Stiefvater lieh, sehe ich mich durchaus genötigt, das zu tun, was mir allein übrigbleibt: Ich habe bereits meine Freunde in Petersburg wissen lassen, sie möchten sofort den Verkauf des mir verpfändeten Besitztums verfügen. Da ich indes weiß, daß Ihr leichtsinniger Stiefvater auch Ihr eigenes Geld durchbrachte, so beschloß ich, ihm fünfzigtausend Franken zu erlassen, und gebe ihm für diese Summe einen Teil der Schuldverschreibungen auf sein Besitztum zurück, so daß Sie jetzt die Möglichkeit haben, alles zurückzuerlangen, was Sie verloren, wenn Sie auf gerichtlichem Wege von ihm das Gut verlangen. Ich hoffe, Mademoiselle, daß bei der jetzigen Lage der Dinge dieses mein Vorgehen für Sie sehr vorteilhaft sein wird. Gleichfalls hoffe ich, daß ich hiermit durchaus den Verpflichtungen eines ehrenhaften und edlen Menschen nachgekommen bin. Seien Sie überzeugt, daß die Erinnerung an Sie ewig meinem Herzen eingeprägt ist.«

»Wie denn, das ist doch ganz klar«, sprach ich zu Pauline. »Konnten Sie wirklich etwas anderes erwarten?« fügte ich unwillig hinzu.

»Ich erwartete gar nichts«, antwortete sie, scheinbar ruhig; in ihrer Stimme war aber ein leichtes Beben, »schon längst war ich entschlossen, ich erriet seine Gedanken und wußte, was er vorhatte. Er dachte: ich wollte... ich würde darauf bestehen...« (sie hielt inne, sprach nicht zu Ende, biß sich die Lippen und schwieg einen Augenblick). »Absichtlich erwies ich ihm noch einmal soviel Verachtung«, begann sie wiederum, »ich wartete ab, was er tun werde. Wäre das Telegramm von der Erbschaft gekommen – so hätte ich ihm die Schuldverschreibung dieses Idioten (meines Stiefvaters) ins Gesicht geschleudert und ihn weggejagt! Er war mir längst, längst schon verhaßt. Oh, das war nicht derselbe Mensch wie vordem, tausendmal nicht derselbe, jetzt aber, jetzt aber...! Oh, mit welcher Lust würde ich ihm jetzt diese Fünfzigtausend in sein gemeines Gesicht schleudern und ihn anspucken... und die Spucke noch auf seinem Gesicht verschmieren!«

»Aber das Papier – jener von ihm zurückgegebene Pfandbrief auf Fünfzigtausend, den muß doch der General haben, nehmen Sie ihn und geben Sie ihn de Grieux zurück.«

»Oh, das ist es nicht! Nicht darum handelt es sich!«

»Ja, Sie haben recht, das ist es wirklich nicht! Ja, und wozu ist jetzt der General fähig? Aber die Großmutter!« rief ich plötzlich.

Pauline sah mich unaufmerksam und ungeduldig an. »Weshalb die Großmutter?« murmelte sie verdrießlich. »Ich kann nicht zu ihr gehen... Ja, und ich will auch niemanden um Verzeihung bitten!« fügte sie gereizt hinzu.

»Was soll man denn machen!« rief ich. »Und wie, ja wie konnten Sie nur de Grieux lieben! Oh, der Schuft, der Schuft!

Wollen Sie, so werde ich ihn im Zweikampf töten! Wo ist er jetzt?«

»In Frankfurt, drei Tage will er dort bleiben.«

»Sagen Sie nur ein Wort, und ich fahre noch morgen mit dem ersten Zug!« murmelte ich in einer ganz dummen Begeisterung.

Sie lachte auf. »Wie denn, er wird am Ende noch sagen: Gebt mir erst die fünfzigtausend Franken zurück! Ja, und wozu sollte er sich schlagen ...? Was ist das für ein Unsinn!«

»Aber wo soll man denn diese fünfzigtausend Franken hernehmen?« wiederholte ich zähneknirschend, gleich als könnte man sie vom Boden aufheben. »Hören Sie: Mister Astley?« fragte ich und wandte mich an sie mit dem Hinweis auf eine seltsame Idee.

Ihre Augen funkelten. »Wie denn, willst denn du selber, daß ich dich verlasse und zu diesem Engländer hingehe?« murmelte sie; sie blickte mir eindringlich ins Gesicht und lächelte bitter. Zum ersten Male im Leben hatte sie zu mir ›du‹ gesagt.

Es scheint, in diesem Augenblick schwindelte es ihr vor Erregung, und sie setzte sich plötzlich auf den Diwan, als könne sie sich nicht mehr aufrecht halten.

Das war so, als habe mich ein Blitzstrahl versengt: Ich stand da und traute meinen Augen nicht, ich traute gar nicht meinen Ohren! Wie denn, demnach liebt sie mich! Sie kam zu mir und nicht zu Mister Astley! Sie, sie, ein junges Mädchen, kam zu mir ins Zimmer, im Hotel – sie hat sich demnach öffentlich bloßgestellt – und ich, ich stehe vor ihr und begreife noch immer nicht!

Ein wilder Gedanke blitzte mir durch den Kopf. »Pauline! Gib mir nur eine Stunde! Warte hier nur eine Stunde und ... ich werde zurückkehren! Dies ... dies ist unerläßlich! Du wirst schon sehen! Bleibe hier, bleibe hier!« Und ich lief aus dem Zimmer, ohne auf ihren erstaunt fragenden Blick zu antworten. Sie rief mir etwas nach, ich kehrte aber nicht um.

Ja, bisweilen setzt sich der wildeste Gedanke, der dem Anschein nach ganz unmöglich ist, derart im Kopfe fest, daß man ihn schließlich für etwas hält, was zu verwirklichen wäre... Nicht nur das: Vereinigt sich ein Gedanke mit einem heftigen, leidenschaftlichen Verlangen, so hält man ihn bisweilen schließlich für etwas vom Schicksal Bestimmtes, Unerläßliches, für etwas Vorausbestimmtes, für etwas, das unbedingt eintreten muß! Vielleicht spielt hier noch etwas mit, irgendein Komplex von Vorahnungen, eine ganz ungewöhnliche Willensanspannung, eine Selbstvergiftung durch die eigene Phantasie oder noch etwas – ich weiß das nicht; mir begegnete aber an jenem Abend (den ich niemals vergessen werde) etwas ganz Wunderbares. Es widerspricht zwar durchaus nicht den Gesetzen der Arithmetik, aber dessenungeachtet – kommt es mir bis jetzt noch wie ein Wunder vor. Und woher denn, weshalb denn hatte diese Überzeugung damals in mir so tief und fest Wurzel gefaßt und schon seit so langer Zeit? Ganz bestimmt dachte ich hiervon – ich wiederhole das – nicht wie von einem Zufall, der sich unter anderem ereignen könnte (und demnach auch nicht eintreten könnte), vielmehr wie von etwas, was unbedingt geschehen müsse!

Es war ein Viertel nach zehn Uhr. Ich betrat den Spielsaal in einer so festen Zuversicht und dabei in einer solchen Erregung, wie ich noch niemals empfunden hatte. Es war noch ziemlich viel Publikum da, wenn auch nur etwa halb soviel wie am Morgen.

Nach zehn Uhr bleiben am Spieltisch nur noch die wirklichen, verzweifelten Spieler zurück, für die es an diesen Kurorten überhaupt nur das Roulett gibt, die nur seinetwegen kamen, sich ganz und gar nicht interessieren für das, was um sie herum vorgeht, und in der ganzen Saison überhaupt auf gar nichts achtgeben, vielmehr nur von morgens bis abends spielen und zweifellos bereit wären, auch die ganze Nacht hindurch bis zum Morgengrauen zu spielen, wenn das möglich wäre. Sie gehen stets verdrießlich fort, wenn um Mitternacht die Spielsäle geschlossen werden. Und wenn unmittelbar vordem der Hauptcroupier ausruft: »Les trois derniers coups, messieurs!« – so sind sie bereit, bei diesen drei letzten Spielen bisweilen alles zu setzen, was sie in der Tasche haben – und tatsächlich verspielen sie hierbei am häufigsten das Letzte, was sie haben.

Ich trat zu demselben Tisch, an dem vorhin noch die Großmutter gesessen hatte. Da sich nicht sehr viele dort drängten, so erlangte ich sehr rasch einen Stehplatz am Tisch. Gerade vor mir, auf dem grünen Tuch, stand das Wort ›passe‹ mit Kreide aufgeschrieben.

›Passe‹ – das bedeutet die Zahlenreihe von neunzehn bis einschließlich sechsunddreißig. Dagegen heißt die Zahlenreihe von eins bis einschließlich achtzehn ›manque‹. Aber was ging mich das an? Ich berechnete gar nicht, ich hörte nicht einmal, welche Zahl beim letzten Spiel herausgekommen war, und erkundigte mich nicht einmal hiernach, als ich zu spielen begann – wie das jeder nur einigermaßen erfahrene Spieler getan hätte. Ich riß alle meine Friedrichsdors aus der Tasche und warf sie auf das vor mir stehende ›passe‹.

»Vingt-deux!« rief der Croupier.

Ich hatte gewonnen – und setzte wiederum alles: meinen früheren Einsatz und den Gewinn.

»Trente-et-un!« rief der Croupier.

Wiederum hatte ich gewonnen. Demnach besaß ich im ganzen schon achtzig Friedrichsdor. Ich setzte sie vollzählig auf die zwölf mittleren Zahlen (dreifacher Gewinn, aber zwei Chancen gegen mich) – das Rad drehte sich, und vierundzwanzig kam heraus. Man gab mir drei Rollen zu je fünfzig Friedrichsdor und drei einzelne Goldstücke. Alles in allem besaß ich mit dem früheren Gewinn zweihundert Friedrichsdor.

Ich war wie im Fieber, diesen ganzen Geldhaufen setzte ich auf Rot – und plötzlich kam ich zu mir! Und nur dies eine Mal im Verlaufe dieses ganzen Abends lief mir die Furcht eiskalt über den Rücken, und ich begann an Händen und Füßen zu zittern. Mit Entsetzen kam mir plötzlich zum Bewußtsein: was es jetzt für mich bedeute, wenn ich verliere! Ich hatte mein ganzes Leben eingesetzt!

»Rouge!« rief der Croupier – und ich atmete auf. Es kribbelte mir am ganzen Körper. Man zahlte mir in Banknoten aus; demnach besaß ich schon viertausend Gulden und achtzig Friedrichsdor! (Ich konnte damals noch zählen.)

Darauf, so entsinne ich mich, setzte ich zweitausend Gulden wiederum auf die mittleren Zahlen und verlor; ich setzte dann mein Gold und achtzig Friedrichsdor und verlor wieder. Mich überkam eine Art Raserei: Ich ergriff die letzten zweitausend Gulden, die mir geblieben waren und setzte sie auf die zwölf ersten Ziffern, so auf gut Glück, aufs Geratewohl, ohne zu berechnen! Es gab da übrigens einen Augenblick der Erwartung, der vielleicht der Empfindung glich, die Madame Blanchard hatte, als sie in Paris von dem Luftballon auf die Erde flog.

»Quatre!« rief der Croupier.

Mit meinem früheren Einsatz besaß ich wiederum sechstausend Gulden. Ich sah schon wie ein Sieger drein, ich fürchtete jetzt schon gar nichts mehr und warf viertausend Gulden auf Schwarz. Meinem Beispiel folgten sogleich neun Spieler. Die Croupiers warfen einander Blicke zu und wechselten rasch einige Worte. Ringsherum murmelte man, und alles war in Erwartung.

Schwarz kam heraus. Von da an weiß ich weder, wie ich berechnete noch wie ich im einzelnen setzte. Ich entsinne mich nur wie im Traume, daß ich, wie es scheint, schon sechzehntausend Gulden gewonnen und plötzlich mit drei unglücklichen Einsätzen zwölftausend davon wieder verloren hatte. Darauf setzte ich die letzten viertausend auf ›passe‹ (ich empfand aber schon gar nichts mehr hierbei: Ich erwartete nur ganz mechanisch, ohne mir irgend etwas dabei zu denken) – und gewann wiederum; darauf gewann ich noch viermal nacheinander. Ich entsinne mich nur, daß ich das Geld zu Tausenden einheimste, auch kann ich mich daran erinnern, daß am häufigsten die zwölf mittleren Zahlen herauskamen, an die ich mich förmlich angehängt hatte. Sie kamen so regelmäßig heraus: unbedingt drei-, viermal hintereinander, dann blieben sie zweimal aus, und dann stellten sie sich wiederum drei- oder viermal hintereinander ein. Solche seltsame Regelmäßigkeit kommt bisweilen in ganz bestimmten Zeitabschnitten vor – und gerade das verwirrt auch diejenigen Spieler, die Aufzeichnungen machen und mit dem Bleistift in der Hand Berechnungen vornehmen. Und was gibt es dabei oft für entsetzliche Verhöhnungen des Schicksals!

Ich glaube, seit meiner Ankunft war noch nicht mehr als eine halbe Stunde vergangen. Plötzlich teilte mir der Croupier mit, ich habe dreißigtausend Gulden gewonnen, und da die Bank an einem Tag nicht für mehr verantwortet, werde man demnach das Roulett bis morgen schließen. Ich ergriff all mein Gold, schüttete es mir in die Taschen, raffte alle Banknoten zusammen und ging sogleich an einen anderen Tisch in einem anderen Saal, wo das andere Roulett stand, hinter mir her der ganze Haufe. Dort machte man mir sogleich einen Platz zurecht, und ich begann wiederum zu setzen, aufs Geratewohl und ohne zu zählen. Ich kann gar nicht begreifen, was mich eigentlich rettete!

Übrigens blitzte mir gleichwohl bisweilen so etwas wie eine Berechnung durch den Kopf. Ich klammerte mich an gewisse Zahlen und Chancen, bald aber gab ich das wieder auf und setzte wiederum fast unbewußt. Ich muß wohl sehr zerstreut gewesen sein; ich entsinne mich, daß die Croupiers mehrere Male mein Spiel in Ordnung brachten. Ich machte grobe Fehler. An meinen Schläfen rann der Schweiß herunter, und meine Hände zitterten. Auch jene Polen kamen herbeigesprungen und boten mir ihre Dienste an. Ich hörte aber auf niemanden. Das Glück ließ mich nicht im Stich! Plötzlich erhob sich lautes Sprechen und Lachen. »Bravo, bravo!« riefen alle, und einige klatschten dabei in die Hände. Ich hatte auch dort dreißigtausend Gulden errafft, und man schloß wiederum die Bank bis zum nächsten Tag.

»Gehen Sie fort, gehen Sie doch weg«, flüsterte mir eine Stimme von rechts zu.

Das war irgendein Frankfurter Jude; er hatte die ganze Zeit neben mir gestanden und, wie mir scheint, mir bisweilen im Spiel geholfen.

»Um Gottes willen, gehen Sie weg«, flüsterte mir eine andere Stimme in mein linkes Ohr.

Ich blickte mich rasch um. Das war eine sehr bescheiden und anständig gekleidete Dame, ungefähr dreißig Jahre alt, mit einem krankhaft bleichen, müden Gesicht, das aber auch jetzt noch verriet, daß sie einstmals wunderschön gewesen sein mußte. In diesem Augenblick stopfte ich mir gerade die Taschen mit Geldscheinen voll, die ich dabei achtlos zusammendrückte, und sammelte das auf dem Tisch liegengebliebene Geld. Ich ergriff die letzte Rolle von fünfzig Friedrichsdor, und es gelang mir völlig unbemerkt von allen anderen, sie der bleichen Dame in die Hand zu drücken; ich hatte damals ein furchtbares Verlangen, dies zu tun, und ich entsinne mich, ihre schmalen hageren Finger preßten heftig meine Hand zum Zeichen lebhaften Dankes. Das alles geschah im Verlaufe eines Augenblicks. Nachdem ich alles zusammengerafft hatte, ging ich rasch zu ›Trente-et-quarante‹.

Dieses Spiel wird von dem aristokratischen Teil des Publikums gespielt. Das ist kein Roulett, vielmehr ein Kartenspiel. Hier garantiert die Bank für hunderttausend Taler auf einmal. Auch hier ist der größte Einsatz viertausend Gulden. Ich kannte dieses Spiel gar nicht und wußte fast von keinem einzigen Einsatz außer Rot und Schwarz, das es auch hier gibt. Hieran klammerte ich mich auch. Das ganze Publikum drängte sich um mich herum. Ich kann mich nicht entsinnen, ob ich in dieser Zeit auch nur einmal an Pauline gedacht habe. Ich empfand damals eine ganz unbeschreibliche Lust daran,

Banknoten zu erfassen und zusammenzuraffen, und ihr Haufen wuchs vor mir.

Es war tatsächlich so, als führe mir das Schicksal selber die Hand. Diesmal ereignete sich wie absichtlich ein Umstand, der übrigens ziemlich häufig beim Spielen vorkam. Es klammert sich zum Beispiel das Glück an Rot und verläßt es nicht – zehn-, sogar fünfzehnmal hintereinander. Schon vor zwei Tagen hatte man mir erzählt, in der vorigen Woche sei Rot zwanzigmal hintereinander herausgekommen. Davon hatte man sogar bei dem Roulett mit Staunen erzählt. Natürlich verlassen dann alle sofort Rot, und schon zum Beispiel nach dem zehntenmal wagt niemand mehr auf Rot zu setzen. Aber auch auf Schwarz, den Gegenpol von Rot, setzt dann keiner von den erfahrenen Spielern. Sie wissen sehr wohl, was dieser »Eigenwille« des Zufalls zu bedeuten hat. So möchte es zum Beispiel scheinen, als müsse, nachdem sechzehnmal nacheinander Rot herauskam, zum siebzehntenmal unbedingt die Reihe an Schwarz kommen. Darauf fallen die Anfänger in Massen herein. Sie verdoppeln und verdreifachen die Einsätze und verspielen furchtbar.

Ich aber, in einem ganz seltsamen Eigensinn befangen, hielt mich absichtlich an Rot, nachdem ich bemerkt hatte, daß es siebenmal hintereinander herausgekommen war. Ich bin überzeugt, das geschah zur Hälfte aus Eitelkeit: Ich wollte auf die Zuschauer Eindruck machen durch mein wahnsinniges Wagen, indes – was für eine seltsame Empfindung! – ich entsinne mich ganz deutlich, daß mich plötzlich tatsächlich, ohne daß die Eitelkeit irgendwie mitspielte, eine furchtbare Gier erfaßte nach dem Wagnis als solchem! Vielleicht, wenn die Seele so viel Empfindungen durchmacht und dabei nicht gesättigt, vielmehr von ihnen nur noch immer mehr gereizt wird, verlangt es sie nach immer neuen und immer heftigeren Empfindungen, bis zur endgültigen Erschlaffung. Und ich sage nur die Wahrheit, wenn ich behaupte: Hätte die Spielregel erlaubt, fünfzigtausend Gulden auf einmal zu setzen, so hätte ich das zweifellos getan. Ringsherum schrie man, dies sei ja wahnsinnig, Rot komme schon zum vierzehntenmal heraus!

»Monsier a gagné déjà cent mille florins«, klang plötzlich eine Stimme neben mir.

Da kam ich zu mir. Wie? Ich hatte an diesem Abend hunderttausend Gulden gewonnen! Ja, wozu brauchte ich denn mehr? Ich stürzte mich auf die Banknoten, stopfte sie mir in die Taschen ohne zu zählen, raffte all mein Geld zusammen, alle Goldrollen, und lief aus dem Spielsaal. Um mich herum lachte alles, als ich durch die Säle ging, und alle blickten auf meine vollgestopften Taschen und auf meinen von der Schwere des Goldes gebeugten Gang. Ich glaube, das war bei weitem mehr als ein halbes Pud. Mehrere Hände streckten sich nach mir aus; ich verteilte ganze Hände voll, soviel ich gerade fassen konnte. Zwei Juden hielten mich am Eingang an. »Sie sind kühn! Sie sind sehr kühn!« sprachen sie, »aber reisen Sie morgen früh unbedingt ab, so früh wie möglich, denn sonst werden Sie alles, alles verspielen ...«

Ich hörte nicht auf sie. Die Allee war so dunkel, daß man nicht die Hand vor den Augen sehen konnte. Bis zum Hotel war es eine halbe Werst. Sogar als ich noch klein war, habe ich mich niemals vor Dieben und Räubern gefürchtet. Auch jetzt dachte ich nicht daran. Ich entsinne mich übrigens nicht, woran ich unterwegs dachte; wohl an gar nichts. Ich empfand nur ein ganz furchtbares Entzücken – über den Erfolg, über den Sieg, über die Macht? – ich weiß nicht, wie ich mich ausdrücken soll. Auch Paulinens Bildnis blitzte mir auf; ich entsann mich ihrer und wurde mir bewußt, daß ich zu ihr gehe, sie sogleich treffen, ihr alles erzählen und ihr zeigen werde ... ich konnte mich aber schon kaum mehr an das erinnern, was sie mir vorhin gesagt hatte, und weshalb ich eigentlich gegangen war, und alle jene Empfindungen, die mich vor erst anderthalb Stunden bewegt hatten, schienen mir jetzt wie etwas längst Entschwundenes, Veraltetes, Überwundenes – an das wir schon gar nicht mehr erinnert werden, weil jetzt alles ganz von neuem beginnt. Fast schon am Ende der Allee überfiel mich plötzlich die Angst: Wenn man mich aber gleich ermorden und berauben wird? Mit jedem Schritt verdoppelte sich meine Furcht. Ich lief fast. Plötzlich, am Ende der Allee, strahlte auf einmal unser Hotel vor mir auf, von zahllosen Lichtern erleuchtet – Gott sei Dank: Ich bin zu Hause!

Ich lief zu meinem Stockwerk hinauf und öffnete rasch die Tür. Pauline war noch dort. Sie saß auf meinem Diwan, die Arme gekreuzt, vor einer brennenden Kerze. Sie sah mich erstaunt an. Und ich bot auch wirklich in diesem Augenblick einen ziemlich seltsamen Anblick. Ich blieb vor ihr stehen und begann meinen ganzen Geldhaufen auf den Tisch zu werfen.

FÜNFZEHNTES KAPITEL

Ich entsinne mich, sie sah mir furchtbar eindringlich ins Gesicht, ohne ihren Platz zu verlassen, sogar ohne sich zu rühren.

»Ich habe zweihunderttausend Franken gewonnen!« rief ich, als ich die letzte Rolle auf den Tisch warf.

Der gewaltige Haufen von Bankscheinen und Goldrollen nahm den ganzen Tisch ein; ich konnte schon gar nicht mehr meinen Blick von ihm wenden, in manchen Augenblicken hatte ich Pauline völlig vergessen. Bald begann ich diesen Haufen von Bankscheinen zu ordnen und sie zusammenzulegen, bald legte ich das Gold zu einem Haufen zusammen; bald ließ ich alles stehen und ging in Gedanken versunken mit raschen Schritten im Zimmer auf und ab, dann trat ich wiederum an den Tisch und begann wiederum das Geld zu zählen. Plötzlich kam ich zu mir, stürzte mich zur Türe und schloß sie möglichst rasch. Zweimal drehte ich den Schlüssel um. Dann blieb ich nachdenklich vor meinem kleinen Koffer stehen.

»Soll man das nicht lieber bis morgen in den Koffer legen?« fragte ich, indem ich mich plötzlich an Pauline wandte, und dabei entsann ich mich auf einmal ihrer.

Sie saß immer noch da, ohne sich zu rühren, auf dem gleichen Platz, sie folgte mir nur aufmerksam mit den Blicken. Der Ausdruck ihres Gesichtes war seltsam, er mißfiel mir! Ich irre mich nicht, wenn ich sage, es lag Haß in ihm.

Ich trat rasch auf sie zu. »Pauline, hier sind fünfundzwanzigtausend Gulden – das sind fünfzigtausend Franken, sogar mehr. Nehmen Sie sie und werfen Sie sie ihm morgen ins Gesicht!«

Sie gab mir keine Antwort.

»Wenn Sie wollen, will ich es ihm morgen selber bringen. Wollen Sie das?«

Sie brach plötzlich in Lachen aus. Lange konnte sie nicht aufhören.

Staunend und voller Gram blickte ich sie an. Dies Lachen glich durchaus jenem Hohnlachen, das sie vordem so oft, ja stets für mich gehabt hatte, wenn ich ihr meine leidenschaftlichsten Liebeserklärungen machte. Endlich hörte sie auf, und ihre Miene wurde finster. Sie sah mich von unten herauf streng an. »Ich werde Ihr Geld nicht nehmen«, sagte sie verächtlich.

»Wie? Was soll denn das?« rief ich. »Weshalb denn, Pauline?«

»Ich nehme Geld nicht umsonst.«

»Ich biete es Ihnen aber doch als Freund an; ich biete Ihnen mein Leben an!«

Sie sah mich lange prüfend an, als wolle sie mich durch und durch schauen. »Sie geben viel«, sprach sie bitter lächelnd, »die Geliebte von de Grieux ist keine fünfzigtausend Franken wert!«

»Pauline, kann man denn so mit mir sprechen?« rief ich vorwurfsvoll. »Bin ich denn de Grieux?«

»Ich hasse Sie! Ja . . . ja! . . . Ich liebe Sie ebenso wenig wie de Grieux!« rief sie mit funkelnden Augen.

Plötzlich bedeckte sie ihr Gesicht mit den Händen und brach in hysterisches Weinen aus. Ich stürzte zu ihr hin.

Ich begriff, daß ihr in meiner Abwesenheit irgend etwas zugestoßen sein müsse. Sie war wie verstört. »Kaufe mich! Willst du? Willst du? Für fünfzigtausend Franken wie de Grieux?« entrang es sich ihr unter krankhaftem Schluchzen.

Ich umfaßte sie, küßte ihr die Hände, die Füße und fiel vor ihr auf die Knie.

Der hysterische Anfall war vorüber. Sie legte mir beide Hände auf die Schultern und sah mich durchdringend an. Es schien, als wolle sie etwas in meinem Gesichte lesen. Sie hörte mir zu, aber offenbar verstand sie gar nicht, was ich zu ihr sagte. Nachdenkliche Besorgnis malte sich in ihrem Gesicht. Ich fürchtete für sie; mir schien es entschieden so, als verliere sie den Verstand. Plötzlich begann sie mich sanft an sich zu ziehen, schon erhellte vertrauensvolles Lächeln ihr Gesicht. Da stieß sie mich wiederum von sich, und von neuem begann sie mit finsterem Blick mir in die Augen zu schauen.

Plötzlich umarmte sie mich. »Ja, du liebst mich doch, liebst du mich?« sprach sie, »ja, du, ja, du ... du wolltest dich doch meinetwegen mit dem Baron schlagen!« Und auf einmal lachte sie auf – so, als habe sie sich an etwas Lächerliches und Freundliches erinnert. Sie lachte und weinte zu gleicher Zeit. Nun, was hätte ich da anfangen sollen? Ich war selber wie im Fieber. Ich entsinne mich, sie begann mir etwas zu erzählen – ich war aber fast außerstande, es zu erfassen. Das war wie ein Phantasieren, wie ein Lispeln – so, als wolle sie mir möglichst rasch etwas mitteilen – und dieses Phantasieren wurde immer wieder durch ein so heiteres Lachen unterbrochen, daß ich um sie Angst zu haben begann. »Nein, nein, du bist lieb, du bist lieb!« sagte sie in einem fort. »Du bist mein Getreuer!« Und wiederum legte sie mir ihre Hände auf die Schultern, wiederum blickte sie mir in die Augen, und immer wieder sagte sie: »Du liebst mich ... Du liebst mich ... Wirst du mich immer lieben?« Ich konnte die Augen nicht von ihr wenden; noch niemals hatte ich sie in einem solchen Anfall von Zärtlichkeit und Liebe erschaut. Freilich, das war natürlich Fieberwahn, indes... als sie meinen leidenschaftlichen Blick gewahrte, fing sie auf einmal listig zu lächeln an. Dann begann sie ohne jeden Grund plötzlich von Mister Astley zu sprechen.

Sie hatte übrigens unaufhörlich von ihm gesprochen (besonders als sie sich vorhin bemühte, mir irgend etwas begreiflich zu machen), was aber eigentlich – darüber konnte ich mir durchaus nicht klar werden. Mir scheint, sie machte sich sogar über ihn lustig. In einem fort wiederholte sie, er warte, und ob ich denn wisse, daß er jetzt wahrscheinlich vor ihrem Fenster stehe? »Ja, ja, vor dem Fenster – öffne es und blick hinaus, sieh nur, er ist hier, er ist hier!« Sie stieß mich zum Fenster, kaum machte ich aber Anstalt, dahin zu gehen, so brach sie in Lachen aus, und ich blieb bei ihr, und sie umarmte mich dann stürmisch.

»Wir werden abreisen? Wir werden doch morgen abreisen?« fragte sie mich plötzlich unruhig, »und dann... (und sie wurde nachdenklich) – und dann werden wir die Großmutter einholen, wie denkst du? Ich meine, wir werden sie in Berlin erreichen. Was glaubst du wohl, was sie sagen wird, wenn wir sie einholen und sie uns erblickt? Aber Mister Astley...? Nun, der wird nicht vom Schlangenberg hinunterspringen, wie glaubst du?« Sie brach in Lachen aus. »Höre: weißt du, wohin er nächsten Sommer fahren wird? Er will zum Nordpol fahren zu wissenschaftlichen Forschungen, und er fordert mich auf, mit ihm zu kommen, ha, ha, ha! Er sagt, wir Russen wüßten ohne die Europäer überhaupt nichts, und wir seien zu gar nichts fähig... Aber auch er ist gut! Weißt du, daß er den ›General‹ entschuldigt? Er sagte, Blanche... die Leidenschaft – ich weiß das übrigens nicht, ich weiß das nicht mehr«, sagte sie plötzlich, als habe sie völlig den Faden verloren. »Die Armen, wie sie mir leid tun, auch die Großmutter... aber höre doch, hör doch, nun, wie kannst du denn de Grieux töten? Und glaubtest du denn wirklich, wirklich, du werdest ihn töten? Oh, wie bist du dumm! Konntest du wirklich annehmen, ich werde zulassen, daß du dich mit de Grieux schlägst? Ja, du wirst auch nicht den Baron töten«, fügte sie hinzu und brach plötzlich in Lachen aus. »Oh, wie lächerlich warst du damals mit dem Baron, ich beobachtete euch beide von meiner Bank aus, und wie wenig Lust hattest du damals, das zu tun, als ich es dir aufgetragen hatte. Wie habe ich damals gelacht, wie habe ich damals gelacht«, fügte sie lachend hinzu. Und plötzlich küßte und umarmte sie mich von neuem, und wiederum preßte sie leidenschaftlich und zärtlich ihr Gesicht an das meinige. Da vergingen mir alle Sinne. Ich hörte und sah nichts mehr. Mir schwindelte...

Ich glaube, es war schon gegen sieben Uhr morgens, als ich erwachte. Die Sonne strahlte hell ins Zimmer. Pauline saß neben mir und sah mich seltsam an, als komme sie gerade aus einem Dunkel und suche sich in ihren Gedanken zurechtzufinden. Auch sie war eben erst aufgewacht und schaute eindringlich auf den Tisch und das Geld. Mein Kopf war schwer und tat mir weh. Ich wollte Pauline an der Hand fassen. Sie stieß mich aber plötzlich zurück und sprang vom Diwan auf. Der Tag war trübe. Vor Morgenanbruch hatte es geregnet. Sie trat zum Fenster, öffnete es, streckte Kopf und Brust heraus, und, die Arme aufgestützt, die Ellenbogen auf dem Fensterbrett, verharrte sie drei Minuten, ohne sich nach mir umzuwenden und ohne auf das zu hören, was ich ihr sagte. Voller Angst dachte ich daran, was jetzt sein und womit das alles enden werde? Plötzlich erhob sie sich vom Fenster, trat zum Tisch, blickte mich mit dem Ausdruck maßlosen Hasses an und sagte mir mit wutbebenden Lippen: »Jetzt gib mir aber meine fünfzigtausend Franken!«

»Pauline, wiederum, wiederum?« begann ich.

»Oder hast du es dir jetzt anders überlegt? Ha, ha, ha! Vielleicht ist es dir jetzt schon leid?«

Fünfundzwanzigtausend Gulden hatte ich bereits gestern abgezählt, sie lagen auf dem Tisch, ich nahm sie und gab sie ihr.

»Sie gehören doch jetzt schon mir? Das ist doch so? Nicht

wahr?« fragte sie mich böse, während sie das Geld in Händen hielt.

»Ja, sie haben dir stets gehört«, sagte ich.

»Nun, da hast du deine fünfzigtausend Franken!« Sie holte aus und warf sie mir ins Gesicht. Der Geldpacken traf mich so, daß es mir weh tat, und dann flog er auf dem Boden auseinander. Pauline lief aus dem Zimmer.

Ich weiß natürlich, daß sie in diesem Augenblick nicht bei Sinnen war, wenn ich mir auch diese vorübergehende Gestörtheit nicht zu erklären vermag. Freilich, sie war schon einen Monat vordem krank gewesen, aber was war eigentlich die Ursache dieses Zustandes, und vor allem dieses letzten Ausfalls? Beleidigter Stolz, Verzweiflung darüber, daß sie sich sogar entschlossen hatte, zu mir zu kommen? Habe ich ihr nicht den Anschein erweckt, als werde ich mich meines Glückes rühmen und tatsächlich genauso wie de Grieux sie los sein wollen, indem ich ihr fünfzigtausend Franken schenkte? Das war aber doch gar nicht der Fall, das kann ich auf Ehre und Gewissen versichern. Mir scheint, teilweise war hier auch ihre Eitelkeit schuld, die sie veranlaßte, mir nicht zu glauben und mich zu beleidigen, obgleich sie sich vielleicht selber nicht über das alles klar war. In diesem Fall hatte ich natürlich für de Grieux zu büßen und wurde vielleicht ohne große Schuld schuldig. Freilich, das alles war nur Fieberwahn. Indes muß ich gestehen, daß ich gewußt hatte, sie sei im Fieber und ... hierauf gar keine Rücksicht nahm. Vielleicht kann sie mir das jetzt nicht verzeihen, ja, das ist doch jetzt, aber damals, damals ihr Phantasieren und ihre Krankheit waren doch zweifellos nicht so heftig, daß sie schon völlig vergessen hatte, was sie tat, als sie mit de Grieux' Brief zu mir kam. Sie wußte demnach, was sie tat.

Irgendwie steckte ich rasch alle meine Geldscheine und all mein Gold in mein Bett, breitete die Decke darüber aus und verließ zehn Minuten nach Pauline mein Zimmer. Ich war überzeugt, sie sei in ihr Zimmer gelaufen, ich wollte mich leise zu ihren Räumen schleichen und mich im Vorzimmer bei der Kinderwärterin nach dem Befinden des Fräuleins erkundigen. Wie groß war aber mein Staunen, als mir die Wärterin auf der Treppe entgegenkam und mir sagte, Pauline sei noch gar nicht zurückgekehrt, und sie, die Wärterin, sei eben auf dem Wege zu mir, um das Fräulein zu holen.

»Erst eben«, sagte ich ihr, »erst eben hat sie mich verlassen, kaum vor zehn Minuten, wo kann sie denn hingegangen sein?«

Die Kinderfrau sah mich vorwurfsvoll an.

Und dabei war schon eine ganze Geschichte herausgekommen und verbreitete sich im Hotel. In der Portierloge und bei dem Oberkellner raunte man davon, das Fräulein sei am Morgen, um sechs Uhr, im Regen aus dem Hotel gelaufen und habe die Richtung nach dem Hotel d'Angleterre eingeschlagen. Aus den Worten und Anspielungen jener entnahm ich, daß sie bereits wußten, daß jene die ganze Nacht in meinem Zimmer zugebracht habe. Man erzählte übrigens schon von der ganzen Familie des Generals: Es war bekannt geworden, daß er selber gestern verrückt geworden sei und so geweint habe, daß man es im ganzen Hotel hören konnte. Man erzählte hierbei, die abgereiste Großmutter sei seine Mutter, und sie sei absichtlich deshalb aus Rußland gekommen, um ihrem Sohne die Ehe mit Mademoiselle de Cominges zu verbieten und ihn im Weigerungsfalle zu enterben, und da er tatsächlich ihr nicht gehorcht habe, habe die Gräfin vor seinen eigenen Augen all ihr Geld auf dem Roulett verspielt, damit ihm schon gar nichts mehr übrig bleibe. »Diese Russen!« wiederholte immer wieder der Oberkellner mit unwilligem Kopfschütteln. Die andern lachten. Der Oberkellner schrieb die Rechnung. Mein Gewinn war auch schon bekannt. Karl, der Etagendiener, hatte mir zuerst gratuliert. Mir stand aber nach alledem nicht der Kopf. Ich eilte nach dem Hotel d'Angleterre.

Es war noch früh. Mister Astley empfing niemanden, als er aber erfahren hatte, daß ich das sei, kam er zu mir auf den Korridor hinaus, stellte sich vor mich hin, richtete schweigend seinen glanzlosen Blick auf mich und erwartete, was ich sagen werde. Ich fragte ihn nach Pauline.

»Sie ist krank!« antwortete Mister Astley, wobei er mir immer noch gerade in die Augen schaute und seinen Blick nicht von mir wandte.

»So ist sie tatsächlich bei Ihnen?«

»O ja, bei mir.«

»So sind Sie also ... entschlossen, sie bei sich zu behalten?«

»O ja, ich habe die Absicht.«

»Mister Astley, das wird zu einem Skandal führen, das kann man doch gar nicht. Zudem ist sie doch ganz krank. Haben Sie das vielleicht nicht bemerkt?«

»O ja, ich habe das bemerkt und sagte Ihnen bereits, sie sei krank. Wäre sie nicht krank gewesen, so hätte sie nicht die Nacht bei Ihnen zugebracht.«

»So wissen Sie auch das?«

»Ich weiß das. Sie kam gestern hierher, und ich hätte sie zu meiner Verwandten gebracht, da sie aber krank war, irrte sie sich und ging zu Ihnen.«

»Stellen Sie sich nur einmal vor! Nun, ich gratuliere Ihnen, Mister Astley. Sie bringen mich übrigens auf einen Gedanken: Haben Sie nicht die ganze Nacht bei unserem Fenster gestanden? Miss Pauline veranlaßte mich während der ganzen Nacht, immer wieder das Fenster aufzumachen, um zu sehen, ob Sie nicht davorstehen, und dabei lachte sie furchtbar.«

»Wirklich? Nein, ich stand nicht vor dem Fenster; ich wartete aber im Gange und ging dort umher.«

»Aber man muß sie doch pflegen, Mister Astley.«

»O ja, ich habe schon nach dem Arzt geschickt, und wenn sie stirbt, werden Sie mir dafür Rechenschaft geben.«

Ich wunderte mich. »Erlauben Sie einmal, Mister Astley, was wollen Sie denn damit sagen?«

»Ist es wahr, daß Sie gestern zweimalhunderttausend Taler gewannen?«

»Nur hunderttausend Gulden.«

»Nun, sehen Sie! Sie reisen demnach noch heute morgen nach Paris!«

»Weshalb denn?«

»Alle Russen fahren nach Paris, wenn sie Geld haben«, erklärte Mister Astley mit einer Stimme und in einem Tonfall, als lese er dies in einem Buch ab.

»Was soll ich jetzt im Sommer in Paris tun? Ich liebe sie, Mister Astley! Das wissen Sie selber.«

»Wirklich? Ich bin überzeugt, daß Sie sich irren. Zudem aber werden Sie sicherlich alles verspielen, wenn Sie hier bleiben, und dann können Sie gar nicht mehr nach Paris fahren. Doch leben Sie wohl, ich bin durchaus überzeugt, daß Sie noch heute nach Paris fahren werden.«

»Gut, leben Sie wohl, nur werde ich nicht nach Paris fahren. Bedenken Sie, Mister Astley, was jetzt bei uns sein wird! Mit einem Wort, der General... und jetzt dieses Abenteuer mit Miss Pauline – das wird sich ja in der ganzen Stadt verbreiten.«

»Ja, in der ganzen Stadt. Indes glaube ich, der General denkt gar nicht daran, und es steht ihm auch nicht danach der Sinn. Zudem hat Miss Pauline durchaus das Recht zu wohnen, wo sie will. Was aber diese Familie anbetrifft, so kann man eigentlich sagen, daß sie schon gar nicht mehr vorhanden ist.«

Ich ging fort und lachte über die seltsame Gewißheit dieses Engländers darüber, daß ich nach Paris fahren werde. »Gleichwohl will er mich im Duell erschießen«, dachte ich, »wenn Mademoiselle Pauline stirbt – das ist ein neues Geschäft!« Ich schwöre, es tat mir leid um Pauline, aber seltsam, gerade von dem Augenblick an, als ich mich gestern an den Spieltisch gesetzt und in den Geldhaufen herumgewühlt hatte, war meine Liebe wie auf den zweiten Plan getreten. Das sage ich jetzt; damals hatte ich aber das alles noch nicht klar erfaßt. Bin ich denn wirklich ein Spieler, habe ich tatsächlich... in so seltsamer Weise Pauline geliebt? Nein, ich liebe sie bis jetzt noch,

Gott ist mein Zeuge. Aber damals, als ich Mister Astley verlassen hatte und nach Hause ging, litt ich aufrichtig und gab mir die Schuld. Indes... da ereignete sich mit mir eine sehr sonderbare und dumme Geschichte.

Ich eilte zum General, als sich plötzlich, nicht weit von seiner Wohnung, eine Tür öffnete und mich jemand beim Namen rief. Das war Madame veuve Cominges; sie rief mich im Auftrag von Mademoiselle Blanche. Ich betrat deren Räume.

Sie hatten nur zwei Zimmer inne. Man vernahm das Lachen und Kreischen von Mademoiselle Blanche aus dem Schlafzimmer. Sie stand gerade auf. »Ah, c'est lui! Viens donc, bête! Ist es wahr, que tu as gagné une montagne d'or et d'argent? J'aimerais mieux l'or.«

»Ja, ich habe gewonnen«, antwortete ich lachend.

»Wieviel?«

»Hunderttausend Gulden.«

»Bibi, comme tu es bête. Ja, komme doch herein, ich verstehe gar nichts. Nous ferons bombance, n'est-ce pas?«

Ich trat zu ihr ein. Sie lag unter einer rosafarbenen Atlasdecke, aus der ihre bräunlichen, kräftigen, wundervollen Schultern hervorblickten – solche Schultern, wie man sie höchstens einmal im Traume sieht – sie waren nur wenig bedeckt von einem mit schneeweißen Spitzen besetzten Hemd, das erstaunlich zu ihrer dunkelbraunen Hautfarbe paßte.

»Mon fils, as-tu du coeur?« rief sie, als sie mich erblickte, und brach in Lachen aus. Ihr Lachen war stets sehr lustig und sogar bisweilen aufrichtig.

»Tout autre...«, begann ich, Corneille nachahmend.

»Nun siehst du, vois-tu«, fing sie auf einmal zu plappern an, »erstens suche mir meine Strümpfe, und hilf sie mir anziehen; zweitens si tu n'est pas trop bête, je te prends à Paris. Du weißt doch, ich reise sogleich.«

»Sogleich?«

»In einer halben Stunde.«

Tatsächlich war schon alles gepackt. Alle Koffer und alle

Sachen standen bereit, längst war der Kaffee gebracht worden.

»Eh bien, willst du, tu verras Paris. Dis donc, qu'est ce que qu'un outchitel? Tu étais bien bête, quand tu étais outchitel. Wo sind denn meine Strümpfe? Zieh sie mir doch an, nun!«

Sie streckte ein tatsächlich entzückendes Füßchen heraus, von dunkler Hautfarbe, klein, nicht verkrüppelt, wie sonst fast alle diese Füßchen sind, die in Stiefeln so klein aussehen. Ich lachte und begann ihr den seidenen Strumpf anzuziehen. Mademoiselle Blanche saß währenddessen auf dem Bett und plapperte.

»Eh bien, que feras-tu, si je te prends avec? Erstens, je veux cinquante mille francs. Du wirst sie mir in Frankfurt geben. Nous allons à Paris; dort werden wir zusammen wohnen, et je te ferai voire des étoiles en plein jour. Du wirst solche Frauen zu sehen bekommen, wie du sie niemals sahst. Höre ...«

»Halt einmal, wenn ich dir gleich fünfzigtausend Franken abgebe, was wird dann für mich bleiben?«

»Et cent cinquante mille francs, das hast du vergessen, und außerdem bin ich bereit, einen Monat mit dir zusammen zu wohnen, zwei, que sais-je! Wir werden natürlich in diesen zwei Monaten diese hundertfünfzigtausend Franken verleben. Du siehst, je suis bonne enfant, und ich sage dir im voraus, mais tu verras des étoiles.«

»Wie, alles in zwei Monaten!«

»Wie! Das entsetzt dich? Ah, vil esclave! Ja, weißt du denn, daß ein Monat solchen Lebens mehr wert ist als dein ganzes Dasein? Ein Monat – et après le déluge! Mais tu ne peux comprendre, va! Fort, fort mit dir, du bist es gar nicht wert! Eh, que fais-tu?«

In diesem Augenblick hatte ich den anderen Fuß bekleidet, aber nicht an mich gehalten und ihn geküßt. Sie entriß ihn mir und begann mich mit der Fußspitze ins Gesicht zu stoßen. Endlich jagte sie mich ganz hinaus.

»Eh bien, mon outchitel, je t'attends, si tu veux; in einer Viertelstunde fahre ich!« rief sie mir nach.

Als ich in mein Zimmer zurückkehrte, war ich schon wie vom Wirbel erfaßt. Wie denn, ich bin doch nicht schuld daran, daß mir Mademoiselle Pauline einen ganzen Geldpacken ins Gesicht warf und mich gestern Mister Astley vorzog. Einige von diesen Scheinen lagen noch auf dem Boden herum. Ich hob sie auf. In diesem Augenblick öffnete sich die Tür, und der Oberkellner erschien in höchsteigener Person (bis dahin hatte er mich nicht eines Blickes gewürdigt) und forderte mich auf: Ob ich nicht nach unten ziehen wolle in die ausgezeichnete Wohnung, die eben erst Graf B. verlassen habe.

Ich dachte ein wenig nach.

»Die Rechnung!« rief ich. »Ich reise gleich ab, in zehn Minuten.« – ›Wenn nach Paris, so nach Paris!‹ dachte ich für mich. ›Das wurde mir demnach bei meiner Geburt vorherbestimmt!‹

Eine Viertelstunde später saßen wir tatsächlich zu dreien in einem besonderen Abteil: ich, Mademoiselle Blanche und Madame veuve Cominges. Als mich Mademoiselle Blanche erblickte, lachte sie wie verrückt. Veuve Cominges folgte ihrem Beispiel. Ich kann nicht sagen, daß es mir gerade lustig zumute war. Mein Leben war entzweigebrochen, von dem gestrigen Tage an habe ich mich aber schon gewöhnt, alles aufs Spiel zu setzen. Vielleicht ist es auch tatsächlich wahr, daß ich dem Geld nicht gewachsen war und mich in den Wirbel hineinziehen ließ. Peut-être, je ne demandais pas mieux. Mir schien es so, als hätten zeitweilig – aber eben nur zeitweilig – die Dekorationen gewechselt. »Nach einem Monat werde ich aber wieder hier sein, und dann ... und dann ... werden wir uns miteinander messen, Mister Astley!« Nein, wie ich mich jetzt entsinne, war es mir damals furchtbar traurig zumute, wenn ich auch mit dieser dummen Blanche um die Wette lachte.

»Ja, was ist dir denn? Wie dumm du bist! Oh, wie bist du dumm!« kreischte Blanche, indem sie ihr Lachen unterbrach und mich ernsthaft zu schelten begann. »Nun ja, nun ja, wir werden deine zweihunderttausend Franken verleben. Dafür aber, mais tu seras heureux, comme un petit roi. Ich werde dir selbst die Krawatte binden und dich mit Hortense bekannt machen. Wenn wir aber all unser Geld verlebt haben, dann wirst du wieder hierher kommen und wiederum die Bank sprengen. Was haben dir die Juden gesagt? Die Hauptsache ist – Kühnheit! Du hast sie, und du wirst mir noch einmal Geld nach Paris bringen. Quant à moi, je veux cinquante mille francs de rente et alors ...«

»Aber der General?« fragte ich sie.

»Der General? Du weißt selber, er geht jeden Morgen um diese Zeit aus, um mir ein Bukett zu kaufen. Diesmal bat ich ihn absichtlich, mir die allerseltensten Blumen auszusuchen. Wenn der Arme zurückkehrt, ist der Vogel schon ausgeflogen. Er wird uns nachkommen, du wirst schon sehen! Ha, ha, ha! Ich werde sehr froh sein. In Paris kann er mir nützlich sein; hier wird Mister Astley für ihn bezahlen ...«

Auf diese Weise bin ich damals nach Paris gefahren.

SECHZEHNTES KAPITEL

Was soll ich von Paris erzählen? Das alles war natürlich Fieberwahn und Dummheit. Ich lebte alles in allem nur etwas mehr als drei Wochen in Paris, und in dieser Zeit waren meine hunderttausend Franken völlig verbraucht. Ich spreche nur von hunderttausend; die anderen hunderttausend hatte ich Mademoiselle Blanche in bar abgegeben. Fünfzigtausend in Frankfurt, und drei Tage später in Paris gab ich ihr noch einen Wechsel auf fünfzigtausend, auf den sie übrigens schon nach einer Woche das Geld nahm, »et les cent mille francs, qui nous restent, tu les mangeras avec moi, mon outchitel«. So nannte sie mich beständig. Man kann sich kaum etwas Berechnenderes, Geizigeres und Knauserigeres denken als diese Art Geschöpfe wie Mademoiselle Blanche. Indes nur in Hinsicht auf ihr eigenes Geld. Was hingegen meine hunderttausend Franken anbetrifft, so erklärte sie mir erst später ganz offen, sie habe dies Geld nötig gehabt für ihre erste Einrichtung in Paris, »so daß ich jetzt schon ein für allemal anständig eingerichtet bin und mich auf lange Zeit niemand verdrängen wird, wenigstens habe ich die Maßnahmen dazu getroffen«, fügte sie hinzu. Übrigens habe ich auch diese hunderttausend gar nicht gesehen; das Geld hielt sie die ganze Zeit in Verwahrung, in meinem Beutel aber, den sie täglich persönlich kontrollierte, waren niemals mehr als hundert Franken und meistens sogar weniger.

»Wozu brauchst du denn Geld?« sprach sie bisweilen mit der naivsten Miene, und ich stritt nicht mit ihr. Dafür hat sie aber ihre Wohnung durchaus nicht übel für dieses Geld eingerichtet, und als sie mich später zur Einzugsfeier dahin führte und mir die Zimmer zeigte, sagte sie: »Da siehst du, was man mit den erbärmlichsten Mitteln machen kann, wenn man rechnet und dabei Geschmack hat!« Diese Erbärmlichkeit kostete mich übrigens genau fünfzigtausend Franken. Für die übrigen fünfzigtausend kaufte sie sich eine Equipage und Pferde, und außerdem gaben wir zwei Bälle, das heißt zwei Abendgesellschaften, auf denen auch Hortense, Lisette und Cléopâtre waren – in vieler Beziehung sehr bemerkenswerte Frauen und durchaus nicht häßlich. An diesen zwei Abenden war ich genötigt, die höchst törichte Rolle des Hausherrn zu spielen und reichgewordene einfältige Geschäftemacher zu empfangen und zu unterhalten, die von ganz unmöglicher Lebensart und Schamlosigkeit waren, ebenso einige Leutnants und jämmerliche kleine Schriftsteller und Zeilenschreiber, die in modischen Fräcken und hellgelben Handschuhen gingen und von einer solchen Eitelkeit und Aufgeblasenheit waren, wie das sogar bei uns in Petersburg nicht möglich wäre – und das will doch viel sagen. Es fiel ihnen sogar ein, über mich zu spotten, ich hatte mich aber mit Champagner betrunken und lag in einem hinteren Zimmer auf dem Sofa. Das alles war mir im höchsten Grade widerlich. »C'est un outchitel«, sprach Blanche von mir, »il a gagné deux cent mille francs, die er ohne mich gar nicht auszugeben verstehen würde. Dann wird er wieder Lehrer werden. Weiß nicht irgendwer eine Stelle? Man muß doch etwas für ihn tun!« Zum Champagner nahm ich sehr häufig meine Zuflucht, weil ich immer sehr verdrießlich war und ich mich aufs höchste langweilte. Ich lebte in der kleinbürgerlichsten Krämerumgebung, wo jeder Groschen zehnmal umgedreht wird. Blanche konnte mich in den ersten zwei Wochen gar nicht ausstehen, das hatte ich wohl gemerkt. Freilich, sie ließ mir geckenhafte Kleider machen und schlang mir selber täglich die Halsbinde, in ihrer Seele verachtete sie mich aber aufrichtig. Ich gab darauf nicht im geringsten acht. Gelangweilt und verdrossen begann ich gewöhnlich ins »Chateau des fleurs« zu gehen, wo ich mich regelmäßig jeden Abend antrank und den Cancan erlernte (den man hier äußerst schlecht tanzt), und ich erlangte darin sogar eine gewisse Berühmtheit. Endlich fing Blanche an mich zu verstehen: Sie hatte sich vorgestellt, ich werde während unseres ganzen Zusammenlebens immer mit dem Bleistift und Papier in der Hand hinter ihr hergehen und berechnen, wieviel sie ausgab und wieviel sie stahl, wieviel sie noch ausgeben und wieviel sie noch stehlen werde. Und natürlich war sie überzeugt, daß es bei uns wegen jeder zehn Franken zu einem Krach kommen werde. Auf jeden Angriff meinerseits, den sie in Gedanken im voraus annahm, hatte sie schon rechtzeitig eine Entgegnung vorbereitet. Da sie indes gar keine Angriffe von mir erlebte, begann sie sich im voraus zu rechtfertigen. Bisweilen war sie mit größtem Eifer dabei, als sie plötzlich sah, daß ich dazu schwieg – am häufigsten lag ich währenddessen auf der Couchette und blickte zur Decke –, und da begann sie sich endlich sogar zu wundern. Anfangs glaubte sie, ich sei einfach dumm, »un outchitel«, und brach ihre Auseinandersetzungen nur deshalb ab, weil sie wahrscheinlich dachte: »Er ist ja dumm; was soll man ihn noch darauf bringen, wenn er nicht von selber darauf kam!« Sie ging dann weg, nach zehn Minuten kam sie aber zurück (das ereignete sich meistens, wenn sie unerhörte Ausgaben gemacht hatte, die ganz und gar nicht unseren Mitteln entsprachen: So hatte sie zum Beispiel ihre Pferde verkauft und sich für sechzehntausend zwei neue angeschafft).

»Nun, wie denn, Bibi, bist du mir nicht böse?« sprach sie schmeichelnd.

»Nein! Du bist mir nur langweilig!« sagte ich, indem ich sie zur Seite schob. Das war aber für sie so überraschend, daß sie sich sogleich neben mich setzte.

»Siehst du, wenn ich mich entschloß, soviel zu bezahlen, so nur deshalb, weil das ein Gelegenheitskauf war. Man kann die Pferde für zwanzigtausend Franken wieder verkaufen.«

»Ich glaube dir, ich glaube dir. Die Pferde sind sehr schön, und du hast ein prächtiges Gespann. Es erfüllt seinen Zweck, und damit genug.«

»So zürnst du mir nicht?«

»Weshalb denn? Es ist doch gescheit von dir, daß du dir einige Dinge anschaffst, die du unbedingt nötig hast. Das alles kannst du später noch einmal brauchen. Ich sehe, du mußt dich tatsächlich auf einem solchen Fuße einrichten, sonst wirst du deine Million niemals verdienen. Dazu sind unsere hunderttausend Franken nur der Anfang, ein Tropfen im Meere.«

Blanche, die alles eher von mir erwartet hatte als solche Erörterungen (statt Schreie und Vorwürfe!), war wie vom Himmel gefallen. »So bist du ... so bist du also! Mais tu as l'esprit pour comprendre. Sais-tu, mon garçon, wenn du auch nur ein Lehrer bist, so hättest du doch als Prinz geboren werden sollen! So tut es dir also gar nicht leid, daß unser Geld so rasch dahingeht?«

»Möchte es nur recht bald verbraucht sein!«

»Mais . . . sais-tu . . . mais dis donc, bist du denn reich? Mais sais-tu, du verachtest schon zu sehr das Geld. Qu'est-ce que tu feras après, dis donc?«

»Après werde ich nach Homburg fahren und noch hunderttausend Franken gewinnen.«

»Oui, oui, c'est ça, c'est magnifique! Und ich weiß, daß du unbedingt gewinnen und das Geld hierher bringen wirst. Dis donc. Ja, du wirst es noch dahin bringen, daß ich dich tatsächlich lieben werde. Eh bien, deshalb, weil du so bist, werde ich dich die ganze Zeit über lieben und dir nicht einmal untreu sein. Siehst du, obgleich ich dich diese Zeit über nicht liebte, parce que je croyais, que tu n'est qu'on outchitel (quelque chose comme un laquais, n'est-ce-pas?), war ich dir gleichwohl treu, parce que je suis bonne fille.«

»Nun, da lügst du! Aber Albert, dieser kleine brünette Offizier, habe ich das denn nicht das letzte Mal gesehen?«

»Oh, oh, mais tu es . . .«

»Du lügst, du lügst; ja glaubst du denn, ich zürne dir? Ich pfeife darauf! Il faut que jeunesse se passe. Du kannst ihn doch nicht wegjagen, wenn er schon vor mir da war und du ihn liebst. Gib ihm nur kein Geld, hörst du?«

»So zürnst du mir auch nicht deshalb? Mais tu es un vrai philosophe, sais-tu? Un vrai philosophe!« schrie sie begeistert. »Eh bien, je t'aimerai – tu verras, tu seras content!«

Und tatsächlich war sie mir von da an zugetan, sogar freundschaftlich, und so vergingen unsere letzten zehn Tage. Die versprochenen ›Sterne‹ habe ich zwar nicht gesehen; doch in gewissen Beziehungen hielt sie wirklich ihr Wort. Außerdem machte sie mich mit Hortense bekannt, die ein in ihrer Art schon allzu bemerkenswertes Weib war und in unserem Kreis Thérèse philosophe hieß.

Ich will mich übrigens darüber nicht auslassen. Das alles könnte eine neue Erzählung werden, von einer ganz besonderen Färbung, die ich dieser Erzählung nicht geben möchte.

Die Sache ist die, daß ich von ganzer Seele wünschte, das alles möge möglichst bald zu Ende sein. Unsere hunderttausend Franken reichten aber, wie ich bereits sagte, fast für einen Monat – und hierüber war ich aufrichtig erstaunt: Blanche hatte sich ja für nicht weniger als für achtzigtausend Sachen gekauft, und wir verlebten demnach nicht mehr als zwanzigtausend Franken. Und – gleichwohl reichte es. Blanche, die schließlich fast aufrichtig mit mir war (wenigstens belog sie mich nicht mehr in allem), erklärte mir: Die Schulden, die sie genötigt gewesen sei zu machen, würden wenigstens nicht auf mich fallen. »Ich gab dir nicht Rechnungen und Wechsel zu unterschreiben«, sprach sie zu mir, »weil ich dich schonen wollte; jede andere hätte das unbedingt getan und dich auch noch ins Gefängnis gebracht. Siehst du, siehst du, wie ich dich liebte und wie gut ich bin! Was kostet mich allein diese verdammte Hochzeit!«

Es gab tatsächlich eine Hochzeit bei uns. Das ereignete sich ganz gegen Ende unseres Monats, und man muß annehmen, daß hierfür die letzten Reste meiner hunderttausend Franken draufgingen. Damit war auch die Sache, das heißt unser Monat, zu Ende, und ich erhielt meinen formellen Abschied.

Das ging auf folgende Weise vor sich. Eine Woche, nachdem wir uns in Paris niedergelassen hatten, kam der General. Er besuchte sogleich Blanche und blieb fast schon von da an bei uns. Freilich hatte er irgendwo seine eigene kleine Wohnung. Blanche empfing ihn freudig, mit Kreischen und Lachen, und warf sich ihm sogar um den Hals. Es kam so heraus, daß sie selber ihn nicht losließ und er sie überall begleiten mußte: auf den Boulevard, bei Ausfahrten, ins Theater und zu den Bekannten. Hierzu taugte der General immer noch: Er war ziemlich stattlich und ansehnlich – von fast hohem Wuchs, er trug Schnurr- und Backenbart, beide gefärbt (er hatte vordem bei den Kürassieren gedient), sein Gesicht war überhaupt nicht unvornehm, wenn auch etwas aufgedunsen. Er hatte ausgezeichnete Manieren, und der Frack stand ihm vorzüglich. In Paris begann er alle seine Orden zu tragen. Mit so einem Mann – über den Boulevard zu gehen, war nicht nur möglich, vielmehr, wenn man sich so ausdrücken kann, sogar ›eine Empfehlung‹. Der gutmütige, törichte General war mit dem allen sehr einverstanden. Er hatte durchaus nicht hierauf gerechnet, als er in Paris seinen Besuch bei Blanche machte. Damals zitterte er, sie würde ihn anschreien und befehlen, ihn wegzujagen, und deshalb geriet er jetzt, bei dieser Wendung der Dinge, in Begeisterung und verbrachte diesen ganzen Monat in einem einzigen dummen Entzücken: So ließ ich ihn auch zurück. Erst hier erfuhr ich bis ins einzelne, daß der General damals, nach Blanches plötzlicher Abreise aus Roulettenburg, noch am gleichen Morgen eine Art Anfall gehabt hatte. Er fiel in Ohnmacht, war dann eine ganze Woche lang wie gestört und redete immer Unsinn. Man pflegte ihn, plötzlich ließ er aber alles im Stich und fuhr nach Paris. Natürlich erwies sich der Empfang, den ihm Blanche bereitete, als beste Arznei für ihn. Indes blieben noch lange Zeit hindurch Spuren seiner Krankheit zurück, ungeachtet seiner freudigen und begeisterten Stimmung. Er war schon völlig außerstande, etwas zu überlegen oder ein einigermaßen ernsthaftes Gespräch zu führen. In solchem Fall sagte er nur zu allem: »Hm!« – nickte mit dem Kopf – und das war alles. Häufig verfiel er in ein nervös krankhaftes Lachen und konnte dann gar nicht aufhören. Dann saß er wiederum stundenlang finster wie die Nacht da, die dichten Brauen zusammengezogen. An vieles konnte er sich überhaupt nicht mehr erinnern, er wurde unerträglich zerstreut und nahm die Gewohnheit an, mit sich selber zu sprechen. Einzig und allein Blanche vermochte ihn zu erheitern. Ja, und wenn er auch mürrisch und finster in einer Ecke saß, so bedeutete das bloß, daß er Blanche lange nicht gesehen oder daß sie weggefahren war, ohne ihn mitzunehmen, oder daß sie ihn vor ihrem Weggehen nicht geliebkost hatte. Dabei hätte er selber gar nicht sagen können, was er eigentlich wollte, und hätte auch selber gar nicht gewußt, daß er finster und verdrossen war. Nachdem er so ein oder zwei Stunden gesessen hatte (ich hatte das zweimal erlebt, als Blanche für einen ganzen Tag weggefahren war, wahrscheinlich zu Albert), begann er plötzlich um sich zu blikken, unruhig zu werden, sich so umzuschauen, als suche er jemanden, da er aber niemanden erblickte und sich nicht darauf besinnen konnte, wonach er eigentlich fragen wollte, verfällt er wiederum in dumpfes Brüten, bis endlich Blanche erscheint: lustig, munter, aufgeputzt und klangvoll lachend. Sie läuft dann auf ihn zu, beginnt ihn hin und her zu zerren und sogar zu küssen – was ihm übrigens nur selten zuteil wurde. Einmal freute sich der General darüber derart, daß er sogar in Tränen ausbrach – ich wunderte mich sogar.

Gleich nach seiner Ankunft begann Blanche vor mir seinen Anwalt zu spielen. Sie entwickelte dabei sogar Beredsamkeit. Sie erinnerte mich daran, sie sei meinetwegen dem General untreu geworden, sie sei doch schon fast seine Braut gewesen, sie habe ihm ihr Wort gegeben, ihretwegen habe er seine Familie im Stich gelassen, und schließlich habe ich in seinen Diensten gestanden und müsse dies empfinden, und ob ich mich denn gar nicht schäme ... Ich schwieg die ganze Zeit, und sie schwätzte furchtbar viel. Endlich fing ich zu lachen an, und damit endigte die ganze Sache, das heißt, erst hatte sie gedacht, ich sei ein Dummkopf, schließlich war sie aber zu der Ansicht gekommen, ich sei ein sehr guter und bequemer Mensch. Mit einem Wort, ich hatte das Glück, schließlich das Wohlwollen dieses würdigen Mädchens zu erlangen (Blanche war übrigens tatsächlich ein äußerst gutmütiges Geschöpf – natürlich in ihrer Art, das hatte ich anfangs an ihr nicht gewürdigt). »Du bist ein gescheiter und guter Mensch«, sagte sie einmal gegen Ende unseres Zusammenlebens, »und ... und ... nur schade, daß du ein solcher Dummkopf bist. Du wirst es niemals, niemals zu etwas bringen!«

»Un vrai russe, un calmouk!« Mehrere Male beauftragte sie mich, den General spazierenzuführen (so wie etwa ein

Lakai ein Windspiel ausführt). Ich führte ihn übrigens ins Theater, zum Bal-Mabille und in die Restaurants. Hierzu pflegte Blanche auch Geld zu geben, obgleich der General selber Geld hatte und es sehr liebte, vor den Leuten seine Brieftasche zu ziehen. Einmal mußte ich fast Gewalt anwenden, um ihn zu verhindern, eine Brosche für siebenhundert Franken zu kaufen, die ihm im Palais royal in die Augen gestochen hatte und die er um jeden Preis Blanche schenken wollte. Was bedeutete aber für sie eine Brosche für siebenhundert Franken? Der General dagegen hatte überhaupt nicht mehr als tausend Franken. Ich konnte niemals erfahren, woher er das Geld bekommen hatte. Ich nehme an, von Mister Astley, um so mehr, als der auch im Hotel für ihn und seine Familie bezahlt hatte.

Was die Haltung des Generals in dieser ganzen Zeit mir gegenüber anbetrifft, so scheint es mir, er hat nicht einmal meine Beziehungen zu Blanche erraten. Wenn er auch irgendwie hatte läuten hören, daß ich ein Vermögen gewonnen habe, so vermutete er wahrscheinlich, ich sei eine Art Privatsekretär bei Blanche oder vielleicht sogar ihr Diener. Wenigstens sprach er mit mir ständig von oben herab, ganz wie früher, als sei er mein Vorgesetzter, und bisweilen fing er sogar an, mich zu schelten. Eines Morgens beim Kaffee bei uns zu Hause brachte er Blanche und mich furchtbar zum Lachen. Im allgemeinen war er kein empfindlicher Mensch, aber da plötzlich fühlte er sich von mir beleidigt – ich weiß heute noch nicht weshalb. Natürlich wußte er das auch selber nicht. Mit einem Wort: Er hielt eine Rede ohne Anfang und Ende, à bâtons rompus, er schrie, ich sei ein dummer Junge, er werde mich lehren ... er werde mich noch zur Einsicht bringen usw. Man konnte aber gar nichts verstehen. Blanche wälzte sich nur so vor Lachen. Schließlich beruhigte man ihn irgendwie und führte ihn spazieren. Oftmals hatte ich übrigens bemerkt, daß es ihm traurig zumute war, daß er um irgend jemanden oder um irgend etwas trauerte, daß ihm etwas fehlte, sogar wenn

Blanche anwesend war. Zweimal begann er in solchen Augenblicken mit mir zu sprechen. Er konnte sich nur nicht klar ausdrücken, er erinnerte sich an seinen Dienst, an seine verstorbene Gattin, an seine Landwirtschaft, an sein Gut. Es kommt ihm irgendein Wort in den Sinn – er freut sich darüber und wiederholt es hundertmal am Tage, obgleich es weder seine Empfindungen noch seine Gedanken zum Ausdruck bringt. Einmal brachte ich die Rede auf seine Kinder, er suchte sich dem aber ganz so wie früher durch rasches Schwätzen zu entziehen und ging eiligst auf einen anderen Gegenstand über: »Ja, ja! Die Kinder, die Kinder, Sie haben recht, die Kinder!« Nur einmal wurde er von seinen Empfindungen überwältigt – wir waren gerade auf dem Weg ins Theater. »Diese unglücklichen Kinder!« begann er plötzlich, »Ja, mein Herr, das sind unglückliche Kinder!« Und darauf wiederholte er mehrmals an diesem Abend die Worte: »Die unglücklichen Kinder!« Als ich einmal die Rede auf Pauline brachte, geriet er sogar in Wut. »Das ist ein undankbares Weib!« rief er aus. »Sie ist böse und undankbar! Sie hat meine Familie entehrt! Wenn es hier Gesetze gäbe, hätte ich sie schon fügsam gemacht! Ja, ja!« Was aber de Grieux anbetrifft, so konnte er nicht einmal seinen Namen hören. »Er hat mich zugrunde gerichtet«, sagte er, »er hat mich bestohlen, er hat mich umgebracht. Das war mein Alpdruck im Verlaufe von ganzen zwei Jahren! Er ist mir ganze Monate lang jede Nacht im Traume erschienen! Das ist, das ist, das ist ... sprechen Sie mir niemals mehr von ihm!«

Ich sah, daß der General und Blanche sich über etwas geeinigt hatten, schwieg aber wie gewöhnlich. Blanche teilte es mir zuerst mit, das war gerade eine Woche, bevor wir uns trennten. »Il a des chances«, schwätzte sie, »Babuschka ist jetzt tatsächlich schon krank und wird zweifellos sterben. Mister Astley hat ein Telegramm geschickt. Du mußt zugeben, daß er gleichwohl ihr Erbe ist. Wenn er das aber auch nicht wäre, so ist er in gar nichts hinderlich. Erstens hat er seine

Pension, und zweitens wird er in einem Hinterzimmer wohnen und völlig glücklich sein. Ich werde ›madame la générale‹ sein, ich komme in die gute Gesellschaft« (davon träumte Blanche ständig), »dann werde ich russische Gutsbesitzerin, j'aurai un château, des moujiks, et puis j'aurai toujours mon million.«

»Aber wenn er anfangen wird eifersüchtig zu sein und Gott weiß was verlangen wird – verstehst du?«

»Oh, nein, non, non, non! Wie wird er wagen! Ich traf schon Maßregeln, sei unbesorgt. Ich habe ihn schon veranlaßt, einige Wechsel auf den Namen Alberts zu unterschreiben. Wagt er nur zu mucksen – so wird er gleich gestraft werden. Er wird es aber nicht wagen!«

»Nun, so heirate ihn!«

Die Hochzeit verlief ohne besondere Feierlichkeit, still und im Familienkreise. Nur Albert und noch einer von ihren ›Nächsten‹ waren eingeladen. Hortense, Cléopâtre und die übrigen hielt man mit Absicht fern. Der Bräutigam interessierte sich sehr für seine Lage. Blanche schlang ihm selber die Halsbinde, pomadisierte ihn selber ein, und er sah in Frack und weißer Krawatte sehr comme il faut aus.

»Il est pourtant très comme il faut«, erklärte mir Blanche selber, als sie aus dem Zimmer des Generals herauskam, und es war ganz so, als habe sie der Gedanke, daß der General très comme il faut sei, sogar selber verblüfft. Ich habe mich so wenig für die Einzelheiten interessiert, da ich doch an dem Ganzen nur als träger Zuschauer teilnahm, daß ich vieles davon völlig vergaß. Ich entsinne mich nur, daß Blanche sich durchaus nicht als eine de Cominges erwies und auch ihre Mutter keineswegs als veuve Cominges – vielmehr als eine du Placet. Weshalb sich beide bis dahin de Cominges genannt hatten, weiß ich nicht. Der General war aber auch damit sehr zufrieden, und du Placet gefiel ihm sogar noch besser als de Cominges. Als er am Morgen des Hochzeitstages schon fertig angezogen im Saale auf und ab ging, sprach er immer wieder zu sich selber mit einer außerordentlich ernsten und gewichtigen Miene: »Mademoiselle Blanche du Placet! Blanche du Placet, du Placet! Die Jungfrau Blanka du Placet . . .« Und dabei strahlte sein Gesicht vor Selbstzufriedenheit. In der Kirche, beim Standesamt und dann zu Hause beim Frühstück war er nicht nur heiter und zufrieden, vielmehr ganz stolz. Alle beide schienen ganz verändert. Auch Blanche schaute mit einer besonderen Würde drein.

»Jetzt muß ich mich ganz anders halten«, sagte sie zu mir völlig im Ernst, »mais vois-tu, ich habe nur gar nicht an etwas sehr Übles gedacht: Stell dir vor, ich kenne bis jetzt noch nicht meinen jetzigen Familiennamen auswendig: Sagorjansky, Sagossjansky, madame la générale de Sago – Sago, diese verteufelten russischen Namen, enfin madame la générale à quatorze consonnes! Comme c'est agréable, n'est-ce pas?«

Endlich trennten wir uns, und Blanche, diese dumme Blanche, brach sogar in Tränen aus beim Abschied. »Tu étais bon enfant«, sprach sie schluchzend. »Je te croyais bête et tu en avais l'air, das steht dir aber gut!« Und nachdem sie mir bereits endgültig die Hand gedrückt hatte, rief sie plötzlich aus: »Attends!« Sie stürzte in ihr Boudoir und brachte mir gleich zwei Tausendfrankenscheine heraus. Das hatte ich durchaus nicht erwartet! »Das wird dir gute Dienste tun, du bist vielleicht ein sehr gelehrter outchitel, aber ein furchtbar dummer Mensch. Mehr als zweitausend werde ich dir um keinen Preis geben, weil du ja doch alles verspielen wirst. Nun, leb wohl! Nous serons toujours bons amis, und wenn du wiederum gewinnst, so komme unbedingt zu mir et tu seras heureux!«

Ich hatte selber noch fünfhundert Franken, außerdem noch eine prachtvolle Uhr für tausend Franken, Brillantknöpfe usw., so daß man noch lange sorglos leben konnte. Ich nahm in demselben Städtchen meinen Wohnsitz, um mich zu sammeln, und vor allem erwartete ich Mister Astley. Ich habe ganz bestimmt erfahren, daß er hier auf der Durchreise in Geschäften einen Tag bleiben wird. Ich erfahre alles . . . Und dann – und dann gleich nach Homburg. Nach Roulettenburg werde ich höchstens im nächsten Jahr fahren. Man sagt tatsächlich, es sei eine schlechte Vorbedeutung, das Glück zweimal hintereinander an dem gleichen Tische zu erproben, in Homburg ist aber gerade das richtige Spiel für mich.

SIEBZEHNTES KAPITEL

Es ist schon ein Jahr und acht Monate her, seit ich zum letztenmal diese Aufzeichnungen aufschlug, und jetzt erst, aus Gram und Kummer, fiel es mir ein, mich zu zerstreuen, und da las ich sie gerade durch. Ich war also dabei stehengeblieben, daß ich nach Homburg fahren wolle. Mein Gott! Wie verhältnismäßig leicht war es mir damals ums Herz, als ich diese letzten Zeilen schrieb! Das heißt, nicht gerade leicht, ich war aber immerhin noch selbstbewußt und hoffte unerschütterlich! Habe ich denn damals auch nur einmal an mir selber gezweifelt? Nunmehr sind aber anderthalb Jahre dahingegangen, und ich bin meiner Meinung nach viel schlimmer daran als ein Bettler! Ja, wie denn ein Bettler! Ich pfeife auf die Armut! Ich habe mich ganz einfach zugrunde gerichtet! Ich kann mich übrigens überhaupt mit fast gar nichts vergleichen, ja, und es hat auch gar keinen Zweck, mir selber Moralpredigten zu halten. Nichts kann alberner sein in einer solchen Lage als Moral! Oh, die selbstzufriedenen Menschen: Mit wie stolzer Selbstüberzogenheit lieben diese Schwätzer, ihre Sentenzen herzuplappern! Wenn sie nur wüßten, wie sehr ich selber die ganze Widerlichkeit meiner jetzigen Lage begreife, so würde sich natürlich nicht ihre Zunge regen, um mir gute Lehren zu geben. Ja, was, was können sie mir eigentlich sagen, was ich nicht selber weiß? Und handelt es sich denn darum? Die Sache ist doch die, daß – eine einzige Drehung des Rades, und alles ändert sich, und diese selben Moralisten (davon bin ich überzeugt) werden als erste unter freundlichen Scherzen mich beglückwünschen. Dann werden sich nicht mehr alle von mir abwenden wie jetzt. Ja, ich spucke auf sie alle! Was bin ich jetzt? Zéro. Was kann ich morgen sein? Morgen kann ich von den Toten auferstehen und von neuem zu leben beginnen! Ich kann einen Menschen aus mir machen, solange er noch nicht völlig zugrunde ging.

Ich fuhr damals tatsächlich nach Homburg, aber ... ich war damals auch wiederum in Roulettenburg, ich war auch in Spa, ich war sogar auch in Baden-Baden, wohin ich als Kammerdiener des Rates Hinze kam, eines Schuftes, und meines früheren Herrn. Ja, ich war Lakai, volle fünf Monate. Das geschah sogleich nach meiner Entlassung aus dem Gefängnis. Ich saß ja in Roulettenburg auch im Gefängnis wegen einer Schuld, die ich dort gemacht hatte. Ein Unbekannter kaufte mich damals los – wer war das? Mister Astley? Pauline? Ich weiß das nicht. Die Schuld wurde aber bezahlt, ganze zweihundert Taler, und ich kam frei. Was sollte ich anfangen? Ich trat in den Dienst bei diesem Hinze. Das war ein junger, leichtsinniger Mensch, der sich dem Müßiggang hinzugeben liebte – ich aber beherrsche drei Sprachen in Wort und Schrift. Anfangs trat ich bei ihm als Privatsekretär ein, für dreißig Gulden im Monat. Schließlich wurde ich aber sein richtiger Diener: Er hatte nicht mehr Geld genug, um sich einen Sekretär zu halten, und setzte mein Gehalt herab; ich wußte nicht, wohin ich gehen sollte, und blieb – und so wurde ich ganz von selber zu einem Lakaien. Ich aß und trank mich nicht satt in seinem Dienste, dafür sparte ich aber in fünf Monaten siebzig Gulden. Eines Abends in Baden-Baden erklärte ich ihm, ich wolle seinen Dienst verlassen. Noch am gleichen Abend ging ich zum Roulett. Oh, wie pochte mir das Herz! Um das Geld an sich hatte ich keine Furcht! Damals wollte ich nur eines: Noch morgen sollten alle diese Hinze, alle diese Oberkellner, alle diese großartigen Baden-Badener Damen – nur von mir erzählen, meine Geschichte wiederholen, sich über mich wundern, mich loben und sich vor meinem neuerspielten Gelde beugen. Das alles sind kindische Träume und kindische Sorgen, indes ... wer weiß: Vielleicht würde ich Pauline begegnen, ihr alles erzählen, und sie würde einsehen, daß ich über allen diesen törichten Schicksalsschlägen stehe ... Oh, an dem Gelde liegt mir nichts, ich bin überzeugt, ich würde es wiederum irgendeiner Blanche zu Füßen werfen und wiederum in Paris drei Wochen lang mit eigenen Pferden fahren, die sechzehntausend Franken kosteten. Eines weiß ich ganz genau, ich bin nicht geizig. Ich glaube sogar, ich bin ein Verschwender. – Aber gleichwohl, wie zittert und bebt mir das Herz, wenn ich den Croupier rufen höre: Trente-et-un, rouge, impair et passe, oder: quatre, noir, pair et manque! Und mit welcher Gier blicke ich auf den Spieltisch, auf dem Louisdors, Friedrichsdors und Taler liegen, auf diese Goldröllchen, wenn sie, von der Schaufel des Croupiers berührt, zu Haufen zusammensinken, die wie Feuer brennen, oder auf die meterlangen Bänder aus aneinandergereihten Silberstücken, die um das Roulett herumliegen. Bevor ich noch in den Spielsaal eintrete, noch zwei Zimmer vorher, sobald ich nur das Klingen der Goldstücke vernehme – bekomme ich fast Krämpfe.

Oh, jener Abend, als ich meine siebzig Gulden zum Spieltisch trug, war sogar bemerkenswert. Ich setzte zunächst zehn Gulden, und wiederum begann ich mit passe. In Hinsicht hierauf bin ich abergläubisch. Ich verlor. Mir blieben sechzig Guldenstücke. Ich überlegte – und wandte mich Zéro zu. Ich begann gleich zu fünf Gulden auf Zéro zu stellen. Nach dem dritten Einsatz kam es plötzlich heraus. Ich wäre fast vor Freude gestorben, als ich hundertfünfzig Gulden erhielt. So froh war ich nicht einmal damals, als ich hunderttausend Gulden gewonnen hatte. Sofort setzte ich hundert Gulden auf Rouge – ich gewann. Dann alle zweihundert auf Rouge – ich gewann. Dann alle vierhundert auf Noir – ich gewann. Dann alle achthundert auf Manque – ich gewann. Wenn ich das frühere dazurechnete, hatte ich siebzehnhundert Gulden in nicht mehr als in fünf Minuten gewonnen! Ja, in solchen

Augenblicken vergißt man alle früheren Mißerfolge. Ich hatte das erlangt, indem ich mehr aufs Spiel setzte als mein Leben, ich hatte den Mut gehabt zum Wagnis – und jetzt kann ich mich wiederum den Menschen zuzählen!

Ich nahm mir ein Hotelzimmer, schloß mich ein und brachte bis drei Uhr morgens damit zu, daß ich mein Geld immer wieder zählte. Als ich am Morgen erwachte, war ich schon nicht mehr Lakai. Ich beschloß, noch am gleichen Tage nach Homburg zu fahren. Dort hatte ich weder als Lakai gedient noch im Gefängnis gesessen. Eine halbe Stunde vor Abgang des Zuges ging ich ins Spielhaus, um zwei Einsätze zu machen, nicht mehr, und verspielte anderthalbtausend Gulden. Gleichwohl zog ich nach Homburg, und da bin ich jetzt schon einen Monat ...

Natürlich lebe ich in beständiger Aufregung. Ich spiele mit ganz kleinen Einsätzen und erwarte irgend etwas. Ich berechne, stehe ganze Tage am Spieltisch und beobachte das Spiel, ich träume sogar davon – aber bei alledem scheint es mir, als sei ich zu einem Holzklotz geworden, als stecke ich in einem Sumpfe. Ich schließe hierauf aus dem Eindruck, der mir von meiner Begegnung mit Mister Astley zurückblieb. Wir hatten uns seit jener Zeit nicht mehr gesehen und begegneten einander ganz zufällig. Und das war so gekommen: Ich ging im Garten auf und ab und vergegenwärtigte mir, daß ich jetzt fast gar kein Geld mehr habe: Ich besitze nur fünfzig Gulden – habe aber in dem Hotel, wo ich eine Kammer bewohne, vorgestern alles bezahlt. Es bleibt mir demnach die Möglichkeit, jetzt nur noch einmal zum Roulett zu gehen – wenn ich etwas gewinne, kann ich fortfahren zu spielen, verliere ich – so muß ich wieder Lakai werden, es sei denn, daß ich zufällig Russen ausfindig mache, die einen Lehrer nötig haben. In solchen Gedanken machte ich meinen täglichen Spaziergang durch den Park und durch den Wald, in das Nachbarfürstentum. Bisweilen schweifte ich so vier Stunden umher und kehrte dann hungrig und müde nach Homburg zurück. Ich war gerade eben aus dem Garten in den Park gekommen, als ich auf einmal Mister Astley auf einer Bank sitzen sah. Er hatte mich zuerst bemerkt und mir zugerufen. Ich setzte mich neben ihn. Da ich eine gewisse Zurückhaltung an ihm wahrnahm, mäßigte ich sogleich meine Freude. Sie wäre sonst allzu groß gewesen.

»Sie sind also hier! Ich habe gleich gedacht, daß ich Ihnen begegnen werde«, sagte er. »Sie brauchen sich gar nicht die Mühe zu geben, mir zu erzählen: Ich weiß schon, ich weiß schon alles. Ihr ganzes Leben im Verlaufe des Jahres und der acht Monate, die seitdem verflossen sind, ist mir bekannt.«

»Sieh mal an, wie Sie den Lebenslauf Ihrer alten Freunde verfolgen!« antwortete ich. »Das macht Ihnen Ehre, daß Sie nicht vergessen ... Warten Sie übrigens einmal. Sie bringen mich auf einen Gedanken: Haben Sie mich aus dem Roulettenburger Gefängnis losgekauft, wo ich wegen einer Schuld von zweihundert Talern saß? Das hat damals ein Unbekannter getan.«

»O nein, nein; nicht ich habe Sie aus dem Roulettenburger Gefängnis losgekauft, wo Sie wegen zweihundert Talern saßen, ich wußte aber, daß Sie wegen einer solchen Schuld eingesperrt waren.«

»Demnach wissen Sie auch, wer mich loskaufte?«

»O nein, ich kann nicht sagen, daß ich das weiß.«

»Seltsam! Von den Russen hier kennt mich niemand, ja, und die Russen hier werden das auch wahrscheinlich gar nicht tun. Dort bei uns in Rußland, da kaufen wohl Rechtgläubige ihre Glaubensgenossen frei. Und ich dachte schon, das habe irgendein verrückter Engländer in seiner Wunderlichkeit getan.«

Mister Astley hörte mir mit einem gewissen Staunen zu. Er schien erwartet zu haben, mich verdrießlich und niedergeschlagen zu finden. »Gleichwohl freue ich mich sehr, daß Sie sich, wie ich sehe, die ganze Unabhängigkeit Ihres Geistes und sogar Ihre Heiterkeit bewahrten«, sagte er mit einem ziemlich unangenehmen Ausdruck.

»Das heißt, in Ihrem Innern knirschen Sie vor Verdruß darüber, daß ich nicht niedergeschlagen und erniedrigt bin«, sprach ich lachend.

Er verstand mich nicht gleich, dann lächelte er. »Ihre Bemerkungen gefallen mir. In diesen Worten erkenne ich meinen früheren, gescheiten, begeisterten und dabei doch zynischen Freund. Nur die Russen können gleichzeitig so viel Gegensätze in sich beherbergen. Tatsächlich liebt man, seinen besten Freund in Erniedrigung vor sich zu sehen. Auf der Erniedrigung gründet sich meistenteils die Freundschaft. Das ist eine alte Sache, längst bekannt allen gescheiten Leuten. Im gegenwärtigen Fall kann ich Sie aber versichern, daß ich mich aufrichtig darüber freue, daß Sie den Mut nicht sinken lassen. Sagen Sie mir, haben Sie nicht die Absicht, das Spiel aufzugeben?«

»Der Teufel soll es holen! Ich würde das sogleich tun, wenn ich nur ...«

»Wenn ich mich nur jetzt wieder herausspielen könnte? Das dachte ich mir gleich; sprechen Sie nicht zu Ende – ich weiß – das ist Ihnen so entschlüpft, infolgedessen haben Sie die Wahrheit gesagt. Sagen Sie, beschäftigen Sie sich außer mit dem Spiel auch sonst noch mit etwas?«

»Nein, mit gar nichts ...«

Er begann mich zu examinieren. Ich wußte gar nichts, ich hatte fast niemals in die Zeitung geblickt, ich hatte tatsächlich diese ganze Zeit über kein Buch aufgeschlagen.

»Sie sind zu einem Holzklotz geworden«, bemerkte er. »Sie haben nicht nur dem Leben entsagt, sich Ihren eigenen Interessen und denen der Gesellschaft entfremdet, sich losgesagt von Bürger- und Menschenpflichten und von Ihren Freunden (und Sie hatten welche), Sie haben nicht nur jedes andere Ziel aufgegeben außer dem Spielgewinn, Sie verneinten sogar Ihre Vergangenheit. Ich entsinne mich Ihrer in den feurigen und starken Augenblicken Ihres Lebens. Ich bin aber überzeugt, daß Sie gerade die besten Eindrücke von damals vergessen haben. Jetzt gehen Ihre Träume, Ihre eigentlichen Wünsche nicht mehr weiter als Pair, Impair, Rouge, Noir, die zwölf mittleren und so weiter, und so weiter, davon bin ich überzeugt!«

»Genug, Mister Astley, bitte, bitte, erinnern Sie mich nicht daran«, rief ich verdrießlich, fast wütend. »Wissen Sie, ich habe fast nichts vergessen, ich habe mir nur vorläufig dies alles aus dem Kopf geschlagen, sogar die Erinnerungen – bis, bis ich von Grund auf meine Verhältnisse gebessert habe; dann ... dann werden Sie sehen, ich werde von den Toten auferstehen!«

»Sie werden noch nach zehn Jahren hier sein!« sprach er. »Ich will mit Ihnen wetten: Ich werde Sie, wenn ich am Leben bleibe, hier auf dieser Bank daran erinnern.«

»Genug«, unterbrach ich ihn ungeduldig, »um Ihnen zu beweisen, daß ich durchaus nicht alles Vergangene vergessen habe, sagen Sie mir gefälligst: Wo ist jetzt Miss Pauline? Wenn nicht Sie mich damals loskauften, so war das sicherlich sie. Gerade seit jener Zeit bin ich ohne alle Nachrichten über sie.«

»Nein, o nein! Ich glaube nicht, daß sie Sie loskaufte. Sie weilt jetzt in der Schweiz, und Sie werden mir ein großes Vergnügen bereiten, wenn Sie mich nicht mehr nach Miss Pauline fragen«, sagte er in entschiedenem und sogar gereiztem Tone.

»Das bedeutet, daß sie auch schon Sie sehr verletzte!« Und unwillkürlich lächelte ich.

»Miss Pauline ist das beste von allen Geschöpfen, die der höchsten Ehrfurcht würdig sind, ich wiederhole Ihnen aber: Sie werden mir ein großes Vergnügen bereiten, wenn Sie mich nicht weiter nach Miss Pauline fragen. Sie haben sie niemals verstanden, und ihr Name in Ihrem Munde beleidigt mein sittliches Gefühl.«

»Sieh mal an! Sie haben übrigens unrecht; ja, worüber sollte ich denn sonst mit Ihnen sprechen, sagen Sie mir das doch? Hierin beruhen doch einzig und allein alle unsere Erinnerungen! Sie können übrigens ruhig sein, ich werde keinerlei Geheimnisse von Ihnen berühren ... Ich interessiere mich nur sozusagen für die äußere Lage von Miss Pauline, einzig und allein dafür, in welcher äußeren Umgebung sie sich jetzt befindet. Das kann man in zwei Worten sagen!«

»Gut, doch unter der Bedingung, daß die Sache auch in zwei Worten abgetan ist. Miss Pauline war sehr krank. Sie ist es auch jetzt noch. Einige Zeit lang lebte sie mit meiner Mutter und meiner Schwester in Nordengland. Vor einem halben Jahr starb ihre Großmutter – Sie entsinnen sich doch, dieses verrückte Weib – und hinterließ ihr persönlich ein Vermögen von siebentausend Pfund. Jetzt ist Miss Pauline auf Reisen mit der Familie meiner inzwischen verheirateten Schwester. Ihr kleiner Bruder und ihre kleine Schwester wurden gleichfalls durch das Testament der Großmutter sichergestellt und gehen in London zur Schule. Ihr Stiefvater, der General, starb von einem Monat in Paris an einem Schlaganfall. Mademoiselle Blanche war zu ihm gut gewesen, indes brachte sie es fertig, sich alles, was ihm die Großmutter vermacht hatte, überschreiben zu lassen ... Das ist, so scheint mir, alles.«

»Aber de Grieux? Ist nicht auch er in der Schweiz?«

»Nein, de Grieux ist nicht dort, und ich weiß gar nicht, wo er ist. Außerdem ersuche ich Sie, ein für allemal derartige Anspielungen und unnoble Zusammenstellungen zu unterlassen, weil Sie es sonst unbedingt mit mir zu tun bekommen!«

»Wie? Ungeachtet unserer früheren freundschaftlichen Beziehungen?«

»Ja, ungeachtet unserer früheren freundschaftlichen Beziehungen.«

»Ich bitte Sie tausendmal um Entschuldigung, Mister Astley. Erlauben Sie mir indes zu bemerken: Hierbei ist weder etwas Beleidigendes noch etwas Unnobles. Ich mache Miss Pauline nicht den geringsten Vorwurf. Zudem bilden ein Franzose und ein russisches junges Mädchen – ganz im allgemeinen – eine solche Zusammenstellung, Mister Astley, daß wir beide über sie weder zu urteilen noch sie endgültig zu begreifen vermögen.«

»Wenn Sie den Namen de Grieux nicht zugleich mit dem anderen Namen erwähnt hätten, so würde ich Sie bitten, mir zu erklären, was Sie unter dem Ausdruck ›ein Franzose und ein russisches junges Mädchen‹ eigentlich verstehen. Was ist das für eine ›Zusammenstellung‹? Weshalb gerade ein Franzose und ein russisches junges Mädchen?«

»Sehen Sie, das hat Ihr Interesse erregt! Das ist aber eine ziemlich verwickelte Sache, Mister Astley. Dazu müßte man vieles im voraus wissen. Das ist übrigens eine ernste Frage – wie lächerlich auch das alles auf den ersten Blick erscheinen möge. Der Franzose, Mister Astley – das ist die vollendete schöne Form. Sie, als Engländer, können hiermit nicht einverstanden sein; ich als Russe bin das gleichfalls nicht, nun, sei es auch nur aus Neid. – Aber unsere jungen Mädchen können durchaus anderer Meinung sein. Sie finden sicherlich Racine gekünstelt, gequält und parfümiert, wahrscheinlich werden Sie ihn nicht einmal lesen. Auch ich finde ihn gekünstelt, gequält, parfümiert und in gewisser Hinsicht sogar lächerlich. Er ist aber großartig, Mister Astley, und vor allem – er ist ein großer Dichter, ob wir beide das anerkennen oder nicht. Die nationale Ausdrucksweise des Franzosen, das heißt des Parisers, begann bereits eine elegante Form anzunehmen, als wir noch Bären waren. Die Revolution heimste die Erbschaft des Adels ein. Jetzt kann der allerwindigste Franzose Manieren, Bewegungen, Ausdrücke und sogar Gedanken von einer durchaus gewählten Form haben – ohne daß er an ihr mit der Seele oder mit dem Herzen Anteil nimmt, ja, ohne daß er sie bewußt wählte. Das alles fiel ihm als Erbe in den Schoß. An und für sich können die Franzosen die leersten und gemeinsten Wesen sein. Nun, Mister Astley, jetzt mache ich Sie darauf aufmerksam, daß es auf der ganzen Welt kein Geschöpf gibt, das vertrauensvoller und offener wäre als ein gutes, gescheites und nicht allzusehr vom Leben mitgenommenes russisches junges Mädchen. Ein de Grieux, der in irgendeiner Rolle auftritt, natürlich maskiert – kann ihr Herz mit großer Leichtigkeit erobern: Er besitzt die vollendete Form, Mister Astley, und das russische junge Mädchen erblickt in ihr seine eigentliche Seele: den natürlichen Ausdruck seiner Seele und seines Herzens, nicht aber lediglich einen Anzug, der ihm durch Erbschaft zufiel. Wenn es Ihnen auch sehr unangenehm sein mag, muß ich Ihnen doch sagen, daß die Engländer größtenteils – eckig und unelegant sind; wir Russen aber haben einen ziemlich feinen Sinn für Schönheit und sind auf sie versessen. Um indes den Unterschied zu erfassen zwischen schöner Form und Originalität der Persönlichkeit, dazu gehört unvergleichlich mehr Selbständigkeit und freier Blick, als unsere Frauen (geschweige denn unsere jungen Mädchen) aufbringen können – und natürlich schon auf jeden Fall gehört dazu bei weitem mehr Erfahrung. Miss Pauline aber – verzeihen Sie: Was gesagt ist, kann man nicht ungesagt machen – braucht sehr, sehr lange Zeit, um sich zu entschließen, Sie dem Schurken de Grieux vorzuziehen. Sie wird Sie zwar zu würdigen wissen, sie wird Ihre Freundin werden und Ihnen Ihr ganzes Herz eröffnen, aber in diesem Herzen herrscht gleichwohl der verhaßte Schurke, der widerliche und jämmerliche Geschäftemacher de Grieux. Daran wird sozusagen schon ihr Eigensinn und ihre Selbstliebe mächtigen Anteil haben, denn dieser selbe de Grieux erschien ihr einstmals im Glorienschein eines eleganten Marquis, eines enttäuschten Liberalen und eines Mannes, der sich (so glaubte sie damals) ruiniert hatte, indem er ihre Familie und den leichtsinnigen General unterstützte. Daß das alles nur Täuschung war, hat sich erst nachträglich erwiesen. Aber das hat gar nichts zu bedeuten: Gleichwohl will sie jetzt den früheren de Grieux zurückhaben – danach allein trägt sie Verlangen! Und je mehr sie den jetzigen de Grieux haßt, um so mehr grämt sie sich nach dem früheren, wenn er auch einzig und allein in ihrer Einbildung existiert hat. Sie sind Zuckerfabrikant, Mister Astley?«

»Ja, ich bin bereits Teilhaber der bekannten Zuckerfabrik Lovel und Kompanie.«

»Nun, so sehen Sie also, Mister Astley. Auf der einen Seite – ein Zuckerfabrikant, auf der andern – Apollo von Belvedere. Das reimt sich doch nicht gut zusammen! Ich bin freilich nicht einmal Zuckerfabrikant, ich bin ganz einfach ein unbedeutender Roulettspieler, und ich war sogar Lakai. Und das weiß wahrscheinlich bereits Miss Pauline, denn sie scheint eine gute Geheimpolizei zu haben.«

»Sie sind gekränkt, und nur deshalb sprechen Sie allen diesen Unsinn«, antwortete kaltblütig Mister Astley, nachdem er etwas nachgedacht hatte. »Außerdem sind Ihre Worte durchaus nicht originell!«

»Einverstanden! Aber das ist doch gerade das Schlimme, mein edler Freund, daß alle diese meine Beschuldigungen, mögen sie noch so veraltet, noch so banal, noch so possenhaft sein – gleichwohl die Wirklichkeit für sich haben! Wir beide haben nun einmal gar nichts erreicht!«

»Das ist niederträchtiger Unsinn ... Denn, denn, wissen Sie denn?« sprach Mister Astley mit bebender Stimme und funkelnden Augen, »so wissen Sie denn, Sie undankbarer und unwürdiger, Sie kleinlicher und unglücklicher Mensch, daß ich einzig und allein in ihrem Auftrag hierher nach Homburg kam, und nur dazu, um Sie zu sehen, mit Ihnen ausführlich und intim zu sprechen, und ihr dann alles wiederzuerzählen – Ihre Empfindungen, Gedanken, Hoffnungen und ... – Erinnerungen!«

»Wirklich? Wirklich?« rief ich, und die Tränen stürzten mir förmlich aus den Augen. Ich konnte sie nicht zurückhalten, und das war, glaube ich, zum erstenmal in meinem Leben.

»Ja, Sie unglücklicher Mensch, sie liebte Sie, das kann ich Ihnen jetzt mitteilen, weil Sie – ein verlorener Mensch sind! Nicht nur das, wenn ich Ihnen sogar eröffne, daß sie Sie bis jetzt noch liebt – so werden Sie trotzdem hier bleiben! Ja, Sie haben sich zugrunde gerichtet. Sie besaßen gewisse Fähigkeiten, einen lebhaften Charakter und waren kein übler Mensch. Sie hätten sogar Ihrem Vaterlande nützlich werden können, dem es doch so an tüchtigen Männern fehlt – Sie werden aber hier bleiben, und Ihr Leben ist zu Ende. Ich mache Ihnen keine Vorwürfe. Meiner Ansicht nach sind alle Russen so oder wenigstens hierzu geneigt. Wäre es nicht das Roulett, so wäre es etwas anderes, ihm ähnliches. Die Ausnahmen sind allzu selten. Sie sind nicht der erste, der nicht begreift, was Arbeit ist (von Ihrem Volke spreche ich jetzt nicht). Das Roulett – das ist vornehmlich ein russisches Spiel. Bis jetzt waren Sie noch ehrlich und wollten eher Lakai sein als stehlen ... Es ist mir aber furchtbar, daran zu denken, was in Zukunft sein kann. Genug, leben Sie wohl! Sie haben doch natürlich Geld nötig? Da haben Sie zehn Louisdor, mehr gebe ich nicht, weil Sie sie doch verspielen werden. Nehmen Sie das Geld und leben Sie wohl! So nehmen Sie es doch!«

»Nein, Mister Astley, nach alledem, was Sie soeben sagten ...«

»Nehmen Sie doch!« schrie er. »Ich bin überzeugt, daß Sie noch ein anständiger Mensch sind, und ich gebe es Ihnen so, wie nur irgendein Freund seinem aufrichtigen Freund. Könnte ich aber überzeugt sein, daß Sie sofort das Spiel aufgeben, Homburg verlassen und in Ihr Vaterland zurückkehren werden – so würde ich Ihnen auf der Stelle tausend Pfund geben, damit Sie einen neuen Beruf ergreifen könnten. Ich gebe Ihnen aber gerade deshalb nicht tausend Pfund, vielmehr nur zehn Louisdor, weil es jetzt für Sie durchaus gleichgültig ist, was ich Ihnen gebe: Sie werden alles verspielen! Nehmen Sie und leben Sie wohl!«

»Ich werde es nehmen, wenn Sie mir erlauben, sie zum Abschied zu nehmen.«

»Oh, mit großem Vergnügen!«

Wir umarmten uns aufrichtig, und Mister Astley ging weg.

Nein, er hat nicht recht! War ich zu scharf und zu dumm in Hinsicht auf Pauline und de Grieux, so war er es ebenso in Hinsicht auf die Russen. Von mir selber sage ich gar nichts. Übrigens, übrigens ... das alles ist vorderhand nicht das Richtige: Das alles sind Worte, Worte und Worte, wir brauchen aber Taten! Hier ist jetzt die Hauptsache – die Schweiz! Noch morgen – oh, wenn ich mich doch noch morgen dahin begeben könnte! Um neugeboren zu werden, um aufzuerstehen! Ich muß jenen dort beweisen ... Pauline soll wissen, daß ich noch zu einem Menschen werden kann. Ich brauchte nur ... jetzt ist es übrigens schon zu spät – aber morgen ... Oh, ich habe eine Vorahnung, und das kann gar nichts anderes sein! Ich habe jetzt fünfzehn Louisdor, und damals begann ich mit fünfzehn Gulden! Wenn man es vorsichtig anfängt ... und bin ich denn wirklich, wirklich schon so ein kleines Kind? Begreife ich denn nicht selber, daß ich ein verlorener Mensch bin? Indes – weshalb kann ich eigentlich nicht auferstehen? Ja! Ich brauche nur einmal im Leben zu berechnen und geduldig zu sein – weiter gar nichts! Ich brauche nur einmal Charakter zu beweisen, und dann kann ich in einer Stunde mein ganzes Schicksal ändern! Die Hauptsache – ist Charakter. Ich brauche mich nur darauf zu besinnen, was sich in dieser Hinsicht vor sieben Monaten in Roulettenburg zutrug, bevor ich endgültig alles verspielte. Oh, da bewies ich außerordentliche Entschlossenheit: Ich hatte damals alles verspielt ... Als ich den Spielsaal verließ, bemerkte ich plötzlich in meiner Westentasche noch einen Gulden. »Da habe ich wenigstens soviel, um zu Mittag zu essen!« dachte ich; ich war aber noch nicht hundert Schritte gegangen, da hatte ich es mir anders überlegt und kehrte zurück. Ich setzte diesen Gulden auf Manque (diesmal wirklich auf Manque), und wirklich, es ist ein ganz besonderes Gefühl, wenn man allein, in einem fremden Land, fern der Heimat, ohne alle Freunde und ohne zu wissen, ob man heute zu essen haben wird, den letzten Gulden einsetzt, den aller-, allerletzten Gulden! Ich gewann, und als ich zwanzig Minuten später das Spielhaus verließ, hatte ich hundertsiebzig Gulden in der Tasche. Das ist Tatsache! Sehen Sie, das kann bisweilen der letzte Gulden bedeuten! Aber wie denn, wenn ich damals kleinmütig geworden wäre, wenn ich mich nicht hätte entschließen können . . .?

Morgen, morgen wird sich alles wenden!

NACHWORT

Entstehungsgeschichte

Das erste Dämmern des dreifachen Plans, die Geschichte eines Spielers, die Geschichte eines Russen im Ausland und die Geschichte einer krankhaften, den Menschen verzehrenden unglücklichen Leidenschaft zu schreiben, geht auf den Herbst 1863 zurück. Am 18. (30. neuer Zeitrechnung) September 1863 schreibt Dostojewskij aus Rom an den Publizisten N. N. Strachow darüber folgendes: »So denke ich mir das Sujet der Erzählung: Die Hauptgestalt ist ein Russe im Ausland – das ist eine wichtige und aktuelle Frage, die in unseren Zeitschriften oft zur Sprache kommt. Das alles soll meine Erzählung wiedergeben. Überhaupt möchte ich darin den gegenwärtigen Moment unseres inneren Lebens darstellen. Ich nehme einen Menschen von unmittelbarem Naturell, mit vielfältiger Begabung und Bildung, jedoch einen in jeder Hinsicht unfertigen Menschen, der den Glauben verloren hat, der jedoch auch nicht den Mut hat, nicht zu glauben, der sich gegen die Autoritäten auflehnt, sie zugleich aber auch fürchtet. Er beruhigt sein Gewissen mit dem Gedanken, daß es für ihn und seinesgleichen in Rußland nichts zu tun gebe. [. . .] Die Hauptsache ist jedoch die, daß all seine Lebenskräfte und Säfte, seine Tollkühnheit und all sein Lebensmut an das Roulett verschleudert werden. Er ist ein Spieler, jedoch kein simpler Spieler. [. . .] Er ist gewissermaßen ein Inspirierter, ein Schwärmer und Poet seines Metiers, der sich jedoch selber dieser seiner Schwärmerei und Poesie des Spiels schämt, da er sich im tiefsten Inneren der Gemeinheit und Niedrigkeit dieser Art von Poesie bewußt ist. Doch das Wagnis rehabilitiert ihn vor sich selbst. Die ganze Erzählung dreht sich darum, warum er nun schon drei Jahre in den Spielkasinos Roulett spielt.« Zur gleichen Zeit entwarf Dostojewskij den Plan der Erzählung, die mindestens anderthalb Druckbogen umfassen sollte, und begann sie auch niederzuschreiben, ließ die Arbeit aber sehr bald liegen, »denn erstens ist es heiß«, schrieb er in demselben Brief an Strachow, »und zweitens, da ich nun schon mal in so eine Stadt wie Rom gekommen bin, auf eine Woche, kann man denn da in dieser einen Woche, und dazu noch in Rom, schreiben?« So blieb der 1863 in Rom angefangene Roman »Der Spieler« drei Jahre lang liegen.

Vergegenwärtigen wir uns kurz die Situation jener Jahre. Das Jahr 1864 war für den dreiundvierzigjährigen Schriftsteller ein in jeder Hinsicht tragisches, leidvolles Jahr: Kurz nacheinander sterben Dostojewskijs erste Frau, sein Lieblingsbruder Michail und sein engster Mitarbeiter und Vertrauter Apollon Grigorjew. Dostojewskijs eigene Kräfte sind erschöpft; Einsamkeitsgefühle und düstere Gedanken bedrängen ihn. Dazu kommt die materielle Not: Sein Bruder hat große Schulden hinterlassen, die Dostojewskij wie die Sorge um die Witwe und vier Kinder übernimmt. Im Juni 1865 stellt Dostojewskijs Zeitschrift »Epocha« ihr Erscheinen ein, und Dostojewskij flieht vor den Gläubigern, die ihn mit Pfändung und Schuldgefängnis bedrohen, ins Ausland. In Wiesbaden packt ihn wieder, wie schon 1863, seine Spielleidenschaft, und er verspielt in den ersten fünf Tagen seine gesamte Barschaft. In dieser verzweifelten Lage verkauft Dostojewskij im Sommer 1865 die Rechte für die Herausgabe seiner Werke an den erpresserischen Verleger und Literaturspekulanten F. Stellowskij. »Doch in unserem Vertrag war eine Klausel«, berichtet Dostojewskij in seinem Brief vom 17. Juni 1866 an A. Korwin-Krukowskaja, »laut welcher ich mich verpflichtet habe, ihm bis zum 1. November 1866 einen großen (mindestens zwölf Druckbogen umfassenden), noch unveröffentlichten Roman zu liefern. Wenn ich das nicht tue, so ist Stellowskij berechtigt, im Verlauf der nächsten neun Jahre alles, was ich schreiben werde, gratis herauszugeben und so wie es ihm beliebt – ohne geringstes Entgelt an mich.« Doch zu dieser Zeit ist Dostojewskij so sehr gepackt, ja geradezu besessen von seiner Arbeit an »Schuld und Sühne«, daß er kaum einen Gedanken an den neuen Roman für Stellowskij wendet. Im Sommer 1866 hatte er allerdings den exzentrischen Plan, an den zwei Romanen – an »Schuld und Sühne« und am »Spieler« – gleichzeitig zu arbeiten, worüber er im oben erwähnten Brief an Korwin-Krukowskaja berichtet: »Ich habe einen noch nie dagewesenen exzentrischen Plan, nämlich in vier Monaten dreißig Druckbogen zu schreiben, und zwar für zwei verschiedene Romane; den einen werde ich morgens, den anderen abends schreiben und will fristgemäß fertig werden.« Doch aus dem Plan wurde nichts, und noch einen Monat vor der Ablieferungsfrist war keine einzige Zeile von dem neuen Roman für Stellowskij geschrieben.

In dieser äußersten Notlage nimmt der Schriftsteller die Hilfe einer blutjungen Stenographin, Anna Grigorjewna Snitkina, in Anspruch und diktiert ihr innerhalb von sechsundzwanzig Tagen (vom 4. bis zum 29. Oktober 1866) den neuen Roman, der zunächst den Titel »Roulettenburg« tragen sollte, auf Verlangen des Verlegers jedoch, der einen »mehr russischen« Titel forderte, in »Igrok« (»Der Spieler«) umbenannt wurde. Es ist anzunehmen, daß Dostojewskij zu jener Zeit bereits irgendwelche Entwürfe und ausführliche Pläne zu dem Roman besaß, was die Schaffung des »Spielers« in so außerordentlich kurzer Zeit überhaupt möglich machte. In ihren Lebenserinnerungen[1] erzählt Anna Grigorjewna von Dostojewskijs Arbeitsmethode jener Zeit: Am Vormittag machte er Notizen, von zwölf bis vier Uhr nachmittags diktierte er ihr den Text, den sie zu Hause entzifferte und abschrieb. Zum Schluß hat er den gesamten Text noch einmal überarbeitet und korrigiert. Am 1. November 1866 lieferte Dostojewskij sein Manuskript fristgemäß ab, und erst danach, im November, schloß er die Arbeit an »Schuld und Sühne« ab. Drei Monate später wurde die um fünfundzwanzig Jahre jüngere Anna Grigorjewna Snitkina seine zweite Frau, womit eine zwar langsame, doch stete Wende zum Besseren in seinem gehetzten, ungeordneten Bohemeleben eintrat.

[1] Anna G. Dostoevskaja: Vospominanija. Herausgegeben von L. P. Grossman. Moskau und Leningrad 1925. Neuauflage: Moskau 1971. Deutsch: Die Lebenserinnerungen der Gattin Dostojewskis. Herausgegeben von R. Fülöp-Miller und F. Eckstein. München 1925. 3. Auflage unter dem Titel: Erinnerungen. Das Leben Dostojewskijs in den Aufzeichnungen seiner Frau. München 1980.

Die Gestalt des Spielers in der zeitgenössischen Literatur

Die Gestalt des Spielers hat einen weit verzweigten Stammbaum in der Weltliteratur. Es ist an dieser Stelle weder möglich noch zweckmäßig, alle Werke aufzuzählen, in denen das Hasardspiel eine wichtige Rolle spielt. Wir beschränken uns daher auf diejenigen Werke, die eine unmittelbare Beziehung zu Dostojewskij und seinem Werk haben.

Dostojewskij selber weist auf die Puschkin-Tradition im Zusammenhang mit seinem Roman hin. Dabei denkt man in erster Linie natürlich an »Pique Dame« (1834), aber auch an Puschkins »Kleine Tragödien«, insbesondere an den »Geizigen Ritter« (1836). Gewisse Einzelheiten im »Spieler« gehen ganz unverkennbar auf »Pique Dame« zurück, anderseits ist Puschkins German nur von einer einzigen Leidenschaft – derjenigen des Kartenspiels, d. h. der Geldgier als dem Weg zur Macht – besessen, während Dostojewskijs Spieler am Geld an sich uninteressiert ist und es gleich verschleudert; zwei Leidenschaften beherrschen ihn: die Poesie des Spiels und die Poesie einer qualvollen Liebe.

Liebe, Eifersucht und Hasardspiel (Karten) verbinden sich auch in Lermontows Drama »Die Maskerade« (1835) zu einem spannungsreichen und effektvollen Ganzen. Dieses Drama war in Dostojweskijs Blickfeld, als er den »Spieler« konzipierte, wovon seine »Aufzeichnungen aus dem Untergrund« (1864) zeugen. Wahrscheinlich kannte Dostojewskij auch den Aufsatz von F. Derschau »Die Aufzeichnungen eines Spielers«, der in der Aprilnummer 1859 der Zeitschrift »Russkoje Slowo« (»Russisches Wort«) erschienen war.

Bekannt ist Dostojewskijs Begeisterung für den deutschen Romantiker E. T. A. Hoffmann. Dessen Spielernaturen mögen gewiß auch nicht ohne Einfluß auf die russische Spielervariante gewesen sein. Wie E. T. A. Hoffmann, so hat auch Balzac bei Dostojewskijs Romanen Pate gestanden: Im Zeichen von Balzac, dessen Roman »Eugénie Grandet« er 1843 übersetzt hatte, trat der zweiundzwanzigjährige Dostojewskij in die russische Literatur ein (es war seine erste gedruckte Arbeit). Die Eingangsepisode von Balzacs Roman »Das Chagrinleder« (1831) erfährt eine gewisse Spiegelung in Dostojewskijs »Spieler«. Zweifellos kannte Dostojewskij auch die Novelle des englischen Schriftstellers William Thackeray »The Kicklebury on the Rhine« (1850), die 1851 in russischer Übersetzung in den »Vaterländischen Annalen« erschienen war. Viele Einzelheiten verbinden die englische Novelle mit dem »Spieler«. Zunächst einmal der Schauplatz des Geschehens: Hier wie dort ist es ein kleiner deutscher Kurort mit Spielkasino mit dem sprechenden Namen Rougetnoirebourg[2] bzw. Roulettenburg. Übrigens hat der russische Übersetzer von Thackeray das deutsche Städtchen Rougetnoirebourg in Roulettenburg umbenannt. Eben das war, wie oben erwähnt, der Ursprungstitel von Dostojewskijs Roman, und genau so heißt der Schauplatz des Geschehens im »Spieler«. Beide Städtchen sind von ausländischen Badegästen bevölkert. Eine gewisse Ähnlichkeit weisen die beiden französischen Abenteurerinnen auf: Blanche bei Dostojewskij, Madame la Princesse de Magador bei Thackeray. Die Engländer wohnen in beiden Werken im Hotel »Vier Jahreszeiten«. Den Vergleich könnte man fortsetzen. – Dies nur die wichtigsten und direkten Einflüsse.

Die autobiographischen Reminiszenzen im »Spieler«

Genauso unverkennbar wie die literarischen Einflüsse sind die autobiographischen Reminiszenzen im »Spieler«. Im Sommer 1862 hatte Dostojewskij seine erste Auslandsreise unternommen, die ihren literarischen Niederschlag in dem polemischen Bericht »Winterliche Aufzeichnungen über sommerliche Eindrücke« (1863) findet, an den »Der Spieler« unmittelbar anknüpft und in literarischer Form dessen philosophisches Thema »Rußland und der Westen« aufgreift. Im Sommer 1863 reist Dostojewskij zum zweiten Mal ins Ausland: nach Wiesbaden, Baden-Baden, Paris, Genf, Turin und Rom, wo der Plan zum »Spieler« entsteht. Diese zweite Auslandsreise steht ganz im Zei-

[2] Von »Rouge et noir« (»Rot und Schwarz«), einem Glücksspiel.

chen einer doppelten großen Leidenschaft. Es ist die qualvolle, Dostojewskij bis an den Rand der Verzweiflung führende Liebe zu der um zwanzig Jahre jüngeren schönen, stolzen und »dämonischen« Polina Suslowa, deren Charakter den Grund legt für den Typ der »dämonischen«, unsteten, innerlich zerrissenen und den Mann quälenden Frau in Dostojewskijs Werk. Diesen Typ gestaltet Dostojewskij zum ersten Mal in seiner ausgeprägten Form in der weiblichen Hauptfigur des »Spielers«, Pauline. Sogar den Namen hat er unverändert gelassen, so daß man den »Spieler« mit Recht als Schlüsselroman bezeichnen könnte, und das umso mehr, als auch die zweite große Leidenschaft des Sommers 1863 – die Passion des Roulettspiels – im Roman ihren perfekten dichterischen Niederschlag gefunden hat. Seiner Geliebten Polina Suslowa nach Paris folgend, versucht Dostojewskij zum ersten Mal in Wiesbaden das Roulettspiel. In Baden-Baden verspielt er große Summen, so daß er seine Sachen versetzen muß. Es ist der Beginn einer langjährigen tragischen Leidenschaft, die den Schriftsteller immer wieder seelisch, physisch und materiell bis an den Rand des Ruins führt. Daß gewisse Sujets und Motive im »Spieler« auf reale Begebenheiten von Dostojewskijs zweiter Auslandsreise zurückgehen, davon zeugt u. a. auch das Tagebuch der Polina Suslowa.[3]

Es seien am Rande noch zwei weitere autobiographische Reminiszenzen vermerkt: Einmal scheint Dostojewskij in der Gestalt des dubiosen, scharwenzelnden Abenteurers de Grieux gewisse Züge des ihm so verhaßten spanischen Medizinstudenten Salvador dargestellt zu haben, der während der oben erwähnten zweiten Auslandsreise Dostojewskijs in Paris Polina Suslowas Liebhaber wurde, gleich der Romanfigur de Grieux aber seine Geliebte sehr bald im Stich ließ. So fiel sowohl dem Spieler Alexei Iwanowitsch im Roman als auch Dostojewskij selber im Leben die qualvoll-süße, den Liebenden verzehrende »Ersatzrolle« des tröstenden, verständnisvollen Freundes zu. – Das köstliche Porträt der trotz ihrem Alter so überaus vitalen, eigenwilligen, exzentrischen, aber in ihrem Wesenskern gütigen und groß-

[3] P. Suslowa: Dnevnik. Moskau 1928. Deutsch: Polina Suslowa. Dostojewskijs ewige Freundin. Herausgegeben von R. Fülöp-Miller und F. Eckstein. München 1931.

zügigen, steinreichen Großmutter scheint auf Dostojewskijs reiche Tante aus Moskau, Frau Kumanina, zurückzugehen.

Die Pathologie der Spielleidenschaft

In seinem Frühwerk »Der Doppelgänger« (1846) gab Dostojewskij laut Aussagen von Psychiatern das präzise Krankheitsbild eines Paranoikers, wiederholt hat er mit großer Eindringlichkeit die Epilepsie dargestellt (»Der Idiot«, 1868: Fürst Myschkin, »Die Brüder Karamasow«, 1879–81: Smerdjakow). In seinem kurzen Roman »Der Spieler« liefert er die perfekte Pathologie der Spielleidenschaft. Sowohl die Epilepsie wie auch den »Spielteufel« kannte Dostojewskij aus eigener schmerzvoller Erfahrung, so daß er wie kein anderer berufen war, diese beiden Krankheiten von innen heraus aufzudecken.

Die Aufdeckung des »Spielerleidens« erfolgt in drei Stufen.

Es ist ein besonderer Kunstgriff Dostojewskijs, das Spielfieber dem Leser nicht direkt vorzuführen, sondern es zunächst aus der Optik der handelnden Personen zu beleuchten und dabei diese Optik immer näher und schärfer einzustellen. Der »allwissende Autor« tritt hinter seinen Romanfiguren zurück, aus deren Blickwinkel die Handlung und die handelnden Personen gezeigt und entwickelt werden. Dies ist ein wichtiger Wesenszug von Dostojewskijs Ästhetik. Zuerst zeigt Dostojewskij die Krankheitssymptome von außen an einem völlig fremden jungen Mann: »Besonderen Eindruck machte auf sie [die Großmutter] ein noch sehr junger Mensch am Tischende, der ein sehr hohes Spiel spielte [...]. Er war bleich, seine Augen funkelten, seine Hände zitterten. Er setzte schon ohne jede Berechnung so viel Geld, als gerade seine Hand faßte, und dabei gewann er in einem fort und raffte in einem fort neues Geld zusammen« (Seite 97f.). Die Spielkrankheit eines Anonymen wird von den zukünftigen Spielern (der Großmutter und Alexei Iwanowitsch), die zunächst noch unbeteiligte Zuschauer sind, mit Neugier, Interesse, dann mit immer wachsender Spannung und Erregung beobachtet, bis auch sie von dieser Leidenschaft verschlungen werden. Somit bedeutet diese erste Schilderung der Spielleidenschaft –

eine kleine, scheinbar unbedeutende Szene – die Vorwegnahme der Verfallenheit an das Spiel von Großmutter und Hauslehrer. Ein solches Signalisieren entscheidender kommender Ereignisse und Situationen der Haupthandlung ist ein charakteristisches Kunstmittel in Dostojewskijs Ästhetik (vgl. unten Seite 211f.).

Die zweite Stufe oder Variante der Spielleidenschaft stellt das Spiel der exzentrischen Großmutter dar, die auf ihre alten Tage hin völlig unerwartet eine wahre Spielbesessenheit entwickelt (Kapitel 10, 12, 13). Köstlich und herzerfrischend ist die Beschreibung ihrer Spielwut, ihrer drängenden Ungeduld und Unbesonnenheit. In zwei Tagen verspielt sie über hunderttausend Rubel – ein ganzes Vermögen! Auch hier ist die Hauptgestalt – der zukünftige Spieler Alexei Iwanowitsch – zunächst Zuschauer, Beobachter, Kommentator: Er erklärt, gibt Ratschläge, warnt, will die Großmutter mit kühler Überlegenheit vom Ruin zurückhalten. Im besten Fall ist er die ausführende Kraft ihres besessenen Willens. Doch dann kommt die entscheidende Wende: Das Spielfieber ist ansteckend; auch er wird plötzlich davon gepackt, ohne sich jedoch zunächst aktiv am Spiel zu beteiligen. Doch der Funke ist bereits von der Großmutter auf ihn übergesprungen und ist durch nichts mehr zu löschen als durch das große Spiel selbst: »Ich selber war ein geborener Spieler, das fühlte ich in demselben Augenblick. Hände und Füße zitterten mir, es hämmerte mir im Kopfe.« (Seite 103)

Hierbei sei vermerkt, daß Alexei Iwanowitsch bereits zu Beginn des Romans zweimal gespielt hatte (Kapitel 2: Gewinn, Kapitel 4: Verlust), doch nicht aus eigenem Antrieb, auf eigene Rechnung, mit eigenem Geld, sondern fast wider seinen Willen zum Spiel angestiftet von der geliebten Frau (Pauline), mit *ihrem* Geld, auf *ihr* Risiko hin. Das hemmt und lähmt ihn, läßt die Spielleidenschaft gar nicht erst aufkommen; er beginnt zaghaft, zurückhaltend: Er ist da ja nur Exekutive, eine eingesetzte Schachfigur. Dementsprechend tragen das 2. und das 4. Kapitel vorwiegend theoretischen Charakter: Alexei Iwanowitsch entwickelt da eine minuziöse Philosophie und Psychologie des Roulettspiels (Kapitel 2), stellt scharfsinnige Beobachtungen an, teilt die Spieler nach Charakter, sozialer Stellung, Nationalität und Vermögen ein, ironisiert den ganzen Spielbetrieb, den er widerlich, schmutzig und aberwitzig findet. Im 4. Kapitel stellt er ein ganzes System der Wechselfälle des Glücks, eine Ordnung der Zufälle auf. Das alles schafft Distanz, ist theoretisch, nicht existenziell, nicht vibrierend und pulsierend von Leben wie das Spielfieber, nicht den ganzen Menschen erfassend.

Der ganze Mensch wird erst erfaßt, als er aus *eigenem* Entschluß und Willen, mit dem Einsatz des *eigenen* Geldes und Lebens zu spielen beginnt: »Ich betrat den Spielsaal in einer so festen Zuversicht und dabei in einer solchen Erregung, wie ich noch niemals empfunden hatte.« (Seite 148) Und weiter: »Mit Entsetzen kam mir plötzlich zum Bewußtsein: was es jetzt für mich bedeute, wenn ich verliere! Ich hatte mein ganzes Leben eingesetzt!« (Seite 150) Hier erst ist die dritte Stufe erreicht, hier beginnt die eigentliche Pathologie der Spielleidenschaft, die sich in der Hauptsache auf die Kapitel 14 und 17 konzentriert. Ihre Symptome sind folgende: Immer wieder ist vom Zittern der Hände die Rede, von einem inneren und äußeren Beben (Seite 97, 102, 103, 151, 181), von Herzklopfen (»Oh, wie pochte mir das Herz« [Seite 180]; »wie zittert und bebt mir das Herz« [Seite 181]). Dieser erregte, exaltierte Zustand kann bis zu Krämpfen führen: »Bevor ich noch in den Spielsaal trete, noch zwei Zimmer vorher, sobald ich nur das Klingen der Goldstücke vernehme – bekomme ich fast Krämpfe.« (Seite 181) Ferner hat der Spielende in seiner Besessenheit oft das Gefühl, aus schwindelnder Höhe in die Tiefe zu gleiten oder zu stürzen: »wer von solchen Leuten wie sie [die Großmutter] einmal auf diesen Weg verfällt, der gleitet – wie im Schlitten von einem Schneeberg – immer rascher hinab.« (Seite 132; vgl. dazu auch Seite 150 und die zweite Anmerkung zu Seite 52.) Dies ist charakteristisch: Der Spielende durchlebt im Spiel alle Höhen und Tiefen der menschlichen Existenz, eine breite Skala von Gefühlen und Empfindungen: Bald ist er »wie im Fieber«, dann »wie im Traum«, »wie betäubt«, in einem fast bewußtlosen Zustand, er macht seine Einsätze ohne jegliches System, ohne Berechnung oder Ordnung in nachtwandlerischer Sicherheit, nur geleitet von seinem Unbewußten.[4] Er schwankt zwischen Furcht und Erwartung, zwi-

[4] Dostojewskijs Menschen sind sehr oft von ihrem eigenen Unbewußten Getriebene. In der

schen Angst, Gier, Lust und Entzücken: »Ich empfand damals eine ganz unbeschreibliche Lust daran, Banknoten zu erfassen und zusammenzuraffen ...« (Seite 152f.) Er wird von einem wahren Taumel, einem Spielrausch erfaßt, der an Raserei grenzt. Er ist verzaubert, gebannt vom Roulett, das eine hypnotische, suggestive Anziehungskraft besitzt. Das Roulett wird zu einer Sucht, zu einem Reizmittel, das durch die Elemente von Risiko und Wagnis zu einer äußersten Anspannung der Nerven, zu einer letzten Erregung und Überreizung des Gefühls führt: »[...] daß mich plötzlich [...] eine furchtbare Gier erfaßte nach dem Wagnis als solchem! Vielleicht, wenn die Seele so viel Empfindungen durchmacht und dabei nicht gesättigt, vielmehr von ihnen nur noch immer mehr gereizt wird, verlangt es sie nach immer neuen und immer heftigeren Empfindungen, bis zur endgültigen Erschlaffung.« (Seite 153) Das Spiel, das Roulett ist somit ein Rauschmittel, nicht anders als heutzutage die Drogen. Beides ist mit einer Erweiterung und Auflösung der Ich-Grenzen verbunden.

Das Roulettspiel hat auch noch andere Aspekte und Funktionen: Es ist eine Herausforderung an das Schicksal, ferner ist es ein Mittel der Selbstbehauptung, ja mehr noch: der Weg zur Macht: »Ich empfand nur ein ganz furchtbares Entzücken – über den Erfolg, über den Sieg, über die Macht?« (Seite 154) Das Geld an sich spielt dabei für den Spieler eine höchst untergeordnete Rolle, was immer wieder betont wird; was er eigentlich anstrebt, ist Macht, Ruhm, Erhöhung und Verherrlichung des eigenen Ich: »Um das Geld an sich hatte ich keine Furcht! Damals wollte ich nur eines: Noch morgen sollten alle diese Hinze, alle diese Oberkellner, alle diese großartigen Baden-Badener Damen – nur von mir erzählen, meine Geschichte wiederholen, sich über mich wundern, mich loben und sich vor meinem neuerspielten Gelde beugen.« (Seite 180f.) Doch was eintritt, ist genau das Gegenteil: Das Spiel – genau wie die Droge – führt zu einer Zerstörung und Zersetzung der Persönlichkeit: »Ich habe mich ganz einfach zugrunde gerichtet!« (Seite 179) – und das nicht nur materiell (Ale-

Aufdeckung und Gestaltung des Unbewußten ist Dostojewskij ein genialer Vorläufer von Sigmund Freud.

xei Iwanowitsch hatte beim ersten Spiel ja riesige Summen gewonnen: hunderttausend Gulden, die er allerdings samt und sonders in drei Wochen völlig sinnlos vertan hatte), nein, die Sache liegt viel tiefer: Er ist durch das Spiel ein Süchtiger, ein Besessener, ein Abhängiger geworden; er sieht, hört, fühlt, kennt nichts als das Spiel; um des Spieles willen wurde er zum Lakaien, war im Gefängnis, hat sich von seinen früheren Freunden losgesagt. Das Spiel ist zu einer alles andere verschlingenden Macht geworden, zu einem gefräßigen, allmächtigen Leviathan, der für nichts anderes mehr Raum läßt: »Sie sind zu einem Holzklotz geworden [. . .]. Sie haben nicht nur dem Leben entsagt, sich Ihren eigenen Interessen und denen der Gesellschaft entfremdet, sich losgesagt [. . .] von Ihren Freunden [. . .], Sie haben nicht nur jedes andere Ziel aufgegeben außer dem Spielgewinn, Sie verneinten sogar Ihre Vergangenheit.« (Seite 184) Sogar die Geliebte ist von diesem Prozeß nicht ausgenommen: Auch sie wird von der Spielleidenschaft auf die Seite geschoben, verdrängt: »[. . .] aber seltsam, gerade von dem Augenblick an, als ich mich gestern an den Spieltisch gesetzt und in den Geldhaufen herumgewühlt hatte, war meine Liebe wie auf den zweiten Plan getreten.« (Seite 163)

Das letzte Bekenntnis zum Spiel auf der letzten Seite des Romans trägt ausgesprochen autobiographische Züge: »[. . .] es ist ein ganz besonderes Gefühl, wenn man allein, in einem fremden Land, fern der Heimat, ohne alle Freunde und ohne zu wissen, ob man heute zu essen haben wird, den letzten Gulden einsetzt, den aller-, allerletzten Gulden!« (Seite 191) Diese Zeilen könnten geradezu einem Brief von Dostojewskij entstammen. Hier einige Briefzitate, welche die ganze Tragödie von Dostojewskijs Sucht aufdecken, seine Verfallenheit an das Spiel und schließlich die Befreiung vom Bann und die Genesung. »Anja, meine Teure, meine Freundin, meine Frau, vergib mir, nenne mich nicht einen Lumpen, ich habe ein Verbrechen begangen, ich habe alles verloren, was Du geschickt hattest – alles bis zum letzten Kreuzer. Gestern habe ich's bekommen und gestern verloren . . . Schick mir eiligst, augenblicklich, sofort etwas Geld für die Reise, selbst wenn es Dein letztes ist.« (Brief Dostojewskijs an seine Frau Anna Grigorjewna vom 24. Mai 1867 aus Bad Homburg) Und weiter: »Anja, meine Teure, ich bin schlechter als ein Tier. Gestern abend gegen zehn Uhr hatte ich tausenddreihundert Franken gewonnen. Heute habe ich nicht einen Sou. Ich habe alles, aber auch alles verloren.« (Brief an seine Frau vom 6. Oktober 1867 aus Saxon-les-Bains) Am 18. November schreibt Dostojewskij wiederum aus Saxon-les-Bains an seine Frau: »Anja, meine Teure, meine Beste, ich habe alles verloren, alles! O mein Engel, sei nicht böse, sei nicht betrübt. Habe Vertrauen, es wird eine Zeit kommen, wo ich Deiner würdig sein und aufhören werde, Dich zu berauben wie ein gemeiner, niedriger Dieb! [. . .] Ich habe meinen Ring und meinen Wintermantel versetzt und alles verloren.« Auch zwei Jahre später hat sich die Lage nicht gebessert: »Wie kann ich arbeiten«, beklagt sich Dostojewskij in einem Brief an seinen Freund, den Lyriker Majkow, am 28. Oktober 1869, »wenn ich hungrig bin und meine Hose versetzen mußte, um die zwei Taler für das Telegramm bezahlen zu können? Der Teufel soll mich und den Hunger holen! Aber sie, meine Frau, die jetzt ihr Kind stillt, sie mußte selbst zum Leihhaus gehen und ihr letztes warmes Wollkleid versetzen, und hier hat es die letzten beiden Tage geschneit.« Weitere anderthalb Jahre mußten vergehen, bis die entscheidende Wende eintrat und Dostojewskij sich aus den Fängen des Spielteufels befreien konnte. Am 28. April 1871, kurz vor der Rückkehr nach Rußland, schrieb Dostojewskij aus Wiesbaden an seine Frau: »Jetzt ist alles vorüber und zu Ende. Dies war tatsächlich das letzte Mal. Glaubst Du mir, Anna, daß meine Hände jetzt frei sind? Das Spielen war eine Kette für mich, aber jetzt werde ich an meine Arbeit denken und nicht mehr wie bisher endlose Nächte vom Spielen träumen.« Dostojewskij hielt Wort. Dies war in der Tat sein letztes Spiel. Von da an betrat er nie wieder einen Spielsaal; der Bann war gebrochen, das Roulett hatte keine Macht mehr über ihn. So hat das Leben den Roman vom unseligen Spieler auf seine Art zu Ende geschrieben und zu einem »happy end« geführt. Wovon die Romanfigur Alexei Iwanowitsch bloß träumt, nämlich von der Auferstehung von den Toten, von einer »vita nuova« – das in seinem eigenen Leben zu verwirklichen war Dostojewskij vergönnt.

Wie das Roulett, so spielt auch das Geld im vorliegenden Roman eine ganz zentrale, die Handlung bestimmende und Spannung erzeugende Rolle. Gerade hier, wo es um das Roulettspiel geht und um Gewinn oder Verlust riesiger, geradezu märchenhafter Summen, von denen sozusagen Leben oder Tod abhängen, ist dies besonders klar ersichtlich. Roulettspiel und Geld sind in diesem Roman oft Synonyme, so haben sie denn auch nicht selten eine ähnliche, wenn nicht sogar identische Funktion: Beide sind Mittel der Selbstbehauptung, sie signalisieren Ehrgeiz, Ruhmsucht und Machtgier der Hauptperson (z. B. Seite 154, 180). Beiden wohnt eine hypnotische, suggestive Anziehungskraft inne: »Der gewaltige Haufen von Bankscheinen und Goldrollen nahm den ganzen Tisch ein; ich konnte schon gar nicht mehr meinen Blick von ihm wenden.« (Seite 155) Und weiter: »Ich [. . .] schloß mich ein und brachte bis drei Uhr morgens damit zu, daß ich mein Geld immer wieder zählte.« (Seite 182) Beide zitierten Stellen erinnern an Puschkins Novelle »Pique Dame« (1834) und an seine kleine Tragödie »Der geizige Ritter« (1836), die bei der Entstehung des »Spielers« Pate gestanden haben, sowie an Gogols Novelle »Das Porträt« (1835). Alle drei Werke stellen wie »Der Spieler« Variationen zu dem einen großen Hauptthema »Goldrausch« dar. Wie das Roulettspiel ist das Geld somit ein Rauschmittel (vgl. die Seiten 152–155), das den Menschen zum Sklaven seiner eigenen Wünsche macht. Alle diese Aspekte sind bereits im Zusammenhang mit dem Roulettspiel ausführlich behandelt worden, weshalb es sich erübrigt, hier näher darauf einzugehen.

Neu dagegen sind folgende Gesichtspunkte: Gleich im 1. Kapitel weiß Dostojewskij den Leser meisterhaft zu packen, indem er das Geld mit einem Geheimnis in Verbindung bringt: »Ich muß um jeden Preis Geld haben«, sagt Pauline zu Alexei Iwanowitsch, »sonst bin ich ganz einfach verloren.« (Seite 14) Und weiter: »[. . .] gewinnen Sie mir möglichst viel beim Roulett; ich brauche jetzt um jeden Preis Geld!« (Seite 17) Weder dem Leser noch dem Romanhelden Alexei Iwanowitsch ist es zunächst klar, warum Pauline so unbedingt Geld braucht und warum sie sonst verloren ist. Dieser Kunstgriff gehört zu Dostojewskijs Meisterschaft, Spannung zu erzeugen und sie bis zum Äußersten zu steigern (vgl. auch Seite 139: »Sie hat ein Geheimnis, das ist klar!«).

Ein weiterer Aspekt des Geldes ist seine Funktion als Mittel zur Gewinnung des Liebesobjekts (Alexei Iwanowitsch – Pauline, Kapitel 15, ähnlich wie im »Idioten« [Rogoschin – Nastassja Philippowna] und in den »Brüdern Karamasow« [der Vater Fjodor Pawlowitsch – Gruschenka], wenngleich die Verhältnisse in diesen beiden Romanen etwas anders liegen: direkter, krasser, mit weniger Edelmut verbrämt).

Im »Spieler« signalisiert das Geld doch auch immer wieder die Großmut des Romanhelden, wenn er z. B. Pauline als echter Freund und Helfer fünfzigtausend Franken anbietet (Kapitel 15), wenn er sein ganzes erspieltes Vermögen (hunderttausend Gulden) der französischen Abenteurerin Mademoiselle Blanche vor die Füße wirft (Kapitel 16) oder einer völlig unbekannten, offenbar bedürftigen Dame fünfzig Friedrichsdor schenkt (Seite 152).

Mit all diesen Handlungen beweist er, daß ihm nichts am Geld an sich gelegen ist, was er des öfteren auch verbal betont: »Um das Geld an sich hatte ich keine Furcht!« (Seite 180) oder: »Oh, an dem Gelde liegt mir nichts.« (Seite 181) Dasselbe betrifft die weibliche Hauptperson Pauline: »[. . .] durchaus nicht das Verlangen, einfach Geld zu gewinnen. Was liegt ihr am Gelde an sich!« (Seite 27)

Immer wieder gestaltet Dostojewskij das Motiv des Geldes, das in einem ganz bestimmten Verhältnis zum Menschen und seinem Charakter steht, in seiner übermateriellen, potentiellen Bedeutung. Man könnte geradezu von einer Metaphysik des Geldes bei Dostojewskij sprechen. So ist z.B. der Zusammenhang zwischen Geld und Ehre bzw. zwischen Geld und Stolz im »Spieler« wie in den meisten Werken von Dostojewskij nicht zu übersehen. Das ist auch die Enträtselung von Paulines »Geheimnis«: Sie braucht das Geld, um es dem verhaßten Verführer de Grieux zurückzugeben und damit ihre Ehre zu retten (Seite 14, 17, 156), anderseits ist sie zu stolz, um das Geld von dem sie liebenden Spieler anzunehmen und damit von ihm abhängig zu werden (Seite 156f.). Auch das verstößt gegen ihren Ehrbegriff.

Als letztes sei noch auf die erotische Komponente des Geldes hingewiesen, ein Aspekt, den in der Folge Sigmund Freud herausgearbeitet hat. Wenn es heißt: »[. . .] steckte ich rasch alle meine Geldscheine und all mein Gold in mein Bett« (Seite 160), so steht hier der Reichtum, das Gold oder Geld stellvertretend für die soeben entlaufene Geliebte – dies umso mehr, als Pauline gerade aus eben diesem Bett aufgestanden war, in welchem der Spieler sein Geld verbirgt. Das Gold und in der Folge das bis zur Ekstase gehende Roulettspiel soll das entschwundene Lebensglück, die Liebe ersetzen. Tatsächlich vergißt der Spieler Alexei Iwanowitsch über dem Spiel zeitweilig die geliebte Frau (Seite 163). Doch wie die Frau, wie die Liebe, das Lebensglück, so läuft ihm auch sein vieles Geld unter den Fingern davon, ohne daß er auch nur den Versuch unternimmt, es zu halten – ein weiterer Beweis dafür, daß ihn nicht das Geld als solches, sondern lediglich der Prozeß der Geldgewinnung interessiert, d. h. das Roulettspiel als ein Reiz- und Suchtmittel par excellence.

Der äussere Rahmen
Einheit des Ortes: Roulettenburg als Topographie der Seele
Einheit der Zeit: Die geballte Zeit als subjektives Erlebniselement

Es sei hier auf eine Besonderheit von Dostojewskijs Ästhetik hingewiesen. In vielen seiner frühen wie auch späten Werke (»Arme Leute«, »Der Doppelgänger«, »Die weißen Nächte«, »Schuld und Sühne«, »Der Idiot«, »Der Jüngling«) ist die Großstadt St. Petersburg mit ihren Vororten der einzige, alles beherrschende Schauplatz des Geschehens. Die beiden späten Romane »Die Dämonen« und »Die Brüder Karamasow« spielen in einer russischen Provinzstadt.

»Der Spieler« ist das einzige Werk von Dostojewskij, dessen Handlung ins Ausland verlegt wurde, und zwar in einen kleinen deutschen Kurort mit Spielkasino mit dem symbolischen Namen Roulettenburg, der eigentlich für das konkrete Baden-Baden steht, das Dostojewskij so schmerzhaft aus eigener Erfahrung bekannt war. Fünfzehn von den siebzehn Kapiteln spielen in diesem Roulettenburg, ein Kapitel in Paris und eines in Bad Homburg, also ebenfalls in einem deutschen Kurort mit Spielkasino. Meisterhaft weiß Dostojewskij die Atmosphäre eines solchen Kurortes und seines Spielkasinos wiederzugeben. Doch wenn er die Spielsäle, die von Ausländern umringten Spieltische, die grünen Erholungsorte mit ihren Fontänen, mit Musik und Parkbänken beschreibt, die Promenaden und Alleen, die kleinen idyllischen Wirtshäuser und die von Ausländern bewohnten Hotels, so tut er dies nicht um der Beschreibung selber willen, wie das die meisten Schriftsteller des 19. Jahrhunderts taten. Die Dingwelt hat keinen Eigenwert in Dostojewskijs Schaffen. Die Natur, das Wetter, die ganze äußere Staffage – sei es der Großstadt St. Petersburg, sei es eines russischen Provinzstädtchens oder eines ausländischen Bade- und Spielortes –, so minuziös sie auch beschrieben sind, stehen für etwas anderes, was hinter diesen Dingen verborgen ist. Damit schafft Dostojewskij ein ganz bestimmtes Klima für den Bewußtseinsprozeß seiner Personen, er verdichtet die Atmosphäre und intensiviert die Stimmung. Der Ort, die Umwelt werden auf diese Weise zu einem geistigen Symbol, zur Funktion oder Landschaft der Seele. Goljadkin im »Doppelgänger«, der Träumer der »Weißen Nächte«, Raskolnikow in »Schuld und Sühne«, Rogoschin und Fürst Myschkin im »Idioten« sind genauso untrennbar mit St. Petersburg verbunden wie Alexei Iwanowitsch mit der Spielhölle Roulettenburg. Sie sind selber ein Teil ihrer Stadt. Die Person und die Stadt bilden eine Einheit, werden identisch. Die Spielsäle und -tische werden zur Landschaft der kranken Spielerseele von Alexei Iwanowitsch. Die Umwelt wird durch das Prisma seines Bewußtseins gezeigt. Damit kehrt Dostojewskij zur antiken Einheit des Ortes zurück, wodurch eine wirkungsvolle atmosphärische Geschlossenheit der Handlung erreicht wird.

Dazu kommt die Einheit der Zeit: Wenn auch nicht innerhalb von vierundzwanzig Stunden, wie in der antiken Tragödie, so spielen doch die meisten Romane Dostojewskijs in einer äußerst kurzen Zeitspanne, in die eine unglaubliche Fülle von äußeren und inneren Ereignissen geballt ist. Dostojewskij erreicht damit eine enorme Verdichtung und Konzentration des Geschehens und schafft einen sehr schnellen, ja rasenden Rhythmus des Handlungsablaufs. Im »Spieler«, der in siebzehn Kapitel eingeteilt ist, umfassen die ersten fünfzehn Kapitel, die in Roulettenburg spielen, bloß einige wenige Tage, wobei das Tempo sich vehement steigert: Kapitel 7–12 (d. h. mehr als ein Drittel des ganzen Romans) spielt an einem einzigen Tag (Ankunft und erster Spieltag der Großmutter). Kapitel 13–15 umfassen einen weiteren sehr dramatischen Tag: riesige Spielverluste der Großmutter (fast hunderttausend Rubel) und ihre Abreise, ferner enormer Spielgewinn von Alexei Iwanowitsch (hunderttausend Gulden), Kulmination seiner Liebe und gleich darauf folgender Bruch mit Pauline. Somit sind alle entscheidenden dramatischen Ereignisse des Romans in zweimal vierundzwanzig Stunden geballt, und das innerhalb von neun Kapiteln (etwa die Hälfte des Romans). Das 16. Kapitel beschreibt die drei unglücklichen Pariser Wochen mit Mademoiselle Blanche, und das 17. Kapitel liefert den Epilog nach einem Jahr und acht Monaten.[5]

Dostojewskijs Ästhetik des transzendentalen Realismus

Dostojewskijs künstlerisches Verfahren, den äußeren topographischen Rahmen des Geschehens zu einem Symbol zu machen für die geistige, psychische, innere Welt, die hinter den Dingen liegt, ist Bestandteil einer neuen Art von Realismus, zu dem sich Dostojewskij selber bekannte. Die Dostojewskij-Forschung hat dafür die Bezeichnung »magischer« oder »mystischer«, auch »transzendentaler Realismus« oder »Tiefenrealismus« geprägt. Was besagen diese Termini? Dostojewskijs Ästhetik geht nicht vorbei an der »dinglichen Realität«, wie das etwa der Symbolismus oder die frühe Romantik tun; ganz im Gegenteil: Dostojewskijs Kunst ist in eben dieser »dinglichen Realität« angesiedelt, ganz tief in ihr verwurzelt. Sie wird detailliert und mit großer Präzision beschrieben – aber dabei bleibt es nicht; denn die

[5] Ein ähnliches Verfahren der geballten, konzentrierten Zeit entwickelt in der heutigen russischen Literatur Alexander Solschenizyn in seinen Romanen »Im ersten Kreis der Hölle« und »Krebsstation«.

dingliche Realität ist nicht das Endziel, nicht »Zweck in sich«, ihr kommt kein Eigenwert zu. Dostojewskij überspringt die »dingliche Realität« nicht, aber er macht sie transparent: Er transzendiert sie, denn die »dingliche Realität« ist nur die eine, erste, oberste Schicht der gesamten Realität, sozusagen deren Hülle; dahinter kommen weitere, tiefere Schichten, welche aufzudecken Dostojewskij unternommen hat. In einem seiner Notizbücher sagt er dazu folgendes: »Bei vollstem Realismus den Menschen im Menschen aufzudecken [. . .]. Man nennt mich einen Psychologen: Das stimmt nicht, ich bin Realist in einem höheren Sinn, d. h. ich decke alle Tiefen der menschlichen Seele auf.« Dostojewskijs Kunst ließe sich in dieser Hinsicht mit dem Röntgenverfahren vergleichen: Gleich diesem dringt er kraft seiner künstlerischen Intuition durch die Oberflächenschicht der Materie hindurch, macht sie durchsichtig und beleuchtet die tiefer liegenden Schichten. In zwanzigjährigem Schaffensprozeß, angefangen mit den »Armen Leuten« (1846) und bis hin zu »Schuld und Sühne« und zum »Spieler« (beide 1866), hat sich Dostojewskij diese neue Ästhetik eines »Tiefenrealismus« langsam erarbeitet.

Der junge Dostojewskij kam wie sein großer Lehrmeister Gogol von der »naturalen Schule« her, doch beide Künstler sind ihr entwachsen in ganz neue Regionen, wohin die Zeitgenossen ihnen nicht zu folgen vermochten. Gogol war in Rußland der erste, der eine gewagte neue Synthese von Naturalismus und Symbolismus vollzog, eine Synthese der »realen« und der »imaginären« Sphäre. Das war seine große Pionierleistung für die russische Literatur. Dostojewskij übernimmt vom deutschen Romantiker E. T. A. Hoffmann und von Gogol, dem »russischen Hoffmann«, wie man ihn nannte, die Auffassung von der »Doppelbödigkeit« alles Seienden. Dostojewskij selbst bezeichnet den Augenblick, in dem er erkannt hatte, »daß es nichts Phantastischeres als die Realität gebe«, als seine zweite Geburt.[6] Das deckt die Rolle des Traums und der Halluzination innerhalb von Dostojewskijs Ästhetik auf und macht die Funktion der »alltäglichen Banalitäten« deutlich. In einem Brief an Strachow, den

[6] »Petersburger Visionen in Versen und in Prosa«, 1861.

Mitarbeiter seiner Zeitschrift, schreibt Dostojewskij: »Ich habe meine eigenen Ideen über die Kunst, und zwar bestehen sie in folgendem: Was die meisten Menschen als phantastisch betrachten, halte ich für das innere Wesen der Wahrheit. Trockene Beobachtungen alltäglicher Banalitäten betrachte ich schon lange nicht mehr als Realismus – er ist genau das Gegenteil. [. . .] Ich bin ein Realist im höheren Sinne des Wortes.«

Erzähltechnik, Form, Stil[7]

Eines der hervorstechendsten Merkmale von Dostojewskijs Erzählweise ist die Erzeugung und Steigerung der Spannung bis zum schier Unerträglichen. Wie wird das erreicht? Von der Verdichtung der Atmosphäre durch die doppelte Topographie von Stadt- und Seelenlandschaft, von Dostojewskijs neuentdeckter Form eines Tiefenrealismus und von der Ballung der Ereignisse in einer gerafften, verkürzten Zeit war soeben die Rede.

Dazu kommt das von Dostojewskij besonders bevorzugte Strukturelement der Verdoppelung bzw. der Wiederholung von Situationen und Motiven. Eine besondere Rolle fällt dabei oft scheinbar unbedeutenden Szenen zu, die kommende entscheidende Ereignisse in verkappter Form, gleichsam in Mikrostruktur, vorwegnehmen und damit das Hauptgeschehen (meist die Katastrophe) voraussignalisieren. Dostojewskij erreicht damit eine große Dichte und atmosphärische Geladenheit der Handlung, die man unausweichlich auf die Katastrophe zusteuern fühlt. Oft handelt es sich dabei nicht nur um eine Verdoppelung, sondern sogar um eine Verdreifachung: Die Anordnung der Personen, Szenen und Gespräche nach dem Kompositionsprinzip der »Dreiheit« ist besonders charakteristisch für Dostojewskijs Werk. Von der stufenweisen Aufdeckung der Spielleidenschaft war weiter oben (Seite 199ff.) bereits die Rede: Das Spielfieber des anonymen jungen Mannes (erste Stufe: Seite 97f.) und der

[7] Vgl. dazu J. Holthusen: Prinzipien der Komposition und des Erzählens bei Dostojewskij. Köln und Opladen 1969, und W. Schmid: Der Textaufbau in den Erzählungen Dostojewskijs. München 1973.

Großmutter (zweite Stufe: Kapitel 10, 12, 13) bereitet den Leser auf die eigentliche Spielbesessenheit der Hauptperson Alexei Iwanowitsch vor (dritte Stufe: Kapitel 14 und 17) und dient einer graduellen Steigerung der Spannung. Die Zahl Drei spielt auch bei der Gestaltengruppierung eine entscheidende Rolle: Es gibt im »Spieler« drei weibliche Hauptfiguren: Pauline, Mademoiselle Blanche und die Großmutter, die alle drei in scharfem Kontrast zueinander stehen. Pauline hat drei Verehrer: den Russen Alexei Iwanowitsch, den Franzosen de Grieux und den Engländer Astley, die ebenfalls alle drei Kontrastfiguren darstellen. Auch um Mademoiselle Blanche gruppieren sich drei männliche Figuren: der General, Alexei Iwanowitsch und Albert, die wiederum antithetisch angeordnet sind. Schließlich spielt die Handlung des vorliegenden Romans in drei Städten: in Roulettenburg (Baden-Baden), Paris und Bad Homburg.

Für Dostojewskijs Erzähltechnik ist aber nicht nur die Wiederholung von Situationen und Motiven charakteristisch, sondern auch von einzelnen Wörtern oder Kurzsätzen, insbesondere innerhalb der direkten Rede. Dostojewskijs Personen wiederholen in ihrer sich überschlagenden Redeweise ein und dasselbe Wort oft bis zu fünf- oder sechsmal hintereinander; ihre Sprache, die zugleich Ausdruck ihres Charakters und der jeweiligen Situation ist, wirkt dadurch außerordentlich aufgeregt, ja exaltiert. Die Ereignisse überstürzen sich, und genauso überschlägt sich die Sprechweise der handelnden Personen, schlägt Purzelbäume, stürzt wie ein Wildbach in die Tiefe, alles unaufhaltsam mit sich reißend. Wenn Dostojewskijs Helden einmal in Fahrt gekommen sind, sind sie in ihrem Redefluß nicht mehr zu halten; über Seiten und aber Seiten ergießen sich ihre gesprochenen und inneren Monologe: philosophische, religiöse und soziologische Betrachtungen, Bekenntnisse und prophetische Predigten. Die Sprache ist für Dostojewskijs Menschen Selbstausdruck und Selbstbehauptung zugleich.

Der direkten Rede (die sich in Monologen, Dialogen und inneren Monologen kundtut) kommt denn auch in Dostojewskijs Werk eine außerordentlich große, ja die Struktur seiner Romane geradezu beherrschende Bedeutung zu. In allen großen Romanen überwiegt die direkte Rede gegenüber der Erzählung des

Autors. Der Autor versteckt sich gleichsam hinter seinen Romanfiguren: Das Geschehen wird meist aus der Perspektive der handelnden Personen erzählt. Ganz besonders trifft dies für Werke zu, die in der Ich-Form geschrieben sind wie »Der Spieler«, »Aufzeichnungen aus dem Untergrund«, »Die Dämonen«, »Der Jüngling«.

Der Kontrast, das Stilmittel der Antithese ist ein tragendes Element von Dostojewskijs Komposition und Technik der Spannungssteigerung. Er liebt die Antinomien; sein ganzes Weltbild ist als dualistisch zu bezeichnen. Den Lebensprozeß und die Entwicklung des menschlichen Bewußtseins sieht er dialektisch, d. h. als Vorwärtsschreiten von der These über die Antithese zur großen Synthese. Nicht von ungefähr hat man Dostojewskijs Kunst als kontrapunktisch[8] bezeichnet und mit der musikalischen Komposition verglichen. Dostojewskij ist einer der ganz großen Dualisten der Weltliteratur. Von den Hauptgestalten, die als Kontrastfiguren angelegt sind, war vorhin bereits die Rede. Zu dem Gegensatzpaar Liebe–Haß vergleiche Seite 15, zu Stolz–Sklaverei Seite 75, zu Ruhe–Sturm Seite 136.

Eng verbunden mit der Form der direkten Rede (der Monologe und Dialoge) und des dramatischen Kontrasts ist das Prinzip des dramatischen Aufbaus und der dramatischen Spannung. Nicht weniger als ein Dramatiker versteht es Dostojewskij, seine Leser in Atem zu halten, er liebt Überraschungseffekte, wirkungsvolle Pointen, Coups de théâtre (z. B. das völlig unerwartete Auftauchen der todkrank gewähnten Großmutter am Ort des Geschehens: Seite 78 f.), überhaupt das theatralische Element. Vjačeslav Ivanov nannte Dostojewskijs Romane »Roman-Tragödien«. Dostojewskij schildert so plastisch, so lebendig und konkret, daß die einzelnen Kapitel wirklich zu Szenen werden, die sich unserem inneren Auge bildhaft einprägen (vgl. hierzu Seite 81 f. und 94 f.). Doch wie im Theater sind diese Szenen nicht statisch, vielmehr dynamisch, vehement vorwärtsdrängend, auf ein Ziel zustrebend. Dostojewskijs Romane basieren auf dem Grundriß des Dramas. Sie lassen sich ohne weiteres

[8] Vjačeslav Ivanov: Dostojewskij. Tragödie–Mythos–Mystik. Übersetzt von A. Kresling. Tübingen 1932.

in Akte und Szenen gliedern und inszenieren, was denn auch sehr bald nach ihrem Entstehen geschehen ist.[9] Auch »Der Spieler« ist wiederholt inszeniert worden und wurde zum festen Bestandteil des Repertoires vieler Theater in Rußland. Es existieren auch einige Filme und sogar ein Ballett über das Sujet. Erwähnt sei der hervorragende französische Film mit Gérard Philippe in der Titelrolle und eine tschechisch-sowjetische Koproduktion von 1973. 1916 komponierte Prokofieff eine Oper, der Dostojewskijs »Spieler« zugrunde liegt. Sie wurde sogleich im Kaiserlichen Marientheater in St. Petersburg aufgeführt.[10]

Als letzte Beobachtung zum Thema Technik der Spannungssteigerung bei Dostojewskij mag noch erwähnt werden, daß Dostojewskij im Zeitalter des Fortsetzungsromans schrieb. Alle seine Romane außer dem »Spieler« erschienen zuerst in Zeitschriften. Dies erklärt wohl auch zum Teil die Struktur des Übergangs von einem Kapitel bzw. Teil zum anderen. Dostojewskijs Meisterschaft in der Spannungssteigerung erreicht hier ihren Höhepunkt. Er versteht es, das Kapitel gerade an der spannendsten Stelle abzubrechen, eine Pointe zurückzubehalten und auf diese Weise den Leser ständig in Atem zu halten. Sehr oft läßt er am Ende eines Kapitels etwas Neues, Entscheidendes in Gang kommen, eine neue Person unerwartet eintreten, um damit die Neugier des Lesers zu reizen. Vielleicht ist die Spannungssteigerung an der Nahtstelle eines Kapitelwechsels im »Spieler« etwas weniger ausgeprägt als in Dostojewskijs anderen Romanen, was sich dadurch erklären läßt, daß »Der Spieler« gleich von Anfang an als Buch und nicht als Fortsetzungsserie einer Zeitschrift erschien. Trotzdem steht auch hier am Ende von neun Kapiteln eine Erwartung: Etwas Neues, Unverhofftes tritt ein, jemand kommt an oder fährt weg. Es handelt sich um folgende Stellen:

[9] Vgl. dazu Vladimir Seduro: Dostoevsky in Russian and World Theatre. North Quincy 1972.

[10] Dostojewskij selber hat uns kein einziges Drama hinterlassen. Aber es kann als bedeutsam bezeichnet werden, daß seine ersten nicht überlieferten literarischen Versuche, noch aus der Zeit der Militärakademie, zwei Dramen waren: »Boris Godunow« und »Maria Stuart«, geschrieben unter Puschkins und Schillers Einfluß. Der zehnjährige Dostojewskij hatte in Moskau Schillers »Räuber« gesehen. Davon blieb ihm eine lebenslängliche doppelte Leidenschaft: für Schiller und fürs Theater, die sich u. a. in der dramatischen Struktur seiner Romane niederschlug.

Kapitel 1/2: Ankündigung des ersten Spiels.

Kapitel 5/6: Alexei Iwanowitsch steht im Begriff, die gute Gesellschaft herauszufordern.

Kapitel 6/7: Erwartung einer wichtigen Entscheidung.

Kapitel 8/9: Unerwartete Ankunft der Großmutter: »Wir liefen fast. Ich betrat den Vorplatz und . . . ich ließ die Arme vor Staunen sinken und blieb wie versteinert stehen.« (Seite 78).

Kapitel 11/12: Erneutes Spiel der Großmutter steht bevor.

Kapitel 13/14: Völlig unerwarteter nächtlicher Besuch Paulines bei Alexei Iwanowitsch: »Rasch trat ich näher, blickte hin und – der Atem stockte mir: Es war Pauline!« (Seite 144).

Kapitel 14/15: Nächtliche Rückkehr des Spielers zu Pauline mit riesigem Spielgewinn.

Kapitel 15/16: Abfahrt des Spielers nach Paris: Erwartung neuer Abenteuer.

Kapitel 16/17: Absicht des Spielers, nach Bad Homburg zu fahren und erneut das Glück im Spiel zu versuchen.

Die Kapitelübergänge 8/9, 11/12, 13/14 sind besonders spannend.

Man sieht, das angespannte Warten auf Ersehntes, Erwünschtes, Gefürchtetes oder im Gegenteil auf völlig Neues und Überraschendes spielt in Dostojewskijs Werk eine wichtige spannungserzeugende Rolle. Dostojewskijs Menschen sind gleichsam immer auf dem Sprung zu etwas Neuem, immer voll einer fast unerträglich angespannten Erwartung, sie kennen keine Ruhe, Muße und Entspannung. Das drückt sich symbolisch in der Struktur der Kapitelübergänge aus.

Aktueller Zeitbezug: Ein Russe im Ausland

Obwohl Dostojewskijs Ideenwelt im allgemeinen einen überzeitlichen Charakter hat, weisen seine Romane in der Regel einen ganz konkreten Raum- und Zeitbezug auf: Sie spielen an einem konkreten, genau definierten Ort und in einer ganz genau bestimmten Zeit (manchmal sind sogar Jahr und Monat bekannt wie in »Schuld und Sühne« und im »Idioten«). Es handelt sich durchweg um zeitgenössische Romane, die neben dem philosophischen, dem religiösen und dem ethischen Aspekt auch noch einen sozialpolitischen Aspekt haben: den aktuellen Zeitbezug, der oft Dostojewskijs Auseinandersetzung mit der russischen radikalen Intelligenz der 1860er Jahre spiegelt. Im »Spieler« fehlt diese Linie zwar, nicht aber der aktuelle Zeitbezug, wenn er auch nicht so stark und prägnant ausgearbeitet worden ist, wie es Dostojewskij ursprünglich plante: »[...] ein Russe im Ausland – das ist eine wichtige und aktuelle Frage. [...] Das alles soll meine Erzählung wiedergeben.« (Vgl. oben Seite 193.)

Die Zeitungen jener Jahre waren voll von Berichten und Diskussionen über die Problematik der »Russen im Ausland«. Dostojewskij verfolgte mit lebhaftem Interesse die Polemik über dieses Thema und zollte dem Zeitgeist seinen Tribut im »Spieler«. – Charakteristisch für den Geist jener Jahre ist der Umstand, daß ein weiterer großer russischer Schriftsteller – Iwan Turgenjew (1818–83) – fast genau zu derselben Zeit wie Dostojewskij das Thema der »Russen im Ausland« in seinem Roman »Der Rauch« (1867) behandelt hat, allerdings mit ganz anderem Vorzeichen. Im Gegensatz zu seinem Gegner Dostojewskij gab er dem Westen gegenüber Rußland den Vorzug, weshalb er von den Slavophilen heftig angegriffen wurde.

Nach seiner ersten Auslandsreise von 1862 versucht Dostojewskij immer wieder seine im Westen gemachten Erfahrungen literarisch und publizistisch auszuwerten, indem er Westeuropa seiner russischen Heimat gegenüberstellt. »Rußland und der Westen« wird zu einem philosophisch-publizistischen Leitmotiv, das bereits in dem Reisebericht »Winterliche Aufzeichnungen über sommerliche Eindrücke« (1863) seinen prägnanten Ausdruck findet und Dostojewskij bis zu seinem letzten publizistischen Werk »Tagebuch eines Schriftstellers« (1876–80) in Atem hält. Es gibt seit 1862 kaum ein Werk Dostojewskijs, das dieses Thema nicht zur Sprache brächte.

»Der Spieler«, wie auch die anderen Werke jener Zeit, ist mit Dostojewskijs Publizistik der Jahre 1861–64 verbunden, besonders mit seinen »Winterlichen Aufzeichnungen«. Viele Figuren dieses Romans stellen sozusagen lebendige Illustrationen dar zu den theoretischen Schlüssen, die der Autor im Bericht über seine erste Auslandsreise zieht. So ist die Hauptperson Alexei Iwanowitsch eine eigenartige Variante jener jungen Russen, die uns Dostojewskij in seinen »Winterlichen Aufzeichnungen« vorstellt: Ihre Tragödie besteht darin, daß sie in Rußland keine Anwendung für ihre reiche Begabung und ihre Kräfte finden und, »gleich Tschatzkij«[11], das Land verlassen, um in Europa »nach irgend etwas Unbestimmtem zu suchen«. Somit ist der Spieler ein Vertreter jenes Typs der russischen Intelligenz, der unter der Bezeichnung »der überflüssige Mensch« (= »lischnij tschelowek«) in die russische Literatur des 19. Jahrhunderts eingegangen ist. Er ist genauso ein »Held unserer Zeit« wie Petschorin[12] oder Eugen Onegin[13]. Gleich ihnen verschleudert er sinnlos seine jungen Kräfte in Ausschweifungen, in der Leidenschaft, im Spiel. Dostojewskij sieht die Gründe dafür in der russischen Maßlosigkeit, im Fehlen fester Traditionen und Formen. Der russischen Formlosigkeit wird die westliche Form gegenübergestellt (Seite 44): die deutsche Ordnung, das deutsche Kapital und die französische äußere Form des Anstandes und der Eleganz. Kraft der historischen Entwicklung ist der französische, der deutsche und der englische Charakter in einer bestimmten, endgültigen Form verfestigt, während sich der russische Nationalcharakter noch im Stadium der Entwicklung befindet, was auch die äußere Formlosigkeit von Naturen wie derjenigen von Alexei Iwanowitsch oder von Pauline erklärt sowie das für den russischen Menschen charakteristische Bestreben, die Enge der gesellschaftlichen Formen der westlichen Zivilisation zu überwinden. Somit wird die westeuropäische Form keineswegs als ein Ideal hingestellt, ganz im Gegenteil: Alexei Iwanowitsch verspottet die äußere, hohle Anstandsform der Franzosen, die es einem de Grieux erlaubt, hinter dieser »Anstandslarve« seine Schurkereien und sein unwürdiges Dasein zu verbergen; er verhöhnt die hohle Würde und lächerliche Aufgeblasenheit eines Barons von Wurmerhelm und seiner häßlichen wohlbeleibten Gattin, er weigert sich, sich »dem deutschen Idol zu beugen« (Seite 36) (dem goldenen Kalb) und sein Leben der Anhäufung des Kapi-

[11] Hauptfigur der klassischen Komödie »Verstand schafft Leiden« von A. S. Gribojedow (1795–1829).

[12] Hauptgestalt des Romans »Ein Held unserer Zeit« von M. J. Lermontow (1814–41).

[13] Hauptgestalt des gleichnamigen Romans in Versen von A. S. Puschkin (1799–1837).

tals zu widmen, wie das die »ehrlichen und tugendhaften« Deutschen tun.[14] Da verschleudert er schon lieber »nutzlos und geschmacklos« sein gesamtes Kapital (und es ist nicht wenig: hunderttausend Gulden!). Auf diese zwei Kriterien (westliche Form – russische Formlosigkeit, Seite 44, und das Verhältnis des Russen und des Westeuropäers zum Geld, Seite 35f.) beschränken sich in der Hauptsache Dostojewskijs Erörterungen zum Thema »Rußland und der Westen« im vorliegenden Werk.

Vom dreifachen ursprünglichen Plan: die Geschichte eines Spielers, die Geschichte einer unglücklichen Leidenschaft und die Geschichte eines Russen im Ausland zu schreiben, blieben hauptsächlich die ersten zwei Linien, sie haben die dritte Linie völlig in den Schatten gestellt. Roulettspiel und Liebe haben den sozialpolitischen Aspekt weitgehend verdrängt.

Motive, Situationen und Charaktere im »Spieler«, die für Dostojewskijs Gesamtwerk charakteristisch sind

Es gibt eine Anzahl von Themen, Situationen und Charakteren im »Spieler«, die wir bereits in Dostojewskijs Frühwerk vor der Katorga (d. h. vor 1849) gleichsam als Keime für das spätere Schaffen vorfinden und die sich als roter Faden durch sein Gesamtwerk ziehen. Diese Motive schlagen Brücken über die zehnjährige Kluft von Zuchthaus und Verbannung, die Dostojewskijs Leben und Werk in zwei Hälften schneidet. Sie seien hier kurz aufgeführt:

1. Von der Rolle des Geldes und des Reichtums in seiner übermateriellen Bedeutung war schon ausführlich die Rede (oben Seite 205ff.).

2. Auch die Typologie der Frau ist im Zusammenhang mit Pauline behandelt worden (vgl. oben Seite 198). Pauline, die stolze, dämonische Verführerin, die unstete, innerlich zerrissene Frau, die den Mann quält, wird wegweisend für alle dämoni-

[14] »[. . .] der Verlauf der Geschichte dahin führte, daß in dem Katechismus der Tugenden und Würden des zivilisierten Westeuropäers die Fähigkeit, Kapital zu erwerben, fast an erster Stelle steht.« (Seite 35)

schen Frauengestalten in Dostojewskijs Werk (z. B. Nastassja Philippowna im »Idioten«, Gruschenka und Katerina Iwanowna in den »Brüdern Karamasow«). Sie ist eine Kontrastfigur zur stillen, sanften, friedfertigen Frau, die das Schaffen Dostojewskijs bis zum »Spieler« beherrscht (z. B. Warenka in den »Armen Leuten« oder Sonja Marmeladowa, Dunja und Lisaweta in »Schuld und Sühne«). Im vorliegenden Werk fehlt dieser zweite Frauentyp. In der Folge aber werden die dämonische und die sanfte Frau zu konstanten Frauentypen in Dostojewskijs Werk.

3. Die Liebe eines älteren Mannes zu einem jungen Mädchen oder einer jungen Frau ist ebenfalls ein konstantes Motiv bei Dostojewskij. Hier wird es allerdings nur am Rande gestreift, und auch das mit umgekehrten Vorzeichen, d. h. der Geprellte und Betrogene ist hier ausnahmsweise nicht das junge Mädchen, das von einem alten Lüstling verführt wird, sondern es ist der alte naive General selbst, der von einer jungen, schamlosen Abenteurerin und Kokotte verführt, ausgenutzt und dann sitzen gelassen wird. – In Dostojewskijs Erstling, den »Armen Leuten« (1846), ist das Motiv ausnahmsweise positiv gestaltet. In »Weihnacht und Hochzeit« (1848) wird es zum treibenden Moment der kurzen Erzählung. In »Schuld und Sühne« erlebt es eine mehrfache Gestaltung (Luschin–Dunja; Swidrigailow–Dunja; Swidrigailow und seine Vorliebe für kleine Mädchen). Im »Idioten« wird das Motiv auch nur am Rande gestreift (die kleine Nastassja – Totzki). »Die Dämonen« (Stawrogin – das kleine Mädchen, das Selbstmord begeht) und »Die Brüder Karamasow« (Fjodor Pawlowitsch Karamasow) bringen wie »Schuld und Sühne« und »Der Idiot« die ausgesprochen negative Variante.

4. Die Form der Beichte und des Bekenntnisses ist ein ausgesprochenes Strukturprinzip von Dostojewskijs Schaffen. Den »Spieler«, der in der Ich-Form geschrieben ist, könnte man als das Bekenntnis eines vom Spiel Besessenen bezeichnen. Beinahe jedem Werk Dostojewskij haftet etwas von einem Bekenntnis an, angefangen mit den »Armen Leuten« über den »Doppelgänger« bis hin zu den »Brüdern Karamasow«. Die »Aufzeichnungen aus dem Untergrund«, die einen Auftakt zu »Schuld und Sühne« bilden, sind ein einziges großes Bekenntnis eines gegen alles Normative und Rationale rebellierenden Individualisten. In

allen fünf großen Romanen bedient sich Dostojewskij der Form der Beichte: Den Auftakt bildet »Schuld und Sühne« mit drei großen Bekenntnissen, der Beichte des Trinkers Marmeladow vor Raskolnikow, der Beichte des Mörders Raskolnikow vor Sonja und schließlich dem Bekenntnis des Wüstlings Swidrigailow vor Raskolnikow. Es folgt »Der Idiot« mit ebenfalls drei Bekenntnissen (der Generalbeichte des jungen Fanatikers Hippolyt und den Bekenntnissen der »freiwilligen Narren« Keller und Lebedew), dann Stawrogins Beichte bei Tichon in den »Dämonen«, Arkadijs Bekenntnis im »Jüngling« und schließlich Dmitrijs Bekenntnisse in den »Brüdern Karamasow«. Auch das »Tagebuch eines Schriftstellers« ließe sich in diese Reihe stellen als Dostojewskijs ureigenstes persönliches Bekenntnis.

5. Das Motiv der Geistesgestörtheit, des Wahnsinns ist ein zentrales Thema in Dostojewskijs Werk. Die meisten Personen bewegen sich in der Grenzsphäre nahe dem Wahnsinn bzw. verdächtigen andere des Wahnsinns. Wenn dieses Motiv im vorliegenden Werk auch keine volle Entfaltung erfährt, so ist doch des Spielers krankhafter Seelenzustand scharf an der Grenze zum Wahnsinn angesiedelt (vgl. Seite 45, 50 und ganz besonders Seite 131). Auch Paulines äußerste Exaltiertheit grenzt an Geistesgestörtheit (vgl. Seite 157, 160). – Bereits Dostojewskijs zweites Werk »Der Doppelgänger« (1846) brachte dieses Motiv zur vollen Entfaltung. Im »Schwachen Herzen« (1848) wird es wieder aufgenommen, und im »Idioten« gibt es dem Werk sogar den Namen. Der Epileptiker Myschkin fällt am Schluß des Romans in völlige geistige Umnachtung. Aber auch andere handelnde Personen befinden sich ständig in einem exaltierten, krankhaften Zustand, besonders Nastassja Philippowna, die von Myschkin tatsächlich für geistesgestört gehalten wird. Auch Raskolnikows psychische Verfassung in »Schuld und Sühne« ist vom Wahnsinn nicht mehr weit entfernt. In den »Dämonen« wird das Motiv weiterentwickelt (Marja Timofejewna Lebjadkina). – Das Thema des Wahnsinns und des Traums ist eine Reminiszenz an Dostojewskijs jugendliche Begeisterung für die Romantik, insbesondere für E.T.A. Hoffmann. Es wächst außerdem organisch aus seiner Auffassung von der »Doppelbödigkeit des Seins« und aus seinem »Tiefenrealismus« heraus.

»Der Spieler« stellt eine glänzende Improvisation dar, wenn er auch oberflächlicher ist als Dostojewskijs andere Werke. Es fehlt ihm der Tiefgang, die metaphysische Basis. Dostojewskij liefert darin eine Reihe meisterhafter Porträts, glänzender, sehr lebendiger Schilderungen, eine präzise Pathologie der Spielleidenschaft, doch die äußere Handlung drängt das innere Geschehen in den Hintergrund. Die Erzählung ist effektvoll, fesselnd, voller unerwarteter Wendungen und packender dramatischer Szenen. Dostojewskij versteht es auch hier vorzüglich, Spannung zu erzeugen, doch bleibt diese Spannung im Äußerlichen stecken, genau so wie die Dynamik. Der ganze Wirbel von Ereignissen läßt das Maß vermissen. Dadurch wirkt »Der Spieler« bisweilen wie eine Parodie Dostojewskijs auf sich selbst. Die äußerste Intensität des Erlebens, die Überhitzung des Gefühls (Pathologie des Spiels und Pathologie der Liebe) sind weder psychologisch noch metaphysisch genügend untermauert.

Nichtsdestoweniger wurde »Der Spieler« zu einem ausgesprochenen Erfolgsbuch. 1888, d. h. sieben Jahre nach Dostojewskijs Tod, erschien die erste und bereits zwei Jahre darauf die zweite deutsche Übersetzung. Seither erlebte der Roman eine Unmenge von Neuauflagen und Übersetzungen in alle Sprachen der Welt und ist wiederholt für Theater, Kino, Funk und Fernsehen bearbeitet worden. Diese große Popularität des »Spielers«, der künstlerisch hinter den anderen Romanen Dostojewskijs zurücksteht, erklärt sich einerseits durch seine Kürze und daher größere Übersichtlichkeit der Handlung und der handelnden Personen, anderseits durch die packende Handlung und den leichten, flüssigen Stil. Alles in allem kann man behaupten, daß der »Spieler« einer von Dostojewskijs am leichtesten zugänglichen Romanen ist, weshalb er denn auch wie kein anderer sich dazu eignet, den Einstieg in das Werk des Dichters zu erleichtern.

Natalie Reber

ZEITTAFEL ZU DOSTOJEWSKIJ

1821 30. Oktober (nach alter Zeitrechnung) / 11. November (nach neuer Zeitrechnung)*: Fjodor Michailowitsch Dostojewskij als zweites von sieben Kindern im Moskauer Marijnskij-Armenhospital geboren, wo sein Vater Arzt war und wo die Familie wohnte. Taufe nach russisch-orthodoxem Ritus. Der Vater, Michail A. Dostojewskij, entstammte verarmtem Landadel. Die Mutter, Marja Dostojewskaja, geb. Njetschajewa, entstammte dem konservativen Kaufmannsstand.

1834 Der Vater kauft ein Landgut in Darowoje.

1837 27. Februar: Tod der Mutter, zu der Dostojewskij ein besonders nahes Verhältis hatte.

1838–42 Dostojewskij ist Internatskadett der Ingenieurschule der Militärakademie in St. Petersburg, die er als Unterleutnant verläßt. Begeisterung für die Literatur: intensive Beschäftigung mit russischen und ausländischen Klassikern: Puschkin, Gogol, Lermontow, Shakespeare, Byron, Dickens, Balzac, Victor Hugo, George Sand, Goethe, E.T.A. Hoffmann, besondere Begeisterung für Schiller. Erste literarische Versuche unter Schillers und Puschkins Einfluß: zwei Dramen, »Maria Stuart« und »Boris Godunow«, die jedoch nicht erhalten geblieben sind.

1839 Juni: Ermordung des Vaters durch leibeigene Bauern auf seinem Landgut. Tiefe Erschütterung des jungen

* Wenn nichts anderes angegeben ist, entspricht die Datierung in der vorliegenden Zeittafel dem Julianischen Kalender (alte Zeitrechnung), der in Rußland bis 1918 üblich war und sich im 19. Jahrhundert um zwölf Tage vom allgemein üblichen Gregorianischen Kalender unterschied (neue Zeitrechnung).

Dostojewskij. Literarische Verarbeitung in seinem letzten Werk, den »Brüdern Karamasow«.

1842 Dostojewskij mietet eine Wohnung in St. Petersburg.

1843/44 Arbeit als technischer Zeichner im Kriegsministerium in St. Petersburg, zugleich Übersetzung von Balzacs Roman »Eugénie Grandet«, Dostojewskijs erste gedruckte Arbeit.

1844 Dostojewskij nimmt seinen Abschied, um sich ganz der Literatur widmen zu können.

1845 Freundschaft mit den Schriftstellern Iwan Turgenjew, Nikolaj Nekrassow und dem gefürchteten Koryphäen der russischen Literaturkritik Wissarion Belinskij.

1846 »Arme Leute«, Dostojewskijs erster kurzer Roman in Briefform, erscheint in Nekrassows »Petersburger Almanach«. Sensationeller Erfolg: Dostojewskij wird mit einem Schlag berühmt. Gleich darauf erscheint in den »Vaterländischen Annalen« Dostojewskijs zweiter kurzer Roman »Der Doppelgänger«, die Geschichte einer Bewußtseinsspaltung. Eklatanter Mißerfolg, der Dostojewskij an den Rand einer psychischen Krankheit bringt. Sommeraufenthalt in Reval, in der Familie seines um ein Jahr älteren Lieblingsbruders Michail, mit dem Dostojewskij eine jahrelange Brieffreundschaft verband. – Im selben Jahr noch erscheint in den »Vaterländischen Annalen« die Erzählung »Herr Prochartschin«, die psychologische Charakterskizze eines »reichen Bettlers«. Wiederum völliger Mißerfolg. Depressionen und Bruch mit Turgenjew und dem liberalen und progressiven Kreis um Nekrassow und Belinskij; es beginnt eine regelrechte Hetzkampagne gegen den jungen ehrgeizigen Dostojewskij. Radikaler Kurswechsel seines Bekanntenkreises: Freundschaft mit dem Lyriker A. Majkow und seinem Literatursalon und den Brüdern Beketow, mit denen Dostojewskij den Versuch einer Kommune unternimmt.

1847/48 Ständiger Kontakt mit dem revolutionär gesinnten

Kreis um Petraschewskij. Materielle Not, Schulden. Jahre der inneren Krise, des Herumexperimentierens, Suche nach eigenem literarischen Stil. Der Ertrag ist eine Anzahl relativ kurzer Erzählungen und Novellen, die in den »Vaterländischen Annalen« erscheinen und die Dostojewskij selber kritisch beurteilt: »Roman in neun Briefen«, der burleske Streit zweier Freunde; die romantische, von Gogol und E.T.A. Hoffmann beeinflußte Novelle »Die Wirtin« (beides 1847 erschienen).

1848 Gründung der revolutionären Geheimgesellschaft um Durow, die sich als radikale Minderheit aus dem gemäßigteren Petraschewskij-Kreis aussondert und der auch Dostojewskij beitritt. Es erscheinen: die kurzen psychologischen Charakterskizzen »Polsunkow« und »Ein ehrlicher Dieb«, die Humoresken »Die fremde Frau« und »Der eifersüchtige Gatte«, die rührende Novelle »Ein schwaches Herz«, die Erzählung »Weihnacht und Hochzeit«, deren Thematik (die Liebe eines älteren Mannes zu einem blutjungen Mädchen) in »Schuld und Sühne« wiederkehrt, und schließlich das bedeutendste dieser kurzen Werke, der »empfindsame Roman« »Helle Nächte«, das lyrischste und poetischste Werk Dostojewskijs überhaupt.

1849 »Njetotschka Njeswanowa« ist der erste Versuch in der großen Romanform. Geplant und zum Teil entworfen waren die ersten sechs Kapitel. Infolge von Dostojewskijs Verhaftung und Verbannung nach Sibirien blieb der Roman ein Fragment, das 1849 in den »Vaterländischen Annalen« erschien. Das Hauptthema, die Kinderpsyche, bildet ein konstantes Motiv in Dostojewskijs Schaffen. – 23. April: Verhaftung Dostojewskijs und des ganzen Kreises um Petraschewskij und Durow. Acht Monate Untersuchungshaft in der Peter-Pauls-Festung, wo Dostojewskij sein heiterstes und lebensfrohstes Werk schreibt, die Erzählung »Ein kleiner Held« (erschienen erst 1857).

Prozeß und Todesurteil. 22. Dezember: Inszenierung einer Schein-Hinrichtung auf dem Semjonowskij-Platz in St. Petersburg. Auf der Richtstätte Begnadigung durch Zar Nikolaus I. in Form einer Strafmilderung: vier Jahre Katorga (Zwangsarbeit) und vier Jahre Militärdienst als gemeiner Soldat in Sibirien.

1850–54 Katorga in der Festung Omsk in Sibirien, die Dostojewskij in der Folge in seinem dokumentarischen Roman »Aufzeichnungen aus einem Totenhaus« schildert. Dostojewskij erleidet in Sibirien seine ersten schweren epileptischen Anfälle, was in seinem Werk ebenfalls einen starken literarischen Niederschlag findet.

1854 Militärdienst als gemeiner Soldat in Semipalatinsk in Südwestsibirien. Freundschaft mit dem soeben aus St. Petersburg angekommenen Staatsanwalt Baron Wrangel. Bekanntschaft und qualvolle, leidenschaftliche Liebe zu der schönen dreißigjährigen Marja Dmitrijewna Isajewa (Prototyp für Katerina Iwanowna Marmeladowa in »Schuld und Sühne«), der Frau eines Lehrers, der bald stirbt.

1855 Beförderung zum Unteroffizier und

1856 zum Offizier.

1857 6. Februar: Verehelichung mit M. D. Isajewa. Die Ehe war unglücklich und ziemlich kurz (Marja Dmitrijewna stirbt 1864). Dostojewskij sorgt von da an für seinen Stiefsohn Pascha.

1858 Gesuch, den Dienst quittieren und nach dem europäischen Rußland zurückkehren zu dürfen.

1859 Dem Gesuch wird stattgegeben, Dostojewskij darf sich aber vorerst weder in St. Petersburg noch in Moskau niederlassen. Er zieht vorübergehend nach Twer. – Erscheinen der zwei ersten Werke, die nach dem Zuchthaus, noch 1858 in Semipalatinsk, entstanden sind, der beiden »humoristischen Romane« »Onkelchens Traum« in der März-Nummer von »Russisches Wort« und »Das Dorf Stepantschikowo und seine Bewohner« in den »Vaterländischen Annalen«. Dostojewskij versucht sich hier im grotesken Genre. Dezember: Rückkehr nach St. Petersburg, genau zehn Jahre, nachdem er in die Verbannung gegangen war. Dostojewskij kommt als ein Neuer und Gewandelter aus Sibirien zurück: Neue Themen, Motive und Charaktere werden von nun an bestimmend für sein Werk. Die zentrale Figur des schüchternen armen Beamten und des sensiblen romantischen Träumers und Schwärmers aus seiner ersten Schaffensperiode wird nun abgelöst von dem neuen zentralen Charakter des großen Sünders und geistigen Rebellen (Typ des Übermenschen). Insbesondere wandelt sich auch Dostojewskijs Einstellung zum Sozialismus: Er verurteilt sein früheres jugendliches Engagement für den utopischen Sozialismus.

1861–63 Zusammen mit dem Bruder Michail Herausgabe der Zeitschrift »Wrjemja« (= »Die Zeit«). Programm: Schaffung einer neuen geistigen Bewegung innerhalb der russischen Gesellschaft, die eine Mittelstellung zwischen den Slawophilen und den Westlern einnehmen soll. Es gelingt, zwei junge begabte Literaten und in der Folge bekannte Kritiker zu gewinnen: Apollon Grigorjew und Nikolai Strachow. Nach anfänglicher Freundschaft mit dem Kreis um Nekrassow und seine Zeitschrift »Sowremennik« (= »Der Zeitgenosse«) kommt es zum Bruch mit den Westlern und schließlich zu einer heftigen Kampagne gegen die ganze »neue, progressive, liberale« Richtung innerhalb der russischen Intelligenz, an deren Spitze Saltykow-Schtschedrin, Dobroljubow und Tschernyschewskij standen; insbesondere erbitterte Polemik gegen den Letztgenannten und seine »utilitaristische Theorie« in der Kunst.

1861 In der Zeitschrift »Wrjemja« erscheinen die zwei neuen Werke Dostojewskijs, die 1860 zur Zeit intensivster Vorbereitungsarbeit für die neue Zeitschrift entstanden sind: »Aufzeichnungen aus einem Totenhaus« (s. o.) und der bis dahin umfangreichste Roman, »Die Erniedrigten und Beleidigten«, ein erster Gipfel von Dostojewskijs Kunst des großangelegten Romans (polyphoner Roman mit mehrsträngiger Handlung). Das erste Werk rief tiefe Erschütterung in der russischen Gesellschaft hervor: Man sah in Dostojewskij einen russischen Dante, der in die Hölle der Katorga hinabsteigt (es war das erste Werk eines Augenzeugen über die sibirische Zwangsarbeit!). Das zweite Werk hatte beim Publikum einen stürmischen Erfolg, rief jedoch heftige Angriffe der Kritik hervor. – Bekanntschaft mit dem Romancier Gontscharow und dem Dramatiker Ostrowskij. Bekanntschaft mit Apollinarija (Polina) Suslowa, einer Mitarbeiterin von »Wrjemja« und typischen Vertreterin der Frauenemanzipation der 1860er Jahre (in der Folge erwarb sie als erste russische Frau den Doktor der Medizin – an der Zürcher Universität). Dostojewskij faßt eine heftige Leidenschaft, die sich über mehrere Jahre hinzieht, zu der um zwanzig Jahre jüngeren Studentin. Der Charakter Polinas legte den Grund für den Typ der »dämonischen«, unsteten, innerlich zerrissenen und den Mann quälenden Frau in Dostojewskijs Werk.

1862 Sommer: erste Auslandsreise. Der langjährige Wunschtraum Dostojewskijs geht in Erfüllung: Er sieht in zweieinhalb Monaten Berlin, Dresden, Wiesbaden, Baden-Baden, Köln, Paris, London, Luzern, Genf, Genua, Florenz, Mailand, Venedig, Wien und ist ungeheuer enttäuscht von Westeuropa. In London Begegnung mit dem im Exil lebenden russischen revolutionären Publizisten und Schriftsteller Alexander Herzen und mit dem Anarchisten Bakunin. Es erscheint die satirische Erzählung »Eine dumme Geschichte«.

1863 »Winterliche Aufzeichnungen über sommerliche Eindrücke« erscheinen in »Wrjemja« – ein polemischer Bericht über die Auslandsreise, außerdem ein glänzendes Beispiel philosophischer Publizistik. Zwei Hauptthemen: Rußland und der Westen und der Untergang Europas. April: Verbot der Zeitschrift »Wrjemja«. Sommer: zweite Auslandsreise: Dostojewskij reist Polina Suslowa nach Paris nach. Unterwegs in Wiesbaden zum ersten Mal Roulettspiel: Beginn einer langjährigen tragischen Leidenschaft. In Baden-Baden verspielt er große Summen, so daß er seine Sachen versetzen muß. Zusammentreffen mit Turgenjew. Weiterreise über Genf und Turin nach Rom, zusammen mit Polina Suslowa. Nach dieser zweimonatigen gemeinsamen Reise kommt es zum Bruch der Beziehung, die 1865 ein qualvolles Nachspiel in Wiesbaden hat. Diese Auslandsreise und die doppelte Leidenschaft: Spiel und Liebe, finden später ihren dichterischen Niederschlag im Roman »Der Spieler«.

1864 Ein in jeder Hinsicht schwieriges Jahr für Dostojewskij. Gemeinsam mit dem Bruder Michail Herausgabe der Zeitschrift »Epocha«, eine Fortsetzung von »Wrjemja«, allerdings unter viel größeren Schwierigkeiten: Geldmangel, das ganze väterliche Erbe ist aufgebraucht. Die philosophisch-psychologische Skizze »Aufzeichnungen aus dem Untergrund« erscheint in »Epocha«. Es ist dies eine tiefschürfende Analyse des menschlichen Bewußtseins und zugleich eine direkte Antwort in künstlerischer Form auf Tschernyschewskijs Roman »Was tun?«, dessen Rationalismus und Utilitarismus angeprangert werden. Man kann dies kleine, doch für Dostojewskijs Weltanschauung entscheidende Werk als eine philosophische Einführung in den Zyklus der großen Romane betrachten. Dostojewskij schrieb diese Arbeit am Totenbett seiner Frau Marja Dmitrijewna, die am 15. April an Schwindsucht stirbt. Am 10. Juni folgt der Tod seines Bruders Michail, der sein bester Freund gewesen war, und bald darauf der Tod seines engsten Mitarbeiters Apollon Grigorjew. Dostojewskij fühlt sich sehr einsam. – Der Bruder hinterläßt große Schulden, die Dostojewskij ebenso übernimmt wie die Sorge um die Witwe und ihre vier Kinder.

1865 Die Zeitschrift »Epocha« stellt ihr Erscheinen ein. Dostojewskij flieht vor seinen Gläubigern, der Pfändung seines Besitzes und dem Schuldgefängnis ins Ausland, wo er zweieinhalb Monate bleibt: dritte Auslandsreise. In Wiesbaden verspielt er sein letztes Geld. Große Not; es fehlt ihm am Notwendigsten, niemand leiht ihm mehr Geld; es fehlen sogar die Mittel, um in die Heimat zurückzukehren. In dieser verzweifelten Lage arbeitet Dostojewskij an seinem neuen Roman »Schuld und Sühne«. Endlich schickt Baron Wrangel aus Kopenhagen Reisegeld. Dostojewskij besucht ihn auf seiner Rückreise nach St. Petersburg in Kopenhagen.

1866 »Schuld und Sühne« beginnt als Fortsetzungsroman in Katkows konservativer Zeitschrift »Der russische Bote« zu erscheinen, während Dostojewskij noch den zweiten Teil schreibt. Großer Erfolg. Doch diese Arbeit muß er unterbrechen, weil er sich verpflichtet hat, zum 1. November einen neuen fertigen Roman abzuliefern, von dem er Anfang Oktober noch keine einzige Zeile geschrieben hat. In dieser äußersten Notlage stellt er eine Stenographin an, der er den neuen, relativ kurzen Roman »Der Spieler« in sechsundzwanzig Tagen diktiert. Er erscheint in Stellowskijs Gesamtausgabe von Dostojewskijs Werken.

1867 15. Februar: Diese um fünfundzwanzig Jahre jüngere Stenographin, Anna Grigorjewna Snitkina, wird Dostojewskijs zweite Frau, in der er eine treue, starke und ergebene Freundin fürs ganze Leben gewann. Verstärkte epileptische Anfälle. Der Arzt rät zu einem Kuraufenthalt im Ausland. Um ihn verwirklichen zu können sowie um den aufsässigen Gläubigern und der mißgünstigen Verwandtschaft zu entfliehen, versetzt Anna Grigorjewna ihre Mitgift, und die Neuvermählten verlassen am 14. April fluchtartig Rußland; zunächst halten sie sich in Dresden auf. In Bad Homburg und in Baden-Baden erfaßt Dostojewskij erneut die Spielleidenschaft: Er verspielt alles Bargeld und versetzt sogar die Kleider seiner Frau. In Baden-Baden endgültiger Bruch mit Turgenjew. Schulden, materielle Not. Mühsame Arbeit an dem neuen Roman »Der Idiot«.

1867–71 Ständiger Aufenthalt in Westeuropa: in Deutschland, der Schweiz, Italien.

1868 Genf. Wiederholtes Spiel in Saxon-les-Bains, erneute Verluste. 22. Februar: Geburt des ersten Kindes Sonja. 12. Mai: Tod der Tochter. Das unschuldige Leiden des Kindes bildet ein zentrales Thema in Dostojewskijs Schaffen. Vevey. Heimweh nach Rußland. Übersiedlung nach Italien: Mailand, Florenz. Das ganze Jahr 1868 Arbeit am »Idioten« unter schwierigen materiellen Umständen. Der Roman erscheint noch im selben Jahr und hat nur mäßigen Erfolg.

1869 Rückkehr über Prag nach Dresden, wo am 14. September die Tochter Ljubow (Aimée) geboren wird. Wiederholt Klagen über Not und ständigen Geldmangel. Arbeit an der Erzählung »Der ewige Gatte« und Plan zu einer großen Romanserie unter dem Titel »Das Leben eines großen Sünders«, der zwar nicht realisiert wurde, dessen Thematik jedoch in die drei großen Romane »Die Dämonen«, »Der Jüngling« und »Die Brüder Karamasow« eingeflossen ist.

1870 »Der ewige Gatte« erscheint in Strachows Zeitschrift »Die Morgenröte«. Arbeit an dem neuen monumentalen Roman »Die Dämonen«. Letztes verzweifeltes Spiel in Wiesbaden, woraufhin Dostojewskij für immer dieser Leidenschaft entsagt.

1871 8. Juni: Rückkehr nach St. Petersburg, wo am 16. Juli der erste Sohn Fjodor geboren wird. »Die Dämonen« beginnen in der Zeitschrift »Der russische Bote« zu erscheinen. Höhepunkt des bisherigen Schaffens. Dennoch Angriffe von seiten der liberalen Kritik.

1872 Sommer: Vor den Gläubigern und Verwandten rettet sich Dostojewskij mit seiner Familie in das Provinzstädtchen Staraja Russa im Gouvernement Nowgorod, das den Rahmen für seinen letzten Roman »Die Brüder Karamasow« bildet.

1873 Januar: Dostojewskij wird für fünfzehn Monate Herausgeber der konservativen Zeitschrift »Graschdanin« (= »Der Bürger«), deren Mitarbeiter u. a. A. Majkow und N. Strachow waren. Häufige Zusammenstöße mit dem erzkonservativen Verleger Fürst Mestscherskij. Dostojewskij kann in dieser Zeitschrift seinen alten Traum von einer neuen Form der philosophisch-literarischen Publizistik verwirklichen: Er schafft darin eine neue Rubrik: »Tagebuch eines Schriftstellers.« Darin u.a. die kurze Erzählung »Bobok«, eine makabre metaphysische Parabel. – Erste Bekanntschaft mit dem Juristen und Staatsmann Konstantin P. Pobjedonoszew, dem späteren Oberprokuror des Heiligen Synods und Chefideologen der politischen Reaktion unter Alexander III. Freundschaft mit dem jungen Wladimir Solowjow, dem später berühmten Religionsphilosophen, der Dostojewskij zur Schaffung der Gestalt Aljoscha Karamasows inspiriert haben soll. – Anna Grigorjewna entwickelt großes organisatorisches und kommerzielles Talent. Sie wird Herausgeberin der Werke ihres Gatten: »Der Idiot« und »Die Dämonen« erscheinen in einem Band, was den Grundstock für eine materielle Sicherung der Familie legt. Beginn der letzten »stillen, häuslichen« Phase von Dostojewskijs Leben.

1874 Sommer: erster Kuraufenthalt in Bad Ems wegen eines Lungenemphysems. Erneute Begeisterung für Puschkin, unter dessen Einfluß der Plan zum neuen großen Roman »Der Jüngling« entsteht. Im Winter Arbeit an dem neuen Roman in Staraja Russa.

1875 Sommer: zweiter Kuraufenthalt in Bad Ems. Mühsame Fortsetzung der Arbeit am »Jüngling«. Am 10. August Geburt des zweiten Sohnes Aljoscha, der mit drei Jahren stirbt. »Der Jüngling« erscheint in den »Vaterländischen Annalen«.

1876 Rückkehr der Familie nach St. Petersburg. Gründung der Monatsschrift »Tagebuch eines Schriftstellers«, die zwei Jahre lang existierte und deren Herausgeber und alleiniger Autor Dostojewskij selbst ist: philosophische, soziale, politische und literarische Publizistik, die auf Sympathie und Interesse in der russischen Gesellschaft, jedoch auf harte Kritik der radikalen russischen Intelligenz stößt. Darin u. a. die Kurzgeschichte »Der kleine Junge am Weihnachtsfest Christi« und die meisterhafte Novelle »Die Sanfte«. Hauptthemen von Dostojewskijs Publizistik: der Katholizismus und der Sozialismus, Rußland und Europa, die russische »Intelligenzia« und das Volk, die Idee der Unsterblichkeit und der westliche Atheismus, die Gestalt Christi und die russische Orthodoxie. Sommer: dritter Kuraufenthalt in Bad Ems.

1877 Fortsetzung des »Tagebuchs eines Schriftstellers«. Darin u. a. die »phantastische Erzählung« »Der Traum eines lächerlichen Menschen«. Den Sommer verbringt Dostojewskij mit der Familie auf dem Landgut des Schwagers. Er besucht auch zum ersten Mal wieder das ehemalige väterliche Gut Darowoje und vertieft sich in Kindheitserinnerungen. Diese Landschaft ergibt zusammen mit dem Provinzstädtchen Staraja Russa den topographischen Rahmen für »Die Brüder Karamasow«. Plan zu diesem letzten Roman Dostojewskijs.

1878 Beginn der Arbeit an den »Brüdern Karamasow«, die drei Jahre dauert. Am 16. Mai Tod des dreijährigen Lieblingssohnes Aljoscha an Epilepsie, was den Vater besonders schwer trifft. Im Zusammenhang damit Reise mit Wladimir Solowjow in das berühmte Kloster Optina Pustyn, um sich dort bei dem in ganz Rußland verehrten Starzen Ambrosius geistigen Rat zu holen. Das Kloster Optina Pustyn war im 19. Jahrhundert eine in ganz Rußland wegen seiner

Starzen berühmte Wallfahrtsstätte, die u. a. von Gogol, Konstantin Leontjew und Tolstoj aufgesucht wurde. Diese Reise stärkte und tröstete Dostojewskij und gab ihm Stoff und geistigen Impuls zur Schaffung der Gestalt des Starez Sossima in den »Brüdern Karamasow« und der Szenen des russischen Klosterlebens. – Dostojewskij wird korrespondierendes Mitglied der Kaiserlichen Akademie der Wissenschaften in St. Petersburg.

1879 Fortsetzung der Arbeit an den »Brüdern Karamasow«. Triumphale Rückkehr Turgenjews nach Rußland. Äußere Aussöhnung der beiden Schriftsteller. Dostojewskij hält eine ganze Anzahl öffentlicher Lesungen, liest u. a. ausgewählte Kapitel aus dem noch nicht abgeschlossenen Roman »Die Brüder Karamasow« (»Die Legende vom Großinquisitor«). Stürmischer Erfolg, besonders unter der Jugend. »Die Brüder Karamasow« beginnen in der Zeitschrift »Der russische Bote« zu erscheinen. Ihre Veröffentlichung nimmt zwei Jahre in Anspruch. – Sommer: vierter Kuraufenthalt in Bad Ems.

1880 8. Juni: Begeisterte »Puschkin-Rede« anläßlich der Enthüllung des Puschkin-Denkmals in Moskau, eine Feier, bei der fast das ganze »literarische Rußland« anwesend war. Einmaliger Triumph, der an Massenhysterie grenzt. Turgenjew umarmt den ehemaligen Feind. Diese Rede wird als ein »Ereignis in der russischen Literatur« bezeichnet; sie ist das Ergebnis einer lebenslänglichen Beschäftigung mit dem Lieblingsdichter und das Fazit von Dostojewskijs Philosophie der russischen Literatur. Die »Puschkin-Rede« erscheint in der Augustnummer des »Tagebuchs eines Schriftstellers«. Anfang November: Beendigung der Arbeit an den »Brüdern Karamasow«, die allerdings infolge von Dostojewskijs Tod unvollendet geblieben sind: Er plante einen zweiten Teil, der zwanzig Jahre danach spielen und dessen Hauptperson Aljoscha sein sollte. Dieser Plan sowie viele weitere Projekte (Fortsetzung des »Tagebuchs eines Schriftstellers«, ein russischer Candide-Roman und ein Buch über Jesus Christus, Lebenserinnerungen usw.) blieben unausgeführt.

1881 25./26. Januar: Erkrankung Dostojewskijs (Blutsturz infolge seines Lungenemphysems). Er stirbt am Abend des 28. Januar im Kreise der Familie. Sein Begräbnis am 1. Februar im Alexander-Newskij-Kloster in St. Petersburg, an dem 30000 Menschen teilnehmen, wird zu einer richtigen Volkstrauerfeier. Wladimir Solowjow spricht die Grabrede.

1882/83 Erste russische Gesamtausgabe in 14 Bänden (St. Petersburg).

ANMERKUNGEN

8 *Mentor:* Erzieher des Telemachos, des Sohnes des Odysseus. Heute »Erzieher«, »Ratgeber« schlechthin.

9 *›monsieur le comte‹:* Herr Graf.

›madame la comtesse‹: Frau Gräfin.

»outchitel«: In der deutschen Transskription müßte es eigentlich »utschitel« heißen. In der vorliegenden Ausgabe wird die von Dostojewskij gewählte französische Transskription beibehalten. Es ist das russische Wort für »Lehrer«.

table d'hôte: gemeinsame Speisetafel in Gasthöfen und Hotels.

Mister Astley: Diesen Namen hat Dostojewskij einem englischen Roman entnommen. Der gütige und edle Engländer (der einzige positive Ausländer bei Dostojewskij!) erinnert an manche positive Romanfiguren von Dickens, dessen Werk Dostojewskij sehr hoch schätzte.

11 *Polen ... Franzosen:* Im russischen Original stehen für beide Nationalitätsbezeichnungen pejorative Diminutive, die meistens auch im weiteren Verlauf des Romans beibehalten werden und Dostojewskijs Antipathie gegen die Polen und die Franzosen zum Ausdruck bringen, worauf übrigens auch der gesamte Zusammenhang hinweist.

Monsignore: Seit dem 19. Jahrhundert Titel der katholischen Erzbischöfe und Bischöfe.

in Paris in die Kanzlei der Gesandtschaft des Heiligen Vaters: Wie zu Dostojewskijs Zeiten, so hat der Papst auch heute noch seine Nuntien (ständige Botschafter des Papstes bei weltlichen Regierungen) in vielen Hauptstädten der Welt.

Abbé: Titel der niederen katholischen Weltgeistlichen in Frankreich.

›*Opinion Nationale*‹: »Die Meinung der Nation«, eine französische Tageszeitung, das Organ der liberalen Bonapartisten, die 1859 von A. Gueroult in Paris gegründet und bis 1879 herausgegeben wurde.

12 *Häretiker:* Ketzer.

›*que je suis hérétique et barbare*‹: ich sei ein Häretiker und Barbar.

»*Cela n'était pas si bête*«: Das war gar nicht so dumm.

13 ›*Aufzeichnungen*‹ *des Generals Perowsky:* Graf W. A. Perowsky (1794–1857), nahm am Krieg gegen Napoleon 1812 teil, war später Militärgouverneur von Orenburg (Stadt am südlichen Ural). In seinen »Aufzeichnungen« erzählt General Perowsky, daß die Franzosen bei ihrem Rückzug von Moskau 1812 die russischen Kriegsgefangenen, die aus Schwäche oder Unterernährung mit ihnen nicht Schritt halten konnten, kurzerhand erschossen.

14 »*Ich muß um jeden Preis Geld haben ... sonst bin ich ganz einfach verloren*«: Die Funktion des Geldes ist charakteristisch für viele von Dostojewskijs Werken. Immer wieder ist bei ihm das Geld ein die Handlung bestimmendes und Spannung erzeugendes Element. Gerade im vorliegenden Roman, wo es um das Roulettspiel und um Gewinn oder Verlust riesiger, geradezu märchenhafter Summen geht, ist dies besonders klar ersichtlich. Näheres dazu siehe im Nachwort, Seite 205 ff.

15 *baboulenka:* Französische Transskription für babulenka = russische Koseform für »Großmutter« (bábuschka).

château: Schloß.

16 »*Ich werde auch noch einmal dieses Wort aussprechen ... verhaßter deshalb, weil Sie mir so nötig sind*«: Für die Typologie der menschlichen Charaktere bei Dostojewskij sind zwei diametral entgegengesetzte Frauentypen kennzeichnend: die sanfte und die dämonische Frau. Die maßlos stolze, schöne, doch innerlich zerrissene, den Mann quälende Pauline ist die erste ausgeprägte Vertreterin des zweiten Typus. Zu dieser Frauenfigur sowie zu ihrem Prototyp in Dostojewskijs Leben, Polina Suslowa, siehe das Nachwort, Seite 198.

17 *»gewinnen Sie mir möglichst viel...«:* Vgl. dazu die Anmerkung zu Seite 14.
wie ein Verrückter von Sehnsucht gequält... wie ein Rasender: Ein dermaßen überhitzter, fieberhaft erregter Gemütszustand ist ausgesprochen typisch für Dostojewskijs Menschen. Die Liebe des Hauslehrers und Spielers Alexei Iwanowitsch zu der schönen, stolzen Pauline tritt von Anfang an als Raserei, als irrationale, dämonische, zerstörerische Macht zutage, was sich im Verlauf der Handlung noch verstärkt (vgl. auch Seite 45–47). – Die Liebe als eine dämonische, zerstörerische Kraft ist ein in Dostojewskijs Werk stetig wiederkehrendes Motiv: Man denke nur an Rogoschin und Nastassja Philippowna im »Idioten« oder an Mitja, Katerina Iwanowna und Gruschenka in den »Brüdern Karamasow«.
im Traume: Ein solches Verwischen der Grenzen zwischen Traum und Wirklichkeit ist charakteristisch für Dostojewskijs Ästhetik, wie denn der Traum überhaupt ein wesentliches Strukturelement seiner Romane darstellt. Er hat eine interessante eigenständige »Traumtechnik« entwickelt, was im vorliegenden Werk allerdings kaum zum Ausdruck kommt.
Liebe ich sie... daß ich sie hasse: Liebe–Haß ist ein sehr charakteristisches Gegensatzpaar in der Gefühlsskala von Dostojewskijs Menschen. Entsprechend seinem dualistischen Weltbild lebt sein Werk vom Kontrast, die Antithese ist ein grundlegendes Element seiner Komposition. Vgl. dazu auch das Nachwort, Seite 213.
ihr ein scharfes Messer in die Brust zu stoßen: Hier deutet sich bereits das Hauptthema des nächsten Romans –»Der Idiot« (1868) – an: Es ist das Thema Rogoschins, der seine Geliebte Nastassja Philippowna aus rasender Liebe mit dem Messer (!) umbringt. Vgl. dazu ebenfalls Seite 45 f.
20 *Rothschild:* Maier Amschel Rothschild (1743–1812), der Gründer des Frankfurter Bankhauses. Seine Söhne gründeten noch heute bestehende Bankhäuser in Paris, London und anderswo. Dostojewskijs Zeitgenosse war Baron James Rothschild (1792–1868). Der Name Rothschild war bereits

zu Dostojewskijs Zeit zum Inbegriff sagenhaften Reichtums geworden.

21 *»mauvais genre«:* schlechter Ton.

Gentlemen: Plural von Gentleman = Mann von Lebensart und Charakter, mit tadellosen Umgangsformen, Ehrenmann.

Plebejer: ursprünglich Angehöriger der niederen Volksschichten im alten Rom mit minderen politischen Rechten, heute ungehobelter Mensch schlechthin.

Louisdor: seit 1640 französische Goldmünze (etwa 20 Francs).

Trente-et-quarante: »Dreißig und vierzig«, ein Kartenglücksspiel.

23 *Croupiers:* Angestellte einer Spielbank, Gehilfen des Spielbankhalters.

böhmische Dörfer: Unbekanntes, Unverständliches (wie böhmische Dorfnamen).

24 *Friedrichsdor:* alte Goldmünze (entsprach zehn Gulden).

27 *Was liegt ihr am Gelde an sich!:* Immer wieder haben wir es bei Dostojewskij mit einer Art »Metaphysik des Geldes« zu tun, d.h. es ist der Reichtum in seiner übermateriellen, potentiellen Bedeutung, der in einem ganz bestimmten Verhältnis zum Menschen und seinem Charakter steht. Hier z.B. signalisiert Paulines Streben nach Geld eine geheime, sowohl dem Leser wie dem Romanhelden Alexei Iwanowitsch noch verdeckte Absicht, birgt somit ein Geheimnis in sich.

erniedrigende Sklaverei ... Sklave: Erniedrigung und Selbsterniedrigung sind typische Kategorien in Dostojewskijs Anthropologie. Vgl. dazu auch Seite 42f.

29 *Sich mit fünfundfünfzig Jahren so leidenschaftlich zu verlieben:* Die Liebe eines älteren Mannes zu einem jungen Mädchen oder einer jungen Frau war Dostojewskij seit jeher verhaßt und widerlich, und doch zog es ihn immer wieder zur Gestaltung dieses Motivs: »Arme Leute« (ausnahmsweise in der positiven Variante des Motivs), »Weihnacht und Hochzeit«, »Schuld und Sühne« (Swidrigailow), »Der Idiot« (die kleine Nastassja – Totzki), »Die Dämonen«

(Stawrogin), »Die Brüder Karamasow« (der alte Vater). Im »Spieler« wird dies Motiv nur am Rande gestreift, und auch das mit umgekehrten Vorzeichen, d.h. der Geprellte und Betrogene ist hier ausnahmsweise nicht das junge Mädchen, das von einem alten Lüstling verführt wird, sondern es ist der alte, naive General selbst, der von einer jungen, schamlosen Abenteurerin und Kokotte verführt, ausgenutzt und dann sitzen gelassen wird.

33 *das Schicksal herausfordern:* Das Spiel war für Dostojewskij selbst und für seinen Romanhelden Alexei Iwanowitsch eine Herausforderung an das Schicksal. Vgl. dazu das Nachwort, Seite 202.

36 *die deutsche Art, Geld anzusammeln:* Hier und im folgenden macht sich Dostojewskij lustig über die Lebensweise der Deutschen sowie über deren Methode, Kapital anzuhäufen. Er hegte eine ausgesprochene Antipathie gegen fast alle Westeuropäer (mit Ausnahme der Engländer) und machte sich oft in seinen Werken mittels solcher humoristischer, bisweilen sogar sarkastischer Exkurse Luft. Vgl. dazu Seite 51.

Werst: altes russisches Längenmaß, das bis zur Einführung des metrischen Systems (1918) verwendet wurde; 1 Werst = 1067 m.

39 *de Grieux:* Dostojewskij verwendet hier einen ironischen Kunstgriff, indem er dem französischen Hochstapler und Schwindler, der sich für einen Marquis ausgibt, den Namen des edlen Romanhelden aus dem Roman »Manon Lescaut« des Abbé Prévost (1697–1763) gibt.

42 *Sklave . . . Geld:* Die Wörter Sklave, Sklaventheorie, Sklaventum, sklavisch kommen auf dieser einen Seite zwölfmal (!) vor, das Wort Geld fünfmal. Diesen Begriffen fällt denn auch eine zentrale Rolle innerhalb der gesamten Romanstruktur zu. Es sind sozusagen »Schlüsselworte«, »Schlüsselbegriffe«, die in einem organischen Bezug zueinander stehen. Die Hauptfigur – Alexei Iwanowitsch – ist Sklave in doppeltem Sinn, Sklave seiner doppelten Leidenschaft: der Leidenschaft zu Pauline und der Leidenschaft zum Spiel. – Solche zahlreichen Wiederholungen ein und desselben

Wortes oder Kurzsatzes innerhalb der Dialoge oder Monologe sind überhaupt typisch für Dostojewskijs Stil. Der Schriftsteller deckt damit den aufgeregten, exaltierten Seelenzustand seiner Personen auf und bewirkt zudem eine große Eindringlichkeit – alles Stilmittel, mit denen er den Leser meisterhaft zu packen weiß. In den meisten deutschen Übersetzungen ist die exaltierte, sich überstürzende, absichtlich holprige Sprache von Dostojewskijs Menschen geglättet und nivelliert worden, wodurch bestimmte Stilnuancen verloren gehen.

43 *Sklaverei sei Ihre Lust . . . Lust in der letzten Stufe der Erniedrigung . . . auch die Knute Lust, wenn sie . . . das Fleisch zerfetzt:* In diesen Worten kommt ein letzter, äußerster Grad von Masochismus (Lust an der eigenen Qual, Selbstkasteiung, Selbstzerfleischung) zum Ausdruck, der so charakteristisch für bestimmte Menschentypen bei Dostojewskij ist, ganz besonders für den Typ der »dämonischen Frau« (z. B. Nastassja Philippowna im »Idioten«). Vgl. auch Seite 46.

den Marquis de Grieux . . . an der Nase zu packen: Ein ganz ähnliches Verlangen empfindet auch Stawrogin in den »Dämonen«, nur daß er im Gegensatz zum Spieler sein Verlangen in die Tat umsetzt und damit die ganze wohlanständige Gesellschaft furchtbar schockiert. Dies Bedürfnis, »épater le bourgeois«, d. h. einen Skandal heraufzubeschwören und die ganze hochnoble Gesellschaft zu ohrfeigen oder an der Nase herumzuführen, ist ein in Dostojewskijs Werk ständig wiederkehrendes Thema mit Variationen. Vgl. dazu auch Seite 51 f.: des Spielers albernes und unverschämtes Betragen gegenüber der Baronin und dem Baron Wurmerhelm.

44 *Wir Russen sind allzu reich und vielseitig begabt . . . bei den Franzosen und . . . andern Europäern hat sich die Form derart ausgebildet:* Der westlichen Form wird hier die russische Formlosigkeit gegenübergestellt (das Wort »Form« wird auf dieser Seite zehnmal wiederholt. Zur Wortwiederholung bei Dostojewskij vgl. die Anmerkung zu Seite 42). Nach seiner ersten Auslandsreise von 1862 versucht Dosto-

jewskij immer wieder seine im Westen gemachten Erfahrungen literarisch und publizistisch auszuwerten, indem er Westeuropa seiner russischen Heimat gegenüberstellt. »Rußland und der Westen« wird zu einem philosophisch-publizistischen Leitmotiv, das bereits in dem Reisebericht »Winterliche Aufzeichnungen über sommerliche Eindrükke« (1863) seinen prägnanten Ausdruck findet und Dostojewskij bis zu seinem letzten publizistischen Werk »Tagebuch eines Schriftstellers« (1876–80) in Atem hält. Es gibt seit 1862 kaum ein Werk Dostojewskijs, das dieses Thema nicht zur Sprache brächte.

le coq gaulois: der gallische Hahn, ein Symbol Frankreichs und der französischen Nation.

45 *Ich bin einfach verrückt:* Das Motiv der Geistesgestörtheit, des Wahnsinns ist ein zentrales Thema in Dostojewskijs Werk. Die meisten Personen bewegen sich in der Grenzsphäre nahe dem Wahnsinn bzw. verdächtigen andere des Wahnsinns. Vgl. dazu auch Seite 50 und ganz besonders Seite 131, 157, 160.

46 *Sie zu schlagen, zu verstümmeln, zu erdrosseln:* Hand in Hand mit dem Masochismus (vgl. die erste Anmerkung zu Seite 43) geht bei Dostojewskijs »dämonischen Charakteren« der Sadismus, d. h. die Lust an der Qual und am Leiden anderer.

47 *wilde, unbegrenzte Macht . . . Der Mensch ist von Haus aus despotisch und liebt zu quälen:* Die Liebe nicht nur als Raserei und irrationale, dämonische Kraft (vgl. Seite 17), sondern auch als Streben nach unbegrenzter Macht über das Liebesobjekt ist eine teilweise Vorwegnahme von Adlers Psychologie.

49 *die Baronin Wurmerhelm:* Es ist nicht ausgeschlossen, daß Dostojewskij den Namen für das so widerliche Paar Wurmerhelm in Assoziation zu dem Sekretär Wurm, einer der negativsten Gestalten in Schillers »Kabale und Liebe«, gewählt hat.

52 *»Madame . . . votre esclave«:* Frau Baronin, ich habe die Ehre, Ihr Sklave zu sein.

Ich flog gleichsam vom Berg hinab: Dieses Gefühl ist für

Dostojewskijs Menschen in entscheidenden Lebenssituationen typisch, z.B. wenn Raskolnikow in »Schuld und Sühne« seinen Mord vor Sonja beichten will bzw. wenn Dmitrij Karamasow (»Die Brüder Karamasow«) im Begriff steht, ein erschütterndes Bekenntnis abzulegen. Im »Spieler« ist allerdings der tragische Ernst solcher Situationen durch eine Farce ersetzt worden. Die Worte bleiben dieselben: das kopfüber vom Berg in die Tiefe Stürzen. Vgl. dazu auch Seite 132 und Seite 150.

»Jawohl!« ... »Sind Sie rasend?« ... »Jawo-o-ohl!«: Zur Verstärkung des grotesken Effekts sind diese Worte im russischen Original in deutscher Sprache wiedergegeben. In anderen Werken, z. B. in »Schuld und Sühne« oder im »Idioten«, wo die Deutschen und ihre Aussprache aufs Korn genommen werden, verwendet Dostojewskij einen anderen stilistischen Kunstgriff: Er läßt die Deutschen ein gebrochenes, mit vielen deutschen Wörtern durchsetztes Russisch sprechen, was eine komische Wirkung hervorruft.

55 *Die Advokaten suchen ... auf einer ... Krankheit beruhe:* Dostojewskij war ein eifriger Leser der Tagespresse, was nicht selten einen Niederschlag in seinen Werken fand. So ironisiert er hier die Verteidigungsreden gewisser Advokaten, die das Verbrechen durch Krankheit zu entschuldigen suchen. Ähnlich macht er sich in »Schuld und Sühne« und im »Idioten« lustig über die Advokaten, die Raub und Totschlag mit der Armut ihrer Klienten erklären.

62 *vos appointements:* Ihr Gehalt.

63 *mon cher monsieur ... N'est ce pas?:* Mein Lieber ... Verzeihen Sie, ich habe Ihren Namen vergessen, Herr Alexei? ... Nicht wahr?

mon cher marquis: Mein lieber Marquis.

»Mais le général ...« Aber der General.

64 *et madame sa mère:* und ihre Frau Mutter.

le baron ... une querelle d'Allemand: der Baron ist so jähzornig, ein preußischer Charakter, wissen Sie, er wird einen Streit wegen nichts vom Zaun brechen.

65 *que diable! Un blanc-bec comme vous:* zum Teufel! Ein Grünschnabel wie Sie.

»Sekond«: Sekundant.

67 *»Peut-être«:* Vielleicht.

72 *veuve:* Witwe.

73 *Barberini:* berühmte römische Fürstenfamilie, die bereits im 13. Jahrhundert bekannt war.

un beau matin: eines schönen Morgens.

79 *»Nun, was ... glotzest mich an!«:* Das Wesen der so überaus vitalen, eigenwilligen und exzentrischen Großmutter tritt vor allem in der direkten Rede hervor.

les seigneurs russes: die russischen Herrschaften.

80 *une russe, une comtesse, grande dame:* eine Russin, eine Gräfin, eine große Dame.

la grande duchesse de N.: die Großherzogin von N.

81f. *man trug die Großmutter im Triumph hinein ... eine Katastrophe für alle:* Diese Szene mit einem starken humoristischen Unterton erinnert außerordentlich an einen theatralischen Auftritt und hat etwas Komödienhaftes an sich. Zum dramatischen Aufbau von Dostojewskij Werken vgl. das Nachwort, Seite 213f.

82 *à la barbe du pauvre général:* vor der Nase des armen Generals.

83 *»Oui, madame ... une surprise charmante ...«:* Ja, Madame ... und glauben Sie mir, ich bin entzückt ... Ihre Gesundheit ... das ist ein Wunder ... Sie hier zu sehen ... eine reizende Überraschung.

84 *»Bonjour!«:* Guten Tag.

88 *»Mais, madame, cela sera un plaisir ...«:* Aber, meine Gnädige, das wird ein Vergnügen sein.

89 *Madame la Générale princesse de Tarassevitcheva:* Frau Generalin Fürstin Tarassevitschewa.

94 *»Elle est tombée en enfance«:* Sie ist kindisch geworden.

»seule, elle fera des bêtises ...«: Allein wird sie Dummheiten machen.

94f. *Pauline und Mademoiselle Blanche schritten zu beiden Seiten des Rollstuhls ... In das Kasino zogen wir im Triumph ein:* Es wiederholt sich hier der komödienhafte, theatralische Auftritt von Seite 81f.

98 *Sortez, sortez!:* Gehen Sie weg, gehen Sie weg!

99 *rouge et noir, pair et impair, manque et passe:* rot und schwarz, gerade und ungerade, die Zahlenreihe von 1 bis 18 und die Zahlenreihe von 19 bis 36.

›*Zéro*‹*:* Null.

100 »*Trente-six*«*:* Sechsunddreißig.

100f. *Zérochen ... Croupierchen:* Beide Diminutive haben im Russischen eine ausgesprochen pejorative Bedeutung.

101 »*Faites le jeu ... Rien ne va plus?*«*:* Machen Sie Ihre Einsätze, meine Herren! Will niemand mehr setzen?

102 »*Combien zéro? Douze, douze?*«*:* Wieviel auf null? Zwölf, zwölf?

»*Oui, madame*«*:* Jawohl, Madame.

»*Le jeu est fait!*«*:* Das Spiel ist gemacht.

»*Noch einmal! Noch einmal! Noch einmal! ... noch einmal!*«*:* Zum Stilmittel der Wiederholung bei Dostojewskij vgl. die Anmerkung zu Seite 42.

104 »*Quelle victoire!*«*:* Was für ein Sieg!

»*Mais, madame, c'était du feu!*«*:* Aber, Madame, das war überwältigend!

105 »*Madame ... si généreux*«*:* Frau Fürstin ... ein armer Emigrant ... ständiges Unglück ... die russischen Fürsten sind so großzügig.

106 »*Gib ihm nur! Gib ihm nur! Gib ihm ...!*« ... »*Ein Bettler, ein Bettler, ... ein Bettler!*«*:* Vgl. die Anmerkung zu Seite 42.

»*Que diable, c'est une terrible vieille!*«*:* Zum Teufel, das ist eine schreckliche Alte!

107 »*Mais ... c'était terrible!*«*:* Aber, meine Gnädige ... das Glück kann sich wenden, ein einziger schlechter Zug – und Sie werden alles verlieren ... besonders bei Ihrer Spielweise ... das wäre schrecklich!

»*Vous perdrez absolument*«*:* Sie werden unbedingt verlieren.

112 »*Eh! ce n'est pas ça*«*:* Ach, das ist es nicht.

»*Mon cher monsieur, notre général se trompe*«*:* Mein Lieber, unser General irrt sich.

113 *de cette pauvre terrible vieille:* dieser armen, schrecklichen Alten.

114 *»Oh, mon cher Alexis, soyez si bon«:* Oh, mein lieber Alexei, seien Sie so gut.

115 *»Quelle mégère!«:* Was für eine Megäre! (Die Megäre war in der griechischen Mythologie eine der drei Erinyen = Rachegöttinnen; im heutigen Sprachgebrauch bedeutet das Wort einfach »böses Weib«, »Hexe«.)

119 *»Rasch, rasch, rasch!« ... »Nun, nun, nun!«:* Vgl. die Anmerkung zu Seite 42.

120 *»Nous boirons du lait, sur l'herbe fraîche«:* Wir werden Milch trinken, auf frischem Gras. Ähnliches äußert Dostojewskij in seinen »Winterlichen Aufzeichnungen über sommerliche Eindrücke«.

›nature et vérité‹: Natur und Wahrheit.

124 *»Diantre«:* Zum Teufel.

»Elle vivra cent ans!«: Sie wird hundert Jahre leben.

131 *Paul de Kock:* französischer Romanschriftsteller (1794–1871); beschrieb derbsinnliche Themen aus dem bürgerlichen Leben. Dostojewskij erwähnt ihn ebenfalls im »Idioten«.

133 *›une vieille comtesse russe tombée en enfance‹:* eine alte russische Gräfin, die kindisch geworden ist.

137 *»Des quatre saisons«:* »Vier Jahreszeiten«.

139 *Spaßmacher Balakireff:* Gemeint ist Iwan Alexandrowitsch Balakireff (1699–1763). 1839 erschien in Moskau ein Band mit Anekdoten, die Balakireff zugeschrieben wurden und die sich allgemeiner Beliebtheit erfreuten.

140 *er sprach ohne Unterlaß:* Im russischen Original wird das Wort »sprach« sechsmal wiederholt, was natürlich ungleich anschaulicher und lebhafter wirkt als die deutsche zusammenfassende Übersetzung »ohne Unterlaß«. Zu den Wortwiederholungen bei Dostojewskij vgl. die Anmerkung zu Seite 42.

145 *de la vieille dame:* der alten Dame.

gentilhomme et honnête homme: Edelmann und Ehrenmann.

149 *»Les trois derniers coups, messieurs!«:* Die drei letzten Spiele, meine Herren.

»Vingt-deux!«: Zweiundzwanzig.

»Trente-et-un!«: Einunddreißig.

150 *Madame Blanchard:* Marie Blanchard (1778–1819), die Frau eines der Pioniere der Luftschiffahrt, an der sie sich selber aktiv beteiligte; sie kam bei dem Brand ihres Luftballons ums Leben, der infolge eines von ihr veranstalteten Feuerwerks in Flammen aufging.

»Quatre!«: Vier.

wie im Traume: Vgl. dazu die dritte Anmerkung zu Seite 17.

152f. *unbeschreibliche Lust daran, Banknoten zu erfassen und zusammenzuraffen:* Dem Geld, das in diesem Roman meist mit Hasardspiel gleichgesetzt wird, haftet hier etwas Elementares, Rauschhaftes an: Geld und Spiel sind für den Spieler Alexei Iwanowitsch ausgesprochene Rauschmittel.

154 *»Monsieur a gagné déjà cent mille florins«:* Der Herr hat bereits hunderttausend Gulden gewonnen.

Pud: altes russisches Gewichtsmaß; 1 Pud = 16,38 kg.

furchtbares Entzücken – über den Erfolg, über den Sieg, über die Macht?: Geld und Spiel, die zusammen mit der Liebe im vorliegenden Roman das Hauptthema bilden, haben viele Facetten, viele Nuancen und Farben, immer jedoch die gleich starke, geradezu suggestive Ausstrahlungskraft. An dieser Stelle ist das Geld ein Mittel der Selbstbehauptung, ja mehr noch: Das Geld ist der Weg zur Macht. Über die Liebe als Weg zur Macht vgl. die Anmerkung zu Seite 47.

155 *Der gewaltige Haufen von ... Goldrollen ... ich konnte ... nicht mehr meinen Blick von ihm wenden:* Zum Thema »Goldrausch« vgl. die Anmerkung zu Seite 152f. Die suggestive, hypnotische Kraft des Goldes erinnert sehr stark an Puschkins Novelle »Pique Dame« (1834) und an seine »kleine Tragödie« »Der geizige Ritter« (1836), die beide bei der Entstehung des »Spielers« Pate gestanden haben, sowie an Gogols Novelle »Das Porträt« (1835).

156f. *»Ich hasse Sie! ... hysterisches Weinen ... Der hysterische Anfall ... Plötzlich umarmte sie mich ... Anfall von Zärtlichkeit und Liebe:* Dieser ständige Wechsel zwischen Liebe und Haß, die an Wahnsinn grenzenden hysterischen Anfälle, der Selbstzerstörungstrieb und die Flucht vom geliebten Spieler zum ungeliebten Engländer – dies alles erinnert äußerst stark an Nastassja Philippownas schwankende Gefühlsskala im »Idioten«: an ihre Haßliebe, ihre Hysterie, ihre Geistesgestörtheit und schließlich ihre Flucht vom geliebten Idioten Myschkin zum ungeliebten Kaufmannssohn Rogoschin. Somit kann man Pauline als eine Art Vorstudie zu Nastassja Philippowna bezeichnen. Diese Linie wird in den »Brüdern Karamasow« fortgesetzt in den beiden Frauengestalten Gruschenka und Katerina Iwanowna.

160 *steckte ich . . . meine Geldscheine und all mein Gold in mein Bett:* Der Reichtum, das Gold oder Geld steht hier stellvertretend für die entlaufene Geliebte; es haftet dem Geld somit auch etwas Erotisches an, ein Aspekt, auf den in der Folge Sigmund Freud hingewiesen hat. In diese Richtung zielt auch der Umstand, daß der Spieler Alexei Iwanowitsch über dem Spiel zeitweilig sogar die geliebte Frau (Pauline) vergißt (Seite 163).

164 *»Ah, c'est lui! . . . J'aimerais mieux l'or«:* »Ah, das ist er! Komm doch her, du Dummer! Ist es wahr, daß du einen Berg von Gold und Silber gewonnen hast? Ich würde das Gold vorziehen.«

»Bibi, comme tu es bête . . . Nous ferons bombance, n'est-ce pas?«: »Bibi, wie dumm du bist . . . Wir werden ein schönes Leben führen, nicht wahr?«

»Mon fils, as-tu du coeur?« . . . »Tout autre . . .«: »Mein Sohn, hast du Mut?« . . . »Jeder andere . . .« Zitate aus der Tragödie »Le Cid« (1636) (Akt I, Szene 5) von Pierre Corneille (1606–84), dem Begründer der klassischen französischen Tragödie.

si tu n'es pas . . . à Paris: Wenn du nicht zu dumm bist, nehme ich dich mit nach Paris.

165 *»Eh bien . . . outchitel:* »Nun gut . . . du wirst Paris sehen. Sag mal, was ist das, ein utschitel (Lehrer)? Du warst sehr dumm, als du utschitel warst.

»Eh bien . . . en plein jour: »Nun gut, was wirst du tun, wenn ich dich mitnehme? . . . ich will fünfzigtausend Fran-

ken ... Wir fahren nach Paris ... und ich zeige dir die Sterne am hellichten Tag.
»Et cent cinquante mille francs: Und die hundertfünfzigtausend Franken.
que sais-je!: was weiß ich.
je suis ... des étoiles«: ich bin ein gutes Kind ... aber du wirst die Sterne sehen.
Ah, vil esclave!: Ach, elender Sklave!
et après le déluge!: und danach die Sintflut! »Après moi le déluge«, Nach mir die Sintflut: Dieser Ausspruch, der zum geflügelten Wort geworden ist, wird dem französischen König Ludwig XV. (1715–74) zugeschrieben.
Mais tu ... Eh, que fais-tu?«: Aber du kannst das nicht verstehen, geh! ... He, was machst du?

166 *»Eh bien ... si tu veux:* Nun gut, mein utschitel, ich erwarte dich, wenn du willst.
Peut-être ... mieux: Vielleicht wollte ich auch gar nichts anderes.

167 *mais tu seras ... roi:* aber du wirst glücklich sein wie ein kleiner König.
Quant à moi ... alors ...«: Was mich betrifft, so will ich fünfzigtausend Franken Rente und dann ...

168 *»et les cent mille francs ... outchitel«:* und die hunderttausend Franken, die uns bleiben, die wirst du mit mir zusammen verjubeln, mein utschitel.
Geschäftemacher ... kleine Schriftsteller: Im russischen Original stehen für beide Berufsbezeichnungen pejorative Diminutive. Ein Charakteristikum der russischen Sprache ist eine breite Skala von Diminutiven, die von der liebevoll zärtlichen bis zur verächtlichen Nuance reicht. Vgl. dazu auch die erste Anmerkung zu Seite 11.

169 *»C'est un outchitel« ... »il a gagné deux cent mille francs:* Das ist ein utschitel ... er hat zweihunderttausend Franken gewonnen.
»Château des Fleurs«: »Blumenschloß«.

170 *Mais tu as l'esprit ... mon garçon:* Du bist aber geistreich und gescheit und kannst verstehen. Weißt du, mein Junge.

171 *»Mais ... sais-tu ... dis donc?«:* »Aber ... weißt du ...

aber sag mal ... Aber weißt du ... Was wirst du nachher tun, sag mal.

Homburg: bis 1866 Hauptstadt der Landgrafschaft Hessen-Homburg, einer der modernsten deutschen Kurorte jener Zeit. Bis Anfang der 1870er Jahre gab es dort ein Spielkasino, das Dostojewskij während seiner zweiten Auslandsreise im Oktober 1863 und während der vierten Auslandsreise im Mai 1867 besuchte.

»Oui, oui, c'est ça, c'est magnifique!: Ja, ja, das ist es, das ist vortrefflich.

parce que je croyais ... bonne fille: weil ich glaubte, du seist nur so ein Lehrer (so etwas wie ein Lakai, nicht wahr?) ... weil ich ein gutes Mädchen bin.

dieser kleine ... Offizier: Vgl. dazu die zweite Anmerkung zu Seite 168.

»Oh, oh, mais tu es ...«: Oh, oh, du bist aber ...

Il faut que jeunesse se passe: Die Jugend muß sich austoben.

Mais tu es ... tu seras content!«: Aber du bist ja ein richtiger Philosoph, weißt du? Ein richtiger Philosoph! ... Nun gut, ich werde dich lieben – du wirst sehen, du wirst zufrieden sein!

Thérèse philosophe: Gemeint ist die Hauptperson eines Buches mit erotischem Inhalt: »Thérèse philosophe, ou Mémoires pour servir à l'histoire de D. Dirrag et de M-lle Eradice«, La Haye 1748. Das Buch war anonym erschienen. Dostojewskij erwähnt es ebenfalls in den Entwürfen zu den »Dämonen« und zum »Leben eines großen Sünders«.

172 *Hierzu taugte der General immer noch:* Die Gestalt des Generals, sein Auftreten, seine Beziehung zu Mademoiselle Blanche zeigen Dostojewskijs satirisches Talent. Die ganze groteske Story rund um den vertrottelten heiratslustigen General erinnert sehr stark an Dostojewskijs »humoristischen Roman« »Onkelchens Traum« (1859); Dostojewskij versucht sich hier im grotesken Genre.

173 *wie gestört:* Vgl. dazu die Anmerkung zu Seite 45.

174 *»Un vrai russe, un calmouk!«:* Ein richtiger Russe, ein Kalmücke.

175 *à bâtons rompus:* wirr, zusammenhanglos.

176 *»Il a des chances«:* Er hat Glück.
177 *j'aurai un château ... mon million«:* Ich werde ein Schloß haben, Muschiks (russische Bauern), und dann werde ich immerhin meine Million haben.
»Il est pourtant très comme il faut«: Er ist doch sehr comme il faut (wörtlich: wie sich's gehört, musterhaft, manierlich).
178 *madame la générale de Sago – Sago ... n'est-ce pas?«:* Frau Generalin von Sago – Sago ... mit einem Wort Frau Generalin mit vierzehn Konsonanten! Wie angenehm das ist, nicht wahr?
»Tu étais bon enfant ... l'air: Du warst ein guter Junge ... Ich hielt dich für dumm, und so sahst du aus.
»Attends!«: Warte.
Nous serons ... et tu seras heureux!«: Wir werden immer gute Freunde sein ... und du wirst glücklich sein.
180 *Zéro:* eine Null.
182 *Ich ... schloß mich ein und brachte bis drei Uhr morgens damit zu, daß ich mein Geld immer wieder zählte:* Diese Szene erinnert an Puschkins »kleine Tragödie« »Der geizige Ritter« (1836).
187 *Racine:* Jean Baptiste Racine (1639–99), französischer Tragödiendichter der Klassik; Hauptwerke: »Phädra«, »Athalie«.

BIBLIOGRAPHISCHE HINWEISE

Ausgaben des »Spielers«

Russische Ausgaben

Igrok. Erstdruck in: F. M. Dostoevskij: Polnoe sobranie sočinenij. Herausgegeben von F. Stellovskij. Band 3. St. Petersburg 1866.

Igrok: In: F. M. Dostoevskij: Sobranie sočinenij v 10 tt. Herausgegeben von L. P. Grossman, A. S. Dolinin u. a. Moskau 1956–58 [kritische Ausgabe].

Igrok. In: F. M. Dostoevskij: Polnoe sobranie sočinenij v 30 tt. Chudožestvennye proizvedenija tt. 1–17. Herausgegeben von V. G. Bazanov, G. M. Fridlender, V. V. Vinogradov u. a. Leningrad 1972–76. »Igrok« in Band 5 (1973). Herausgegeben von E. J. Pokusaev [kritische Ausgabe].

Deutsche Ausgaben

Der Spieler. Roman aus dem Badeleben. Übersetzt von A. Scholz. Berlin 1888 [deutsche Erstausgabe].

Der Spieler. Aus den Erinnerungen eines jungen Mannes. Übersetzt von L. A. Hauff. Berlin 1890.

Der Spieler. In: F. M. Dostoevskij: Sämtliche Werke. Unter Mitarbeit von Dmitri Mereschkowski, Dmitri Philossophoff und anderen herausgegeben von Arthur Moeller van den Bruck. Übersetzt von E. K. Rahsin. 22 Bände. München 1906–19 [erste deutsche Gesamtausgabe von F. M. Dostoevskij]. »Der Spieler« in Band 21 (1910). Zahlreiche Neuauflagen und Einzelausgaben.

Weitere Übersetzungen: O. Schweizer (Berlin 1920), H. Röhl (Leipzig 1921, Berlin 1955, Gütersloh 1958, Leipzig 1960, 1961, 1965, 1967), A. Luther (Leipzig 1924, 1928, 1929), A. A. Fiedler (Berlin 1925, 1928), A. Usthal (Berlin 1926), A. Eliasberg und K. Nötzel (Berlin 1927, 1928, München 1950, Wiesbaden 1960), A. D. Braun (Leipzig 1927), E. Böhme (Berlin 1930, 1950), J. Krämer (Zürich 1947).

Untersuchungen zum »Spieler«

A. L. Bem: »Igrok« Dostoevskogo. V svete novych biografičeskich dannych. In: Sovremennye zapiski. Band 24. Paris 1925. Seite 379–392.

A. L. Bem: Gogol' i Puškin v tvorčestve Dostoevskogo. In: Slavia 8 (1929). Heft 2. Seite 302–311.

A. L. Bem: Sumerki geroja. Etjud k rabote: Otraženie Pikovoj damy v tvorčestve Dostoevskogo. In: Russkaja literatura 19. veka. Voprosy sjužeta i kompozicii. Gorkij 1972. (Učenye zapiski gos. universiteta imeni N. I. Lobačevskogo. Heft 132.) Seite 108–119.

R. Fülöp-Miller und F. Eckstein (Herausgeber): F. M. Dostojewski am Roulette. Die Briefe Dostojewskis und die Aufzeichnungen seiner Gattin Anna Grigorevna Dostojewskaja. Übersetzt von Vera Mitrofanoff-Demelic. München 1925.

S. G. Kapralova und I. A. Kudrjavceva: Sintaksičeskaja model' »opredelenie + opredelenie + opredeljaemoe slovo« v romane Dostoevskogo Igrok. In: Russkij jazyk. Moskau 1976. Seite 159–166.

K. Močul'skij: Dostoevskij. Zizn' i tvorčestvo. Paris 1947. Englisch: K. Mochulsky: Dostoevsky. His Life and Work. Princeton 1967.

R. Neuhäuser: Nachwort. In: F. M. Dostojewskij: Der Spieler. München 1981. Seite 159–169.

E. I. Pokusaev (Herausgeber): Igrok. Varianty, istočniki teksta i primečanija. Band 5 der kritischen Gesamtausgabe: F. M. Dostoevskij: Polnoe sobranie sočinenij v 30 tt. Leningrad 1973. [Dieser Band enthält die Lesarten (Seite 346) und in ei-

nem wissenschaftlichen Anhang Kommentar und Quellennachweis (Seite 398–404).]
A. Sedych: Igrok v. Bol'šom teatre. In: Novoe russkoe slovo vom 22. Juni 1975. Seite 5.
Ph. Sollers: Dostoevsky, Freud, la roulette. In: Tel Quel 76 (1978). Seite 9–17.
J. Updike: Polina and Aleksei and Anna and Losnitsky. In: The New Yorker 49 vom 14. April 1973. Seite 145–146.
A. C. Vinograde: The Gambler: Prokof'ev's Libretto and Dostoevsky's Novel. In: Slavic and East European Journal 16 (1972). Seite 414–418.
F. Všetička: Kompozice Dostojevského »Hrace«. In: Zbornik za Slavistiku 10 (1976). Seite 149–153.

Zu Leben und Werk Dostojewskijs

D. Arban: Dostoïevski »le coupable«. Paris 1953.
M. Bachtin: Problemy poetiki Dostoevskogo. Moskau 1963. 3. Auflage: Moskau 1972.
M. Bachtin: Literatur und Karneval. Zur Romantheorie und Lachkultur. München 1969.
A. Bem: Das Schuldproblem im künstlerischen Schaffen von Dostojewskij. In: Zeitschrift für slavische Philologie 12 (1935). Seite 251–277.
A. L. Bem (Herausgeber): O Dostoevskom. Sbornik statej. 3 Bände. Prag 1929, 1933, 1936.
N. Berdjajew: Die Weltanschauung Dostojewskijs. München 1925.
M. Braun: Dostojewskij. Das Gesamtwerk als Vielfalt und Einheit. Göttingen 1976.
E. H. Carr: Dostoevsky. A new biography. London 1931. Neuauflage 1949, 1977, 1978.
A. S. Dolinin (Herausgeber): F. M. Dostoevskij v vospominanijach sovremennikov. 2 Bände. Moskau 1964.
Anna G. Dostoevskaja: Vospominanija. Herausgegeben von L. P. Grossman. Moskau und Leningrad 1925. Neuauflage: Moskau 1971. Deutsch: Die Lebenserinnerungen der Gattin

Dostojewskis. Herausgegeben von R. Fülöp-Miller und F. Eckstein. München 1925. 3. Auflage unter dem Titel: Erinnerungen. Das Leben Dostojewskijs in den Aufzeichnungen seiner Frau. München 1980.

Aimée (Ljubov') Dostojewski: Dostojewski geschildert von seiner Tochter. München 1920.

F. M. Dostoevskij: Materialy i issledovanija. Leningrad 1976.

F. M. Dostoevskij: Pis'ma. Herausgegeben von A. S. Dolinin. 4 Bände. Leningrad und Moskau 1928–59. Deutsch: Gesammelte Briefe 1833–1881. Herausgegeben und kommentiert von F. Hitzer. Übersetzt unter Benutzung der Übertragung von A. Eliasberg. München 1966.

Dostoevskij i ego vremja. Leningrad 1971.

Dostoevskij européen. Revue de Littérature Comparée. Juillet–Décembre 1981. No 3/4.

F. M. Dostoevski 1881 – 100 – 1981. Essays in Russian by S. Askol'dov, S. Bulgakov, J. Ivask, F. Stepun, B. Filippov. London 1981.

J. van der Eng: Dostoevskij romancier. Rapports entre sa vision du monde et ses procédés littéraires. 's-Gravenhage 1957. (Slavistische drukken en herdrukken 13.)

D. Fanger: Dostoevsky and Romantic Realism. Cambridge/Massachusetts 1965.

G. M. Fridlender: Realizm Dostoevskogo. Moskau und Leningrad 1964.

A. Gide: Dostoïevsky. (Articles et causeries.) Paris 1923. Neuauflage 1950. Deutsch: Dostojewski. Aufsätze und Vorträge. Stuttgart 1952.

L. P. Grossman: Dostoevskij. 2., verbesserte und ergänzte Ausgabe. Moskau 1965.

R. Guardini: Der Mensch und der Glaube. Versuche über die religiöse Existenz in Dostojewskijs großen Romanen. Leipzig 1933. 3. Auflage unter dem Titel: Religiöse Gestalten in Dostojewskijs Werk. München 1947. 4. Auflage: München 1951.

H. Hesse: Die Brüder Karamasoff oder der Untergang Europas. Einfälle bei der Lektüre Dostojewskijs. – Gedanken zu Dostojewskijs »Idiot«. In: H. Hesse: Blick ins Chaos. Bern 1920.

Erneut in: H. Hesse: Betrachtungen und Briefe. Frankfurt am Main 1957. Seite 161–186.
J. Holthusen: Prinzipien der Komposition und des Erzählens bei Dostojewskij. Köln und Opladen 1969.
V. Ivanov: Dostoevskij i roman-tragedija. In: Borozdy i meži. Moskau 1916. Seite 3–72. Reprint: Ilkley, Yorkshire 1971. Deutsch: Dostojewskij. Tragödie – Mythos – Mystik. Übersetzt von A. Kresling. Tübingen 1932.
R. L. Jackson: Dostoevsky's Quest for Form. A Study of His Philosophy of Art. New Haven und London 1966.
R. L. Jackson: The Art of Dostoevsky: Deliriums and Nocturnes. Princeton 1981.
S. V. Kovalevskaja: Vospominanija i pis'ma. Moskau 1961. Deutsch: S. Kowalewski: Jugenderinnerungen. Frankfurt am Main 1968.
G. Kranz: Der Mensch in seiner Entscheidung. Über die Freiheitsidee Dostojewskijs. Bonn 1949.
R. Lauth: Ich habe die Wahrheit gesehen. Die Philosophie Dostojewskijs in systematischer Darstellung. München 1950.
J. Lavrin: Fjodor M. Dostojevskij in Selbstzeugnissen und Bilddokumenten. (Rowohlts Monographien 88.) Reinbek bei Hamburg 1963 u.ö., zuletzt 1978.
G. Ledig: Das Problem des Verbrechens in der Weltanschauung Dostojewskis. In: G. Ledig: Philosophie der Strafe bei Dante und Dostojewski. Weimar 1935.
G. Lukács: Dostojewskij. In: G. Lukács: Der russische Realismus in der Weltliteratur. Berlin 1949. Seite 174–194.
D. Magarshak: Dostoevsky. New York 1962. Neudruck: Westport 1976.
Th. Mann: Dostojewski – mit Maßen. In: Neue Rundschau 1945/46. Seite 425–440. Erneut in: Th. Mann: Neue Studien. Stockholm 1948. Seite 73–102. Ferner in: Th. Mann: Reden und Aufsätze. Band 1. Frankfurt am Main 1960 (Gesammelte Werke 9.) Seite 656–674.
Z. Maurina: Dostojewskij. Menschengestalter und Gottsucher. Memmingen 1952. 2. Auflage 1960.
J. Meier-Graefe: Dostojewskij der Dichter. Berlin 1926.

D. S. Mereschkowski: Tolstoi und Dostojewski. Leben, Schaffen, Religion. Berlin 1919.
K. Močul'skij: Dostoevskij. Žizn' i tvorčestvo. Paris 1947.
L. Müller: Dostoevskij. Tübingen 1977. (Skripten des Slavischen Seminars der Universität Tübingen 11.)
W. Nigg: Religiöse Denker. Kierkegaard, Dostojewski, Nietzsche, Van Gogh. Bern und Leipzig 1942. Seite 109–198. Neubearbeitete Fassung in: W. Nigg: Prophetische Denker. Zürich und Stuttgart 1957. Seite 345–435.
W. Nigg: Dostojewskij. Die religiöse Überwindung des Nihilismus. Hamburg 1951.
K. Nötzel: Das Leben Dostojewskis. Leipzig 1925. Neudruck: Osnabrück 1967.
K. Onasch: Dostojewski-Biographie. Zürich 1960.
T. Pachmuss: F. M. Dostoevsky. Dualism and Synthesis of the Human Soul. Carbondale 1963.
A. Rachmanowa: Das Leben eines großen Sünders. Ein Dostojewski-Roman. 2 Bände. Einsiedeln–Zürich 1947.
C.-F. Ramuz: Über Dostojewski. In: Sinn und Form 1 (1949). Seite 70–78.
B. G. Reizov (Herausgeber): Dostoevskij v zarubežnych literaturach. Leningrad 1978.
W. Schmid: Der Textaufbau in den Erzählungen Dostoevskijs. München 1973.
Schriften des Komitees der Bundesrepublik Deutschland zur Förderung der slawischen Studien. Herausgeber: H. Rothe. Band 7: Dostojevskij und die Literatur. Vorträge zum 100. Todesjahr des Dichters auf der 3. internationalen Tagung des »Slavenkomitees« in München vom 12. bis zum 14. Oktober 1981. Köln und Wien 1983.
E. J. Simmons: Dostoevsky. The making of a novelist. London und New York 1940.
V. Solov'ev: Tri razgovora. New York 1954. Deutsch: W. Solowjow: Drei Reden zum Andenken Dostojewskis. Stuttgart 1922.
N. L. Stepanov (Herausgeber): Tvorčestvo F. M. Dostoevskogo. Moskau 1959.
F. Stepun: Dostojewskij. Weltschau und Weltanschauung. Hei-

delberg 1950. Wiederabdruck in: F. Stepun: Dostojewskij und Tolstoj. Christentum und soziale Revolution. München 1961. Seite 5–50.
P. Suslova: Dnevnik. Moskau 1928. Deutsch: Polina Suslowa. Dostojewskis ewige Freundin. Herausgegeben von R. Fülöp-Miller und F. Eckstein. München 1931.
V. Terras: A Karamazov Companion. The University of Wisconsin Press 1981.
F. Thiess: Dostojewski. Realismus am Rande der Transzendenz. Stuttgart 1971.
Transactions of the Association of Russian–American Scholars in the U.S.A. Band 14: Dostoevsky Commemorative Volume. New York 1981.
H. Troyat: Dostoïevsky: l'homme et son œuvre. Paris 1940. Deutsch: Dostojewski. Freiburg im Breisgau 1964.
N. S. Trubetzkoy: Dostoevskij als Künstler. Den Haag 1964.
H. Wagner: Das Verbrechen bei Dostojewski. Eine Untersuchung unter strafrechtlichem Aspekt. Göttingen 1966.
E. Wasiolek: Dostoevsky. The Major Fiction. Cambridge/Mass. 1964.
R. Wellek (Herausgeber): Dostoevsky. A Collection of Critical Essays. Englewood Cliffs/New Jersey 1962.
L. A. Zander: Tajna dobra (Problema dobra v tvorčestve Dostoevskogo). Frankfurt am Main 1960. Deutsch: Vom Geheimnis des Guten. Eine Dostojewskij-Interpretation. Stuttgart 1956.
S. Zweig: Dostojewski. In: S. Zweig: Drei Meister. Balzac, Dikkens, Dostojewski. Leipzig 1920. Seite 89–220. Neuauflage: Frankfurt am Main 1958. (Fischer-Bücherei 192.) Seite 69–166. Wiederabdruck in S. Zweig: Baumeister der Welt. Versuch einer Typologie des Geistes. Frankfurt am Main 1951. Seite 65–155.

Dostojewskij, Deutschland und die deutschsprachige Literatur

G. Belzer: Hegel en Dostoïevsky. Leiden 1953.

A. G. Berezina: F. M. Dostoevskij v vosprijatii G. Gesse [= H. Hesse]. In: B. G. Reizov (Herausgeber): Dostoevskij v zarubežnych literaturach. Leningrad 1978. Seite 220–239.

G. Brandes: Dostojewskij (dt. 1889). Neudruck in: Russische Literatur in Deutschland. Texte zur Rezeption von den achtziger Jahren bis zur Jahrhundertwende. Herausgegeben von S. Hoefert. Tübingen 1974. Seite 29–56.

J. C. Dewey: Dostoevsky and Hesse. Nottingham 1975/76. (Dissertation.)

F. Duckmeier: Die Einführung Dostojewskis in Deutschland. In: Die Funken 3, 22 (1906).

V. V. Dudkina: Dostoevskij v nemeckoj kritike (1882–1925). In: B. G. Reizow (Herausgeber): Dostoevskij v zarubežnych literaturach. Leningrad 1978. Seite 175–219.

V. V. Dudkina und K. M. Azadovskij: Dostoevskij v Germanii (1846–1921). Obzor. In: Literaturnoe nasledstvo. Band 86 (1973). Seite 659–740. Priloženie: Bibliografičeskoe perečislenie proizvedenij Dostoevskogo na nemeckom jazyke (1882–1900).

G. M. Fridlender: Dostoevskij, nemeckaja i avstrijskaja proza XX. v. In: B. G. Reizov (Herausgeber): Dostoevskij v zarubežnych literaturach. Leningrad 1978. Seite 117 bis 174.

R. Gafter: Das Bekanntwerden Dostojewskis in Deutschland. Diss. Wien 1925.

F. Gerathewohl: Dostojewski über Deutschland. In: Münchner Allgemeine Zeitung 1924 (Nr. 212).

G. Gesemann: Dostojewskij in Deutschland. In: Slavistische Rundschau 3 (1931). Seite 218.

W. Gesemann: Nietzsches Verhältnis zu Dostojewskij auf dem europäischen Hintergrund der 80er Jahre. In: Die Welt der Slawen 6 (1961). Heft 2. Seite 129–156.

W. Ghuys: Dostojewski et Nietzsche. Le tragique de l'homme souterrain. In: La lampe verte 2 (Bruxelles 1962) Seite 12.

S. Givone: Thomas Mann interprete di Dostoevski. In: Rivista di Estetica 20 (1980). Seite 24–42.

M. J. Hanak: Dostoevsky's Metaphysics in the Light of Nietzsche's Psychology. In: New Zealand Slavonic Journal 9 (Winter 1972).

S. Hoefert (Herausgeber): Russische Literatur in Deutschland. Texte zur Rezeption von den achtziger Jahren bis zur Jahrhundertwende. Tübingen 1974. Seite 29–56.

W. Hubben: Dostojewski, Kierkegaard, Nietzsche and Kafka. Four Prophets of our Destiny. New York 1962.

D. Jehl: Über einige Aspekte des Bewußtseins bei Kafka und Dostoevskij. In: Schriften des Komitees der Bundesrepublik Deutschland zur Förderung der slawischen Studien. Band 7: Dostojevskij und die Literatur. Köln und Wien 1983. Seite 391–401.

Th. Kampmann: Dostojewski in Deutschland. Münster 1931. (Universitas-Archiv 50. Literarhistorische Abteilung 10.)

J. Lavrin: Note of Dostojewsky and Nietzsche. In: The Russian Review, v. 28. Nr. 2 (1969).

E. Lucka: Dostojewski und der deutsche Geist. In: Der Hellweg 5 (1925).

A. H. Lyngstad: Dostoevskij and Schiller. Den Haag 1975.

C. A. Miller: Nietzsche's »Discovery« of Dostoevsky. In: Nietzsche-Studien. Internationales Jahrbuch für die Nietzsche-Forschung. Band 2 (1973).

N. A. Natova: F. M. Dostoevskij v Bad Emse. Frankfurt am Main 1971.

T. Pachmuss: Dostoevskij and Thomas Mann: Parallels and Consequences. In: Wiener Slavistisches Jahrbuch 23 (1977). Seite 226–237.

T. Pachmuss: Dostoevskij and Rainer Maria Rilke: The Alienated Man. In: Canadian-American Slavic Studies 12, 3 (Herbst 1978). Seite 392–401.

T. Pachmuss: Dostoyevsky and Max Frisch: Identity in the Modern World. In: New Zealand Slavonic Journal (1980). Seite 89–101.

R. Pannwitz: Der deutsche Mensch und Dostojewski. In: Deutsche Allgemeine Zeitung 1921 (Nr. 477).

Ch. E. Passage: Dostoevski the Adapter. A Study in Dostoevski's Use of the Tales of Hoffmann. Chapel Hill 1954. (Studies in comparative literature 10.)

Ch. E. Passage: The Russian Hoffmannists. Den Haag 1963. (Slavistic Printings and Reprintings 35.)

E.-M. Pietsch: Thomas Mann und F. M. Dostojewski. Diss. Leipzig 1958.

K. Praxmarer: Idee und Wirklichkeit. Dostojewskij, Rußland und wir. Berlin 1932.

N. Reber: Motiv und Charakter bei Dostoevskij und Joseph Roth. In: Slavistische Beiträge. Band 119. München 1978. (Referate und Beiträge zum VIII. Internationalen Slavistenkongreß Zagreb 1978.) Seite 363–376. Ferner in: Canadian-American Slavic Studies 12, 3 (Herbst 1978). Seite 382–391.

N. Reber: Studien zum Motiv des Doppelgängers bei Dostojevskij und E. T. A. Hoffmann. Gießen 1964. (Osteuropastudien der Hochschulen des Landes Hessen. Reihe II: Marburger Abhandlungen zur Geschichte und Kultur Osteuropas. Band 6.)

N. Reber: Zum Motiv der menschlichen Identität bei Dostoevskij und E. T. A. Hoffmann. In: Symposium Slavicum. Vorträge der II. Tagung österreichischer und bayerischer Slavisten am 24. und 25. Oktober 1975 in Regensburg. Herausgegeben von J. Galabov, H. Schelesniker und E. Wedel. München 1976. Seite 152–171.

W. Rehm: Jean Paul – Dostojewski. Eine Studie zur dichterischen Gestaltung des Unglaubens. Göttingen 1962.

F. K. Richter: Dostojewski im literarischen Denken Paul Ernsts. In: German Quarterly 17 (1944). Seite 79–87.

Ruth Richter: Der Einfluß F. M. Dostojevskijs auf die Werke Jakob Wassermanns. Diss. Berlin 1951.

L. Schestow: Dostojewski und Nietzsche. Philosophie der Tragödie. Berlin 1931.

H. Schmidt: Die deutsche Dostojewskij-Rezeption der 20er Jahre. In: Zeitschrift für Slawistik. Band XVI (1971). Nr. 6.

W. Schubart: Dostojewski und Nietzsche. Luzern 1939.

V. Setschkareff: Dostojevskij in Deutschland. In: Zeitschrift für slawische Philologie 22 (1954).
H. Stammler: Dostoevsky's aesthetics and Schelling's philosophy of art. In: Comparative Literature 7 (1955). Seite 313–323.
F. Strich: Goethe und Dostojewski. In: Horen 5, 1 (1928/29). Seite 403–424.
R. S. Struc: Kafka and Dostoevsky as »Blood Relatives«. In: Dostoevsky Studies 2 (1981). Seite 111–117.
F. Thiess: Dostojewski in Deutschland. In: Eckart 2 (1925/26). Seite 136f.
D. I. Tschiževskij: Dostojewskij und Nietzsche. Die Lehre von der ewigen Wiederkunft. Bonn 1947.
D. I. Tschiževskij: Schiller und die Brüder Karamazov. In: Zeitschrift für slawische Philologie 6 (1929). Seite 1–42.
M. Turrian: Dostojewskij und Franz Werfel. Vom östlichen zum westlichen Denken. Diss. Bern 1950. (Sprache und Dichtung 73.)
Wir und Dostojewskij. Eine Debatte mit Heinrich Böll, Siegfried Lenz, André Malraux, Hans Erich Nossack, geführt von Manès Sperber. Hamburg 1972.
G. Wolandt: Einige Notizen über Dostojevskij im Werk Thomas Manns. In: Schriften des Komitees der Bundesrepublik Deutschland zur Förderung der slawischen Studien. Band 7: Dostojevskij und die Literatur. Köln und Wien 1983. Seite 402–412.

Bibliographien und Forschungsberichte

A. G. Dostoevskaja (Herausgeberin): Bibliografičeskij ukazatel' sočinenij i proizvedenij iskusstva, otnosjaščichsja k žizni i dejatel'nosti. F. M. Dostoevskogo: 1846–1903. St. Petersburg 1906.
F. M. Dostoevskij: Bibliografija proizvedenij F. M. Dostoevskogo i literatury o nem: 1917–1965. Herausgegeben von A. A. Belkin, A. S. Dolinin, V. V. Kožinov. Moskau 1968.
Dostoevsky Studies. Journal of the International Dostoevsky

Society. Band 1–4 (1980–1983). [Fortsetzung des Bulletin of the International Dostoevsky Society.]

H.-J. Gerigk: Notes Concerning Dostoevsky Research in the German Language after 1945. In: Canadian-American Slavic Studies VI (1972) 2. Seite 272–285.

L. P. Grossman (Herausgeber): Seminarij po Dostoevskomu. Materialy, bibliografija i kommentarii. Moskau und Petrograd 1922.

Th. Kampmann: Dostojewski in Deutschland. Münster 1931. (Universitas-Archiv 50. Literarhistorische Abteilung 10.) Seite 221–238.

V. Komarovič: Die Weltanschauung Dostojevskij's in der russischen Forschung des letzten Jahrzehnts (1914–1924). In: Zeitschrift für slawische Philologie 3 (1926). Seite 217–228.

V. Komarovič: Neue Probleme der Dostojevskij-Forschung 1925–1930. In: Zeitschrift für slavische Philologie 10 (1933). Seite 402–428. 11 (1934). Seite 193–236.

J. Lavrin: Fjodor M. Dostojevskij in Selbstzeugnissen und Bilddokumenten. (Rowohlts Monographien 88.) Reinbek bei Hamburg 1963. Seite 163–177.

T. Motyleva: Dostojanie sovremennogo realizma. Moskau 1973. Seite 223–375.

K. D. Muratova (Herausgeberin): Istorija russkoj literatury XIX veka. Bibliografičeskij ukazatel'. Moskau und Leningrad 1962.

R. Neuhäuser (Herausgeber): Bulletin of the International Dostoevsky Society I–IX (1972–1979). [Vertrieb durch: Douglas Freeman, University of Tennessee Library, Knoxville/Tennessee, USA, 37916.] Fortsetzung: Dostoevsky Studies. Journal of the International Dostoevsky Society. Band 1–4 (1980–1983).

V. Seduro: Dostoyevski in Russian Literary Criticism 1846 to 1956. New York 1957.

V. Seduro: Dostoevsky in Russian and World Theatre. North Quincy 1972.

V. Seduro: Dostoevski's Image in Russia Today. Belmont 1975.

V. Setschkareff: Dostojevskij in Deutschland. In: Zeitschrift für slawische Philologie 22 (1954). Seite 12–39.

Deutschsprachige Autoren

Clemens Brentano: Sämtliche Erzählungen. Inhalt: Die Chronika des fahrenden Schülers (Urfassung) – Die Schachtel mit der Friedenspuppe – Der arme Raimondin – Die drei Nüsse – Die mehreren Wehmüller und ungarischen Nationalgesichter – Geschichte vom braven Kasperl und dem schönen Annerl – Aus der Chronika eines fahrenden Schülers. Nachwort, Zeittafel zu Brentano, Erläuterungen und bibliographische Hinweise: Professor Dr. Gerhard Schaub, Universität Trier. (7625)

Georg Büchner: Gesammelte Werke. Inhalt: Der Hessische Landbote – Dantons Tod – Lenz – Leonce und Lena – Woyzeck – Jugendschriften – Über Schädelnerven – Briefe. Herausgabe, Nachwort, Zeittafel zu Büchner, Erläuterungen und bibliographische Hinweise: Professor Dr. Gerhard P. Knapp, Staatsuniversität von Utah, Salt Lake City. (7510)

Annette von Droste-Hülshoff: Die Judenbuche. Ein Sittengemälde aus dem gebirgichten Westfalen. Nachwort, Zeittafel zu Annette von Droste-Hülshoff, Erläuterungen und bibliographische Hinweise: Professor Dr. Winfried Freund, Gesamthochschule Paderborn. (7628)

Joseph von Eichendorff: Sämtliche Erzählungen. Inhalt: Die Zauberei im Herbste – Das Marmorbild – Aus dem Leben eines Taugenichts – Unstern – Viel Lärmen um nichts – Auch ich war in Arkadien – Eine Meerfahrt – Das Schloß Dürande – Die Entführung – Die Glücksritter – Libertas und ihre Freier. Nachwort, Zeittafel zu Eichendorff, Erläuterungen und bibliographische Hinweise: Dr. Ludger Grenzmann, Universität Göttingen. (7600)

Theodor Fontane: Effi Briest. Roman. Nachwort, Zeittafel zu Fontane, Erläuterungen und bibliographische Hinweise: Dr. Dirk Mende, Universität Stuttgart. (7575)

Deutschsprachige Autoren

Theodor Fontane: Frau Jenny Treibel. Roman. Nachwort, Zeittafel zu Fontane, Erläuterungen und bibliographische Hinweise: Dr. Dirk Mende, Universität Stuttgart. (7522)

Theodor Fontane: Irrungen, Wirrungen. Roman. Nachwort, Zeittafel zu Fontane, Erläuterungen und bibliographische Hinweise: Dr. Dirk Mende, Universität Stuttgart. (7521)

Theodor Fontane: Der Stechlin. Roman. Nachwort, Zeittafel zu Fontane, Erläuterungen und bibliographische Hinweise: Dr. Dirk Mende, Universität Stuttgart. (7525)

Johann Wolfgang von Goethe: Faust. Goethes Faustdichtungen. Inhalt: Urfaust – Faust. Ein Fragment – Faust. Eine Tragödie – Paralipomena. Nachdruck des achten Bandes der »Berliner Ausgabe« von Goethes Werken. Nachwort und bibliographische Hinweise: Professor Dr. Gerhart Pickerodt, Universität Marburg. Erläuterungen, Zeittafel zur Geschichte des Faust-Stoffes und Register: Gotthard Erler. (7517)

Johann Wolfgang von Goethe: Faust. Der Tragödie erster Teil. Nachdruck aus dem achten Band der »Berliner Ausgabe« von Goethes Werken. Nachwort und bibliographische Hinweise: Professor Dr. Jörn Göres, Direktor des Goethe-Museums Düsseldorf. Zeittafel zur Geschichte des Faust-Stoffes und Erläuterungen: Gotthard Erler. (7592)

Johann Wolfgang von Goethe: Die Leiden des jungen Werthers. Roman. Erste Fassung. Nachwort, Zeittafel zu Goethe, Erläuterungen und bibliographische Hinweise: Professor Dr. Hans-Wolf Jäger, Universität Bremen. (7540)

Johann Wolfgang von Goethe: Wilhelm Meisters Lehrjahre. Roman. Nachwort, Zeittafel zu Goethe, Erläuterungen und bibliographische Hinweise: Privatdozentin Dr. Hannelore Schlaffer, Universität Freiburg im Breisgau. (7578)

Deutschsprachige Autoren

Johann Wolfgang von Goethe: Die Wahlverwandtschaften. Roman. Nachwort, Zeittafel zu Goethe, Erläuterungen und bibliographische Hinweise: Professor Dr. Heinz Schlaffer, Universität Stuttgart. (7606)

Johann Wolfgang von Goethe: Reineke Fuchs. Nachwort, Zeittafel zu Goethe, Erläuterungen und bibliographische Hinweise: Professor Dr. Hans-Wolf Jäger, Universität Bremen. (7654)

Johann Wolfgang von Goethe: Italienische Reise: Nachwort, Zeittafel zu Goethe, Erläuterungen und bibliographische Hinweise: Professor Dr. Peter Sprengel, Universität Erlangen-Nürnberg. (7641)

Wilhelm Hauff: Sämtliche Märchen. Inhalt: Die Karawane (Die Geschichte von Kalif Storch – Die Geschichte von dem Gespensterschiff – Die Geschichte von der abgehauenen Hand – Die Errettung Fatmes – Die Geschichte von dem kleinen Muck – Das Märchen vom falschen Prinzen) – Der Scheik von Alessandria und seine Sklaven (Der Zwerg Nase – Abner, der Jude, der nichts gesehen hat – Der Affe als Mensch – Die Geschichte Almansors) – Das Wirtshaus im Spessart (Die Sage vom Hirschgulden – Das kalte Herz I – Saids Schicksale – Die Höhle von Steenfoll – Das kalte Herz II). Nachwort, Zeittafel zu Hauff, Erläuterungen und bibliographische Hinweise: Professor Dr. Hanne Castein, Universität London. (7666)

Heinrich Heine: Atta Troll. Ein Sommernachtstraum – Deutschland. Ein Wintermärchen. Nachwort, Zeittafel zu Heine, Erläuterungen und bibliographische Hinweise: Professor Dr. Joachim Bark, Universität Stuttgart. (7583)

Heinrich Heine: Buch der Lieder. Nachwort, Zeittafel zu Heine, Erläuterungen und bibliographische Hinweise: Dr. Josef Schnell, Rielasingen. (7581)

Deutschsprachige Autoren

Heinrich Heine: Reisebilder. Inhalt: Briefe aus Berlin – Über Polen – Reisebilder (Die Harzreise – Die Nordsee – Ideen. Das Buch Le Grand – Italien – Englische Fragmente). Nachwort, Zeittafel zu Heine, Erläuterungen und bibliographische Hinweise: Dr. Ursula Roth, Heinrich-Heine-Institut Düsseldorf. (7593)

Heinrich Heine: Romanzero. Nachwort, Zeittafel zu Heine, Erläuterungen und bibliographische Hinweise: Professor Dr. Joachim Bark, Universität Stuttgart. (7655)

Gottfried Keller: Der grüne Heinrich. Roman. Erste Fassung mit dem Text der zweiten Fassung vom Abschluß der Jugendgeschichte an. Nachwort, Vergleich der Fassungen, Zeittafel zu Keller und bibliographische Hinweise: Professor Dr. Gert Sautermeister, Universität Bremen. Erläuterungen: Manfred Heigenmoser und Norbert Richter, Universität Bremen. (7549)

Gottfried Keller: Die Leute von Seldwyla. Erzählungen. Inhalt: Pankraz, der Schmoller – Romeo und Julia auf dem Dorfe – Frau Regel Amrain und ihr Jüngster – Die drei gerechten Kammacher – Spiegel, das Kätzchen – Kleider machen Leute – Der Schmied seines Glückes – Die mißbrauchten Liebesbriefe – Dietegen – Das verlorne Lachen. Nachwort und bibliographische Hinweise: Professor Dr. Gert Sautermeister, Universität Bremen. Zeittafel zu Keller und Erläuterungen: Hans Lankes, München. (7577)

Gottfried Keller: Züricher Novellen. Inhalt: Hadlaub – Der Narr auf Manegg – Der Landvogt von Greifensee – Das Fähnlein der sieben Aufrechten – Ursula. Nachwort, Zeittafel zu Keller und bibliographische Hinweise: Professor Dr. Gert Sautermeister, Universität Bremen. Erläuterungen: Dr. Wolfgang Schömel, Universität Bremen. (7614)

Deutschsprachige Autoren

Heinrich von Kleist: Sämtliche Erzählungen und Anekdoten. Inhalt: Michael Kohlhaas – Die Marquise von O... – Das Erdbeben in Chili – Die Verlobung in St. Domingo – Das Bettelweib von Locarno – Der Findling – Die heilige Cäcilie oder die Gewalt der Musik – Der Zweikampf – Anekdoten. Nachwort, Zeittafel zu Kleist, Erläuterungen und bibliographische Hinweise: Privatdozentin Dr. Hannelore Schlaffer, Universität Freiburg im Breisgau. (7621)

Heinrich von Kleist: Prinz Friedrich von Homburg. Ein Schauspiel. Nachwort, Zeittafel zu Kleist, Erläuterungen und bibliographische Hinweise: Professor Dr. Alexander von Bormann, Universität Amsterdam. (7629)

Heinrich von Kleist: Der zerbrochne Krug. Ein Lustspiel. Nachwort, Zeittafel zu Kleist, Erläuterungen und bibliographische Hinweise: Professor Dr. Alexander von Bormann, Universität Amsterdam. (7612)

Gotthold Ephraim Lessing: Minna von Barnhelm oder das Soldatenglück. Ein Lustspiel. Nachwort, Zeittafel zu Lessing, Erläuterungen und bibliographische Hinweise: Professor Dr. Joachim Bark, Universität Stuttgart. (7591)

Gotthold Ephraim Lessing: Nathan der Weise. Ein dramatisches Gedicht. Nachwort, Zeittafel zu Lessing, Erläuterungen und bibliographische Hinweise: Professor Dr. Joachim Bark, Universität Stuttgart. (7586)

Conrad Ferdinand Meyer: Jürg Jenatsch. Eine Bündnergeschichte. Nachwort, Zeittafel zu Meyer, Erläuterungen und bibliographische Hinweise: Professor Dr. Gerhard P. Knapp, Staatsuniversität von Utah, Salt Lake City. (7563)

Deutschsprachige Autoren

Eduard Mörike: Novellen und Märchen. Inhalt: Lucie Gelmeroth – Der Schatz – Der Bauer und sein Sohn – Die Hand der Jezerte – Das Stuttgarter Hutzelmännlein – Mozart auf der Reise nach Prag. Nachwort, Zeittafel zu Mörike, Erläuterungen und bibliographische Hinweise: Privatdozentin Dr. Hannelore Schlaffer, Universität Freiburg im Breisgau. (7602)

Eduard Mörike: Sämtliche Gedichte – Idylle vom Bodensee. Nachwort, Zeittafel zu Mörike, Erläuterungen und bibliographische Hinweise: Professor Dr. Heinz Schlaffer, Universität Stuttgart. (7624)

Johann Nestroy: Der böse Geist Lumpazivagabundus oder das liederliche Kleeblatt. Zauberposse mit Gesang – Der Talisman. Posse mit Gesang – Freiheit in Krähwinkel. Posse mit Gesang. Nachwort, Zeittafel zu Nestroy, Erläuterungen und bibliographische Hinweise: Dr. Thomas Rothschild, Universität Stuttgart. (7619)

Friedrich Nietzsche: Also sprach Zarathustra. Ein Buch für alle und keinen. Nachwort, Zeittafel zu Nietzsche, Erläuterungen und bibliographische Hinweise: Professor Dr. Peter Pütz, Universität Bonn. (7526)

Friedrich Nietzsche: Der Antichrist. Fluch auf das Christentum – Ecce Homo. Wie man wird, was man ist – Dionysos-Dithyramben. Nachwort, Zeittafel zu Nietzsche, Erläuterungen und bibliographische Hinweise: Professor Dr. Peter Pütz, Universität Bonn. (7511)

Friedrich Nietzsche: Der Fall Wagner. Ein Musikanten-Problem – Götzen-Dämmerung, oder: Wie man mit dem Hammer philosophiert – Nietzsche contra Wagner. Aktenstücke eines Psychologen. Nachwort, Zeittafel zu Nietzsche, Erläuterungen und bibliographische Hinweise: Professor Dr. Peter Pütz, Universität Bonn. (7650)

Deutschsprachige Autoren

Novalis: Hymnen an die Nacht – Heinrich von Ofterdingen. Nachwort, Zeittafel zu Novalis, Erläuterungen und bibliographische Hinweise: Professor Dr. Helmut Pfotenhauer, Universität Erlangen-Nürnberg. (7572)

Friedrich Schiller: Don Carlos, Infant von Spanien. Ein dramatisches Gedicht. Nachwort, Zeittafel zu Schiller, Erläuterungen und bibliographische Hinweise: Dr. Bernd Steinbrink, Oldenburg. (7541)

Friedrich Schiller: Die Jungfrau von Orleans. Eine romantische Tragödie. Nachwort, Zeittafel zu Schiller, Erläuterungen und bibliographische Hinweise: Professor Dr. Erwin Leibfried, Universität Gießen. (7646)

Friedrich Schiller: Kabale und Liebe. Ein bürgerliches Trauerspiel. Nachwort, Zeittafel zu Schiller, Erläuterungen und bibliographische Hinweise: Professor Dr. Rolf-Peter Janz, Freie Universität Berlin. (7618)

Friedrich Schiller: Die Räuber. Ein Schauspiel. Nachwort, Zeittafel zu Schiller, Erläuterungen und bibliographische Hinweise: Dr. Hiltrud Häntzschel, München. (7609)

Friedrich Schiller: Wallenstein. Ein dramatisches Gedicht. Nachwort, Zeittafel zu Schiller, Erläuterungen und bibliographische Hinweise: Privatdozentin Dr. Hannelore Schlaffer, Universität Freiburg im Breisgau. (7564)

Friedrich Schlegel: Lucinde. Ein Roman. Mit Friedrich Schleiermachers »Vertrauten Briefen zu Friedrich Schlegels ›Lucinde‹«. Nachwort, Zeittafel zu Schlegel, Erläuterungen und bibliographische Hinweise: Dr. Ursula Naumann, Universität Erlangen-Nürnberg. (7632)

Deutschsprachige Autoren

Arthur Schopenhauer: Aphorismen zur Lebensweisheit. Nachwort: Dr. Arthur Hübscher, früherer Präsident der Schopenhauer-Gesellschaft, Frankfurt am Main. Zeittafel zu Schopenhauer, Erläuterungen und bibliographische Hinweise: Hans Lankes, München. (7519)

Adalbert Stifter: Bunte Steine. Erzählungen. Inhalt: Granit – Kalkstein – Bergkristall – Turmalin – Katzensilber – Bergmilch. Nachwort, Zeittafel zu Stifter, Erläuterungen und bibliographische Hinweise: Privatdozentin Dr. Hannelore Schlaffer, Universität Freiburg im Breisgau. (7547)

Adalbert Stifter: Der Nachsommer. Eine Erzählung. Nachwort, Zeittafel zu Stifter, Erläuterungen und bibliographische Hinweise: Professor Dr. Joachim Bark, Universität Stuttgart. (7544)

Theodor Storm: Immensee und andere Novellen. Inhalt: Immensee – Ein grünes Blatt – Im Schloß – Auf der Universität – Ein Doppelgänger. Nachwort, Zeittafel zu Storm, Erläuterungen und bibliographische Hinweise: Professor Dr. Hartmut Vinçon, Fachhochschule Darmstadt. (7584)

Theodor Storm: Pole Poppenspäler und andere Novellen. Inhalt: Pole Poppenspäler – Der Herr Etatsrat – Hans und Heinz Kirch. Nachwort, Zeittafel zu Storm, Erläuterungen und bibliographische Hinweise: Professor Dr. Hartmut Vinçon, Fachhochschule Darmstadt. (7594)

Theodor Storm: Der Schimmelreiter und andere Novellen. Inhalt: Aquis submersus – Zur Chronik von Grieshuus – Der Schimmelreiter. Nachwort, Zeittafel zu Storm, Erläuterungen und bibliographische Hinweise: Professor Dr. Hartmut Vinçon, Fachhochschule Darmstadt. (7551)

Deutschsprachige Autoren

Frank Wedekind: Frühlings Erwachen. Eine Kindertragödie – Der Marquis von Keith. Schauspiel. Nachwort, Zeittafel zu Wedekind, Erläuterungen und bibliographische Hinweise: Professor Dr. Burghard Dedner, Universität Marburg, und Dr. Thomas Medicus, Hamburg. (7542)

Frank Wedekind: Gedichte und Chansons. Nachwort, Zeittafel zu Wedekind, Erläuterungen und bibliographische Hinweise: Professor Dr. Leander Petzoldt, Universität Innsbruck. (7585)